iHuman

成
为
更
好
的
人

林语堂的
跨文化遗产

The Cross-Cultural Legacy of Lin Yutang

钱锁桥 主编

Edited by Qian Suoqiao

广西师范大学出版社
·桂林·

LIN YUTANG DE KUA WENHUA YICHAN
林语堂的跨文化遗产

Qian Suoqiao, ed. *The Cross-Cultural Legacy of Lin Yutang: Critical Perspectives*. China Research Monograph 72. Berkeley: Institute of East Asian Studies, University of California, Berkeley, 2015.
Copyright © 2015 by The Regents of the University of California.
Translated by permission.

封面照片由林语堂故居（台北）提供及授权。

著作权合同登记号桂图登字：20-2017-239 号

图书在版编目（CIP）数据

林语堂的跨文化遗产 / 钱锁桥主编. —桂林：广西师范大学出版社，2021.9
　　ISBN 978-7-5598-3803-2

Ⅰ. ①林… Ⅱ. ①钱… Ⅲ. ①林语堂（1895-1976）—文学研究 Ⅳ. ①I206.6

中国版本图书馆 CIP 数据核字（2021）第 089713 号

广西师范大学出版社出版发行
（广西桂林市五里店路 9 号　邮政编码：541004）
　网址：http://www.bbtpress.com
出版人：黄轩庄
全国新华书店经销
湖南省众鑫印务有限公司印刷
（长沙县榔梨街道保家村　邮政编码：410000）
开本：635 mm × 965 mm　1/16
印张：21.25　　　字数：260 千字
2021 年 9 月第 1 版　　2021 年 9 月第 1 次印刷
定价：79.00 元

如发现印装质量问题，影响阅读，请与出版社发行部门联系调换。

目　录

引言　西式普适性和中国特性：作为跨文化批评家的林语堂　/　001

第一章　传统与宗教：异类的知识旅程　/　021
　　　　在革命与怀旧之间：林语堂的思想与风格　/　023
　　　　林语堂对传统的独特运用　/　057
　　　　"一捆矛盾"：林语堂的基督教情结　/　071

第二章　语言与法律：二十世纪二三十年代的文化与政治　/　095
　　　　林语堂与现代中国的语文运动　/　097
　　　　林语堂与胡适日记中的平社　/　133

第三章　中西之间的跨文化之旅 / 157

林语堂之于"批评之批评的批评":跨越中美的"自我表现"论 / 159

合作者或食人者?论林语堂《生活的艺术》中蒙田的角色 / 195

《吾国与吾民》的起源和反响 / 221

第四章　在美国阐释中国和中国人 / 245

他的国家和他的语言:林语堂及他对中国事物的诠释 / 247

中国"茶花"美国开:林语堂跨文化重塑"杜十娘"的动因与策略 / 267

林语堂烹饪美食学的多重世界 / 308

引言

西式普适性和中国特性：作为跨文化批评家的林语堂

钱锁桥[1]

跨文化批评家

二十世纪在西方世界知名度最高的现代中国作家、知识分子当数林语堂（1895—1976）。他的大部分作品为英文著述，在西方流传甚广。林语堂被誉为"中国哲人"，诠释中国文化、为中国发声，在中美之间扮演文化大使的角色。但在中国，林语堂的声誉随着政治环境的变化而变化。林语堂曾是自由派知识分子的领军人物，二十世纪三十年代

---

[1] 钱锁桥，美国加州大学伯克利分校比较文学博士，英国纽卡斯尔大学汉学讲座教授。主要研究方向为中国现代性与中西跨文化研究。

在文坛译介推广"幽默",被誉为"幽默大师",但改革开放之前,林语堂的名字在大陆鲜少被提及。改革开放几十年来,林语堂重新成为最受关注的现代作家之一。

林语堂 1895 年出生于福建乡村一个普通的基督徒家庭,二十世纪二三十年代成为现代中国文坛的领军人物之一。林语堂是上海教会学校圣约翰大学的高才生,其处女作是大学时期用英文创作的小说,可以说,其文学生涯从开始便是中英双语创作。在现代中国文坛,林语堂倡导"幽默"引起争议,他努力开辟的中道的现代性于左、右都碰壁。应赛珍珠、华尔希夫妇盛邀,林语堂于 1936 年移居美国,此后的三十年,主要安宅纽约,以英文创作。随着《吾国与吾民》《生活的艺术》《京华烟云》《中国印度之智慧》等畅销书一本接着一本问世,林语堂的名字在美国家喻户晓。他以世界公民自居,以作家和公共知识分子的身份发声,在整个二十世纪的世界文坛、知识界声名显赫。林语堂晚年回归国土,移居台湾和香港,重新用中文写作,并重操自己语言学家的专业本行,以一己之力编纂《林语堂当代汉英词典》。

林语堂成长的年代,中国正经历前所未有的巨变,从传统到现代,知识结构为之一变,中国传统价值要重估,西方现代价值受追捧,直至新文化运动兴起,唤起"中国的文艺复兴"。林语堂成长于基督教家庭,对此文化巨变有其独特的敏感度与比较视野。林语堂多才多艺,在多个领域都有建树,正如文艺复兴时期的巨匠一般。他有短暂的仕途,在教育界任过数职,是位有见地的教育家。他曾编纂学习英语的教科书,非常受欢迎,教育了一代人学习英语。他的学术训练专攻古音韵学,博览经典。他不光是语文学家,还是中国经典著述的跨文化阐释者,著有一本苏东坡传记,以及一本中国新闻舆论史专著。他还花了几十年功夫

引言　西式普适性和中国特性：作为跨文化批评家的林语堂

琢磨并发明了第一台中文打字机。当然，他首先是位作家，既是散文家也是诗人，还写小说、戏剧。林语堂和其他同时代作家最不同之处，或许在于他是一位多产的中英文双语作家、跨文化翻译家。在中国读者眼中，林语堂倡导"幽默"，乃西化派学人中的佼佼者；在西方人眼中，林语堂是一位来自东方的智者，"中国哲人"。而最重要的是：林语堂是位公共知识分子。无论身在中国或美国，林语堂都是一位在政治和文化上全身心投入的批评家。

林语堂的跨文化实践为现代中国知识思想史留下了丰富的遗产。然而，尽管林氏文学文化实践对现代中国以及中美文化交往之历史影响举足轻重，尽管海峡两岸读者对林氏著述的兴趣持久不衰，学术界对林氏的研究还远远不够。这其中有许多原因，除了政治因素，林语堂生活、创作于两个语言世界，同时用中英文创作，还进行中英文之间的文化翻译，这为研究者增添了许多难度。可以说，研究林语堂的跨文化实践需有一群不同文化背景的学者聚集一起，从不同角度共同切磋。这本批评集汇聚了这样一群学者，首次对林语堂跨越中美的文学实践所留给我们的跨文化遗产进行全方位审视，应该说代表了林语堂研究在国际学术界的前沿。

西方现代性汹涌澎湃，到十九世纪末二十世纪初，中国学人已经基本达成共识：靠中国传统的文化政治体系本身已经无法面对产生于西方的现代性挑战。中国是被卷入现代的，此剧变导致固有的文化政治体系分崩离析，无以为继，同时到来的各种新思想争先恐后又互相矛盾。中国现代性的核心问题在于：在此剧变之废墟上应该重建怎样的现代文化政治体系。也可以说，一个多世纪以来，乃至当下，这一问题体现为所谓西式普适性和中国特性（特色）之间的拔河相持。现代中国知识思想史一直都有两股力量：基于西方现代性带来的普适性理念的大同、世界主义势力，以及在新的文化政治体系中坚守某种中国特性之必要的民族主义势力。

与世界上许多文化所采取的策略不同，在碰到西方现代性的挑战时，中国文化几乎压倒性地没有采取对抗策略，而是接受并融合。在西方现代性面前，来自本土的抵抗其实非常孱弱，基本没有什么捍卫中国传统文化政治体系的话语。当然这有很多原因。其实，要能够发出有意义的抵抗声音，你首先得深谙中英双文化背景，具备比较视野。这也就是为什么，针对西方现代性讲出了批评性话语且独树一帜的人是辜鸿铭。[1] 但辜鸿铭可不是"本土的""传统的"，他是最早的留洋学生之一。他批评西方现代性，重新阐释儒学以为佐助，但后起的留洋派学生不以为然。1905年科举废弃后，中国的青年学人分赴西方求学，他们看到了西方现代性的优越性，从而积极拥抱。有意思的是，这种对西方现代性之普适性积极拥抱的态度和儒家传统的"天下"观是一脉相承的。儒家（以及道家和佛教）思想本来一直就是普适性的，并不考虑族类或区域性特性。

在西式现代性的强力冲击下，现代中国产生了两股势力：世界主义和民族主义。它们的区别在于：虽然世界主义在知识论层面和传统的"天下"观一脉相承，但它拒绝承认传统文化在新的中国现代性中能起

---

[1] 参见 Ku Hung-Ming, *Papers from a Viceroy's Yamen* (Shanghai Mercury, Ltd., 1901)，以及 *The Spirit of the Chinese People* (Peking: The Peking Daily News, 1915)。另参见 Qian Suoqiao, *Liberal Cosmopolitan: Lin Yutang and Middling Chinese Modernity* (Leiden: Brill, 2011), pp. 38-47，对辜鸿铭的批评话语有简要分析。

引言　西式普适性和中国特性：作为跨文化批评家的林语堂

任何作用；而民族主义虽然主要是舶来的西洋观念，与传统"天下"观念相抵触，但它坚持传统中国文化经过重塑改造还是有意义的、有用的。中国现代的世界主义又可以分为两类：胡适等自由派知识分子推崇的自由世界主义，以及由中国共产党人倡导的革命性世界主义。胡适、陈独秀等新文化运动派所倡导的主要就是"全盘西化"。新文化派知识分子坚信，要使中国"复兴"，不能依靠对传统文化要素进行改造或重塑，必须引进植入"赛先生"和"德先生"等西方现代性话语，从而为中国再造一个"新的文明"。中国共产党人视自身为新文化运动的正派传人，这是有理由的。只是他们比新文化人士更进一步：他们认定的"新的文明"是一个共产主义世界，不仅是中国的，更是全人类的。

政府的官方话语也特别强调"中国特性"或"中国特色"。这当然也说明现代中国民族主义之韧劲。民族主义建基于特殊性的原则，弘扬民族的特性，这和儒家的"天下"观本来是相悖的。然而，十九世纪末二十世纪初，中国面临列强瓜分的国运，梁启超、孙中山等敏锐地观察到，民族主义实乃西方现代性的主要推力，亦是西方列强崛起的动力来源。要确保中国不被列强吞噬，在国际上保持独立和尊严，民族主义被认为是最有效的方案。因此，民族主义在中国现代性进程中地位举足轻重。孙中山对新文化运动推崇的反传统的世界主义颇不以为然，因为在民族主义的方案中，民族的历史必须重塑，传统文化仍有其重要作用——它成为民族身份的象征。其实，晚清士人张之洞在阐释其"中学为体"原则时已经重新为儒学定义，赋予其族性功能："五伦之要，百行之原，相传数千年，更无异义。圣人所以为圣人，中国所以为中国，实在于此。"[1]

就中国现代性经验来看,林语堂的跨文化实践给我们留下了怎样的遗产呢?可以归纳为两点。首先,林语堂界定"批评"为现代知识分子的标志性功能,在其穿越中美的跨文化实践中始终以"批评"为己任。再者,林氏批评的风格既不是虚无主义的反传统批评,也不是导向乌托邦未来的革命式批评。它是基于实践理性的建设性批评,通过跨文化融合指向合情合理的现代性方案,它超越了西式普适性和中国特性之间的二元对立,而中国当今的思想学界仍未能跨越此对立局面。

我们先看第一个层面。1930年1月3日,林语堂受邀给寰球中国学生会做演讲,题为"论现代批评的职务"。当时知识界面临重整站队的局面,鲁迅最终被左翼说服,出任"左联"的旗手。林语堂这篇演讲可以说是一份宣言,表明自己的知识分子姿态。林语堂在文中指出,中华文明产生了众多文人,特别擅长舞文弄墨,而真正的思想家则很少。这是因为,在传统文化中——无论是东方还是西方,我们把思想问题交给了几位圣人,"古代各国的文化是建树在几位圣贤的权威之上"[2]。可是我们现在身处现代文化,已经不能依赖圣贤的权威。在中国,当下的青年时时处于矛盾尴尬的境地,"一方听见人家攻击西洋的机器文明,一方又醉心欧美的文化;一方看见中国政治风俗的腐败,一方又听人家赞扬东方的道德;一方想要谋女子的自由解放,一方又听人家称赞'新思想旧道德'的女子"[3]。面对现代性的困境,我们只能依赖批评来梳理

---

1 张之洞:《劝学篇》,郑州:中州古籍出版社,1998年,第70页。
2 钱锁桥编《小评论:林语堂双语文集》,北京:九州出版社,2012年,第14页。
3 钱锁桥编《小评论:林语堂双语文集》,第12页。

我们的问题。现代文化之所以为现代文化,唯批评而已。如此,我们看到现代文化产生了众多的批评家,如歌德、尼采、罗素、萧伯纳等,"现代的文化,就是批评的文化,与古代信仰思想界权威的文化有别。这个批评的文化是现代各国所共有的,不是哪一方哪一国所独有"[1]。林语堂引用马修·阿诺德的名言"批评是认清对象的真相",强调批评是现代文明"唯一的促动力":"批评是应用学术上冷静的态度,来批评我们的文学思想,生活动作,风俗礼教,以及一切社会上的人事。"但批评绝非易事,它必须克服自己的成见,"须有探险家的魄力勇气",而"尤其难的,就是对于自己的批评"。[2]

林语堂的跨文化实践正是贯彻了这种学术上冷静的批评,开启了一种合情合理的、超越了西式普适性和中国特性之二元对立的现代性方案。林语堂既要西式普适性也要中国特性,但又不是唯全盘西化的世界主义者,也不是一味强调保存中国特性的民族主义者。他的文学文化实践勾勒出一幅跨文化有机融合的景观:既拥抱西式普适性,又不失对其之批评;在阐释中国特性的同时,强调其适用于现代文化的普适性功能。

西式普适性及其批评

假如"西式普适性"指的是政治上的自由主义,拥护政治民主、言论自由、人权保障,亦即新文化的"德先生"所推崇的价值,那么林

---

[1] 钱锁桥编《小评论:林语堂双语文集》,第14页。
[2] 钱锁桥编《小评论:林语堂双语文集》,第15页。

语堂可以说是现代中国知识思想史上最坚定地倡导并践行此普适性的知识分子之一。林语堂是教会学校毕业生，1916年于圣约翰大学毕业时，对西方的进步观念和生活方式早已耳濡目染。他毕业后到了北京，进入知识精英圈，当时新文化运动方兴未艾。1923年从欧美留学回国时，自由民主的理念已经成为林语堂世界观的支柱。难能可贵的是，在二十世纪动荡的中国，林语堂始终践行自由民主的理念。无论是在北洋军阀时期，还是二十世纪三十年代国民党统治时期，林语堂从来没有停止对独裁者批评，以捍卫人民的权利。

二十世纪二十年代，林语堂作为周氏兄弟主导的语丝社的一员初露锋芒，积极支持进步学生运动。对此，现代中国文学研究已经着墨很多。林语堂自己也说，当时曾参加抗议政府的示威游行，当街向警察扔石子。鉴于其公开高调批评北洋政府，1926年"三一八"惨案后，林语堂上了黑名单，被迫离开京城，远赴厦门大学。然而，现代文学研究长期以来一直以鲁迅为标杆，在讨论周氏兄弟以及林语堂之间展开的所谓"费厄泼赖"之争时，过分强调了林语堂的转态。林语堂对鲁迅提倡的政治策略确实表示附和，但其实他从未放弃过周作人在此首先提出的"公平竞争"原则。[1] 在北京期间，林语堂其实一直和胡适及其他留英美派新月社成员保持着良好的关系。正如陈子善在本集文中指出的，林语堂曾积极参与二十年代末三十年代初由胡适主导的平社活动，是平社的会员。在平社组织的讨论中，林语堂曾发言指出，民主政体乃人类历史至今为止所能产生的最佳政府体制，这正是其政治取态的简

---

[1] 以鲁迅为标杆来讨论林语堂在此争议中的态度，可参见万平近《林语堂评传》，重庆：重庆出版社，1996年。

引言　西式普适性和中国特性：作为跨文化批评家的林语堂

要表述。

南京国民政府期间，林语堂批评的锋芒主要针对国民政府不断践踏人权的行径。他积极参与民权保障同盟的活动，并担任领导职务，为此他曾受到死亡威胁，但他并不后悔。在他创办的中文杂志《论语》《人间世》《宇宙风》，以及参与的英文杂志《中国评论周报》中，他假借"幽默"的名义，发表了许多针砭时弊的辛辣时评杂文。有时这类文章直接拿蒋介石开涮。比如《论语》第二期，林语堂撰文《蒋介石亦论语派中人》，因为蒋介石在汉口的演讲中说："政治这个东西，并不玄妙深奥，难懂。政治是一个很普通平常的东西，所谓家常便饭，我们随便那一个人统统能知能行的事情，甚至吃饭穿衣服，也可以叫做政治。"林语堂评论道："蒋先生说空话时，我们并不佩服，倒是在此地，见出他的聪明颖慧，见识超人。蒋先生……若再多看看……《论语》半月刊，我们认为很有希望的。"[1] 钱锁桥在本集《〈吾国与吾民〉的起源和反响》一文中提到，《吾国与吾民》一书之跋题为"真实的中国"，对国民政府之腐败与无能进行了辛辣的讽刺，林语堂最后决定原稿发表，是经过再三斟酌、承担了相当的风险的。

然而，正如周质平文中指出的，林语堂从来都不是一位革命性的批评家。虽然共产主义革命在现代中国影响深远、极具号召力，林语堂却是基督徒家庭出身，留学欧美，一辈子都是一位人文主义者，对共产主义从来没有动过心。何复德为本集提供了一篇精彩的讨论饮食与政治的文章，文中告诫我们，"革命不是请客吃饭"，而林语堂则更喜欢讲"吃饭穿衣的政治"，认为蒋先生如此讲还是蛮"有希望的"。三十年代

---

[1] 林语堂：《蒋介石亦论语派中人》，《论语》半月刊第 2 期（1932 年 10 月 1 日），第 2—3 页。

共产主义吸引力上升，林语堂冷眼观之，并警告国民政府，如果政治上持续腐败下去，年轻人就会跟共产党走。

西式普适性是带着船坚炮利一起来到中国的，林语堂虽为自由派知识分子，但他对帝国主义的批评持续不断，这一点颇为特别。杨柳的文章讨论林语堂与基督教的关系，正如该文揭示的，林语堂对基督教在中国的传教及其与西方帝国主义的联系一直都有尖锐的批评。在大学期间，林语堂就对教会学校正统的神学教条很是反感，并宣告不上教堂了，成了一位"异教徒"，但晚年在美国又宣告"回归基督教"。其实，可以说林语堂内心一直都是一位普适性基督人文主义者，但同时一直对在华传教事业进行批评，其关键指控在于：传教事业把华人基督徒隔离于整个华人社会，制造出一批"饭桶基督徒"，还培养出自身优越感。另外，林语堂一直坚定地支持印度独立运动。在中国时林语堂便撰文表明支持印度独立的立场，后来在美国成名后，更于"二战"期间在国际舞台上发声，积极参加各种声援印度独立的集会、发表演讲等，为印度独立运动呐喊。[1]

林语堂为美国的中产阶层读者阐释中国文化、人生哲理获取了文化资本，同时，他利用该文化资本来消解西方社会的东方主义偏见，特别是在"二战"期间充当公共知识分子的角色，对西方的帝国主义进行了辛辣的批评。比如，在《东方和西方必须相会》一文中，林语堂的语气可没有以前那么温文尔雅："纳粹军人和日本军人都有强大的信念，而我们的战士则谈不上有什么坚定的信念，一会儿好像是说要为世

---

[1] 详见钱锁桥《林语堂传：中国文化重生之道》，桂林：广西师范大学出版社，2019年；以及《林语堂传：中国文化重生之道》，台北：联经出版公司，2018年。

引言　西式普适性和中国特性：作为跨文化批评家的林语堂

界民主而战，一会儿又说要为帝国而战，有时又说是为了维持现状而战。"[1] 林语堂所说的德国人和日本人的"强大信念"当然是指纳粹德国的雅利安人主义和日本宣扬的以推翻白人至上主义为名义的军国主义。在林语堂看来，要实现新的民主世界，必须建立"一个新的原则和信念：全世界各个种族一律平等"；西方帝国主义者必须看到"白人统治亚洲人的时代已经一去不复返了。这是因为一个很简单的原因：亚洲已经觉醒了。白人的威望已经烟消云散。日本人用刺刀摧毁的东西不可能再被白人的刺刀恢复过来"。[2] 现在的问题不是东西方会不会相会，因为相会是必然的，但问题是以什么方式相会。假如说在吉卜林的世界里，东西方必将以兵戎相见，林语堂则认为："东西方必须相见，但只有当各自视彼此为君子之时才能相见。"[3] 不过林语堂对此并不乐观。《中国印度之智慧》一书有一篇很长的引言，曾在杂志上单独发表，题为《当东西方相见时》。该文与其说是在引介中国哲学，不如说是对西方现代性的批评檄文。在林语堂看来，帝国主义的姿态建基于"十九世纪庸俗的理性主义"："科学唯物主义侵占了我们的文学和思想，已经把我们的世界搞得七零八落。现在人文学科的教授都在寻找决定人类行为的机械法则，这些'自然法则'越被证明得井井有条，那所谓人类的自由意志就越显得是瞎扯，于是这些教授便感觉自己聪明过人、洋洋得意。"[4] 林语堂重申，他自己完全乐意看到物质进步，但科学唯物主义作为一种方法论垄断了我们的思维，渗透到欧洲各种人文领域，让我们的

---

[1] Lin Yutang, "East and West Must Meet", *Survey Graphic* 31 (November 1942), p. 533.
[2] Lin Yutang, "East and West Must Meet", pp. 533–534.
[3] Lin Yutang, "East and West Must Meet", p. 547.
[4] Lin Yutang, "When East Meets West", *Atlantic Monthly* 170 (December 1942), p. 47.

现代性病得不轻。"在支零破碎的现代知识上，一种新的人文价值世界必须从头搭建，而这个世界必须由东西方携手共建。"[1]

普适性的中国特性

东西方要共建一种新的人文价值世界，中国传统中的文化资源就得起重要作用。要使中国文化为共建新的人文价值世界作贡献，这正是林语堂对中国文化的借用与创新的用意所在。这从来不是只求中国特性的民族主义策略。正如苏迪然和韩明愈在其文中揭示的，林语堂的"中国哲学"是取之于中西传统文化资源的跨文化产物。林语堂是受西式教育的现代中国知识分子，他的"中国性"当然可以说是自我创新得来，正如他重写、重创经典小说《杜姑娘》一样（详见吕芳一文的精辟分析）。他的"中国性"是其"世界公民"的一部分，源自其现代中国的跨文化经验，并由其在美国及海外的生活经历更臻成熟。

就教育背景而言，林语堂因上教会学堂，对中国文化方面的知识掌握有缺陷，这一点他自己多次坦白。直到从圣约翰大学毕业，来到中国文化的中心北京之后，林语堂才一头扎进中国文化，自己恶补、"重学"。但如果因此怀疑林语堂的中学水平，显然有失公允。其实，1923年林语堂用德文写完博士论文《中国古音韵学》时，他的中学功底已经相当扎实。而这种"重学"中国文化知识的经历使林语堂对中国文化有一种独特的视野和敏感度，使他有别于大多数现代中国学人。虽然他对中国文化有犀利的批评，但对中国传统文化没有采取虚无主义的

---

[1] Lin Yutang, "When East Meets West", p. 48.

引言　西式普适性和中国特性：作为跨文化批评家的林语堂

态度，而这种态度在现代知识分子中相当普遍——罗福林在其文中强调了这一点。从一个具体的例子——对汉语的存废、改良问题——可以看出他们不同的态度。林语堂的博士研究做的是语言学，回到北京后曾踌躇满志，试图用现代的方法论来研究中国语文。然而，彭春凌的文章给我们揭示，林语堂周围是一帮反传统的语言学家，一心想通过汉语罗马化彻底消除汉字。相反，林语堂对这种消灭汉字的"进步观念"从来都不屑一顾，尽管他知道消除汉字从理论上和方法上讲都是可行的，因为他从小就看到过用罗马音符撰写的《圣经》。林语堂参与现代汉语的改良运动，旨在提高汉语的功能性、功效性，所以他的功夫用在设计汉语索引制、追求符合国际惯例的罗马式拼音系统、推动简化汉字，以及悉心发明第一部中文打字机。

宋桥的文章指出，林语堂在美国译介中国事务的成功要归功于其处理文化差异和有可能产生的冲突时采用了一种非对抗性的、平易近人的轻松笔调。这一见解当然也适用于理解林语堂对中国文化传统本来的态度。林语堂身为新文化派的进步人士，正因为其对中国文化有同情、理解的一面，这种译介风格才有可能。但这并不是说林语堂是一个"两面派翻译家"，用中文说一套，用英文又是另一套。林语堂在《吾国与吾民》《生活的艺术》等英文畅销书中给美国读者译介的"中国哲学"，其主要观点其实在其三十年代于上海创作的英文"小评论"和中文散文中已经陈述过，只是在长篇叙述中集中体现了"一种'抒情哲学'，'抒情'在此意指一种经过自己高度过滤的个人视野"[1]。在中国语言和文学两个方面，林语堂都是以自己独创的方式参与了胡适倡导的

1　Lin Yutang, *The Importance of Living*, New York: The John Day Company, 1937, p. vii.

"整理国故"运动。作为新文化运动的重要组成部分，"整理国故"运动影响深远，几乎在各个领域为现代中国学术创建了新的范式。胡适用一句话概括了"整理国故"的目的和方法："新思潮的根本意义只是一种新态度。这种新态度可叫做'评判的态度'。"[1] 也就是说，要用尼采式"重估一切价值"的方式，让国学登上进步的（进化的）台阶，为中国的传统文化"找到可以有机地联系现代欧美思想体系的合适的基础"[2]，以致为现代中国重新创造一个"新的文明"。林语堂在哈佛求学期间，对经由美国学者斯宾冈推介的克罗齐表现主义甚为欣赏。三十年代他因发现袁中郎以及晚明性灵派作家而欣喜若狂，这正是源于他在中国的文学文化传统里找到了"可以有机地联系"克罗齐表现主义的"合适的基础"。林语堂式的"抒情哲学"正是基于欧美表现主义和晚明性灵学派之间的有机结合转化而来，但它已经超越了胡适对"整理国故"所设定的范畴。对林语堂来说，"中国哲理"在此并非只是历史研究的对象，它更重要的是能对我们的现代生活提供有益的指导，也就是说，它不是死的文物，而是活的思想。另外一个关键的区别在于，胡适的"整理国故"旨在为现代中国"再造文明"，使其和进步的（进化了的）欧美思想体系同步协调。而林语堂的"中国哲理"并非建基于这种进化论思路，甚至也不只是为中国"再造文明"，而是要为"新的人文价值世界"添砖加瓦，因为这个世界必须由东西方共建。换句话说，经过林语堂重新思考和创新的中国哲学具有普适性功能，它是我们共享的现代文化的一部分。这种由中西文化资源有机融合而提炼出来的中国

---

[1] 胡适：《新思潮的意义》，欧阳哲生编《胡适文集》第二卷，北京：北京大学出版社，1998年，第552页。
[2] 胡适：《先秦名学史导论》，欧阳哲生编《胡适文集》第六卷，第10页。

哲学为我们的现代性提供了另一番途径,针对席卷世界的科学唯物主义所主导的理性化现代性提供了一套批评话语。林语堂对主导我们现代文化的潮流深感忧虑。显然,他对主流现代性的批评意识承继自辜鸿铭的批评遗产——林语堂自己说过,他深受胡适和辜鸿铭这两位现代中国知识分子的影响。

章节简介

本集收录的文章,大部分先于2011年在香港城市大学举办的"林语堂中美跨文化遗产"国际研讨会上宣读,从不同角度审视林语堂的跨文化遗产。

第一部分有三篇文章:周质平的《在革命与怀旧之间:林语堂的思想与风格》、罗福林的《林语堂对传统的独特运用》和杨柳的《"一捆矛盾":林语堂的基督教情结》,它们考察林语堂在现代中国知识思想史上的独特地位,着重探讨林氏对传统文化的态度,以及贯穿其一生的基督教认同问题。五四一代的知识分子一般都比较激进,尤其对中国文化大加挞伐。林语堂的态度既非激进亦非保守,他对中国文化有一层由衷的欣赏和怀旧情感。五四时期,宗教基本上等同于迷信,胡适等精英领袖都宣称自己是无神论者。林语堂是基督教家庭出身,对宗教的态度则颇为复杂。周质平的文章深度剖析林语堂著述的思想与笔调,敏锐地揭示其"游走于革命和怀旧之间"的知识分子立场,并强调指出,林语堂三十年代提倡闲适和幽默其实就是争取言论自由的另类方式。

罗福林的文章着重探讨林语堂独特的传统观。革命话语曾在现代中国长期占据主导地位,而这种话语依赖于对传统的负面建构,把儒学等同于封建糟粕，一棍子打死。林语堂对中国传统的运用是有选择性的，着重于传统中对儒学的"抵抗话语"。林语堂和周作人有相似之处，也有明显区别，他特别强调幽默的功能，以化解现代中国文化话语的太过一本正经。在给英语读者译介中国文化时，林语堂提炼出来的中国传统文化具有幽默风格，充满讲性灵、重趣味的自由精神。

杨柳的文章探讨林语堂和基督教的复杂关系，用林语堂自己的话说，这就是"一捆矛盾"。一方面，林语堂显然深受基督教影响，但同时他对基督教一直持批评态度，在长达三十多年的时间里一直以"异教徒"自居，"同时内心还是一位基督徒"。杨柳的文章从四个方面考察林语堂与基督教的复杂关系：在引介西方现代文明时其基督教背景所起的作用；他对来华传教士的批评（他们既不尊重中国文化，也没有以身作则为所传之教作榜样）；他对耶稣教义的拥戴；他对基督教教条和神学的拒绝。

第二部分两篇文章原文都是中文，着重探讨林语堂在二三十年代的文化实践。彭春凌的《林语堂与现代中国的语文运动》一文探讨林语堂在二十年代国语运动中所作的努力与贡献。当时林语堂刚刚留洋归来，掌握了最新的语言学研究方法，踌躇满志，要为中国现代语言学开疆辟土，但林语堂的北大同事主要是章太炎的门徒，包括钱玄同、沈兼士等人，而他们都坚信汉字最终一定会被罗马音符取代。彭春凌认为，林语堂后来离开语言学研究和二十年代中国知识与历史的复杂背景（尤其是学术专业化和革命浪潮）息息相关。

陈子善的《林语堂与胡适日记中的平社》一文利用珍贵的原始资料——从未发表的林语堂日记（1929—1930）来揭示林语堂和平社的关系。平社由胡适三十年代在上海期间主持，是三十年代重要的自由派知识分子团体。陈子善参照胡适已发表的日记，为我们描绘了鲜为人知的平社活动的概况，同时为了解林语堂三十年代早期的文学文化实践填补了重要一笔。

第三部分三篇文章集中讨论林语堂穿梭于中西之间的跨文化实践。苏迪然的《林语堂之于"批评之批评的批评"：跨越中美的"自我表现"论》一文先考察二十年代末三十年代初林语堂如何把美国有关"自我表现"的争论引介至中国文坛，再探讨林语堂后来把晚明"性灵"派作家译介给美国读者。林语堂在哈佛求学期间（1919—1920），当时美国文艺界有一场很重要的辩论，美国评论家门肯（H. L. Mencken）曾称之为"批评之批评的批评"，也有人把它称作"经典之争"。林语堂对此非常关注。苏迪然此文追溯了这场美国文化争论对林语堂产生的深远影响，是林语堂把表现主义批评家的文章译介给中国读者，从而使文学批评、自我表现、言论自由、道德与艺术，以及"直觉"作为二十世纪一个重要思维模式等议题在中国引起激烈的争论。

韩明愈的《合作者或食人者？论林语堂〈生活的艺术〉中蒙田的角色》一文则点出林语堂和西方散文的鼻祖十六世纪法国哲人蒙田之间在思想和写作风格上的契合。该文指出，在林语堂的英文名著《生活的艺术》里，我们可以发现一系列蒙田的名著《随笔集》常用的修辞策略，虽然这一点林语堂自己没有明言。这种契合显然有利于使林语堂的行文让美国读者读起来更感亲切，但林语堂在书中只强调自己是从中国文化的角度来评说。

钱锁桥的《〈吾国与吾民〉的起源和反响》一文利用第一手传记资料，特别是林语堂和赛珍珠、华尔希夫妇结识的过程，详细阐述了林语堂如何通过阐释中国而走向世界。林语堂和其他现代中国知识分子的区别在于：由于他把"中国"提炼并译介给世界，他或许是当时唯一一位在国际上获得知名度的中国作家，而这一切起源于《吾国与吾民》一书的发表在美国获得巨大成功。该文追溯了该书产生、写作的过程以及出版后在中国和美国所引发的不同反响，特别揭示了林氏和华尔希夫妇之间的合作过程，以及随之而生的友谊。

第四部分三篇文章集中阐释林语堂在美国的著述。宋桥在《他的国家和他的语言：林语堂及他对中国事物的诠释》一文中对林语堂跨文化表述的成功策略提供了一个理论解释。他运用伯克（Kenneth Burke）的理论，就其修辞风格和史密斯的《中国人的性格》相比较，解释了林语堂的《吾国与吾民》为什么能在美国获得成功。宋桥解释道，在处理文化上比较敏感的概念时，林语堂的解释往往给人一种"仁慈感"。林语堂比任何同时代的中国人更能善用英语，无论从"语气、腔调、语调、语序、意象、语态、观念"上来说，林语堂都能抓住读者的脉搏，和他们窃窃私语、侃侃而谈。而且，林语堂在与不同的文化和读者"倾谈"时，采用了一种"喜剧式"的态度。

吕芳的《中国"茶花"美国开：林语堂跨文化重塑"杜十娘"的动因与策略》为一篇案例分析，细致地剖析了林语堂为西方读者创造正面的中国女性形象而采用的跨文化策略及其目的。林语堂如何把冯梦龙的《杜十娘怒沉百宝箱》改编成现代英文小说《杜姑娘》，同时为西方读者创造出一个中国名姬杜十娘的新形象，该文有精彩的分析。吕芳的研究显示，林语堂很可能采用法国浪漫派小说家小仲马所著《茶花女》为叙述范本，进而把中国古典传奇改写为符合现代小说叙述规范的文本。为了更加突出杜十娘的个性形象，使其完美化、浪漫化，林语堂参考综合了古今中外许多被边缘化的女性形象。该文为我们揭示：

引言　西式普适性和中国特性：作为跨文化批评家的林语堂

"杜十娘"形象的创建是一个多元而复杂的过程，这需要在修辞和意识形态上作许多微妙处理，以符合林语堂为西方读者创造出一个中国女性的正面形象的目的。

何复德为本集撰写的文章题为《林语堂烹饪美食学的多重世界》，就林语堂有关中国美食的论述如何与二十世纪中美政治相关联，徐徐道来，作出画龙点睛式的酷评。现代早些时期，美国出现了许多餐馆、饮食书籍，还形成一种美食欣赏风气，这可以看成一种文化标志，用来区分雅和俗、有文明的中国人和他们的邻居。然而二十世纪的民族主义并没有包括饮食的表述。林语堂则比较特别，他在小说里大量描写吃景，并大量运用饮食评论文字来衬托小说背景，烘托人物形象。1969年出版的《中国烹饪美食学》(Chinese Gastronomy)由林语堂的妻子廖翠凤及其三女儿林相如合著，林语堂作序，书中称"美食烹饪"(gastronomy)为"品味的艺术和科学"。何复德为我们点出林语堂是如何运用中国饮食来表述中国、批评现代美国文化的具体文化和政治策略，并揭示林语堂如何在其饮食文字里找到海外游离、普适现代性和传统延续之间的平衡。

长期以来，无论是在意识形态上，或是机构设置上，鲁迅研究都在现代中国的文学文化研究领域独领风骚。希望这本林语堂研究文集可以为林语堂研究抛砖引玉、建立起坚实的基础，并和张爱玲研究、胡适研究等一起，大大拓展现代中国文学文化研究的范围和视野。

第一章 传统与宗教：异类的知识旅程

在革命与怀旧之间：林语堂的思想与风格

周质平[1]

前言

五四这一代知识分子不缺的是对中国传统文化激烈的批评。陈独秀（1879—1942）、鲁迅（1881—1936）、胡适（1891—1962）、钱玄同（1887—1939）、吴虞（1872—1949）、吴敬恒（1865—1953），这一批开启中国思想现代化的先驱学者，对中国的传统从语言文字到文学、艺术、戏剧、孝道、家庭制度，无一不持批判的态度。陈独秀创办了《青年杂志》（自1916年第二卷起，改名为《新青年》），成了传播新思想的主要刊物；鲁迅在《呐喊》自序中，以"铁屋"来象征中国的黑暗和封闭；胡适沉痛地指出"中国不亡是无天理"[2]；吴敬恒要大家把线装书丢

---

[1] 周质平，美国印第安纳大学中国文学博士，美国普林斯顿大学东亚系教授。研究方向为中国近现代思想史与晚明文学。
[2] 胡适：《信心与反省》，《胡适文存》第四卷，安徽：黄山书社，1996年，第338页。

进茅厕;[1] 钱玄同更主张废灭汉字,径用世界语取代之;[2] 吴虞则被胡适誉为"只手打孔家店的老英雄"[3]。

林语堂(1895—1976)在这样一个批判旧传统的大环境里,有极特殊的地位。他对中国文化的态度,既不是极端激进,也不是守旧卫道,而是表现出一定的依恋和欣赏。这种依恋和欣赏,在上面提到的一批新派知识分子当中是极少见的。当然,林语堂的依恋或欣赏并不是毫无选择的,他和陈独秀、鲁迅、胡适有许多类似的地方,认为中国固有的文化中,有许多不近情理的礼教习俗,需要西方文化的冲激和洗刷。但是他的态度和关怀是不同的。

陈独秀、胡适、鲁迅开启了一个新时代,他们所谈的大多是救国救民的大关怀:陈独秀创办《新青年》,成立中国共产党,介绍了马克思主义;胡适提倡白话文,把自由、民主、科学注入了新思潮;鲁迅立志用小说和杂文来拯救中国人的灵魂。他们很少谈个人哀乐或身边琐事。在林语堂的著作中,我们看不到太多"大关怀",他是以谈"小情趣"见长的。

在充满新旧的冲突和东西文化矛盾的大环境里,我们经常看到的是"打倒旧礼教""废灭汉字""文学革命""全盘西化"这类带着相当"杀伐之气"的字眼。林语堂很少横眉竖目地要"革命"、要"打倒"。他能从新旧之间看出调和共存的可能,而不是互相倾轧,你死我活。

林语堂对英语读者影响最大的著作是《吾国与吾民》(*My Country and My People*)。在这本书里,他经常表现出对旧中国的追怀和对身处

---

1 吴敬恒:《箴洋八股化之理学》,《吴敬恒选集:哲学》,台北:文星书店,1967年,第134页。
2 参见钱玄同《通信》,《新青年》第5卷第2号(1918年8月15日),第177—178页。
3 胡适:《吴虞文录序》,《胡适文存》第一卷,第584页。

当代中国的无奈。他往往透过古今的对比，来说明现世的堕落。林语堂的乌托邦不是在将来，而是在过去。在晚明袁宏道（1568—1610）、张岱（1597—1679？）等人的小品里，林语堂不但找到了文章的范本，也找到了在他看来合理的生活内容和人生态度。

快乐是无罪的

在中国传统礼教下成长的人，往往对快乐有一定程度的罪恶感，似乎一个成大功、立大业的人，必须先经过一番苦难。孟子所谓"天将降大任于斯人也，必先苦其心志，劳其筋骨，饿其体肤，空乏其身，行拂乱其所为，所以动心忍性，增益其所不能"，这种思想千百年来深入人心。"苦难"已不再是个中性词，而是带着一种道德上的崇高；舒适愉快的生活，则有可能被视为堕落的开始。所以，"享乐主义"在中文词汇中多少带着颓废或不道德的意味。然而，人谁不图舒适，谁不图享乐？给苦难以一种道德的含义，往往是鼓励伪善，不能坦然地承认人性是贪图舒适和享乐的。

在林语堂的作品中，他讴歌快乐，追求生活的舒适，在他看来，这是人欲，也是天理。他丝毫不掩饰人性中的欲念，也丝毫不以有此欲念为羞耻。他虽然不提倡纵欲，但也不主张节欲。欲可导，而不可抑。在《生活的艺术》（*The Importance of Living*）一书中，林语堂特立"生命的盛宴"（The Feast of Life）[1]一章，提出快乐并不分精神与物质，这

---

[1] Lin Yutang, *The Importance of Living*, Beijing: Foreign Language Teaching and Research Press, 1998, pp. 119-142. 本文英译中均为自译。

两者是一物的两面，是合而为一的。而所谓精神上的快乐并不高于所谓物质上的快乐，就如欣赏音乐和抽烟斗，究竟何者是精神，何者是物质，是无从分起的。在他看来，强分快乐为精神的和物质的，"是徒增纷扰，是不智的，也是不真实的"[1]。打破精神和物质的二分法，也就能对理欲、情色给以更合乎人性的界定。在1929年写《机器与精神》一文时，他就已提出："大凡说哪一方面是物质文明，哪一方面是精神文明，都是过于笼统肤浅之谈，无论何种文明都有物质与精神两方面。"[2]这种"心物合一""灵肉一体"的看法，是林语堂人生哲学的基本观点。

在林语堂的哲学里，特别看重"情"字。在《生活的艺术》中，他多次征引张潮（1650—？）《幽梦影》中"情之一字，所以维持世界；才之一字，所以粉饰乾坤"[3]这句话。他说："除非我们有情，否则无从开始我们的生命。情是生命的灵魂，星辰的光辉，音乐和诗歌的韵味，花朵的愉悦，禽鸟的羽翼，女子的趣韵，和学问的生命。"[4]

林语堂从来没有这样充满感情地陈述过"理"在生命和生活中的意义。因为他了解一个人"与自己的本能战是无谓的"[5]。他说，"我一向认为，生活的目的是真正地享受生活"[6]。

在"人类的快乐是感官的"（Human Happiness Is Sensuous）一

1　Lin Yutang, *The Importance of Living*, p. 119.
2　林语堂：《机器与精神》，收入《胡适文存》第三卷，第15页。
3　参见张潮《幽梦影》（合肥：黄山书社，1991年，第74页）。林语堂在 *The Importance of Living* 中引用了两次，第94、329页。这句话的英文翻译是：Passion holds up the bottom of the universe and genius paints up its roof.
4　Lin Yutang, *The Importance of Living*, p. 94.
5　Lin Yutang, *The Importance of Living*, p. 167.
6　Lin Yutang, *The Importance of Living*, p. 120.

节中,他直截了当地指出:"所有人类的快乐都是生物性的快乐。这个说法是绝对科学的。为了免受误解,我必须把话说得清楚些:所有人类的快乐都是感官上的快乐。"接着他指出,所谓精神状态也无非就是内分泌在起作用。而"所谓快乐,对我而言,大部分是和消化相关的"。最后,他很风趣地总结:"一个人要是大便畅通,他就快乐,要是不畅通,就不快乐。"[1] 林语堂用这种近乎粗鄙的语言来说明快乐的定义,带着一种反道学的精神。他善于将最神圣或神秘的感觉,用最平常的字眼来进行分析和解释,让人领受一种"说穿了稀松平常"的快意。

林语堂提倡享乐,但并不颓废。他珍视生活中的每一个小情趣,《生活的艺术》第九章专讲生活的享受,无论躺在床上、坐在椅子上、谈话、喝茶、抽烟、熏香、喝酒、酒令、食物都专立一节,来讨论这些日常生活的乐趣。因此,林语堂的享乐不同于"今朝有酒,今朝醉"的颓废。他痛恨说大话、说假话,他只是说,快快乐乐地活,舒舒服服地过,没什么罪过。看林语堂《生活的艺术》,总让我想起李渔(1611—1680)的《闲情偶寄》。《闲情偶寄》中,也有专讲"居室""器玩""饮馔""种植""颐养"的篇章[2]。很显然,林语堂受了李渔的启发。这样的人生哲学并非来自西方,而是从中国传统中滋养出来的。

从十九世纪末到二十世纪三十年代,"个人主义"在中国是种时髦的思想,个人的价值和自由受到空前重视,许多知识分子批评传统大家庭制度是个人发展的阻碍,"家"不但不是温暖和快乐所在,反而成了

---

[1] Lin Yutang, *The Importance of Living*, p. 123.
[2] 李渔:《闲情偶寄》,上海:上海古籍出版社,2000年。参见"居室部""器玩部""饮馔部",第180—260页。

痛苦和罪恶的渊薮。从康有为《大同书》的"去家界为天民"[1]，到胡适主张的"不婚""无后"，都是围绕着打破家庭这个组织而立论的。巴金在二十世纪三十年代出版的畅销小说《家》，更是为一个年轻人如何打破家庭的桎梏而找到自由，作了最浪漫的叙述。在这样的风气之下，家庭生活对许多新派知识分子来说，是不屑追求，也不屑营造的。

林语堂在他同时代的人物中，是极少数有温暖家庭生活的。他在《生活的艺术》中，特立"家庭的快乐"（The Enjoyment of the Home）一章，明白宣称：夫妇关系是人伦之始，而天伦之乐则是人生之中最基本的快乐。生育子女是夫妇的天职，男女生活在一起而不生育，在他看来，是"不完全的"。他很严肃地指出：

> 在我看来，无论是什么理由，一个男人或一个女人在离开这个世界的时候，竟然没有留下孩子，那是对他们自己犯了最大的罪孽。[2]

这一看法，完全符合"不孝有三，无后为大"的传统中国礼教。

正因为林语堂是如此的重视家庭生活，他对所谓妇女解放的看法也不同于同时代的新派知识分子。自 1918 年 6 月，《新青年》出了"易卜生专号"，胡适写了《易卜生主义》[3]之后，易卜生名剧《玩偶之家》（A Doll's House）中的女主角娜拉（Nora），成了中国妇女解放的象征人物。而剧中，娜拉离家出走的那一幕，几乎与妇女获得独立与自

---

1 参见康有为《大同书》，台北：帕米尔书店，1989 年，第 225—352 页。
2 Lin Yutang, *The Importance of Living*, p. 167.
3 胡适：《易卜生主义》，《胡适文存》第一卷，第 455—468 页。

由有同等的意义。林语堂则认为，女子首要的责任是妻子和母亲，他不相信所谓事业上的成功能取代做母亲的快乐，甚至认为婚姻就是女人最好的事业。[1]这在今天看来，几乎有歧视女性的危险了。他丝毫不含糊地指出：

> 女人最崇高的地位是作为一个母亲，要是一个妻子拒绝作母亲，她立即就会失去尊严，别人也不把她当回事，因而有成为玩物的危险。对我来说，妻子没有孩子，只是情妇，而情妇有了孩子，就是妻子，且不管他们的法律地位是什么。[2]

这样的提法，不免是以男子为中心，但也符合林语堂一再强调的自然界的生物现象。

要了解林语堂家庭生活的和乐，可以参看他三个女儿所写的日记，1939年在纽约出版，书名叫《吾家》(*Our Family*)，赛珍珠（Pearl S. Buck）作序。这些日记是孩子们的手笔，真实地反映出了林语堂的日常生活和其乐融融的家庭。[3]他的二女儿林太乙写了一本《林家次女》，也可参看。[4]在同时代的知识分子中，有这样家庭生活的是极少数，只有赵元任有类似的家庭乐趣。[5]

1947年，林语堂在纽约出版《苏东坡传》，英文书名是 *The Gay*

---

[1] Lin Yutang, *The Importance of Living*, pp. 172–174. 林语堂用反问的语气写道："难道婚姻不是女人最好的事业吗？"(p. 174)
[2] Lin Yutang, *The Importance of Living*, p. 179.
[3] Adet and Anor Lin, *Our Family*, New York: The John Day Company, 1939.
[4] 林太乙：《林家次女》，上海：学林出版社，2001年。
[5] 参见杨步伟《杂记赵家》，台北：传记文学出版社，1985年。

Genius: The Life and Times of Su Tungpo。苏东坡是林语堂最崇拜的诗人，书中字里行间我们不难看出林语堂对苏东坡的学识、才情、为人、处世，真是心向往之，有时我们甚至分不清林语堂是在写苏东坡还是写他自己。苏东坡最令林语堂倾倒的一点，是他的 gay。Gay 这个词在中文词汇中不易找到一个完全对等的词。它的本义是一种充满活力的、近乎放肆的快乐和愉悦。Gay 在晚近的英文里成了同性恋的同义词，林语堂用的是它的本义。其实，用 gay 这个词来描述林语堂自己也再恰当不过了。

1955 年，林语堂出版小说《远景》[1]，同年 5 月 24 日的《纽约时报》（*The New York Times*）有普雷斯科特（Orville Prescott）所写的书评，也特别提到林语堂提倡享乐的人生哲学，并引了书中所说最理想的生活是："住有美国暖气的英国木屋，有个日本妻子，法国情妇，和中国厨子。"[2] 这样的提法，当然有玩笑和幽默的成分，但林语堂所谓理想生活不排斥口腹和声色之娱，也是不争的事实。

在现实情况极端苦难，言论控制十分严密的大环境里，提倡享乐主义，是有可能被指摘为逃避现实或麻痹青年的。但我们也不难看出，林语堂的文章往往带着正话反说的讥讽。正如同魏晋名士的放浪，对当前恶劣的形势，有一定的反抗。郁达夫在 1935 年为《中国新文学大系》所写的《现代散文导论》中，说林语堂"耽溺风雅，提倡性灵，亦是时势使然；或可视为消极的反抗，有意的孤行"，并指出这种性格是"隐

1　Lin Yutang, *Looking Beyond*, New York: Prentice Hall, 1955.
2　Orville Prescott, "Books of the Times ", *The New York Times* (May 24, 1955).

士和叛逆者"的混合。[1] 这段评论，很能体现林语堂思想和个性上的特点。

林语堂与鲁迅

1981年北京人民文学出版社出版的十六卷本《鲁迅全集》，提到林语堂的地方不少。

> 三十年代在上海主编《论语》《人间世》《宇宙风》等刊物，提倡"幽默"、"闲适"和"性灵"文学，以自由主义者的姿态为国民党反动统治者粉饰太平。一九三六居留美国，一九六六年定居台湾，长期从事反动文化活动。[2]

这短短的一段话，或可视为1949年之后大陆官方对林语堂的评价。[3] 其实林语堂一生除1927年曾短期任武汉国民政府外交部秘书外，没有参与过政府的工作，1936年之后长期居留海外，主要以英文发表著作，很少具体评论国内事务。究竟是什么原因使得官方给出如此评价

---

[1] 郁达夫：《现代散文导论（下）》，《中国新文学大系导论集》，上海：上海书店，1982年，第219页。"隐士和叛逆者"原出周作人《泽泻集序》，原文作"叛徒与隐士"。《周作人全集》第一卷，台北：蓝灯文化事业股份有限公司，1992年，第131页。

[2] 鲁迅：《"〈论语〉一年"——借此又谈萧伯纳》，《鲁迅全集》第四卷，北京：人民文学出版社，1981年，第571页。类似的注，散见各集，文字略有异同。

[3] 2005年出版的《鲁迅全集》中，对林语堂的介绍为："三十年代在上海主编《论语》、《人间世》、《宇宙风》等刊物，提倡'幽默'、'闲适'和'性灵'的小品文。1936年居留美国，1966年定居台湾。"（鲁迅：《"〈论语〉一年"——借此又谈萧伯纳》，《鲁迅全集》第四卷，北京：人民文学出版社，2005年，第586页。）——编者注

呢？这还需从林语堂与鲁迅的一段交往谈起。

1932—1935年是林语堂在中国最活跃、影响最大的几年，他主编的《论语》《人间世》和《宇宙风》三本杂志畅销一时，"幽默""闲适"成为一时风尚。由于林语堂、周作人等人以晚明小品作为文章典范，许多在清代遭到禁毁的明人集子，重新受到二十世纪三十年代中国知识分子的注意。林语堂在1934年出版了包括《袁中郎全集》在内的"有不为斋丛书"，这些重刊的书籍，都是明末清初"专抒性灵"的作品。[1] 与此同时，以鲁迅为首的左翼作家的兴起，大力提倡无产阶级文学，由此引发了鲁迅与梁实秋之间"文学有没有阶级性"的辩论。[2] 林语堂虽未直接参与这次论战，但显然较同情梁实秋文学并无阶级性的说法。

林语堂向往的是传统中国文人精致典雅悠闲的生活，这与鲁迅此时所热衷的无产阶级文学是不同调的，这一点在他的名著《生活的艺术》中表现得最为明显。晚明文人袁宏道的作品，张岱的山水小品，明末清初李渔的《闲情偶寄》，张潮的《幽梦影》，都受到林语堂的高度欣赏和评价，其中许多片断被收入《生活的艺术》一书中。

从五四时期到二十世纪三十年代，那个时期的作品，无论是小说还是散文，大多强调中国的苦难、列强的侵凌、礼教的束缚，继而要同胞们奋发、努力，改革不合理的制度。陈独秀发表在《新青年》上的文章，鲁迅的短篇小说，胡适的社会评论，可以说无一例外。林语堂是少数敢于在那个苦难的时代里提倡生活的情趣的人，并且带着相当享乐

---

[1] 林语堂：《有不为斋丛书序》，《有不为斋随笔》，台北：德华出版社，1979年，第4页。
[2] 有关这次辩论，参见黎照编《鲁迅梁实秋论战实录》，北京：华龄出版社，1997年。

主义的色彩，提出了"快乐无罪"的看法。也正是在这样的基础上，鲁迅说"他［林语堂］所提倡的东西，我是常常反对的"[1]。

1933年6月20日，鲁迅写信给林语堂，对《论语》的作风已经不甚满意，但语气还是平和的：

> 顷奉到来札并稿。前函令打油，至今未有，盖打油亦须能有打油之心情，而今何如者。重重压迫，令人已不能喘气，除呻吟叫号而外，能有他乎？
>
> 不准人开一开口，则《论语》虽专谈虫二，恐亦难，盖虫二亦有谈得讨厌与否之别也。天王已无一枝笔，仅有手枪，则凡执笔人，自属全是眼中之钉，难乎免于今之世矣。

据《鲁迅全集》注，"虫二"是"风月"两字去其边，因此，"虫二"亦即"风月无边"之意。所谓"天王"指的则是"国民党"。[2]

林语堂何尝不知"重重压迫，令人已不能喘气"，"九一八"之后，中国到了存亡的关头。他之所以在此时写打油、谈风月，正是要在这样恶劣的环境之下，为中国人提供一处在政治上比较中立的空间，在那方园地里，还能喘喘气，还能在"呻吟叫号"之外，有些微吟低唱。他在《有不为斋丛书序》中，很风趣地说明了这样的心情：

> 难道国势阽危，就可不吃饭撒尿吗？难道一天哄哄哄，口

---

[1] 鲁迅：《论语一年》，《鲁迅全集》第四卷，第567页。
[2] 鲁迅：《致林语堂》，《鲁迅全集》第十二卷，第187—188页。

> 沫喷人始见得出来志士仁人之面目吗？恐怕人不是这样的一个动物吧。人之神经总是一张一弛，不许撒尿，膀胱终必爆裂，不许抽烟，肝气终要郁结，不许讽刺，神经总要麻木，难道以郁结的脏腑及麻木的神经，抗日尚抗得来吗？[1]

林语堂曾说，要做文人，须先做人。[2] 同理，要做一个爱国的人，也必须先做人。没有一个连人都做不好的人，能做好文人或爱国的人的。林语堂拒绝依附党派，拒绝卷入政治斗争，并不是不关心政治，不关怀社会。在他看来，知识分子在政治上扮演的角色，不是顾问，而是质疑者。一旦成了顾问，也就是所谓"国师"，就免不了得为当道谋划献策。林语堂对中国的将来既没有画过蓝图，也没有指出过方向。他也没有鲁迅要用文学来为中国人治病的雄心。

1933年，鲁迅发表《小品文的危机》，把林语堂所提倡幽默闲适的小品文比作文人雅士案头的清供和书房中的小摆设，指出提倡者的用心是想"靠着低诉或微吟，将粗犷的人心，磨得渐渐的平滑"[3]。鲁迅的这一论调，后来成了大陆对林语堂官方评价的底本。鲁迅认为，当时中国需要的是"匕首和投枪，要锋利而切实，用不着什么雅"，而林语堂提倡的小品文则缺"挣扎和战斗"的精神和内容。[4] 全文的总结是：

---

1 林语堂：《有不为斋丛书序》，《有不为斋随笔》，第4页。
2 林语堂：《做文与做人》，《林语堂散文》第三卷，石家庄：河北人民出版社，1991年，第137—146页。
3 鲁迅：《小品文的危机》，《鲁迅全集》第四卷，第575页。
4 鲁迅：《小品文的危机》，《鲁迅全集》第四卷，第575页。

第一章　传统与宗教：异类的知识旅程

> 生存的小品文，必须是匕首，是投枪，能和读者一同杀出一条生存的血路的东西；但自然，它也能给人愉快和休息，然而这并不是"小摆设"，更不是抚慰和麻痹，它给人的愉快和休息是休养，是劳作和战斗之前的准备。[1]

1933—1935 年间，鲁迅曾多次撰文，或指名或暗讽林语堂提倡的小品文。如 1933 年的《"滑稽"例解》[2]，1935 年的《论俗人应避雅人》[3]，都是针对林语堂而发。

1935 年《宇宙风》首刊，林语堂在《且说本刊》一文中，提出了对当时文坛的观察和批评，与鲁迅的说法有针锋相对的地方：

> 吾人不幸，一承理学道统之遗毒，再中文学即宣传之遗毒，说者必欲剥夺文学之闲情逸致，使文学成为政治之附庸而后称快，凡有写作，猪肉熏人，市巾作祟，开口主义，闭口立场，令人坐卧不安，举措皆非……[4]

这段话说出了林语堂与左派文人之间对文学功能根本不同的看法。在林语堂看来，文学除了为作者自己服务，没有其他服务的对象。他经常拿晚明袁宏道所说"独抒性灵，不拘格套"[5] 作为写作的原则。"独抒性灵"是就内容言，亦即文学的功能只是在抒发作者的情性、哀乐、癖

---

[1] 鲁迅：《小品文的危机》，《鲁迅全集》第四卷，第 576—577 页。
[2] 鲁迅：《鲁迅全集》第五卷，第 342—344 页。
[3] 鲁迅：《鲁迅全集》第六卷，第 204—207 页。
[4] 林语堂：《且说本刊》，《林语堂散文》第一卷，第 226 页。
[5] 这两句话原出袁宏道《叙小修诗》，《袁中郎全集》，台北：世界书局，1964 年，第 5 页。

好。至于是否有益世道人心，能否劝世救国，甚至为无产阶级服务，都与文学不相干。"不拘格套"则是就形式言，好的作品必须在形式上有充分的自由。所以他说，"文学亦有不必做政治的丫环之时"。[1]

这番话当然也是回应胡风在1934年发表的《林语堂论》。胡风对林语堂从二十世纪二十年代《剪拂集》的"凌厉风发"，退居到了三十年代的"幽默闲适"，不但深致惋惜，而且有严厉的批评，认为林语堂所提倡表现"个性"的小品，是脱离实际的，缺乏社会关怀。而林语堂所谓"个性"，"既没有一定的社会土壤，又不受一定的社会限制，渺渺茫茫，从屈原到袁中郎都没有分别"。[2]在林语堂看来，屈原和袁中郎虽然在时间上有近两千年的距离，一个生在战国，一个生在明末，但文学是反映作家个性的这一点，却是共通的。胡风则认为，文学不只是反映作家的个性，也必须是社会的一面镜子，起一种改造社会的作用。

林语堂在《剪拂集》的序里，对自己由凌厉风发变为幽默闲适，作了一定的交代，亦即在不可有为的时代，宁可有所不为，以"有不为"名其斋，取意正在此。有所不为，还可以保持一定的独立和人格，在不可有为的时代，而企图有所作为，则不免沦为政治的宣传。[3]加入"左联"以后的鲁迅不正是如此吗？鲁迅在死前一年，写信给胡风，说到萧军应不应该加入"左联"的事。他直截了当地回答道：

我几乎可以无须思索，说出我的意见来，是：现在不必进

---

1 林语堂：《且说本刊》，《林语堂散文》第一卷，第226页。
2 胡风：《林语堂论——对于他底发展的一个眺望》，梅林编《胡风文集》，上海：春明书店，1948年，第53页。
3 林语堂：《剪拂集》，上海：北新书局，1928年，第I—VI页。

去。最初的事，说起来话长了，不论它；就是近几年，我觉得还是在外围的人们里，出了几个新作家，有一些新鲜的成绩，一到里面去，即酱在无聊的纠纷中，无声无息。以我自己而论，总觉得缚了一条铁索，有一个工头在背后用鞭子打我，无论我怎样起劲的做，也是打，而我回头去问自己的错处时，他却拱手客气的说，我做得好极了……真常常令我手足无措，我不敢对别人说关于我们的话，对于外国人，我避而不谈，不得已时，就撒谎。你看这是怎样的苦境？[1]

连鲁迅进入"左联"之后都觉得身不由己，更不要说其他身份地位不如鲁迅的作家了。林语堂在写作中始终要保持他的独立和自由，拒绝成为任何人、任何主义、任何教条的工具。

林语堂曾以"寄沉痛于悠闲"论周作人诗。[2] 也许我们可以说林语堂的小品文"悠闲有余，沉痛不足"，甚至"但有悠闲，而无沉痛"，但这一点在林语堂看来，并不足为病。二十世纪三十年代，在"左联"无产阶级文学的狂澜之下，出现了几乎只要是文学就必须"沉痛"的局面。此时，林语堂敢于站出来说，"沉痛"固然是文学，"沉醉"也未尝不是文学。一个作家在"沉痛"之余，也有"沉醉"的权利。这样的看法，与其说是他跟不上时代，不如说是时代跟不上他。我在《林语堂与小品文》一文中曾经指出：二十世纪三十年代，在国难深重的时刻，林语堂提倡写幽默闲适的小品，其精义还是在争取言论自由。"他所一

---

[1] 鲁迅：《致胡风》，《鲁迅全集》第十三卷，第211页。
[2] 转引自胡风《林语堂论——对于他底发展的一个眺望》，梅林编《胡风文集》，第58页。

再强调，一再表明的是：即使国难当前，我有不谈救国的自由；即使国难当前，我还要有做我自己的自由。"[1]

鲁迅发表《小品文的危机》之后，梁实秋曾发文声援林语堂。1933年10月21日，梁在天津《益世报·文学周刊》发表了《小品文》一文，指出鲁迅太过"霸道"，小品文应该允许有不同的风格，无须千篇一律"有不平，有讽刺，有攻击"。即使有些"小摆设"，也不致消磨青年的革命志气。[2]

鲁迅批评《论语》《人间世》的小品文确有太过"霸道"的地方，但他指出，二十世纪三十年代的中国，究竟不是晚明，在当时提倡明季山人墨客的生活，不免有效颦学步之讥，这一点确实道出了林语堂在三十年代提倡幽默闲适的病痛所在。鲁迅在1934年6月2日给郑振铎的一封信里写道：

> 小品文本身本无功过，今之被人诟病，实因过事张扬，本不能诗者争作打油诗；凡袁宏道李日华文，则誉为字字佳妙，于是而反感随起。总之，装腔作势，是这回的大病根。其实文人作文，农人掘锄，本是平平常常，若照相之际，文人偏要装作粗人，玩什么"荷锄带笠图"，农夫则在柳下捧一本书，装作"深柳读书图"之类，就要令人肉麻。现已非晋，或明，而《论语》及《人间世》作者，必欲作飘逸闲放语，此其所以难也。[3]

---

[1] 周质平：《林语堂与小品文》，《现代人物与思潮》，台北：三民书局，2003年，第7页。
[2] 梁实秋：《小品文》，收入黎照编《鲁迅梁实秋论战实录》，第535页。
[3] 鲁迅：《致郑振铎》，《鲁迅全集》第十二卷，第443页。

第一章 传统与宗教：异类的知识旅程

闲适幽默，讲究生活情趣，是一种心境，一种态度，不可时时挂在笔端口头。在生活细节上努力作出闲适风雅，唯恐落入俗套，结果却不免成了"一说便俗"的尴尬处境。雅人自有深致，不需时时说出。鲁迅发表《论俗人应避雅人》，取意也正在此。

林语堂以晚明文人的作品和生活形态作为二十世纪中国知识分子的某种典型，一方面如鲁迅所说，忽略了时代的不同，"九一八"以后的中国毕竟不是万历后期的明代；另一方面，明季的山人墨客，表面上风雅自适，实际上有许多欺世盗名之徒，风雅闲适只是幌子，争名夺利毫不多让。

山人名士，特盛于明季，沈德符（字景倩，1578—1642）在《万历野获编》中特立"山人"一节，可以看出山人在当时泛滥堕落的一般："此辈率多儇巧，善迎意旨，其曲体善承，有倚门断袖所不逮者。"[1]林语堂在文章中经常提到的陈继儒（字仲醇，号眉公，1558—1639），自称山人，而实周旋于官绅之间，以此而名利兼收。蒋士铨（字心馀，1725—1785）在《临川梦》一剧中讥评陈继儒"装点山林大架子，附庸风雅小名家。终南捷径无心走，处士虚声尽力夸。獭祭诗书充著作，蝇营钟鼎润烟霞。翩然一只云间鹤，飞来飞去宰相衙"[2]。这说的虽是陈继儒，也实是晚明山人的众生相。林语堂推崇袁宏道、陈继儒这批晚明文人的同时，多少也助长了一些附庸风雅的虚骄之气。[3]

小品文是晚明那个特殊时代的产物，反映的是十六、十七世纪中

---

[1] 沈德符：《万历野获编》，北京：中华书局，1959年，第587页。
[2] 蒋士铨：《隐奸》，《临川梦》，《红雪楼九种曲》卷上，台北：艺文印书馆，出版时间不详，第6页。
[3] 参见周质平《公安派的文学批评及其发展：兼论袁宏道的生平及其风格》，台北：台湾商务印书馆，1986年，第80—90页。

国部分文人墨客的生活。二十世纪三十年代，既没有晚明的生活，更没有晚明的社会环境，在"九一八"之后提倡写晚明小品，又何尝不是林语堂经常讥讽的假古董呢？

1934年8月13日，在给曹聚仁的一封信中，鲁迅提到，他曾建议林语堂少写小品，多作一些翻译，或许更有益于中国：

> 语堂是我的老朋友，我应以朋友待之，当《人间世》还未出世，《论语》已很无聊时，曾经竭了我的诚意，写一封信，劝他放弃这玩意儿，我并不主张他去革命，拼死，只劝他译些英国文学名作，以他的英文程度，不但译本于今有用，在将来恐怕也有用。他回我的信是说，这些事等他老了再说。这时我才悟到我的意见，在语堂看来是暮气，但我至今还自信是良言，要他于中国有益，要他在中国存留，并非要他消灭。他能更急进，那当然很好，但我看是决不会的，我决不出难题给别人做。不过另外也无话可说了。
>
> 看近来的《论语》之类，语堂在牛角尖里，虽愤愤不平，却更钻得滋滋有味，以我的微力，是拉他不出来的。[1]

在鲁迅看来，林语堂的小品是"无聊的玩意儿"，于中国无益，也无法存留下来。有益无益，我们无法确知，但七八十年过去了，林语堂的作品还在继续重印，却是事实。当然，七八十年在历史上只是一瞬，语堂小品，能否传之后世，而今言之过早，即使鲁迅的作品是否能够不

---

[1] 鲁迅：《致曹聚仁》，《鲁迅全集》第十二卷，第505—506页。

第一章　传统与宗教：异类的知识旅程

朽，也还未知。但有一点，鲁迅是对的，林语堂没有变得更急进。至于说钻牛角尖是林语堂自己也承认的。他在《行素集·序》中说：

> 信手拈来，政治病亦谈，西装亦谈，再启亦谈，甚至牙刷亦谈，颇有走入牛角尖之势，真是微乎其微，去经世文章远矣。所自奇者，心头因此轻松许多，想至少这牛角尖是我自己的世界，未必有人要来统制，遂亦安之。孔子曰：汝安则为之。我既安矣，故欲据牛角尖负隅以终身。[1]

鲁迅用"牛角尖"似有贬义，而林语堂则坦承不讳，并以钻牛角尖而自命、自乐。

1936年10月19日，鲁迅死在上海，当时林语堂在纽约。十三个月之后，林语堂发表《悼鲁迅》，悼念这位老朋友，对他们两人的交谊离合，作了回顾和分析。讲到有关小品文的那段争执，林语堂是这么说的：

> 《人间世》出，左派不谅吾之文学见解，吾亦不肯牺牲吾之见解以阿附初闻鸦叫自为得道之左派，鲁迅不乐，我亦无可如何。鲁迅诚老而愈辣，而吾则向慕儒家之明性达理，鲁迅党见愈深，我愈不知党见为何物，宜其刺刺不相入也。[2]

1　林语堂：《行素集·序》，《我行我素》，北京：群言出版社，2010年，第3页。
2　林语堂：《悼鲁迅》，《宇宙风》半月刊第32期（1937年1月1日），第395页。

林语堂和鲁迅之交恶，全在"党见"二字。林语堂所提倡的小品文是"以自我为中心"的，这一点正是"个人笔调及性灵文学之命脉"所在。[1] 林语堂的小品文在现代中国文学史上之所以有一席地，正在他能独树一帜，没有随着左派俯仰。这点缺乏"党见"，在部分人看来，自然是一种遗憾，但就客观的立场而论，则正是林语堂二十世纪三十年代在中国文坛的贡献。

夏志清在英文本的《近代中国小说史》上，对林语堂小品文作了这样的评价：

> 检视林语堂在这段时期所写的中文小品，我们发现，那些尖锐又语带讥讽的短文是很精彩的，但那些英国式的小品文则是刻意的怪异，而没能达到性灵较高的境界。[2]

夏志清所说"刻意的怪异"，与鲁迅所说的"装腔作势"，或郁达夫"有意的孤行"，有类似处。晚明小品除了"独抒性灵，不拘格套"，也很注重"信腕信口，皆成律度"。[3] 林语堂的语录体，文字上简练是他的长处，但正因为过分简练，让人觉得不是信手偶得之作，这是他不能达到较高性灵境界的另一个原因。夏志清接着说道：

> 在与左派作家的对抗中，林语堂当然用了西方的传统。但

---

1 林语堂：《说自我》，《讽颂集》，台北：志文出版社，1966 年，第 220 页。
2 C. T. Hsia, *A History of Modern Chinese Fiction 1917–1957*, New Haven: Yale University Press, 1961, p. 134.
3 袁宏道：《雪涛阁集序》，《袁中郎全集》，第 7 页。

第一章　传统与宗教：异类的知识旅程

他并没有［建立］严肃的文学或知识上的标准，而只是激发了一些不很相干的个人热情……林语堂在让读者偏离共产主义这一点上，做的比他同时代的任何作家都多，但他自己却走进了一条享乐主义的死胡同，而未能为纯粹的艺术追求给以关键的动力。[1]

这段评论可称公允，企图用幽默闲适来与当时的左派抗衡，不免是螳臂当车，必无胜算。夏志清所谓"享乐主义的死胡同"，意即在此。这点是今天左的评论家也会同意的。

1991年，河北人民出版社出版了《林语堂散文》三册，卷首有徐学所写，冠题为《孔孟风骨　幽默文章》的序言，他对林语堂在现代文学史上的贡献，基本上是肯定的，并给以相当高的评价。但认为林语堂"在政治立场和观点上有偏差与失误"。他说，对林语堂的"艺术修养与艺术手法"，不可因政治立场的不同而"一笔勾销"。换句话说，政治观点和艺术成就，必须"一分为二"，不可混为一谈，这样的态度表面上看来是很公允的，但稍一推敲，就不难发现，林语堂之所以有他的艺术修养与手法，正是因为他在政治上有一种自由主义和个人主义的基本信念。没有自由主义和个人主义作为思想的基砥，就不可能产生"独抒性灵，不拘格套"的文学作品。所以"艺术成就"和"政治立场"是有一定关系的。

---

[1] C. T. Hsia, *A History of Modern Chinese Fiction 1917–1957*, p. 134.

从白话文到简体字

1917年胡适在《新青年》上发表《文学改良刍议》之后，白话文的发展非常迅速，短短五年之间，小学的语文课本，就由文言改成了白话。林语堂基本上是支持白话文运动的。但在他看来，文白之间，并非壁垒分明，而是可以互相补足的。他自己的文体，就充分体现了文白夹杂的特点，他写作的时候，不拘泥于文言口语，也不拘泥古今词汇，只要能表达他所思所感，无不可以入文。他提倡写晚明小品或语录体的文字，这样的文字，当然可以视为不彻底、不纯粹的白话，但也正因为如此，林语堂体的白话，大大拉近了古今文体的距离，缓和了文言和白话之间的断层现象，减轻了白话文过分冗沓辞费的问题。他在《怎样洗炼白话入文》中说，"须知吾之拥戴语录，亦即所以爱护白话，使一洗繁芜绮靡之弊，而复归灵健本色之美"[1]。

换句话说，林语堂之提倡语录体，是要文言为白话服务，而不是白话为文言服务。这和晚明公安袁氏兄弟选用一些街谈巷语入其诗文，欲其诗文有些本色灵动之美，是有根本上的不同的。袁氏兄弟的主张，其最后之目的，还在救五七言之穷，并非用白话写诗作文。而林语堂则是用文言来救白话的繁芜。

林语堂对当时文体的批评，并不是嫌文体过白，恰恰相反，是当时的白话文有恶性西化的倾向，所谓白话只是一种说不出，又看不懂的书面语。所以他"深恶白话之'文'，而好文言之'白'"[2]。他一针见血地

---

[1] 林语堂：《怎样洗炼白话入文》，《林语堂散文》第一卷，第270—271页。
[2] 林语堂：《怎样洗炼白话入文》，《林语堂散文》第一卷，第270页。

第一章 传统与宗教：异类的知识旅程

指出：

> 故欲纠正今日文字之失，仍是大家先学做好白话文。须知今日白话之病，不在白话自身，而在文人之白话不白而已。[1]

因此，他理想中的白话文"乃是多加入最好京语的色彩之普通话也"[2]。这一看法，在他晚年有进一步的阐发，他在《论言文一致》一文中说：

> 我想我们的目标，是要做到"语文一致"，并非专讲"引车卖浆者流"的口语，也非要专学三代以上的文章。要写得出来，也念得出来。这样才可以算是理想的白话文学。要念得出，听得懂，这才是文人的国语。[3]

胡适提倡白话文，林语堂是支持的，但对白话的定义，两人并不完全一致。胡适侧重在文白之异，在《文学改良刍议》中，开宗明义地说明，"不摹仿古人""不用典""不讲对仗"。[4] 而林语堂则认为"国语中多文言遗产，为何不可享受？"[5] 侧重在文白的融合。

对于汉字的改良，林语堂也有极独特的观点，他不像钱玄同提出

---

1 林语堂：《怎样洗炼白话入文》，《林语堂散文》第一卷，第 271 页。
2 林语堂：《怎样洗炼白话入文》，《林语堂散文》第一卷，第 278 页。
3 林语堂：《论言文一致》，《林语堂散文》第三卷，第 247—248 页。
4 胡适：《文学改良刍议》，《胡适文存》第一卷，第 4 页。
5 林语堂：《怎样洗炼白话入文》，《林语堂散文》第一卷，第 272 页。

废灭汉字汉语而径用"世界语"（Esperanto）取代的极端主张[1]，林语堂对汉字汉语的态度是：汉字虽不理想，却是唯一可行的一套书写工具，至于汉语，则必须推行国语，来作为这个多方言国家的共同语。换句话说，他是要在现有的基础上进行改良，而不是全盘推翻。他发明新的检索方法，积极地参与国语罗马字制定的工作，提倡俗字。

如何让汉字更便利地适用于现代中国，是林语堂终其一生的关怀。他在1917年12月写了《汉字索引制说明》，发表在《新青年》第四卷第二号。他指出，中国传统的检索方法是极不科学，极不便利的。他提出了以笔划之先后为检索的基础。计得首笔二十八种，约略相当于英文之二十六个字母。当然，这只是一个极粗略的系统，但至少为汉字检索提出了一个全新的概念，得到了当时北京大学校长蔡元培的赞赏。蔡元培为他短短不到四页的文章，写了一篇序，并许之为"其足以节省吾人检字之时间，而增诸求学与治事者，其功效何可限量耶！"钱玄同为林语堂此文写了跋语，说这一构想"立法简易，用意周到"。林语堂当时才二十二岁，能得到学界两位领袖的支持是很不寻常的。[2]

1924年林语堂首先提出给不同笔划以号码的构思，王云五在这个基础上发表了他的"四角号码检字法"。说林语堂是汉字自动化的先驱是一点都不为过。

在1933发表在《论语》的一篇文章中，林语堂对汉字的改革有非常通情达理的见解，比之今日许多汉字卫道者，其开明进步之程度，真不能以道里计。他一方面了然汉字存在的必要，另一方面则不排斥俗字

---

1 参见钱玄同《通信》，《新青年》第5卷第2号，第177—178页。
2 林玉堂：《汉字索引制说明》，《新青年》第4卷第2号（1918年2月15日），第128—135页。

和简字。他指出：

> 今日汉字打不倒，亦不必打倒，由是汉字的改革，乃成一切要问题。如何使笔画减少，书写省便，乃一刻不容缓问题。文字向来由繁而简。人类若不能进化，我们今日仍应在写蝌蚪文籀文之类，反对汉字简化的守古之士，我们只好问他何不写蝌蚪文。[1]

林语堂对秦始皇统一文字的运动给以极高的评价，并指出整个书同文的历史，是小篆取代籀文，隶书取代小篆，"俗字打倒正字"的过程。他对当时国民政府教育部在这个议题上不能当机立断提倡简体字，感到相当不耐。他说：

> 这种比较彻底的改革，非再出一个秦始皇，李斯下令颁布强迫通用，不易见效。如有这样一个秦始皇，我是赞成的。[2]

在文章结论中，他将提倡俗字的主张归结为几点，其中包括："现行俗体省体之简便者，皆可采录"，如"灯""万"等字；"古字之简省者，亦可采用"，如"礼""众"等字；"行草书之省便者，应改为楷书笔划"，如"欢""观"等字；"在白话中特别常见之字，尤应顾到"，如"边""这"等字。他同时指出"教员有教学生写省笔及行书之义务"。

---

[1] 林语堂：《提倡俗字》，《林语堂散文》第二卷，第386—387页。
[2] 林语堂：《提倡俗字》，《林语堂散文》第二卷，第387—388页。

在看完这几点之后，我们不得不说，林语堂的简体字方案，比起中国语言文字改革委员会在1958年提出来的方案，整整早了二十五年。

二十世纪四十年代，林语堂将他的精力财力倾注于发明一种全新构思的中文打字机，取名为"明快打字机"。这个打字机的构想，已有了汉字自动化处理的初步设计。1946年2月，林语堂在英文《亚洲》(Asia)杂志上发表了《中文打字机的发明》("Invention of a Chinese Typewriter")一文。在文中，他为自己的新发明作了扼要的说明：

> 过去一年来，我荒废了自己在文学方面的工作，集中精力来完成我过去差不多30年来，不断在改善中的一个为我所珍爱的计划。我现在发明了一个和标准美国打字机同样大小的机子，这个机器是为没有受过任何训练的人而设计的。这个打字机可以直接打印出5000个左右整个的汉字，加上汉字部件的组合，理论上可以打印出差不多90000个汉字。在中国语文里，只有约43000个汉字。任何知道书写中文的人，都能马上坐下来开始打字，因为它的键盘标示得很清楚，一如美国的打字机。不需要学习，也不需要记忆。[1]

1947年8月21日，林语堂在家里举行了记者招待会，宣布明快打字机制造成功，第二天（8月22日）《纽约时报》报道了这条新闻，在标题上说，秘书原需一天才能完成的工作，现在只需一小时。[2]

---

1 Lin Yutang, "Invention of a Chinese Typewriter", *Asia* (February, 1946), p. 60.
2 "New typewriter will aid Chinese", *The New York Times* (August 22, 1947), p. 17.

第一章　传统与宗教：异类的知识旅程

明快打字机虽未大量生产，但基本上已经完成。这些工作都是在为"汉字的现代化"作出贡献。[1]

林语堂对汉语汉字的态度是很接近赵元任的，他们不奢谈"汉字革命"或推行"世界语"，而是努力为汉字制定一套现代化的拼音系统，让汉字的标音由反切转化到拼音，由民族形式转化为国际形式，并为统一国语做好基础工作。这样的做法，远比提倡"世界语"或拉丁化，更实事求是、具体可行。

1967年，林语堂受聘为香港中文大学研究教授，负责编纂《林语堂当代汉英词典》，词典于1972年正式出版。编纂这本词典，可视为林语堂晚年整理中国语文的一项大规模的工作。在序言中，他概略地叙述了这本词典的特点，就范围而言，他文白兼收："凡当代国语中通用的辞语，报纸，杂志及书籍可以见到的，一概列入。"在"定辞"这一点上，他认为是这本词典的"基要工作"，并指出："国语有多少辞语，到现在无人晓得。这个悲惨的局面，是作者发愤负起重大责任的原因。"这本词典的第三个特点，是将每一个词透过不同的情景，说明其语用和语法的差异。[2] 林语堂早年的训练就是语言学，后来，由于他在文学创作上的名声达于巅峰，在语言文字上的贡献，反而少有人提及。

---

[1] 有关明快打字机，参见 Micah Efram Arbisser, "Lin Yutang and His Chinese Typewriter"（April 23, 2001）, a senior thesis, East Asian Studies Department, Princeton University。
[2] 林语堂：《当代汉英词典缘起》，《林语堂当代汉英词典》，香港：香港中文大学出版社，1972年，第 x—xiii 页。

林语堂笔下的孔子与儒教

林语堂对白话文和汉字的包容温和也反映在他对孔子和儒教的态度上。五四前后,"非孝反孔""打倒孔家店"几乎是一时风尚,吴虞、陈独秀、胡适、鲁迅,或写文章,或作小说,对所谓"吃人的礼教"进行各方面的攻击。在这一点上,林语堂并未随众人之后进行反孔,他的做法是努力还孔子以本来面目。这里所谓本来面目是未经宋儒染指的孔子,他在晚年所写《论孔子的幽默》一文中,总结他对孔子的看法:

> 须知孔子是最近人情的,他是恭而安,威而不猛,并不是道貌岸然,冷酷酷拒人于千里之外。但是到了程朱诸宋儒手中,孔子的面目就改了。以道学面孔论孔子,必失孔子原来的面目。[1]

在还原孔子本来面目的过程中,林语堂努力把孔子"人化",突出"圣人与我同类"之所在。把孔子从孔庙的神龛里请下来,这样才能得大家的同情与了解。1928年,林语堂在《奔流》发表《子见南子》独幕剧,根据《论语》与《史记·孔子世家》部分史实,参之以自己的想象,编写了这出充满幽默的历史剧。孔子在卫灵公夫人南子的面前,是个极开明通达的儒者,在男女的交际上,也无任何拘泥造作。[2] 此剧发表后,曾引起很大争议,认为是对至圣先师的大不敬。林语堂笔下的孔子,首先是个"人",然后才是"圣人",而非一旦成了"圣人",就

---

1 林语堂:《论孔子的幽默》,《林语堂散文》第一卷,1991年,第2页。
2 林语堂:《子见南子》,林太乙编《论幽默——语堂幽默文选(上)》,台北:联经出版公司,1994年,第63—90页。有关此剧争论的文字,第91—115页。

第一章　传统与宗教：异类的知识旅程

失掉了"人"的本性。圣人是在你我之间，而不是在你我之外，或你我之上。

这层意思，在他 1938 年以英文发表的《孔子的智慧》（The Wisdom of Confucius）[1] 一书中有进一步阐发。本书共十一章，除书前之长序外，其余为儒家经典之英译。第三章"孔子的生平"（The Life of Confucius），林语堂采用了司马迁《史记》中的《孔子世家》。他之所以用《孔子世家》原文英译来阐释孔子的一生，是基于两点考虑：第一点是，《孔子世家》是中国最早的孔子传，司马迁不但是伟大的史学家，也是伟大的文学家。司马迁去孔子生时，仅三百年，并曾访孔子故里，询之耆旧，文献足征；第二点是，司马迁未曾将孔子作为一个圣人来立传，而只是把他看作一个人。林语堂指出：

> 司马迁心胸开阔，不带成见，是个严格的史学家，而不是儒教的提倡者，在议题上他采取中立的态度。他极度崇敬孔子，但他不是个狭隘的孔门信徒。他所描绘的孔子是个人，而不是个圣人。[2]

这不只是司马迁对孔子的态度，也是林语堂所要刻画的孔子。他在翻译《孔子世家》时，对"纥与颜氏女野合而生孔子"这句话中的"野合"一词，特别加了一个长注。就本义言，所谓"野合"，是在野地里交合，但林语堂把它译为"非婚生子女"（extra-marital union，亦可

---

[1] Lin Yutang, *The Wisdom of Confucius*, Toronto: Random House, 1938. 该书有中译本，名为《孔子的智慧》，张振玉译，台北：德华出版社，1982 年。
[2] Lin Yutang, *The Wisdom of Confucius*, pp. 53–54.

译为"婚外关系"),换句话说,孔子是个私生子。他认为,为"野合"一词作任何曲为回护的解释,都不免穿凿附会。林语堂不以孔子之为圣人,而掩盖他是私生子的事实。因为这在林语堂看来,是无损孔子圣人形象的。

林语堂在把孔子介绍给西方读者的同时,不但把孔子通俗化了,而且也赋予了孔子哲学以现代的意义:

> 今天儒学所面临的更大挑战,不是基督教,而是由工业化时代所带来的整个西方思想、生活方式和新的社会秩序。在现代政治学和经济学的发展下,重建儒教封建的社会秩序,很可能已经过时了。但儒学作为人文主义文化和日常生活与社会行为的规范,仍有它自身的价值。[1]

林语堂能在1938年提出这样的论调,可以看出他对整个中国思想界左倾的敏锐观察,以及对儒学人文传统的深具信心。

1961年1月16日,林语堂在美国国会图书馆讲"五四以来的中国文学",他指出:

> "文学革命"并不只是一个语言的革命。在社会和文化方面,它也意味着与过去的决裂。它代表一种"激进主义"的情绪——对过去的反叛。我特地用"激进主义"来形容它,因为

---

[1] Lin Yutang, *The Wisdom of Confucius*, pp. 4–5.

第一章　传统与宗教：异类的知识旅程

五四运动直接导向今日中国的左倾情势。[1]

这个论断是公允的，文学革命和五四运动的基本精神是与传统决裂，而林语堂在这个激进的大浪潮里，无论是语言或思想，在不拒新的前提下，都代表一种对旧有传统的依恋和不舍。

从异端到基督徒

五四新文化运动的基调是民主与科学，在"科学万能"思潮的冲击之下，宗教往往成为被打倒或铲除的对象，许多进步的知识分子都以"无神论者"自居。在这样的思潮之下，宗教与迷信成了同义词。这是新文化运动中的一个大问题，因此有蔡元培"美学代宗教"的倡议，胡适则提出"社会的不朽"来作为一种新的宗教。陈独秀在1920年已经看出了新文化运动中的这个重大缺失，他指出：

> 现在主张新文化运动的人，既不注意美术、音乐，又要反对宗教，不知道要把人类的生活弄成一种什么机械的状况，这是完全不曾了解我们生活活动的本源，这是一桩大错，我就是首先认错的一个人。[2]

---

[1] 林语堂：《五四以来的中国文学》，林太乙编《读书的艺术：语堂文选（下）》，台北：联经出版公司，1994年，第224页。
[2] 陈独秀：《新文化运动是什么？》，《陈独秀著作选》第二卷，上海：上海人民出版社，1993年，第125页。

林语堂从小生长在一个牧师家庭，进的是基督教的学校，对基督教有过亲切的体会和观察。他不曾受过传统的私塾教育，在他成长的过程中，几乎一向是"西学为体"。即此一端，他的教育背景和他同时代的知识分子是截然异趣的。但这样的家庭生活，并没让成年以后的林语堂成为一个基督徒。1912年，他进入上海的圣约翰大学，在这段时间，他对基督教的教义，起了相当的怀疑和反动。1959年，他在《从人文主义回到基督信仰》的文章中，回忆到这段往事：

> 我到上海进大学之初，自愿选修神学，准备参加教会工作。可是神学上的许多花枪很使我厌烦。我虽然相信上帝，却反抗教条，于是我离开了神学和教会。[1]

从此以后，他在宗教信仰上，开始了一个"大迂回"（grand detour）。他在《生活的艺术》中特立"与神的关系"（Relationship to God）一章，第一节讲"宗教的重建"（The Restoration of Religion），对宗教有了新的界定：

> 信仰是一种真正的美感经验，而这个美感经验是属于个人的，这个经验很类似看着夕阳向山林的背后落下去。对这个人来说，宗教是感知上最后的归宿，这种美感的经验是很近于诗意的。[2]

---

[1] 林语堂：《从人文主义回到基督信仰》，原载《读者文摘》（*Reader's Digest*）1959年10月号，中文稿为许牧世所译，收入《鲁迅之死》，台北：德华出版社，1980年，第114页。

[2] Lin Yutang, *The Importance of Living*, p. 402.

第一章　传统与宗教：异类的知识旅程

宗教，在林语堂看来，应该限制在道德的范围之内，而不能轻易插手在天文、地质或生物学之中。这样，宗教可以少犯许多愚蠢的错误，而受到人们更多的尊敬。[1]这样的看法，是非常通达的。

在"我为甚么是异端"（Why I Am a Pagan?）一节中，他几近戏谑地嘲讽基督教中许多不近情理的教义，对诸如亚当之偷吃"禁果"所带来的"原罪"观念、"处女怀胎"、"耶稣复活"等，都提出了尖锐而风趣的批评。林语堂对基督教的批评集中在僵硬的教义上，很有点反抗"吃人的礼教"的精神。他虽说自己有很长一段时间是"异端"，但"异端"并非"无神论者"，这是他和五四时期许多新派知识分子在宗教信仰上不同的所在。

在1959年的《从异端到基督徒》（From Pagan to Christian）一书中，他对自己在基督教信仰上的"大迂回"有相当详细的说明。林语堂在孔孟、老庄、佛教、禅宗中上下求索，但都不能在宗教的问题上找到归宿。他终于又回到了童年时期，与他共同成长的基督教。[2]他是如此说明这个转变的：

> 三十多年来我唯一的宗教乃是人文主义：相信人有了理性的督导已很够了，而智识方面的进步必然改善世界。可是观察二十世纪物质上的进步，和那些不信神的国家所表现出来的行为，我现在深信人文主义是不够的。人类为着自身的生存，需与

1　Lin Yutang, *The Importance of Living*, p. 402.
2　Lin Yutang, *From Pagan to Christian*, Cleveland, OH: The World Publishing Company, 1959, pp. 33–177.

一种外在的、比人本身伟大的力量相联系。这就是我归回基督教的理由。[1]

就这样，林语堂从"异端回到了基督徒"，为中国的知识分子在人生的道路上，树立了另一个典型。《从异端到基督徒》这本书，与其说是林语堂个人在宗教信仰上的一个自述，不如说是他对孔孟、老庄、佛教和禅宗的体验与心得。在向英语世界介绍中国文化时，林语堂的取向和胡适、冯友兰是不同的。胡适和冯友兰也写了大量的英语著作，介绍中国哲学，但他们的角度往往是对中国哲学进行客观的学术上的分析与阐释，是旁观者在说明问题。林语堂则是就其亲身的经验，谈他的体会和了悟，给人的感觉是过来人，而非旁观者。

林语堂对大自然始终怀着相当的敬畏。在他的著作中，见不到"人与天斗"或"征服自然"这一类的话，在天人的问题上，林语堂是更偏向于老庄的。在《生活的艺术》一书中，他的基本精神是要体现人与自然如何和谐的共存，科学的功能是在发现自然的奥秘，并指出它的规律，而不是企图用人为的力量来扭曲自然。所谓科学征服自然，在林语堂看来，与其说是"征服"，不如说是科学符合了自然的规律。

---

1 林语堂：《从人文主义回到基督信仰》，《鲁迅之死》，第113页。

林语堂对传统的独特运用

罗福林[1] 著
王岫庐[2] 译

以下是林语堂的部分英语作品：

《吾国与吾民》(*My Country and My People*，1935)

《中国新闻舆论史》(*A History of the Press and Public Opinion in China*，1936)

《生活的艺术》(*The Importance of Living*，1937)

《孔子的智慧》(*The Wisdom of Confucius*，1938)

---

[1] 查尔斯·罗福林（Charles A. Laughlin），哥伦比亚大学中国文学博士，现任美国弗吉尼亚大学东亚语文系东亚学首席教授。主要研究方向为中国现代文学、非虚构文学、独立纪录片等。
[2] 王岫庐，英国华威大学翻译与比较文化研究中心博士，中山大学外国语学院副教授，硕士生导师。研究方向为现当代中国文学翻译、比较文学及文化研究、戏剧翻译、译者认知研究等。

《苏东坡传》(The Gay Genius: The Life and Times of Su Tungpo, 1947)

《老子的智慧》(The Wisdom of Laotse, 1948)

《英译重编传奇小说》(Famous Chinese Short Stories, 1952)

《寡妇、尼姑与歌妓：英译重编传奇小说》(Widow, Nun and Courtesan: Three Novelettes from the Chinese, 1952)

《武则天》(Lady Wu: A True Story, 1957)

《中国的生活》(The Chinese Way of Life, 1959)

《帝国京华：中国在七个世纪里的景观》(Imperial Peking: Seven Centuries of China, 1961)

《古文小品译英》(The Importance of Understanding, 1960)

以上书单列出了林语堂部分英语著作，以《吾国与吾民》开头。从这些书名我们可以窥测，林语堂在向英语世界讲述中国时，特别注重对中国文化和传统的重构。他对传统的独特洞察，与现代中国其他对传统的理解（无论这些观念是否以西方为目标读者）有所不同。林语堂独到的传统观亦贯穿其汉语写作。除了以上提及的作品，林语堂还出版了一系列以现代中国为背景的英语小说，这些作品里同样映照出中国国民性和传统文化之精髓。他还创作了有关印度和美国的作品，但是如果我们读过《吾国与吾民》和《生活的艺术》，就会发现前者很可能是从后者衍生出来的，并且其中不乏大量对中国国情和国民性的评论。

以上书单表明，林语堂并不只是为西方读者一般性地介绍中国，而是要推介他自己的中国文化观——他称之为中国的"人生哲学"。这种"人生哲学"在很大程度上提炼自中国的文学传统，尤其是某些不

第一章　传统与宗教：异类的知识旅程

曾被重视的文学传统。早在二十世纪三十年代，在《吾国与吾民》和《生活的艺术》等作品中，林语堂便从放任不羁的文学传统中引经据典，尤其是晚明公安派文人及其所影响的作者，如张潮、袁氏三兄弟和金圣叹。[1]这些中国作家的名字，即使对受过良好教育的英语读者，也都是闻所未闻。因此，林语堂其实是在一张白纸上画画，为英语读者"创造"一个自己的中国。

三十年代晚期以后，林语堂的主要精力都用在英文创作上，人们或许会说，林语堂的中文写作和英文写作其创作对象和目的非常不同，应该区别对待。然而，对照他此前的中文作品，我深感林语堂中文写作与英文写作中思想的一致性。我研究的案例是以上书单的最后一本：《古文小品译英》[2]。在《吾国与吾民》中，林语堂引用了许多有名或无名的中国作家的智慧。尽管他十分谦逊地表明这些并非自己原创的思想，通常也会注明典故和引述的来源，但他依然煞费苦心地证明，自己已经内化了这种积累的智慧，从而能够以一个真实的中国人、一个身处现代世界的中国人的身份来说话，并将自己所定义的"中国性"与美国、俄罗斯、法国、日本、德国等国家的民族性相并置。[3]然而，在《古文小品译英》（该书的英文标题 *The Importance of Understanding*〔直译为

---

[1] 关于公安派的论述，详见 Chih-ping Chou, *Yuan Hung-tao and the Kung-an School*, Cambridge: Cambridge University Press, 1988。

[2] 参见 Lin Yutang, *The Importance of Understanding*, Cleveland, OH: World Publishing Company, 1960。

[3] 林语堂显然看似借用了二十世纪三十年代中国流行的优生学话语。参见 Jing Tsu, *Failure, Nationalism, and Literature: The Making of Modern Chinese Identity, 1895–1937*, Stanford, CA: Stanford University Press, 2005, pp. 98–127. 石静远提出，林语堂在《论语》半月刊最亲密的同事之一潘光旦，是当时优生学讨论中最重要的学者。但是这里应该强调，林语堂的讨论主要针对国民性，很少涉及种族。

《理解的重要性》]和《生活的艺术》[The Importance of Living]惊人的相似)中，林语堂的主要目的在于呈现自己对中国闲适散文经典的欣赏，不过其目录还是按照自己早期作品中常见的主题分类。

最引起我兴趣的是，《古文小品译英》一书的内容与沈启无编撰的散文集《近代散文钞》(1932)基本一致。而沈启无的《近代散文钞》编撰出版后，林语堂专门写了一篇《论文》作回应。当然，林语堂的《古文小品译英》并不仅仅是沈启无一书的英译精摘。《古文小品译英》还收录了中国历史上早期的作家，如庄子、孟子等的作品；收录了选自佛经的部分章节；收录了李白、白居易、苏轼等诗人，元稹、曹雪芹等小说家，以及包括林语堂本人及《论语》同人姚颖在内的其他二十世纪作家的作品。然而这些只是点缀，该书最主要的部分收录了大量明清作家的作品，其中大多选自《近代散文钞》。在发现这一点之前，我一度以为叶扬选译的《晚明小品》(Vignettes from the Late Ming: A Hsiao-p'in Anthology)是英语世界中唯一的中国小品文文集。[1] 林语堂1960年出版的《古文小品译英》，不仅介绍了大量明清小品文，而且将它们分门别类，巧妙地安置于一个几近永恒的中国智慧和智慧文学宝库之中。林语堂出版此书，一方面可以吸引更多英语读者关注他写作灵感之源，另一方面也为自己早期中文写作生涯及后期为西方世界力荐开明自由的中国文化传统之间，架起了一座桥梁。下文将通过对林语堂中文及英文写作的讨论，试图在现代中国之传统话语中更准确地定位林语堂，文末还将探究林语堂的《论文》在全球化语境中文化价值的

---

[1] 详见 Yang Ye, *Vignettes from the Late Ming: A Hsiao-p'in Anthology*, Seattle: University of Washington Press, 1999。

思考。

定位林语堂

　　林语堂是中国现代文化中一个不寻常的人物。就影响力而言，他与中国二十世纪的主要作家不相伯仲。然而，因为他并没有大量中文小说、戏剧或诗歌出版，所以，尽管他的名字几乎人人皆知，他在中国现代文化史上的地位依然相对边缘。这其中部分是受到政治因素影响，还有部分是文体的原因。林语堂的中文创作主要是以散文的形式呈现的。除了鲁迅的杂文与朱自清的美文，散文传统上被归入杂类，在某种程度上被看作是不太严肃的文学创作。而这一点，又并非与政治毫无关联。民国时期大多数重要的散文作家——从周作人到梁遇春、郁达夫、梁实秋——也同样发现自己站在历史"错误的一边"。但二十世纪三十年代初，正是他们作品的影响使散文体裁广泛流行；也正是林语堂，通过创办杂志以及进行散文创作，为这一重要趋势创造了条件。可以说，当时通常被称为"小品文"的美学主张，比其他任何一种文体都表现出更保守、更独立的政治立场。换言之，林语堂受周作人影响而带头为之摇旗呐喊、使其芬芳一时的中国现代散文，在中国现代文化中应该占有一席之地。然而他们的命运，又由于中国现代文学创作的大前提而被封存。这个大前提就是：中国现代作家的使命首先是关注中国在世界上的命运，推动中国社会的进步变革。在小品和笔记影响下出现的现代中国散文，崇尚日常的细微差别和简单的生活乐趣，轻视宏大叙事、理论、历史和政治。这一立场起初只是为进步文坛所不屑，但最终在抗日战争的背景下，就显得彻底无法被容忍。

林语堂的跨文化遗产

"传统"：一项现代的发明

林语堂与中国现代文化主流有三方面显著的差别：首先，他为英语读者担负起中国文化的翻译角色；其次，他坚决倡导幽默，并试图在中国语境下重新定义幽默；最后，他对"传统"运用独特（几乎可以说是重新创造）。本章主要关注最后一点，但它与其他两点密切相关。林语堂非常热衷采用英国式或加拿大式的幽默，这种幽默与中国传统观念的关系至多只能说有一定的共鸣，然而，正是英语世界与传统中国的幽默观的差异，启发了林语堂的灵感（虽然这不是本章的重点）。[1] 林语堂对传统的运用，主要体现在两个方面。一方面体现在他用中文书写的、关于中国小品文写作传统的理论作品，这一点集中见于《论文》。该文分为上下篇，其标题暗合四百年前晚明袁宗道的《论文》，而袁宗道的文章恰是倡导小品文的宣言。另一方面体现在他关于中国的英文写作，如本章开头列出的那些作品。

首先，先解释一下关于对传统的运用问题。"传统"是中国现代文化中最没有得到充分理解的概念之一。让我先从一个简单的命题开始：出现了现代性之后，才有"传统"。要理解所谓"传统"，必须在历史上画出界线的另一边，标明这条线之前的世界与我们的生活世界之间的本质区别。想象那些生活在"传统中国"的人，他们根本不会意识到自己是生活在传统世界中的传统人。他们当然能够看到社会、政府和

---

[1] 关于幽默问题及其相关的文化差异，见 Diran John Sohigian, "Contagion of Laughter: The Rise of the Humor Phenomenon in Shanghai in the 1930s", *Positions: East Asia Cultures Critique* 15, no. 1 (2007), pp. 137–163。

第一章　传统与宗教：异类的知识旅程

道德上的许多缺陷，但他们从来不会想到世界将发生如此巨变，他们的子孙会把他们自己的世界归为一个完全不同的类别。在现代中国，无论是文学创作或是一般叙事说明文体，均煞费苦心，（往往）试图用各种方式，将传统定义为应该被摒弃的东西。在这种背景下，对传统的理解存在一个问题，即我们和近百年前用"传统"一词进行文化批判的人一样，常常理所当然地认定"传统"是一个已知的量，是单一的、不变的。而事实上，"传统"过去是并且继续会是一个极具争议性、充满意识形态色彩的话语标记，在不同的时间，对不同的人意味着许多不同的东西。[1]

在中国现代文化话语进程中，现代性话语背后有几个不同的传统观念。其中，具有社会关切的、革命性的写作是现代主流，也最受瞩目。简而言之，文学革命和革命文学往往以传统为陪衬来界定议题：传统写作是呆板的、晦涩的、虚伪的；因此，现代写作应该是直接的、口语的、真诚的。传统家庭压迫年轻一代，特别是妇女；因此，现代家庭应以婚姻自由为基础，儿童将被提升到最重要的位置。儒家思想因提倡包办婚姻、保守主义等而备受指责，因此中国传统实际上也被定义为民主、人性和科学的对立物。在晚清，（在部分作家看来）具有社会关切的政治文学俨然等同于现代写作，传统几乎成了被普遍攻击的目标。与此同时，某些革命和进步的文化人（例如钱杏邨［阿英］、郑振铎，当然也包括毛泽东）发现了他们认为可以产生社会批判、阶级颠覆甚至

---

[1] 粗略地看一下我所使用的这个中文词语"传统"的历史，就会发现它其实是一个可以追溯到更早期的术语，但通常是指"政权的传递"，在这里，"政权"被广义地理解为不仅是一个政府，也是一种礼仪、仪式或文化系统。根据《汉语大词典》，"传统"在现代可以用作动宾短语或名词。到了二十世纪，它才被用作形容词性（即"传统的"）来区分某事和说话者自己的时间。这本词典举了孙犁和杨沫作品中的相关例子。

革命的传统领域。他们把这些领域——如白话文和表演艺术传统——界定为传统文化的局外人，太平天国等本土社会运动被重新构想为反封建暴政的民众起义。革命阵营将传统建构为两个部分，一部分是反动的、霸权式的主流，被儒家最为恶劣的思想统治；另一部分则是非主流的进步线索，包括某些文人文化和大众文化的层面。

然而，这只是现代中国众多传统建构方案之一。按照革命阵营的传统建构，现代的对立面只能被构想为维护传统帝制的反动人士，到二十世纪二十年代，这些"反动人士"包括了曾主张君主立宪、对既定社会秩序进行现代改造的晚清进步人士。林语堂走向文坛之时，这一传统观由两部分人士体现。一部分以梁漱溟、王国维等保守的传统知识分子为代表，实际上他们比他们的老师更为现代，因为他们的思想融汇了科学以及西方哲学与理论，但他们始终身着长袍，尽可能保持辛亥革命之前的行事方法。另一部分以受过非主流教育的商人、职员和生意人为代表，他们在空闲时间更喜欢读传统风格的通俗小说，而不是新文学。林培瑞（Perry Link）在《鸳鸯蝴蝶派》（*Mandarin Ducks and Butterflies*）[1] 一书中定义了后一种文化阶层，他们可谓是进步的、革命的"新青年"的他者。

这两种关于传统的立场被革命的文化逻辑定义为二元对立的两极（要么接受要么拒绝）。但实际上，不是只有这两种非此即彼的选择，它们甚至也并非最突出的、最有影响力的立场。比如还有另一种既现代又

---

[1] 参见 Perry Link, *Mandarin Ducks and Butterflies: Popular Fiction in Early Twentieth-Century Chinese Cities*, Berkeley: University of California Press, 1981。

保守的新古典主义，以学衡派[1]的刊物《学衡》为代表。他们重新评价了主流儒家传统，认为它是现代世界的一种严谨的知性取向。二十世纪初，在西方受过高等教育（尤其是在英国或美国，更具体地说是在哈佛师从白璧德）的知识分子（他们和林语堂的背景实际上有很重要的相似之处），将白璧德的新古典现代主义思想运用到中国（尽管两者在文化与历史上迥异），为中国现代保守主义批评奠定了坚实的知识基础。中国现代保守主义批评积极吸收西方思想，对进步与革命等时髦概念充耳不闻，对肤浅的大众文化及商业现代性现象更是不屑一顾。这一群体虽在知识界的影响甚大，但由于他们固有的精英主义、知性主义以及对社会变革的冷漠，其影响也只限于圈内而已。

学衡派的这批人大部分出生于科举制终结之前，在古典文化方面受过较好的训练，这使他们对传统的肯定更具知性分量。事实上，在革命战线上，鲁迅的年龄和在传统文化上的学养加强了他对传统社会进行控诉的力度。鲁迅的弟弟周作人也是如此，周氏兄弟比大多数学衡派成员年长，但从他们的例子可以看出，大量的传统典籍训练会给不同人带来迥异的传统观。1917年至二十世纪二十年代初的新文化运动中，周作人主要倡导人文主义和科学精神等西方价值观。但是，部分由于书香门第的背景及随之而来对中国古籍的热爱，不久后他便发现欧洲散文写作——从孟德斯鸠、蒙田、帕斯卡尔到英国知名的散文家——与中国明清小品文之间的深刻共鸣（他也许是第一个人）。这重新定位了

---

[1] 参见 Yi-tsi Mei Feuerwerker, "Reconsidering Xueheng: Neo-Conservatism in Early Republican China", in Kirk Denton and Michel Hockx, eds., *Literary Societies of Republican China*, Lanham, MD: Lexington Books, 2008, pp. 137–139。梅贻慈列出了学衡派的主要成员——梅光迪、胡先骕、吴宓、汤用彤——都出生于1895年之前，也就是说1906年废除科举制的时候，他们年纪大约都是十多岁。

周作人的写作风格，他以明清小品文为范本，用优雅的、大体白话的现代汉语写作，从此开创了现代文学中所谓"闲适文学"传统，而"闲适文学"之意义要比该名称本身更重要。[1]正如苏文瑜（Susan Daruvala）的周作人传记研究[2]中指出的，他有选择地肯定了一种自由文人的叛逆传统，结合他对人性和民族的观点，不啻构成了"对中国现代性的另一种回应"。这里必须指出，与学衡派的观点不同，周作人认同的明清写作传统，对现代革命作家所指控的主流儒家文化也持批判态度。周作人的文化英雄在科举考试中往往失利，在政治上开明，反对教条主义的道德规范，对妇女的困境心怀同情甚至悲愤，总之，他们爽直率性、憎恶伪善。还有一点值得一提，与其五四启蒙信念相一致，周作人将"性灵"和"趣味"等价值观念历史化，明确将其定义为明末清初特定历史发展阶段的社会产物，城市化、经济变革和思想史的路线汇聚在一起，创造了前所未有（或至少在当时是罕见的）的人性和美好生活的愿景。这样一来，假如说新文化运动、五四姿态在现代性和传统之间画了一条线，把传统等同为坏的、现代等同为好的，那么周作人则将这条线从二十世纪初推到了十七世纪中后期。

这就不难理解：1923年周作人的同事兼弟子沈启无编撰《近代散文钞》（周作人亦为此作序两篇）时，将收录的散文称为"近代"，而非"古代"，因为"近代"显然更强调"现代"而不是"传统"。在这里，我们有必要探讨林语堂关于《近代散文钞》的《论文》。我们从中可以

---

[1] 参见 Charles Laughlin, *The Literature of Leisure and Chinese Modernity*, Honolulu: University of Hawai'i Press, 2008。

[2] Susan Daruvala, *Zhou Zuoren and an Alternative Response to Chinese Modernity*, Cambridge, MA: Harvard University Press, 2000.

看出，虽然其小品文的发现深受周作人的影响，林语堂还是走上了和周作人不一样的道路。

《论文》

《论文》分为上下两篇，各自独立发表。林语堂对创作的看法，创作与传统的关系，以及对当下文坛的意见，在该文中都有直率表述。上篇明确以沈启无编撰的《近代散文钞》为出发点，展开对"性灵"[1]的讨论，其中大量引用了《近代散文钞》关于文学价值和写作本质的文章，尤其是金圣叹和公安派袁氏兄弟的观点。不过，有趣之处在于，林语堂引用这些材料时会把这些观点与西方思想家平行对比，也会与白璧德的学衡派弟子交互探讨。例如，林语堂用英语原文引用了英国浪漫主义倡导者爱德华·杨（Edward Young）的"the less we copy the ancients, the more we resemble them"[2]（我们越少模仿古人，就越像他们）。这与白璧德的哈佛弟子们引入中国的古典主义观点形成鲜明对比。学衡派认为古人很伟大，我们应该效法先贤，但是他们的伟大之处在于"纪律主义"，反对"个人主义"。林语堂大段引用袁宗道的《论文》，说明为什么模仿古人会失去写作的精髓。林语堂把学衡派的立场概括如下："古文之所以足为典型，盖能攫住人类之通性，因攫住通性，故能万古常新，浪漫文学以个人为指归，趋于巧，趋于偏，支流蔓衍，

---

[1] "性灵"是小品美学中的关键词，周作人尤其倡导性灵说。苏文瑜将其翻译为"innate sensibility"，即"内在的感受"。
[2] 林语堂：《有不为斋随笔·论文》，《论语》半月刊第15期（1933年4月16日），第534页。本句引自1795年"Conjectures on Original Composition"一文。

必至一发不可收拾。"对此,林语堂反驳道:"殊不知文无新旧之分,惟有真伪之别,凡出于个人之真知灼见,亲感至诚,皆可传不朽。"[1]

林语堂认为,真诚的表达可以打动他人,并且在歌德和金圣叹身上找到了对自己这一观点的支持。(金圣叹在《水浒传·序》中详细讨论了"忠",而金圣叹和林语堂都将此概念等同于写作之"诚"。)但林语堂认为金圣叹有一处严重不足。他认为,金圣叹对文章句法的纠缠(如金圣叹论《史记》、《庄子》、唐诗及《水浒传》等处),有如黑格尔在逻辑上钻牛角尖一样。通过"发现"《水浒传》遣词造句及文章之"法",以揭示庄子、司马迁行文之"精严",这很可笑,好像把裹足尖鞋卖给一个天足女子。[2]

周作人曾有"性灵派"和"载道派"之分:"载道"以道德教化为写作目的,而"性灵"则以抒情和真诚为写作目的。林语堂没有明言,但他承继了周作人的区分,将"性灵派"与浪漫主义、"言志派"相提并论。[3] 只是林语堂比周作人更进一步,将"性灵"等同于浪漫主义和个人主义,《论文》里有此响亮的警句:"性灵就是自我。"[4]

《论文》下篇从理论转向现代中国之创作实践:"性灵二字,不仅为近代散文之命脉,抑且足矫目前文人空疏浮泛雷同木陋之弊。"[5] 并且

---

[1] 林语堂:《有不为斋随笔·论文》,《论语》半月刊第15期,第534页。
[2] 林语堂:《有不为斋随笔·论文》,《论语》半月刊第15期,第534—536页。
[3] 有趣的是,钱锺书对《近代散文钞》和周作人的《新文学的源流》写过一篇书评,不同意"言志派"和"载道派"的说法,提出两者其实殊途同归,前者适用于诗歌,而后者适用于散文。参见钱锺书《近代散文钞》书评,原载《新月》月刊第4卷第7号(1933年6月1日),第1—4页。
[4] 林语堂:《有不为斋随笔·论文》,《论语》半月刊第15期,第533页。
[5] 林语堂:《我的话·论文下》,《论语》半月刊第28期(1933年11月1日),第170页。

指出"天下文章虽多,由衷之言甚少,此文学界之所以空疏也"[1]。《论文》下篇读起来好像是一部写作指导,强调诚实与诚心,避免教条与矫饰。林语堂在文中大量引用了三袁兄弟的作文观(主要来自他们为彼此文集所作之序)。回到当时的语境,林语堂举例说:"《论语》收到稿件,每读几行,即知此人腹中无物,特以游戏笔墨作荒唐文字而已。"林语堂自称是第一个将"humor"翻译为"幽默"的人,幽默是其核心概念,但他在《论文》中并没有过多讨论幽默,只是一笔带过:"故提倡幽默,必先提倡解脱性灵,盖欲由性灵之解脱,由道理之参透,而求得幽默也。"[2]

显然,林语堂的《论文》与他的英语作品有不一样的诉求。他对中国的写作状况表示了真正的关切,认为当时文坛有关作家之影响与独创性之间的关系,有许多争论,都不得要领。[3]再回到对传统的多种运用的主题,似乎从这里开始,林语堂离开了周作人的"另一种现代性"。周作人在明末看到了现代性,林语堂则看到了真诚的恒久普遍性。这在他1960年编译《古文小品译英》时得到进一步体现。他的文本选择跨度宏大,从中国最早的文本一直到民国时期,超越了"传统"与"现代"之分,展示了涵盖整个中国文化的全景视野。

浏览一下亚马逊网站上对林语堂近期重印作品的评论,尤其是对《吾国与吾民》及《古文小品译英》的评论,我们发现,大凡对中国产生过思考或与中国有过接触的普通读者,对林语堂所书写的内容均有

---

[1] 林语堂:《我的话·论文下》,《论语》半月刊第28期,第171页。
[2] 林语堂:《我的话·论文下》,《论语》半月刊第28期,第172页。
[3] 我注意到,还有另外一种论点:把晚明公安派当作"古人",用林语堂对《学衡》的批判——如果你通过模范古人来赞美他们,那就是在打败自己——同样的逻辑,来批判对小品文的提倡。

深刻印象，而且在这些作品初版半个多世纪之后依然如此。这并非巧合，因为林语堂对中国文化及其特征（尤其是被视为"传统"的部分）的洞察，比长期盛行的革命派观点更为丰富多彩、博大精深。而且，中国在当代全球舞台上崛起之时，林语堂的"中国文化"观、"传统"观显得越来越相关。林语堂所建构之中国文化生动、自由、豁达，无论以英文还是中文呈现，最终都是对世界文化的一大贡献，因为它巧妙地颠覆了传统和现代的二元对立，尤其是关于"中国文化"的陈词滥调，同时确立了一个既有鲜明特色又有丰富的普适性人文精神的中国视野。

"一捆矛盾"

林语堂的基督教情结

杨柳[1] 著

林语堂（1895—1976）在《八十自叙》中称自己是"一捆矛盾"，可谓形象又幽默地概括了其人其思的特点。[2] "一捆矛盾"同样适用于描述他与基督教的关系。一方面，林语堂出生于牧师家庭，进教会学校，娶虔诚的基督徒廖翠凤为妻，一生都未曾脱离基督教的影响；另一方面，他确实对基督教有很多不满，甚至一度背离基督教。[3] 他一生中有三十多年以"异教徒"自居，晚年又说自己"内心深处其实一直是基督徒"。[4] 他不是教会眼中正统的基督徒，但将其称为"反基督教作

---

[1] 杨柳，香港中文大学文化及宗教研究系博士。研究方向为宗教与文学、中西文化交流、中国基督教史，尤其关注基督新教在现代中国的传播及其对中国文学的影响。
[2] Lin Yutang, *Memoirs of an Octogenarian*, Taipei: Mei Ya Publications, 1975, p. 1.
[3] 关于林语堂的信仰之旅，参见 Lin Yutang, *From Pagan to Christian*, Cleveland, OH: The World Publishing Company, 1959。
[4] Lin Yutang, *Memoirs of an Octogenarian*, p. 1.

家"亦为不妥。[1] 笔者认为，林语堂身上有着复杂的基督教情结——他对基督教有感恩也有怨言，有信奉也有排斥。本文将从四个方面梳理林语堂与基督教的不解之缘：一、感激基督教向其传播西方现代文明的福音；二、批判不实践基督之爱、不尊重中国文化的在华传教士；三、信奉耶稣基督的教训；四、排斥教义神学。

一、感恩："我是美国传教士的产儿"[2]

1895年10月10日，林语堂出生于福建龙溪县坂仔村（今漳州市平和县坂仔镇）。其父林至诚（1855—1922）是平和基督教坂仔堂会牧师。这个堂会由在闽南传教的美国归正会建立，属加尔文宗（也称长老宗）。林语堂是第三代基督徒，早在十九世纪六十年代，他的祖母就皈依了基督教，并送林至诚接受神学教育。

林语堂深信童年时代对于他整个一生都有非同寻常的意义。而在此期间，又有三样东西对他影响最大，"一是山景；二是家父，不可思议的理想主义者；三是亲密的基督教家庭"[3]。与同时代很多知识分子不一样，林语堂没有一个令人窒息的黑暗大家庭需要逃离，也没有一个冷酷无情象征着封建权威的父亲需要反抗。正相反，林语堂的童年是快乐的，他的家庭充满爱与温情，"我们家宗教气氛非常浓厚，充满着真正

---

[1] 如马佳认为林语堂是反基督教作家。马佳：《十字架下的徘徊——基督宗教文化和中国现代文学》，上海：学林出版社，1995年，第238页。

[2] Robert Hobart Davis, "A Chinese Philosopher Who became an American Best Seller", in "Bob Davis Reveals" column, *The New York Sun* (January 6, 1938).

[3] Lin Yutang, *Memoirs of an Octogenarian*, pp. 8–9.

基督教的单纯和爱,以及对学问的追求"[1]。林至诚牧师是一个幽默、前进、关爱教友、令林语堂崇拜不已的好父亲。是基督教给这个闽南乡村的普通家庭、给林语堂的童年带来了不一样的特质。相应的,美好的童年回忆奠定了林语堂情感上对基督教的眷恋,贯穿其一生。

除了塑造林语堂的价值观和道德情操,基督教对林语堂很大的影响在于很早就向他传播了西方现代文明的福音。据林语堂回忆,他跟西方最初的接触是在他小时候一对美国传教士夫妇——苑礼文牧师[2]及其夫人来访。他们带来的沙丁鱼罐头、西方木匠用的工具等物让林语堂大开眼界。苑礼文牧师跟林至诚成为好友,他发现林至诚对"西学""新学"极为热心,便向林家介绍了一份基督教周报《通问报》,并给他们寄来上海广学会(Christian Literature Society)出版的各种有关西方科学和西方世界的书籍。林至诚十分仰慕西方文明,甚至决心要他的儿子个个都读英文、接受西洋教育。于是,在"一个甚至厦门富裕家庭的儿子也不会到福州或上海去求学的时代"[3],林至诚作为一个穷牧师,尽一切努力把儿子送去上海圣约翰大学读书,因为他听说这是全中国学习英文最好的大学。[4]

---

1 Lin Yutang, "My Steps back to Christianity", *Readers' Digest* (October, 1958), p. 59.
2 这位牧师的英文名是 Abbe Livingston Warnshuis(1877—1958)。关于他的中文名,在胡簪云的译本中是华纳斯,在谢绮霞的译本中是华斯,而在张振玉所翻译的《八十自叙》中则是范礼文。但事实上他专有的中文名是苑礼文。《近代中国专名翻译词典》有相关条目:"Warnshuis, Abbe Livingston(1877—1958)苑礼文,1900 年来华,隶美国归正教会。"参见黄光域编《近代中国专名翻译词典》,成都:四川人民出版社,2001 年,第 700 页。关于苑礼文牧师的生平及事迹,可参阅 Norman Goodall, *Christian Ambassador: A Life of A. Livingston Warnshuis*, Manhasset, N.Y.: Channel Press, 1963。书中记载有苑礼文牧师在厦门传教时与林家的交往情形。
3 Lin Yutang, *From Pagan to Christian*, p. 27.
4 林语堂的二哥林玉霖、六弟林幽亦先后就读于圣约翰大学。

林语堂对苑礼文很是佩服,称赞他"为人胸襟开阔,目光远大,通情达理,又多才多艺,实远超当时一般的传教士"[1]。遇到苑礼文牧师是林语堂人生一大幸事。比起知识的灌输,视野的拓展可能更为重要,尤其对于身处穷乡僻壤的少年来说。多年以后,苑礼文已经过世,而林语堂也早已闻名天下。他赠送了一本记录其信仰之旅的精神自传《从异教徒到基督徒》给苑礼文的遗孀,上面题有:"纪念你伟大而亲切的丈夫,他极大地帮助我们一家打开了精神视野。"[2]

除了因与传教士接触而从小对西学耳濡目染,教会教育在林语堂的一生中扮演了更为重要的角色。林语堂从厦门的教会学校寻源中学毕业以后,于1911年进入圣约翰大学。圣约翰大学是美国圣公会办的学校,以英语教学闻名全国。时任圣约翰校长的卜舫济博士(Dr. F. L. Hawks Pott)倡导英语运动。"他1887年给圣公会布道部的报告,可视之为教会教育中英语教学派的代表作。"[3]在这份被广泛征引的报告中,卜氏阐述了英语教学的重要性,主要在于能让中国人解除排外情绪,增进东西方的接触,明了基督教事业和教义。[4]也就是说,他主要是以宣教为目的提倡英语教学的。然而,据林语堂对圣约翰的观察,"它的确是学习英文最好的大学,而在学生们的心中,这也就是圣约翰大学之所以存在的缘故。虽然它是圣公会的,它对大多数的学生的秘

---

[1] Lin Yutang, *Memoirs of an Octogenarian*, p. 21.
[2] Norman Goodall, *Christian Ambassador*, p. 36. 原文为:"In memory of your great and genial husband who helped so much to open up the mental horizon of my family"。
[3] 徐以骅:《教育与宗教:作为传教媒介的圣约翰大学》,珠海:珠海出版社,1999年,第28页。
[4] 徐以骅:《教育与宗教:作为传教媒介的圣约翰大学》,第28页。

第一章　传统与宗教：异类的知识旅程

密使命却是培植为成功的买办来做上海大亨们的助手"[1]。相关资料也表明，英语教学虽然使圣约翰迅速获得声望，但是很多学生是怀着功利的动机入学的，学校的宗教气氛反而日趋淡薄，学生中信徒比例也不高。[2] 圣约翰的英语教学并没有起到传教士所希望的宣教效果，但它为中国社会输送了大批外语人才，包括好几位中国驻外大使，如顾维钧、施肇基等。圣约翰独特的英语教学环境为林语堂日后的双语写作打下了坚实的基础。通过刻苦学习，林语堂很快就差不多把英语学通了，还被选为学校英文校刊《约翰声》(*St. John's Echo*)的编辑，并屡屡在辩论和写作比赛中获奖。[3]

与重视英语教学形成鲜明对比的是圣约翰对中文教育的忽视。林语堂提到，在圣约翰大学，学生之中文可以累年不及格而无妨害，可照常毕业。而学校国文部的教育也极其可笑落后。他进入圣约翰之后，几乎终止了对中文的研读，全心投入到英语学习中去。[4] 这样的教育造成了林语堂在中国文化方面的薄弱。当他毕业后（1916）去到北京清华学校担任中等科英文教员，第一次脱离基督教的保护壳，进入他心目中真正的中国社会时，他为这种薄弱感到惭愧。他自问："我是在全中国英文最好的大学毕业的——那又有什么了不起？"[5] 林语堂意识到，"被培养成为一个基督徒，就等于成为一个进步的、有西方心感的、对新学表示赞同的人。总的来说，它意味着接受西方，对西方的显微镜以及西

1　Lin Yutang, *From Pagan to Christian*, p. 29.
2　徐以骅：《教育与宗教：作为传教媒介的圣约翰大学》，第 30—31 页。
3　Lin Yutang, *Memoirs of an Octogenarian*, p. 27.
4　Lin Yutang, *Memoirs of an Octogenarian*, p. 28.
5　Lin Yutang, *From Pagan to Christian*, p. 41.

方的外科手术尤其赞赏"[1]。与此同时,却同他自己的国家,尤其是中国文化、传统、哲学以及民间传说产生了隔膜。这令他感到不满:"我甚至在童年就已经知道约书亚的角声曾吹倒了耶利哥城。当我们知道杞梁的寡妇因发现丈夫被征筑长城而死,流的眼泪溶化了一大段长城时,我十分愤怒。我被骗去了民族遗产。"[2]这让他有一种在文化上被"剥夺国籍"的感觉。

不过,有意思的是,多年以后,当林语堂开始向外国人诠释中国文化的时候,他眼中基督教教育的弊端又成为一种优势,他意识到圣约翰崇英贬中的教育政策对他日后的发展产生了特殊的影响。因为它使得林语堂树立确信西洋生活为正当之基础,而令他觉得故乡所存留的种种传说为一种神秘。"这基本的西方观念令我自海外归来后,对于我们自己的文明之欣赏和批评能有客观的,局外观察的态度。自我反观,我相信我的头脑是西洋的产品,而我的心却是中国的。"[3]

1938年,已经凭《吾国与吾民》《生活的艺术》蜚声海外的林语堂在接受一位美国记者的采访时说:"我是美国传教士的产儿。""我要感谢十九世纪六十年代我的祖母皈依了长老宗。"[4]林语堂的说法并不夸张。无论从逻辑上还是历史上来看,林语堂都可以说是基督教在华传播的产物。如果基督教没有传入近代中国,如果林语堂的父亲不是一位乡村牧师,如果这位乡村牧师的儿子不是在教会学校中成长……可以想见,中国现代文学史、思想史上有关林语堂这一章必定会是另外一番模样。

1　Lin Yutang, *From Pagan to Christian*, p. 34.
2　Lin Yutang, *From Pagan to Christian*, p. 35.
3　林语堂:《林语堂自传》,《林语堂名著全集》第十卷,长春:东北师范大学出版社,1994年,第21页。
4　Robert Hobart Davis, "A Chinese Philosopher Who became an American Best Seller".

二、批判："基督教在中国没有前途"[1]

从以上来看，传教士以及传教士在华开办的教会学校对林语堂是"有恩"的，对此，林语堂表达过感激之心。但与此同时，我们也看到他对在华传教士有着尖锐批评。

林语堂对传教士的批评跟美国著名女作家、1938 年诺贝尔文学奖得主赛珍珠（Pearl S. Buck）有关。虽然林语堂与赛珍珠相识于 1933 年 10 月，但早在 1933 年 6 月，林语堂就发表过挺赛珍珠的言论，针对的正是赛珍珠关于美国在华传教事业的批评。

赛珍珠是美国南长老会一对传教士夫妇的孩子，还在襁褓中的时候就被带到中国，在中国长大。后来她自己也成为传教士，1914 年至 1933 年负责教育工作。较之其他传教士，赛珍珠成长于中国的经历使得她对中国人和中国文化有更多的了解和认同，这影响了她的宗教观念，也促使她对在华传教事业有更多反省。[2] 赛珍珠的文学成就显然比传教工作更为人所知。1931 年，她的中国题材小说《大地》（*The Good Earth*）出版，获得了意想不到的成功。不仅畅销美国，还于 1932 年获得了美国的普利策奖。1932 年，成名后的赛珍珠返美巡游，于 12 月 2 日在纽约发表演讲，题为"海外传教事业有可为吗？"（Is There a Case for Foreign Mission?）。演讲中，赛珍珠言辞犀利，毫不

---

[1] Victor Keen, "Chinese Writer Praises Stand of Pearl Buck: Dr. Lin Yutang, Son of Christian Pastor, Call it 'a Great Contribution'", *New York Herald Tribune* (June 11, 1933), New York.
[2] 关于赛珍珠的传教工作，参见 Lian Xi, *The Conversion of Missionaries: Liberalism in American Protestant Missions in China, 1907–1932*, Pennsylvania: The Pennsylvania State University Press, 1997, pp. 95–128。

留情地批评基督教传教事业，对外国在华传教士的讽刺相当大胆直接。比如：

> 我亲眼见过鄙俗狭隘、尖酸刻薄、麻木迟钝、愚昧无知的传教士，浑身上下透着不可一世的傲慢，好像天底下唯有他才知晓和握有全部真理。看着他那样子，我宁愿虔诚地在佛殿里顶礼膜拜，也不愿跪倒在那个传教士的上帝面前，如果当真有那个上帝的话。我所见到的那些正统的传教士，道貌岸然地站在教堂里，对那些本应获得拯救的灵魂缺乏同情心，对除了他们自己的任何文明都充满讽刺，加给他人的判断是那样严酷；在感情细腻、温文尔雅的民族中举止言谈愚钝粗鲁。面对这一切，羞耻使我的心在滴血。我实在无颜向中国人致歉，我们竟以高尚的耶稣的名义，给他们派去这种人！[1]

整篇演讲后来刊登在 1933 年 1 月号的《哈泼斯杂志》(*Harper's Magazine*)，庄台公司随后又印发了单行本。赛珍珠的言论在美国传教界掀起轩然大波。在来自教会的重重压力之下，赛珍珠并不屈服，继续发表激烈的批评，并于 1933 年 4 月 28 日向长老会海外差传部 (Presbyterian Missions Board) 递交辞呈，退出她所属的差会。[2]

赛珍珠的辞职引起广泛关注。1933 年 6 月 11 日美国《纽约先驱论坛报》(*New York Herald Tribune*) 发表该报记者维克托·基恩

---

[1] Pearl S. Buck, *Is there a Case for Foreign Missions?*, New York: The John Day Company, 1933, p. 8.
[2] Lian Xi, *The Conversion of Missionaries: Liberalism in American Protestant Missions in China, 1907–1932*, pp. 121–123.

第一章　传统与宗教：异类的知识旅程

(Victor Keen)于上海发回的一篇报道。标题是"中国作家赞赏赛珍珠立场——林语堂，牧师之子，称之为'进步之举'"。当时的林语堂在国际文坛还是无名小卒，文章中介绍他为中国的哲学家、教育家和作家，并特别提到他是基督教牧师的儿子，自小就对在华传教士的教导和传教方法很熟悉。文章报道，林语堂博士于5月29日发表声明，称赞赛珍珠勇敢真诚的演讲和写作，认为她开出的处方是衰败中的基督教唯一的希望，不仅是在中国，也是在全世界。[1]

林语堂在声明中指出，如果赛珍珠的批评被接受，那么将是对海外传教事业的伟大贡献。赛珍珠的观点既大胆又重要，论证清晰有力。"很明显，派到中国来的很多传教士狭隘、固执、没有教养。他们是带着偏见来到我们中间的，充其量怜悯我们这些他们希望皈依的异教徒(heathens)，且不是因为他们爱我们，而是出于对他们天上的上帝尽责。"[2] 同时，林语堂指出，基督教在中国没有前途，部分因为它被介绍给我们的方式，[3] 部分因为传教士一边给我们传教，一边却并不实践他们所传的伟大教导。林语堂联系到自己的亲身经历，说他非常熟悉赛珍珠反对的那种传教士。他们是些无知的、追逐私利的使徒，身边被仆役围绕，住在舒适的住宅里，怀着白种人的优越感，避免跟中国人混在一处。对于这样的人我们没有同情，我们也不会接受他们的宗教。[4]

确实，林语堂的个人经历使他对基督教传教士留下负面印象，尽管他感谢苑礼文牧师。据林语堂回忆，在他小时候，"有些传教士除了

1　Victor Keen, "Chinese Writer Praises Stand of Pearl Buck".
2　Victor Keen, "Chinese Writer Praises Stand of Pearl Buck".
3　即基督教是跟随战舰、大炮一起来的。
4　Victor Keen, "Chinese Writer Praises Stand of Pearl Buck".

079

想让中国人信教，什么东西也不关心，也不像耶稣或者像传教士应该做的一样，把人当作个体去爱"[1]。据林语堂观察，中国从来没有人因教义而信奉基督教，中国人信教，都是因为和一个真正具备基督徒美德的基督徒接触。中国人有务实的传统，"我们量度及评价那些传教士，不是凭他们所讲，而是凭他们所行，且把他们简单地分为'好人'或'坏人'"[2]。好基督徒会带领中国人亲近基督教。发生在林语堂身边的一个例子是，他在清华有一位同事叫作孟宪承（1894—1967），也是他在圣约翰的同学好友。这位孟君来自中国旧式家庭，受过严格的儒家训练，在圣约翰的时候从不为教员传教所动，然而在清华，有一位美国的女基督徒，具有基督徒的美德，真心关爱每一个人，在声调和语言中显示出基督徒的爱。这位女士教孟君《圣经》，最终使得他皈依了基督教。[3]

林语堂一贯欣赏的文化怪杰辜鸿铭也影响了他对传教士的批评。林语堂自圣约翰时期就迷上了辜鸿铭的作品。在《从异教徒到基督徒》一书中，林语堂大量引用辜鸿铭的著作。比如，辜鸿铭这样区分真基督徒与虚伪的基督徒："无论你是犹太人、中国人、德国人；是商人、传教士、兵士、外交家、苦力，若你能仁慈不自私，你就是一个基督徒，一个文明人。但如果你自私、不仁，即使你是全世界的帝王，你也是一个伪善者，一个下流人，一个非利士人，一个邪教徒，亚玛力人，野蛮人，野兽。"[4]

除了指责传教士不实践耶稣的教导，林语堂对传教士不尊重中国

---

[1] Lin Yutang, *From Pagan to Christian*, p. 233.

[2] Lin Yutang, *From Pagan to Christian*, p. 233.

[3] Lin Yutang, *From Pagan to Christian*, p. 232.

[4] Lin Yutang, *From Pagan to Christian*, p. 55. 林语堂对辜鸿铭的引用出自辜的《总督衙门来书》(Ku Hung-ming, *Papers from a Viceroy's Yamen*, shanghai: Shanghai Mercury, Ltd., 1901, p. 124)。

文化也感到十分不满。这尤其体现在祖先崇拜的问题上。在基督教与中国文化相遇的历史进程中，产生过不少摩擦和冲突，中国祖先崇拜或曰祭祖问题是其中最重要、最有争议的一项。传教士之所以不允许中国信徒祭祖，主要是因为他们认为这是"拜偶像"。林语堂绝不作如是观，他为祖先崇拜辩护：

> 祖先崇拜，在中国人看来，是对过去的崇敬与联系，是源远流长的家族系统的具体表现，而因此更是中国人生存的动机。它是一切要做好人，求光荣，求在社会上成功的准则。事实上，中国人行为的动机是："你要做好，这样你的家人可因你而得荣耀；你要戒绝恶事，这样你就不至于玷辱祖宗。"这是他要做一个好儿子，一个好弟兄，一个好叔伯，一个好公民的理由。这是中国人要做一个中国人的理由。[1]

至于"拜偶像"的指控，林语堂认为，"只有把想象力尽量扩张，才可以称它为如中国教会所谓'拜偶像'。把它和在某些基督教大教堂供奉神像的陋习（特别是在意大利及法国）比较起来，这些写上了某一祖宗的名字的四方木牌，看来好像某些毫无想象力的理性主义者的作品。上面只有几个字，比基督教的墓碑的字更少"[2]。而且，他认为西方教会中人在父母死后，做的也是近乎偶像崇拜的事情，只不过用实际的相片来代替中国人用的像大木尺的木牌。

---

[1] Lin Yutang, *From Pagan to Christian*, p. 37.
[2] Lin Yutang, *From Pagan to Christian*, p. 37.

另外崇拜的形式也很有争议,"跪在这些木牌前叩拜,实在就是基督教教会反对的主要一点"[1]。林语堂认为这是"因为他们忘记了中国人的膝常比西方人的膝易屈得多,我们在某些郑重的场合中,也常向在世的父母及祖父母跪拜。屈膝是一种顺服的表示"[2]。也就是说,跪拜的实质只是一种孝道。

然而,这些并不为传教士所理解,他们对祖先崇拜的禁止产生了恶劣的后果。在林语堂看来,祖先崇拜是做中国人基本的一部分,中国基督徒被禁止参加,便等于自逐于中国社会之外。"这个问题是基本而中心的,且在质问一个轻率的教会伤害它的教徒能到何等程度。"[3] 在乡村,这种伤害尤其突出:

> 在一个现代城市里,这倒没有什么关系,但在乡村中,这对一个中国基督教信徒,可是最尴尬的个人问题。有些基督徒曾以最诚恳的态度来问我父亲,他们可否为社会节庆中的演戏捐一点钱。这些基督徒真正想问的是他们是否要自愿在他们的堂兄弟、叔伯,以族里其他人的眼中,把自己逐出社会。[4]

林语堂认为,基督教教会的禁止祭祖不仅对于中国基督徒来说是一种伤害,同时也造成了基督徒与非基督徒之间的矛盾。林语堂说,在厦门的非基督徒对基督徒是宽容的,在那里没有社会排斥。基督教社会

1　Lin Yutang, *From Pagan to Christian*, p. 37.
2　Lin Yutang, *From Pagan to Christian*, p. 37.
3　Lin Yutang, *From Pagan to Christian*, p. 36.
4　Lin Yutang, *From Pagan to Christian*, p. 38.

在厦门及漳州和当地人亲密地相处；如果有敌意，他认为是因为祭祖的问题，而这完全是由基督教教会不理解尊重中国的传统文化造成的。由此，林语堂得出一个结论："我们没有被人囚禁，我们把自己囚禁起来而自绝于社会"。[1]

三、信奉："我愿意回到那由耶稣以简明方法传布出来的上帝之爱和对它的认识中去"[2]

林语堂晚年虽然宣布回归基督教，但正如他所言，"是一个基督徒"只是一种说法，是一句很宽泛很含混的话。[3] 那么，林语堂称自己为一个基督徒，这种说法意味着什么？值得我们探究的是：在什么意义上林语堂是一个基督徒？或者说，他究竟信仰的是什么？

一般来说，信仰一个宗教意味着接受它的基本教义。就基督教来说，包括三位一体、原罪、救赎等。如果以这个标准来衡量林语堂，他确实不算正统的信徒。因为无论是在回归基督教之前还是之后，他对教义都是排斥的。他之回归基督教是直接回到耶稣基督那里。

《从异教徒到基督徒》的主旨是讲林语堂如何从异教徒转为基督徒，但它讲了很多中国宗教哲学（儒、道、佛），基督教所占篇幅反倒不多。严格说来，只有最后一章"大光的威严"集中讲林语堂回归基督教之后对基督教的认识。而在这一章，绝大部分都是赞美耶稣，阐释为

1　Lin Yutang, *From Pagan to Christian*, p. 38.
2　Lin Yutang, "My Steps back to Christianity", *Readers' Digest*, p. 59.
3　Lin Yutang, *The Importance of Living*, New York: The John Day Company / Reynal & Hitchcock, 1937, p. 401.

什么相比之下，耶稣的光就好像太阳，而古今中外其他圣贤则不过是蜡烛。林语堂盛赞耶稣的教训达到了最深刻的伦理高度。比如登山宝训，比如耶稣在十字架上说："父啊，赦免他们，因为他们不知道他们做什么。"（《马可福音》22：23）

在林语堂看来，基督教的核心是耶稣基督，基督教的不少教义（doctrines）是后世神学家自己发挥出来的，并不是耶稣本人的教导。林语堂认为在现代社会，人们有必要区分哪些是基督教基本的要素（Essentials），哪些不是（Non-Essentials）。

1960年3月，附属于美国长老会的汉诺威学院（Hanover College）举办了一个为期四天的讲习班（Hanover College Institute, March 8-11, 1960）。讲习班主题是"当代文化中的基督教视角"（Christian Perspectives in Contemporary Culture），邀请信仰基督教，同时是各自行业权威的讲者来汉诺威与师生探讨这一主题。[1] 3月9日，林语堂在讲习班发表了题为"宗教与现代有教养者"（Religion and the Modern Educated Man）的演讲。他认为关于基督教的一些基本观念只有经过重新考量，基督教才能与现代人的内在意识相协调。而要达到这样的效果，关键在于不把基督教的基本要素与非基本要素混在一起。[2]

那么哪些是非基本的呢？林语堂认为，在基督教漫长的发展过程中有很多与基督的教导无关的东西溜进了基督教的信条与教会活动中。比如《哥林多前书》中关于妇女在会中蒙头纱的规定，那不过是使徒

---

[1] Frank S. Baker ed., *Christian Perspectives in Contemporary Culture: The Proceedings of the Hanover College Institute, March 8-11, 1960*, New York: Twayne Publishers, Inc., 1962, p. 9. 该议程上有讲习班时间安排，包括林语堂在内七位讲者的演讲全文及讨论精华。

[2] Lin Yutang, "Religion and the Modern Educated Man", Frank S. Baker ed., *Christian Perspectives in Contemporary Culture*, p. 80.

第一章　传统与宗教：异类的知识旅程

保罗写作时小亚细亚的风俗使然，很明显，这样的风俗与耶稣的教导无关，属于信仰中非基本的。[1] 再比如割礼，如果保罗认为割礼对于基督教信仰是重要的、基本的，那么基督教就不能被发展成一个世界性宗教（a cosmopolitan world religion），而只会是犹太教的一个小教派。[2] 甚至关于耶稣为处女所生这条教义，林语堂也大胆提出异议。他说处女生子（virgin birth）这一条至今包括在使徒信经中，使不少有思想的人对基督教望而却步。林语堂认为，不管这一条是真是假，它都与耶稣的教导不相干（irrelevant and immaterial to the teaching of Christ）。当然，《马太福音》和《路加福音》的作者试图证明耶稣是大卫的子嗣。然而不管耶稣是什么出身，他都是我们的主。处女生子在新约中并不重要。整个新约只有两次提到处女生子。林语堂注意到保罗发展了复活的教义，使其成为基督教信仰的基石，却从来没有提过处女生子。[3]

林语堂认为，从彼得到保罗再到公元四世纪的教父们，非基本的要素、教义、神学越积越多。耶稣自己的教训其实非常简单，总的来说就是两条诫命："你要尽心、尽性、尽意爱主你的神……要爱人如己。"（《马太福音》22：37，39）[4] 后世五花八门的神学却把焦点放在非基本的东西上，尤其是原罪。林语堂指出，耶稣自己没有讲过原罪，原罪是被保罗以及后来的教父发展成教义的，成为一种神秘的事物（a mystical entity）。今日基督教教会对罪与惩罚的强调使人产生这样一种印象："基督教就是一个愤怒的牧师用愤怒的语调宣讲一个愤怒的上

1　Lin Yutang, "Religion and the Modern Educated Man", p. 80.
2　Lin Yutang, "Religion and the Modern Educated Man", p. 81.
3　Lin Yutang, "Religion and the Modern Educated Man", p. 88.
4　Lin Yutang, "Religion and the Modern Educated Man", p. 81.

帝。"（The Christian religion is an angry minister preaching in an angry voice about an angry God.）[1] 林语堂认为，人人有原罪的观念不符合现代人对法律与惩罚的看法。现代人不会因为人有犯罪的倾向而去惩罚人，只有当犯罪行为发生以后才会有惩罚。这种法律的观念要胜过两千年前。再者，现代世界是在进步的，不是一艘我们急于抛弃的即将沉没的大船。如果基督教坚持此生只是为来世做准备，这会将现代人拒之门外。[2]

总而言之，基督教的核心与本质是耶稣基督。耶稣自己并不理论（reason）、不论证（argue），他以质朴亲密的语调说话。耶稣的教训听来简单，但是很难去遵循。耶稣实践了自己的教训，用整个生命示范出上帝之爱。上帝在耶稣身上道成肉身，只有从他身上我们才能见到上帝，舍此之外别无他途。[3] 至于与耶稣的教训无关的非基本内容，多是一时一地的风俗，或者后世神学家的发挥，很多已经过时，不适合现代人。既然这些非基本的东西不影响基督教信仰，那么基督教就没有必要死抱着它们不放，否则反而阻碍现代人接受基督教。

四、排斥："廉价的神学妨碍我看见耶稣，且不仅我一个人如此"[4]

早在圣约翰时期，林语堂就已经开始质疑基督教的教义，厌恶神学。在圣约翰的第一年林语堂进的是神学院，为的是以后能当牧师。可

---

[1] Lin Yutang, "Religion and the Modern Educated Man", pp. 83–84.
[2] Lin Yutang, "Religion and the Modern Educated Man", p. 85.
[3] Lin Yutang, "Religion and the Modern Educated Man", p. 89.
[4] Lin Yutang, *From Pagan to Christian*, p. 231.

是，林语堂在神学院表现不佳，后来转往文学院。"一切神学的不真，对我的智力都是侮辱。我无法忠实地去履行。"[1]

这样的看法一直到他回归基督教也没有改变。在《从异教徒到基督徒》中，林语堂指出基督教神学整个在方法上就错了：

> 今天在宗教上，方法的讨论是最重要的。因为现代人想到宗教时的迷惑，大部分是由于一种方法上的基本错误，且可归因于笛卡尔方法的得势，以致过度把重心放在以认知理性为首要方面，这样对直觉了解的重要性，便产生不适当的概念。帕斯卡尔说："我不能宽恕笛卡尔。"我也不能。因为在物质知识或事实的科学知识的范围里面，用时间、空间、活动及因果关系等种种工具，推理是最好及最没有问题的。但在重大事情及道德价值的范围——宗教、爱、及人与人的关系——里面，这种方法奇怪地和目的不合，而事实上完全不相关。[2]

林语堂认为，西方以逻辑、分析的方式研究上帝，其产物就是形形色色的神学。反观中国，"我相信是由于本能，中国人很早以前就在宗教中完全摒弃了逻辑的角色"[3]。比如禅宗的发展，建立在不信任逻辑的基础之上，诉诸直觉。道家学说也强调直觉的悟性。林语堂认为这种中国的思维方式更适合处理宗教，而西方神学那一套并不适合。

1　Lin Yutang, *From Pagan to Christian*, p. 32.
2　Lin Yutang, *From Pagan to Christian*, pp. 177–178.
3　Lin Yutang, *From Pagan to Christian*, p. 179.

基督教最令东方人震惊的是，差不多所有基督教神学，都对宗教作经院式的研究（scholastic approach）。那错误几乎是难以置信的，但在一个以理性为首要多过以感情及人的全意识为首要的世界中，这种错误甚至不为人所发觉及被忽视。科学方法并没有错，但它完全不适用于宗教的范围。人常想用有限的文字来为无限下定义，像谈论物质的东西一样谈论灵性的东西，而不知道他所处理的题目的性质。[1]

林语堂认为，正因为本身在方法论上就有问题，神学不仅不能让人更清楚地认识上帝，反而遮蔽了对上帝的认识。神学上的各种争辩让人陷入混乱之中甚至造成教会分裂，削弱了耶稣的教训的力量和平易，妨碍人真正认识耶稣，使得他远离基督教三十年。[2]

值得注意的是，在基督教各种神学教义中，林语堂最反对的是加尔文主义。即便他在纽约加入了麦迪逊街长老会教堂（Madison Avenue Presbyterian Church），[3] 他依然反加尔文，依然没有停止对加尔文主义的批判。

林语堂生长在属加尔文宗的长老会，在寻源中学接受过以《海德堡要理问答》（Heidelberg Catechism）为教材的正统的加尔文主义神学教育，因此对加尔文主义相当熟悉。[4] 加尔文主义的核心思想可用

1　Lin Yutang, *From Pagan to Christian*, p. 179.
2　Lin Yutang, *From Pagan to Christian*, p. 231.
3　麦迪逊街长老会的记录秘书 Joseph N. Mcfadden 女士在 2011 年 8 月 11 日致笔者的电子邮件中证实，林语堂夫妇于 1957 年 12 月 3 日正式加入该教会。
4　《海德堡要理问答》是十六世纪宗教改革运动的产物，以问答的形式解释了加尔文宗的基本教义，在加尔文传统的信条著作中，是最具有权威性、最为通行的。

著名的五要点（TULIP）来概括：一、全然败坏（Total depravity），由于亚当的堕落人性已经完全败坏、无力行善；二、无条件的拣选（Unconditional election），神根据自己的旨意拣选一些罪人得救；三、有限的代赎（Limited atonement），基督只救赎那些预先蒙选之人，而不是所有人；四、不可抗拒的恩典（Irresistible grace），人不能抗拒上帝的救恩；五、圣徒永蒙保守（Perseverance of the saints），一次得救，永远得救。总的来说，加尔文主义强调原罪，在救赎上持预定论。

在《从异教徒到基督徒》中，林语堂对加尔文主义有这样的批判：

> 我知道加尔文主义知识的框架已逐渐削弱，现代长老会教会已不再坚持那个曾处塞尔维特（Servetus）以火刑的傲慢的人所发明的"全然败坏"的信仰，及对"自由意志"的否定。用决定论（determinism）与自由意志（free will）可以并存的说法来为加尔文主义辩护，只是一种狡辩。我对于任何坚持一种"全然"这样，"无条件"那样，及"不可抵抗的"某些东西的人，有一种直觉的不信任。所有这些都是借着一种前马克思主义者的唯物辩证法。令人呕吐的预定论的苦味！对天国在你我之中的否定！佛祖曾对他的弟子断言："不仁慈的教训不会是佛的真教训。"加尔文主义曾对上帝及人极不仁慈。在加尔文的允许下，他的上帝将会乐于多烧几个像塞尔维特这样诚实而倔强的人在一根更大更好的柱子上。[1]

---

[1] Lin Yutang, *From Pagan to Christian*, pp. 238–239.

加尔文主义认为人性"全然败坏",林语堂不同意这样的看法。他认为人身上有与动物一样的本能,确实有软弱、有冲动、有欲望,但这并无善恶之分。何况人性中还有向善的冲动。"人努力趋向善,而觉得内心有一种力量逼他去完善自己,差不多像鲑鱼本能地要到上游产卵一样,这是宇宙的一大奇观。"[1] 斯宾诺莎发现人除了基本的本能,也有一种行善、努力完善自己的高贵本能。康德、孟子和王阳明将其追溯(trace)为"良知"(conscience),就像罪一样是天赐的、遗传的、"原有的"(original)。林语堂质问:"为什么没有神学家发现一个'原良知'(original conscience),让加尔文和他的'全然败坏'走开呢?"耶稣已经说得很清楚了——"天国在你心中"。如果天国是在你心中,那么人性怎么可能是"全然"败坏的呢?[2]

至于预定论,林语堂认为这与自由意志是相悖的。上帝既然赋予人自由意志这样珍贵的礼物,那么人类得救与否又怎能是预定的,不论他行为如何呢?而上帝如果只拣选一部分人得救,又怎能说天国在你我心中呢?这种只让部分人得救的论调是不仁慈的,不应当出自仁慈的上帝。[3]

林语堂眼中的加尔文类似于奥地利作家茨威格在《异端的权利》(*The Right to Heresy: Castellio against Calvin*)中所塑造的加尔文形象。在该书中,加尔文是在日内瓦残酷迫害异端分子的独裁者。在林语堂的心目中,加尔文也是一个冷酷无情、独断专行的人。虽然关于加尔文到底是不是烧死塞尔维特的罪魁祸首,历史学者有不同意见,但林语

---

[1] Lin Yutang, *From Pagan to Christian*, p. 196.
[2] Lin Yutang, *From Pagan to Christian*, p. 175.
[3] Lin Yutang, *From Pagan to Christian*, p. 238.

第一章　传统与宗教：异类的知识旅程

堂把这笔账算在加尔文头上。[1]在林语堂看来，加尔文的神学跟他的人一样，也带有极端、专横的特质，从"全然""无条件""不可抵抗的"这些用语即可看出来。

林语堂对加尔文主义的批判从根本上说是因为加尔文主义的不近人情。这里涉及林语堂思想中很重要的一个观念——近情。近情不仅是林语堂的人生观，也体现在他的美学思想与文学创作上，且无论林语堂前后思想如何变化，他始终未能"忘情"。如果要详解林语堂的近情，这本身就可以另外写成一篇论文了。若取其精义以最简明扼要的方式表达的话，可以这么说，"所以近情，即承认人之常情，每多弱点，推己及人，则凡事宽恕，容忍，而易趋于融洽"[2]。林语堂把近情译为"be reasonable"，"即等于毋苛求，毋苛人太甚"[3]。通俗一点，也就是说要通情达理，不要太过分。林语堂提倡近情，就是呼吁大家尊重人性，彼此宽容坦诚。

林语堂眼中"不近情"的一大代表是宣扬"存天理、灭人欲"的理学家。他认为孔子本是近情之人，到了后来，宋儒力图使"人欲净尽、天理流行"，"自己装门面，对人责以严，遂成道学冷酷的世界"[4]。

1　在《论西洋理学》一文中，林语堂也提到这件事。"加尔文生于法国，却在瑞士日内瓦建立一种宗教政府，自为教主，略如龙虎山的张天师，惟我独裁，惟我独尊，……他效法西班牙天主教 Torquemadas 的残酷行为，把一位因为良心信仰不能苟同而由法国逃入日内瓦的 Servetus 于一五五三年，活活烧死。这又去张献忠杀人报天相差不远了。"参见林语堂著《无所不谈合集》，《林语堂名著全集》第十六卷，长春：东北师范大学出版社，1994年，第9页。
2　林语堂：《中国文化之精神》，参见钱锁桥编选《林语堂双语文选》，香港：香港中文大学出版社，2010年，第61页。
3　林语堂：《中国文化之精神》，第61页。
4　林语堂：《说诚与伪》，《林语堂名著全集》第十六卷，第18页。

把本来生动活泼的孔孟之学搞成了虚伪僵化的礼教。在林语堂看来，清教徒的行事就有假道学的特点。严格冷酷的加尔文主义则为极端代表，被其称为"西洋理学"。[1]加尔文主义的五要点"一切都是依逻辑推断，有必然性的"，而"否认自由意志，一切本逻辑推断，一切有'必然性'（马克斯论），就必然走到不近情的路上"，因此这五要点"合逻辑是合逻辑了，但去人情远了"。[2]带来的后果是，"可惜今日耶教，承接这个人类罪恶的传统。长老会、浸礼会及Congregationist，在教条上，还奉为正宗。所以很多人，真崇奉耶稣的教言，却没法入教。这样太蔑视人类自由意志，及太不平等，太不德谟克拉西的教条，怎么可以令人心服？因此情与理，分道扬镳，近情者不得讲理，讲理者不得近情。此为耶教及天主教今日之大难题"[3]。

五、结论

在《八十自叙》里，林语堂说自己是一捆矛盾，但紧接着又说"我以自我矛盾为乐"。[4]我认为这样的描述也适用于林语堂的基督教情结——他意识到自己与基督教之间的共鸣与冲突，他并不想掩饰其中的张力。在《从异教徒到基督徒》的结尾，林语堂认为，任何宗教都包括内容与形式。就基督教而言，内容是由耶稣赋予的，形式是人加上去的。只要人用心灵用真诚来崇拜上帝，形式没有那么重要，形式可以是

---

1 林语堂的《论西洋理学》中有对新英格兰地区清教徒的辛辣讽刺。
2 林语堂：《论西洋理学》，第9页。
3 林语堂：《论西洋理学》，第10页。
4 Lin Yutang, *Memoirs of an Octogenarian*, p. 1.

自由的各不相同的。每个人都要找到最适合自己的形式，每个人都有自己的方式去信仰上帝。[1] 林语堂一生追求自由、凸显自我，在宗教上也要坚持自己的观点，即便引发争议。或许可以这么说，林语堂信仰上的"一捆矛盾"恰好源自他面对上帝的真诚。

1　Lin Yutang, *From Pagan to Christian*, p. 240.

第二章 语言与法律:二十世纪二三十年代的文化与政治

林语堂与现代中国的语文运动[1]

彭春凌[2]

引论:"林语堂之谜"及其意蕴

世所熟悉的大作家"林语堂"之登场,应是1925年4月20日《语丝》第23期《给玄同的信》的作者署名,因为那之前,中国知识界尚只见"林玉堂"而未有"林语堂"。1923年林玉堂从德国莱比锡大学获得语言学博士学位归国,任北京大学英文系教授。他1919年出洋,先后在美国哈佛大学、德国莱比锡大学留学后重返北京。1916年林玉堂自上海圣约翰大学毕业,曾担任清华学校之教习,并在《新青年》上有惊鸿一瞥的亮相。而无论是在《新青年》,还是1923年归国后于《国

---

[1] 本文原刊于《中山大学学报》2013年第2期,第37—58页,此处由英译版还原,相对于中文原版有删节。
[2] 彭春凌,北京大学文学博士,中国社会科学院近代史研究所副研究员。主要研究近代思想史、文学史。

语月刊》《歌谣》周刊上登载文章，他的落名几乎均为"林玉堂"，这些文章的性质亦大部属于语言学专业之范畴。[1] 由"玉堂"之堂皇富丽转入"语堂"之隽永雅致，一字之差，背后透视出其语言学家身份之逐渐退隐，而未来那个"两脚踏东西文化，一心评宇宙文章"[2]，掀起小品文热潮，以《吾国与吾民》等作风靡大洋彼岸的典型文学家日益显露峥嵘。林氏二十世纪三十年代辑录、出版《语言学论丛》，1967年重刊该书时，承认自己有久不弹语言学"本行"之"调"而"走入文学"的领域跨度，"《语言学论丛》是我三十年前的著作，一九三三年上海开明书店初版，现在已不易购得。后来我走入文学，专心著作，此调久已不弹"[3]。从"玉堂"到"语堂"，由科班出身的语言学专家到大文学家，林氏转身、取舍的因由，便是令人困惑的"林语堂之谜"。

"清末开始出现的白话文运动、汉语拼音运动、国语统一运动"，一般被视为中国现代的语文运动。[4] 林语堂1910—1920年代徘徊、转移于语言学家、文学家两个身份之间，笔耕不辍、身体力行的经历，实质上即是他全面参与现代中国语文运动诸方面的历史过程。从西方语言学出发来思考中国的文字与文学，林语堂此时期展示的基本逻辑，在他二十世纪三十年代之后倡议"语录体"文章、构想国语、整理汉字等进一步的语文实践中，有所深化却并无根本移易。这意味着，剖析构

---

1 1923年返回北京后，一些署名"林玉堂"的文章，如在《晨报副镌》上连载的《海呐选译》（1923年11月—12月间）、《征译散文并提倡"幽默"》（1924年5月23日）等亦兼具文学性，体现了林氏的文学趣味。
2 林语堂：《与陶亢德书》，《论语》半月刊第28期（1933年11月1日），第173页。
3 林语堂：《重刊〈语言学论丛〉序》，《林语堂名著全集》第十六卷，长春：东北师范大学出版社，1994年，第191页。
4 何九盈：《中国现代语言学史》，广州：广东教育出版社，2005年，第13页。

第二章 语言与法律：二十世纪二三十年代的文化与政治

成"林语堂之谜"的前后史实，对于理解林语堂的整个语文思想至关重要。相比于小品文作家林语堂，对语言学家林玉堂的相关研究本就有限，[1]其与现代中国语文运动的关联更是付诸阙如。本文的主旨不仅在开掘史料、还原历史、表彰前贤，更重要的是，从"林语堂之谜"出发，来探寻现代中国语文运动一些深沉、隐微的层面。

一旦将"林语堂之谜"置诸现代中国语文运动的大背景下，即显示出十分复杂深厚的历史及文化内涵。审视晚清以降波澜壮阔的语文运动，国学大师章太炎是绕不开的人物。其1906年的《论语言文字之学》标志着中国现代语言学学科之诞生，1909年出版的《新方言》用"考证死文字"的小学来"整理活语言"，更意味着"经学附庸之小学，一跃而为一种有独立精神之语言文字学"[2]。章太炎"取古文、篆、籀径省之形，以代旧谱"[3]所制造的文字符号，乃是1913年"读音统一会"所通过的"注音字母"之基础，在1918—1958年的四十年间拥有法定的拼音文字地位。[4]不仅如此，章门弟子钱玄同、鲁迅、周作人乃是新文化运动的主力，他们与留美归国的胡适、老革命党人陈独秀等共创

---

1 周祖庠在《林语堂与语言学》(《黑龙江社会科学》2006年第4期)中高度评价了林语堂的语言学成就，称其为"语言学大师"。林氏的语言学研究融通中西，他于二十世纪二十年代发表的《古有复辅音说》，直到二十世纪八十年代大陆语言学界才开始重视相关问题。他在古代汉语方言学、音韵学上也作出了重要贡献。其他相关研究还有王艳艳的《林语堂的上古音贡献》(《教育教学论坛》2009年第IIX期)等。
2 沈兼士:《今后研究方言之新趋势》，《歌谣周年纪念增刊》(1923年12月17日)，第17页。关于章太炎晚清的语言思想，参见彭春凌《以"一返方言"抵抗"汉字统一"与"万国新语"——章太炎关于语言文字问题的论争(1906—1911)》，《近代史研究》2008年第2期，第65—82页。
3 章太炎:《驳中国用万国新语说》，《章太炎全集》第四卷，上海：上海人民出版社，1985年，第346页。
4 关于清末拼音文字运动的情况，参见倪海曙《清末汉语拼音运动编年史》，上海：上海人民出版社，1959年。

文学革命大业，1920年，教育部改国文科为国语科，更意味着白话文运动的推广和成功。换言之，考察章氏一脉在语文运动中人事、思想走向，事实上是明了传统语文思想现代转化之途径。而自小受教会学校教育，后又完全由西方现代语言学训练的林语堂，舍弃哈佛的专家"架子"及"一切留学生回国时之通病"，受《语丝》诸子的影响"，尤其是与周作人文学建设方向趋近，"才渐渐知书识礼，受了教育，脱离哈佛腐儒的俗气"。[1] 这意味着，主要接受西洋文化的学人——甚至在林语堂那里呈现极端的一面，即到二十世纪三十年代他给人的感觉，"还是初接触中国文化的西洋人"[2]——如何看待及领纳传统的语文思想。而最"本土"之中国语文思想的现代创构与最"洋派"之西洋语文观念的合流，彰显着"东海西海，文心攸同"，人类感受与表达自我方式"万殊"而又"一本"的深层意蕴。

而将"林语堂之谜"还原到二十世纪二十年代中国语文界的场域，其又呈现出繁复的历史面相。随着"新文化运动中，谈经济学、谈社会学、谈哲学、谈文学，莫不风靡一时"[3]，受西方知识架构的影响，学科分化与独立的局面纷呈。在新文化运动中联合一致的文学革命与国语统一运动，到了二十世纪二十年代逐渐呈现出国语文学与现代语言学旨趣与学科的差别，乃至各自专业壁垒的筑建，较明显的例证即是《歌谣》方言调查事件中倡导国语文学的周作人与以制定拼音文字为宗旨

---

[1] 林语堂：《〈语言学论丛〉弁言》，《林语堂名著全集》第十九卷，第1页。
[2] 徐訏：《追思林语堂先生》，子通编《林语堂评说七十年》，北京：中国华侨出版社，2002年，第140页。
[3] 孔繁霱："讨论《中国历史研究法》"信件，《改造》第4卷第8号（1922年4月15日），第1页。

第二章 语言与法律：二十世纪二三十年代的文化与政治

的语言学家钱玄同、沈兼士等的殊途。[1] 林语堂从一名专职的语言学家转到文学行当，尤其是先以语言家的身份在《歌谣》上与钱玄同、沈兼士等章门弟子合作"讨伐"章太炎、相对孤立周作人，后又于《语丝》中愈加趋近周作人之思路，为审察语文运动发展到二十世纪二十年代学科分化中的样态提供了多维的视角。

林氏后频频言及的知识界分化，不仅发生在学科领域，更表现为革命浪潮席卷下知识人的立场分裂，所谓"前十年目我为'乱党'，为'洪水猛兽'者，是前清故旧大臣及遗老，今日之目我为'洪水猛兽'者，乃出洋留学的大学教授们"[2]。由此，审视"林语堂之谜"又必将牵涉二十世纪二十年代林氏自身的抉择及其与周边的关系。实事求是地讲，1910—1920年代的林语堂，作为独立精神个体的"面目"尚未完全清晰地呈现在世人面前，而是处于各种话语氛围、知识关系及人际脉络之中。唯有将他的文章与思索置入北京知识界复杂的语义场，凭借《新青年》《歌谣》《国语月刊》《国语周刊》《语丝》等杂志搭建的历史瞭望塔，探赜索隐，还原人物的思想与心境、挫折及热望、自我设计之路途和周围人群动向的疏合关系，未来那个形象较为鲜明的"林语堂"氏之诞生，才能得到相对历史性的理解。

---

1 参见彭春凌《分道扬镳的方言调查——周作人与〈歌谣〉上的一场论争》，《中国现代文学研究丛刊》2008年第1期，第126—136页。
2 林语堂：《请国人先除文妖再打军阀》，《京报副刊》第459号（1926年4月4日），第2版。

汉字与罗马字通约并行的文字观念

林玉堂二十世纪二十年代重返北京后的语文思想，比他1910年代的考虑更趋丰富、周到；但其以西洋的语文观念反观中国语文传统的核心思考却一以贯之。他一方面搁置汉字与罗马字有"衍形"与"衍声"本质差别的先验观念，[1] 从汉字和罗马字制的文字落实到书面时都会变成一种图画和形象，其书写都由各自基本元素的先后组合关系而成，理所当然地将汉字与以罗马字拼写的英文等视为在形象构成、图画描绘的逻辑层面可以通约的事物，并参考英文字典来设计汉字的索引方案。另一方面，他认同汉字作为中国文化及民族情感寄托源泉的重要作用，但又坚信罗马字的科学性和普遍适用性，汉字和罗马字拥有独立的对等价值，在中国可以并行不悖地使用。如此的二元文字观念，致使他的拼音文字方案中没有注音字母的位置，也令其与主张革汉字之命、视注音字母为汉字过渡到罗马字来拼写中文之中介的知识人如钱玄同等，分歧不断。

林玉堂在《新青年》上共发表两篇文章，即1918年第4卷第2号所载《汉字索引制说明》及第4卷第4号的《论汉字索引制及西洋文学》，两文均涉及新文化运动时期中国语文建设的关键问题，汉字与罗马字的关系以及文学革命的方向，引得"新文化"的元老蔡元培、钱玄同参与讨论，各种思路形成实质性地对话。有意思的是，林氏将前文收入《语言学论丛》，却刊落后文，取舍背后，意味耐人琢磨。

---

[1] 钱玄同："跋"，林玉堂：《汉字索引制说明》，《新青年》第4卷第2号（1918年2月15日），第132页。

第二章 语言与法律：二十世纪二三十年代的文化与政治

在1917年的《科学》杂志上，林玉堂刊发过《创设汉字索引制议》，初步介绍了自己新创制的首笔检字法。之后他将思路整理得更完备，写成《汉字索引制说明》。林氏首笔检字法"取字之首先笔画，名之曰'首笔'；而以汉字中所有首笔，会集成表，定其位次，别其先后；欲检一部首，即以是部之首笔检之；部中检字，以余部之首笔检之"。举例来说，"鲤"字："先检'ク'于部首中，即得'鱼'部；复于'鱼'部中检'门'，则得'鲤'。"如此检索法要点在于"必先知首笔之次序"，"首笔分为横，直，撇，点，勾五种，皆视其第一笔为例：横起者厂居先，直起者冂次之，撇起者ク又次之，以此类推"，如汉字之间第一笔相同，"其中分序，亦以第二笔之横，直，撇，点为准，适如英文aa、ab、ac、ad之例"[1]。

蔡元培的序言最看重林玉堂索引制提供的全新思路，即"西文由abcd等字母缀合而成，其编字典也，以ab及ac及ad或aba及abb及abc等为先后，序次颠然，一检可得"，"林君玉堂有鉴于是，乃以西文字母之例，应用于华文之点画，而有'汉字索引'之创制"[2]。换句话说，"在成年之时，完全中止读汉文"[3]，浸淫在英文世界中的林玉堂，将汉字书写的基本单位横、直、撇、点、勾，类同于英文书写的罗马字符号单位a、d、c、d、e，通过给这些书写单位排定次序，按照其先后关系的组合进行检索，于抽象的层面上实现了检索汉字与检索英文的对等关系。"立十九'母笔'以为华文最小之分子；其两分子或三分子之

1　林玉堂：《汉字索引制说明》，《新青年》第4卷第2号，第128页。
2　蔡元培："附蔡孑民先生序"，林玉堂《汉字索引制说明》，《新青年》第4卷第2号，第132页。
3　林语堂：《林语堂自传——从异教徒到基督徒》，《林语堂名著全集》第十卷，第21页。

103

接触,则更以'交笔''接笔''离笔'别之;而接笔之中,又别为'外笔''内笔'二类。以此为部,则无论何字,第取其最初三笔之异同,而准之以为先后,其明白简易,遂与西文之用字母相等,而检阅之速,亦与西文相等。"[1]

林玉堂于上海圣约翰大学学习期间,"学英文的秘诀就在钻研一本袖珍牛津英文字典上",而且之后不论"到何处去旅行,都随身携带"。[2]林氏终身受益于该书,认为《简明牛津字典》"名副其实,真正是现代通行英语的字典'dictionary of current English'"[3]。日日翻阅英语字典,对其检索方式滚瓜烂熟的林玉堂,将之挪移到汉字检索领域,通过英文由罗马字符号组合的方式来思考汉字的结构,格外轻车熟路。[4] 他丝毫没有背负传统文字学的思想包袱,直接批评"旧法部首次序,至难记忆,必赖目录之助;新法惟须记忆'横''直''撇''点'勾位次而已"[5]。蔡元培还就林氏对汉字"六书"的破坏进行辩护,称"或以破坏字体不合'六书'为疑。然今隶之形,固已取小篆而破坏之。《字典》之分部,不合于'六书'者多矣。吾人所以沿用之者,为便于检阅计,不得不如是也。林君之作,何以异是?若乃精研小学,则自有《说文解

---

[1] 蔡元培:"附蔡孑民先生序",林玉堂:《汉字索引制说明》,《新青年》第4卷第2号,第132页。
[2] 林语堂:《八十自叙》,《林语堂名著全集》第十卷,第268页。
[3] 林语堂:《英文学习法》,《林语堂名著全集》第十三卷,第189页。
[4] 近代中外人士设计了各种汉字检字法,黄希声"将汉字分析而成母笔,凡二十种,即认此二十母笔与外国文的字母相同。谓英文的MAN三个字母合而为英文的'人'(Man)字,尤汉文之一撇一捺合而为'人'字一样",类比汉字与英文的书写方式,思路与林玉堂相似,这也说明在近代西学东渐的大潮下,即便是汉字检字法的构想都蕴含着西学的背景。王云五:《号码检字法》,《东方杂志》1925年第22卷第12期,第85页。
[5] 林玉堂:《汉字索引制说明》,《新青年》第4卷第2号,第131页。

第二章　语言与法律：二十世纪二三十年代的文化与政治

字》之旧例在，于林君之作，又何疑焉？"[1]

　　章太炎的弟子钱玄同给予林玉堂索引制的掌声，远不如蔡元培响亮。在钱玄同看来，林氏检字法并非解决汉字检字问题的最佳方案，不过是最佳方案"尚难行"时的次好选择，称赞其"立法简易，用意周到"，更像是附和蔡元培"足以节省吾人检字之时间""叹其功效之大"[2]的评论。

　　究其因，钱玄同与蔡元培对传统语文学的认知大相径庭。蔡元培从中国文字训释的类型角度切入，指出传统有三种文字训释方式，即如"《尔雅》《广雅》《释名》之属"以义为部，如"《经籍纂诂》用今韵、《说文通训定声》用古韵之属"以声为部，如"《说文解字》依据'六书'，《康熙字典》及《新字典》标准画数之属"以形为部。相较而言，"三种之中，便于检阅者，以形部为较便"，"今隶点画，多异小篆，检字者又不尽通'六书'，故《说文解字》又不如《字典》之便"；[3]由此，从形体角度思考汉字索引问题、以点画方式进行检索的林玉堂，继承了汉字检索的最优传统。

　　钱玄同对此大不为然，他指出，汉字字形从最初古象形文字到"秦汉以后，解散古文籀篆之体，作为隶楷，期便书写"，经历了进化及简易的过程，隶楷的字形"已成为一种无意识之符号，不能复以'六书'相绳"。由此，如《说文解字》"依造字初形分部之字典，自不适于翻检"，从而造成"魏晋以后韵书大盛"，以致研究《说文》的学者，如

1　蔡元培："附蔡孑民先生序"，林玉堂《汉字索引制说明》，《新青年》第4卷第2号，第132页。
2　钱玄同："跋"，林玉堂《汉字索引制说明》，《新青年》第4卷第2号，第134页。
3　蔡元培："附蔡孑民先生序"，林玉堂《汉字索引制说明》，《新青年》第4卷第2号，第131页。

徐锴《说文解字篆韵谱》，都为了"翻检之便利"而以"韵书之据音分部"来排比《说文》。钱玄同检讨汉字字形演变对"六书"的突破，追溯韵书自魏晋以来盛行的历史，就为说明一个问题，"韵书为《说文解字》之代兴物可也"，以声为部，才是解决汉字检索问题的最佳途径。

无论是以声为部取代以形为部的历史构想，还是"字音虽古今南北，不能尽同，而大致尚不甚相远"的描述[1]，钱玄同都秉承着章太炎的语文"家法"。章太炎坦言，"余治小学，不欲为王箓友辈，滞于形体，将流为《字学举隅》之陋也。顾、江、戴、段、王、孔音韵之学，好之甚深，终以戴、孔为主"[2]；他一直对小学研究中如王筠（号箓友，1784—1854）偏重形体、忽视音韵的倾向不满，欣赏戴震、孔广森等的音韵之学，并称"凡治小学，非专辨章形体，要于推寻故言，得其经脉，不明音韵，不知一字数义所由生"[3]。而章氏还特地重新发明"转注"的概念为"类其音训，凡说解大同，而又同韵或双声得转者，则归之于转注"[4]，来表明方言之间"义同声近"的道理。这就是钱玄同所言的字音古今南北不尽同，但大致不甚远。当然，钱玄同以声为部，也将西洋文明作为直接参照系，其曰"若中国文字之分部如韵书，则与西文之以'ABCD'顺者，其用意固相似；而尤与日本之字典以'イロハ'次序排比汉字及和文者同一法则"。钱玄同评价林玉堂的检索法，主要是借题发挥，目的在切入现代中国语文运动的根本母题——推行拼音文字。其曰：

---

1 钱玄同："跋"，林玉堂：《汉字索引制说明》，《新青年》第 4 卷第 2 号，第 132、133 页。
2 章太炎：《自述学术次第》，《莉汉三言》，沈阳：辽宁教育出版社，2000 年，第 169 页。
3 章太炎：《小学略说》，《国故论衡》，上海：上海古籍出版社，2003 年，第 9 页。
4 章太炎：《自述学术次第》，《莉汉三言》，第 169 页。

第二章　语言与法律：二十世纪二三十年代的文化与政治

然而近代字典尚不能据韵书分部者，则亦有故。其故维何？曰，中国无适当之标音记号；昔之韵书，标'声'（即子音）标'韵'（即元音），借用汉字，无明确之读音。彼宋明之世所以觉韵书之便于翻检者，以其时诗赋盛行，韵书为属文之士所熟记也。故不知字音者，韵书即无从翻检。虽然，据音分部，实是一法。玄同尝谓'注音字母'，今已草创，异日倘能修正颁行，凡中小学校之教科书，及杂志，新闻纸之类，悉以'注音字母'附记字旁；则此后字典，可用注音字母之ㄍㄎㄫ为顺，师韵书之成法，仿英法日本字典之体例，岂不甚善？[1]

虽然说，1913年，"读音统一会"在章门弟子马裕藻、朱希祖、许寿裳、周树人（鲁迅）及钱玄同侄子钱稻孙的推动下，已经以章太炎"取古文、篆、籀径省之形"设计的"纽文""韵文"为基础，制定了注音字母。但是，由于国内政争，注音字母"尘封于教育部的档案橱中，让老鼠咬他，蠹鱼蛀他"[2]，而并未公布于世。乘着文学革命的浪潮，钱玄同旧事重提，极力推动注音字母的普及化，比如在《新青年》第四卷第一、三号上，他发表《论注音字母》，详细论述了注音字母的优点，而在新文化人的力主下，1918年11月3日，教育部正式公布了"注音字母"作为法定拼音文字。

钱玄同这篇跋林玉堂《汉字索引制说明》的文章，大部分篇幅倒

---

[1] 钱玄同："跋"，林玉堂：《汉字索引制说明》，《新青年》第4卷第2号，第133、134页。
[2] 钱玄同：《注音字母与现代国音》，《国语月刊》第1卷第1期（1922年2月20日），第3页。

在浇自己胸中的块垒,真正触及"汉字索引制"具体内容的,仅是提醒林氏"字体之画一"问题,因为汉字中尚有"百分之一"存在"字形歧异",如"'勝'字,其右旁之首笔,林君属之于'八',亦有作'丷'者",他认为要寻找"善法"来避免依靠笔顺先后排列的检索法出现类似"窒碍"。[1]

内心深处,钱玄同不大看得上毫无传统小学修养的林玉堂。林玉堂文中称"旧法合于程度既高,读书有年者之用;而新法则小学学生,及普通人民,皆易通晓"[2],暗指《康熙字典》等古代通行的字典仅对程度高、读书有成者有用。这简直笑掉了这位《说文》学起家的章门弟子大牙,其哂曰:"至于满清之《康熙字典》,及现在坊间出板之《新字典》等等,其分部之法,最无价值。貌似同于《说文解字》,实则揆之造字之义,触处皆是纰缪。若谓图检查之便利耶,则如'才'入'手'部,'尹'入'尸'部,'年'入'干'部,'冀'入'八'部,'求'入'水'部之类,皆令人百思不得者;如此而云便于检查,则尤堪发噱。"[3]

实际上,林玉堂《科学》杂志上登载的《创设汉字索引制议》,申明其新检字法正是针对《康熙字典》等旧书存在的问题,其中重要的一项是"《康熙字典》按字义而归之部首,然在于检字之人往往有未知字义为何求助于字典者;字义且不知,而责之以沿流溯源,由今反古,过于迂曲,不近事理"[4]。《康熙字典》归纳部首考量的是"六书"理论,"吾国文字凭于'六书'孳乳相生,或谐声,或假借,其变化错综之繁,

---

[1] 钱玄同:"跋",林玉堂:《汉字索引制说明》,《新青年》第4卷第2号,第134页。
[2] 林玉堂:《汉字索引制说明》,《新青年》第4卷第2号,第131页。
[3] 钱玄同:"跋",林玉堂:《汉字索引制说明》,《新青年》第4卷第2号,第134—135页。
[4] 林玉堂:《创设汉字索引制议》,《科学》第3卷第10期(1917年10月),第1128页。

第二章　语言与法律：二十世纪二三十年代的文化与政治

虽训诂形声之学，博通小学之儒，尚不能穷其底蕴，而聚讼纷纭，万不能求之日用索引之间也"[1]。林玉堂因畏于《康熙字典》依据的"六书"之难，其程度过高而反对将之运用于汉字索引领域；钱玄同则是鄙薄《康熙字典》淆乱"六书"，相比《说文》其程度太低。两人彼时传统语文学水准的高下，一较可知。类似钱玄同般的嘲笑，深深伤害了林玉堂，令其终生刻骨铭心，八十高龄回想起来依然如在目前，"因为我上教会学校，把国文忽略了。结果是中文弄得仅仅半通……我一毕业，就到北平清华大学去。我当时就那样投身到中国的文化中心北平，您想象我的窘态吧"[2]。二十世纪二十年代留学归国后，言及《康熙字典》，他每每模仿钱玄同的口吻，极尽嘲讽，如批评自古的检字之书，"分义之书最不适用，分形之书亦嫌庞杂，《康熙》即以形而兼义者也。其牵强附会，淆乱矛盾，非吾人所暇及计议"[3]。

虽说在传统小学的功底上，林玉堂难掩略逊一筹的忧伤；但是，他对汉字与拼音文字的关系，及其所关涉的中西文化之异同，未来中国文字改革的方向则自有一贯的坚持。就中国文字的文化特色而言，林玉堂尊重汉字自身"衍形"的方式；而随着全球化进程的加剧，罗马字已经在国际交通、商务等领域广泛应用，它的科学性及经济适用性毋庸置疑。汉字与罗马字，是各自拥有独立价值、彼此不能互相替代的存在；未来的中国必定同时通行这两套文字符号。

基于如此立场，林玉堂在汉字索引问题上坚持首先考虑汉字字形的特点，尤其是运用字典检字时，"检字书的人原不知所检字之读音，

1　林玉堂：《创设汉字索引制议》，《科学》第3卷第10期，第1128页。
2　林语堂：《八十自叙》，《林语堂名著全集》第十卷，第271页。
3　林玉堂：《新韵建议》，《林语堂名著全集》第十九卷，第276页。

故无由知其韵目"[1]，字形就成为进入汉字音、义元素的中介。林玉堂二十世纪二十年代发表的《汉字号码索引法》《末笔检字法》《新韵建议》《新韵例言》《新韵杂话》等系列研讨检字法的文章，就贯彻了这一思考。"汉字号码索引法"以0—9这十个数字来命名汉字笔画的十类，"凡一字必有四个号码以定其字典上之位置"，"非依笔顺，只按高低而定"。[2]它与1925年王云五发明的"四角号码检字法"十分类似，只是在具体数字与笔画的对应，以及如何区分四部分上有所差别。而无论"末笔检字"还是"新韵建议"，林玉堂最核心的思想是，"解决汉字字典索引问题的第一步就是先认清以右旁为类统的重要"，因为"中国汉字字体复杂，变化无穷，加以写体印体的分别，笔划先后的不同"，"无论任何方法，欲求简易则失之疏漫，而欲求缜密则又规则繁难，绝对没有手续又简单排列又精确的办法"；右旁索引，是"缩小索引问题的大要诀"。而"假使我们认定了右旁能减少问题范围十分之九而把万字左右问题变成千字左右问题，就无论用何方法来排列这些千余偏旁（用画数，用首笔，用末笔，用新韵，用号码）都不成问题"。以右旁为类统，乃是林玉堂"绝对不借用中国人素来不甚高明的分析法"，基本不管传统文字学的条条框框，直接体察汉字字形特点的结果。[3]当然，长远来说，随着识字率的提高，解决图书索引等一般索引问题，林玉堂将"以声为类"的罗马字母视为检索"最好的方法"。"所苦者只是罗

---

[1] 林玉堂：《图书索引之一新法》，《林语堂名著全集》第十九卷，第267页。
[2] 林玉堂：《汉字号码索引法》，《林语堂名著全集》第十九卷，第261页。
[3] 林玉堂：《末笔检字法》，《林语堂名著全集》第十九卷，第263、264页。林玉堂发明的"新韵"检字，"不论'槐鬼崚澳淦澡'如何读法，尽以'鬼娄奥金累'之韵检之，一千余右旁即一千余最常用之字"，仍旧是以汉字的右旁为类统，但前提是检字人对常用字已有所了解。林玉堂：《新韵建议》，《林语堂名著全集》第十九卷，第277页。

第二章　语言与法律：二十世纪二三十年代的文化与政治

马二十六字母及伟得式（笔者按：Wade system）拼法尚非在中国人的常识范围。"[1]

汉字与罗马字通约并行的文字观念，不仅体现于林玉堂的汉字索引制方案，更贯穿了他设计汉语拼音制度的全程。只是在不同的时期，由于时代风潮及自身努力方向的差别，在汉字与罗马字上，他强调的重点有所不同。但他的文字系统中，始终没有近代知识人另起炉灶、新创制的注音字母的位置。

1921年，林玉堂在德国留学，3月5日完成长文《为罗马字可以独立使用一辩》，附于3月7日寄给胡适的信后，委托胡适代为刊发。不知何故，胡适没有发表该文稿，致使这篇体现林氏拼音文字方案的重要文献从未公布。[2]《为罗马字可以独立使用一辩》开篇表达了作者对注音字母公布之后的忧虑，即容易让人误以"注音当着拼音文字的公正代表，以注音的长短论断拼音文字的优劣"，而阻碍了罗马字制在中国的通行。文章区分了汉字存废问题的几个层面：一是文化及情感的主观意愿角度，汉字"当废不当废"及"我们愿意不愿意废"；二是文字作为工具的客观运用角度，汉字"可以不可以废"。林玉堂指出，他要讨论的并非主观上是否应废汉字的问题，而是从客观的科学性角度，讨论是否有可能制定出独立于汉字之外的其他文字符号来书写汉语。全文的重心亦是申辩罗马字可以独立使用："罗马字的中文，可与罗马字

---

[1] 林玉堂：《图书索引之一新法》，《林语堂名著全集》第十九卷，第268页。
[2] 林玉堂：《为罗马字可以独立使用一辩》，中国社会科学院近代史研究所藏"胡适档案"，卷号1416。该文稿为林玉堂手写稿，附在1921年3月7日林玉堂致胡适的信件后面，作者在每页稿纸抬头自署页码，共20页。耿云志主编的《胡适遗稿及秘藏书信》（合肥：黄山书社，1994年）收入了"胡适档案"中林语堂与胡适的所有通信，却没有收录这篇附在信件后面的文稿。关于该文稿的全部内容及相关问题，笔者拟另撰文详细介绍。

的英文，论分字，论明晰，毫无差别，绝不用靠汉字的帮助。"林玉堂澄清人们对拼音文字独立使用的疑惑，重点是将罗马字的中文每辞连写做一字，以及为未来的罗马字制添加 l、r、h、d 做阳平、上、去、入声的符号，改良当时比较通行的以数码 1、2、3、4 做声调的威妥玛制（Wade system），从而使中文的罗马字制拥有严谨、精密的拼音法。事实上，林玉堂借此也公布了自己在威妥玛制基础上稍作改良的汉语拼音方案。林氏在篇末列举注音字母的十大罪状，试图为罗马字制中文的推行扫清制度上的阻碍。[1]

1923 年，林玉堂回国后也一直拒绝注音字母。作为高水平的语言学家，他甚至说出自己学习注音字母"已四五年，至今字母尚未学会"[2]这种明显夸大其词的谎言。1925 年《国语周刊》第 1 期上，林玉堂《谈注音字母及其他》一文中观点十分鲜明："中国不亡，必有二种文字通用，一为汉字，一为拼音字"；因为"凡文字有'美'与'用'两方面"，汉字"太美了，太有趣了"，但"汉字之外，必须有一种普通可用的易习易写的拼音文字。反对一种普通可用的易习易写的拼音文字而以汉字美质为词者，是普及教育的大罪人"。创立这种拼音文字的基础

---

[1] 林玉堂列举了注音字母相较于罗马字的罪状，简单来说包括：一、注音字母字体笔画不顺、不简单，罗马字每字母与别的字母有相连的接触，字势尽趋一方向。二、注音字母不便草书，罗马字母反是。三、注音为另创的符号；罗马字为今代的中国人横竖本须认识的。四、注音字母外国人难习，罗马文外国人容易习。五、注音直行，罗马字横行。直行损目力。六、注音必须译名，于罗马字制此问题完全打消。七、注音声号未得相当处置，罗马字字声明白。八、注音阻当拼音文字的通行，因为必须倚赖汉字；罗马字毅然独立，自成一文。九、注音一辞，不便连成一字，必须一音一字，结果字字混同。罗马字可使各字有各字的个性与个性的外观。十、注音字母在外国不好打电报，必须借用洋文，为国际交通商务的阻碍。林玉堂：《为罗马字可以独立使用一辩》，中国社会科学院近代史研究所藏"胡适档案"，卷号 1416。
[2] 林玉堂：《新韵建议》，《林语堂名著全集》第十九卷，第 277 页。

第二章 语言与法律：二十世纪二三十年代的文化与政治

只能是罗马字母，而不能是注音字母，因为注音字母"自己是万不可通，又阻挡可通的拼音文字的进行"，它"惟一的罪案"，是"不能用为独立拼音文字，写成拼音文。就这一条，已足处以死刑"。[1]

汉字与罗马字通约并行的观念本就存在于林玉堂的思想之中。在新文化运动时期，注音字母刚刚公布，罗马字母尚未在中国获得法定地位，他思考中国文字改良问题的重心即在如何制定严正、精密的罗马字制，使其可以独立使用，汉字"当不当废"的问题则搁置不论。回国之后，他一方面参与制定国语罗马字的运动；另一方面随着文字革命浪潮日益波高浪急，他本人传统文化修养又渐趋丰厚，开始为汉字的价值呐喊。可以说，就整体的文字观念而言，林玉堂接近既要坚决保留汉字作为国语文基本的书写元素，又认同将罗马字拼音作为理想拼音方式的周作人。[2] 而越到二三十年代，他与钱玄同、黎锦熙、胡适等要革汉字之命、以罗马字母取汉字而代之的观念，相差得越远。

林氏的此种文字观念，与他受西学熏陶的思想文化根基密切相关。在拥有"基本的西方观念"前提下，他"对于我们自己的文明之欣赏和批评能有客观的，局外观察的态度"。[3] 辨析汉字与罗马字书写上的通约性是如此，珍视汉字的美感及其价值也是如此。他在二十世纪三十年代的《吾国与吾民》中生动描述了汉字之于中国文化的意义，认为文字是"历史上复遗传下来一种宝贵的普遍法式"，"它用至为简单的方法，解决了中国语言统一上之困难"，"这替中国建立下'四海之内

---

[1] 林玉堂：《谈注音字母及其他》，《国语周刊》第1期，《京报》副刊一种（1925年6月14日），第5、6页。
[2] 周作人的相关意见，参见周作人《汉字改革的我见》《国语与汉字》，《周作人文类编》第九卷，长沙：湖南文艺出版社，1998年，第722、789页。
[3] 林语堂：《林语堂自传》，《林语堂名著全集》第十卷，第21页。

113

皆兄弟也'的友爱精神，虽欧洲今日犹求之而不得者"；"语言的技巧在中国使其拓植事业逐渐扩展，其大部盖获助于书写之文字，此乃中国统一之显见的标识"，"此种文化上之同化力，有时令吾人忘却中国内部尚有种族歧异、血统歧异之存在"。[1] 此类主张，非常类似民族主义者章太炎晚清排击"世界语"时，对拼音文字不能代替汉字原因的分析："盖自轩辕以来，经略万里，其音不得不有楚夏，并音之用，只局一方。若令地望相越，音读虽明，语则难晓。今以'六书'为贯，字各归部，虽北极渔阳，南暨儋耳，吐言难谕，而按字可知，此其所以便也。"[2] 这个主张也和继承章氏民族主义思想的周作人，用汉字"写文章的野心是想给中国民族看，并不单为自己的党派或地方的人而写的"[3] 的主旨相一致。这也是林语堂的文学实践乃至文化气质与周作人格外亲近的主因。

在脱离章太炎民族主义的复古思想，日渐走向"反复古"，倾向吴稚晖立场的钱玄同等人看来，从汉字到注音字母，再到国语罗马字，是一条呈线性发展的革命之路。[4] 所谓"什么是'汉字之根本改革'？就是将汉字改用字母拼音，像现在的注音字母就是了。什么是'汉字之根本改革的根本改革'？就是拼音字母应该采用世界的字母——罗马字母式的字母"[5]。作为晚清民初文字改革运动的亲历者，钱玄同清楚注音

---

1 林语堂：《吾国与吾民》，黄嘉德译，南京：江苏文艺出版社，2010年，第27—28页。
2 章太炎：《小学略说》，《国故论衡》，第8页。
3 周作人：《国语与汉字》，《周作人文类编》第九卷，第789页。
4 参见钱玄同《三十年来我对于满清的态度底变迁》，《语丝》第8期（1925年1月5日）。周作人：《钱玄同的复古与反复古》，《周作人文类编》第十卷，第469—486页。
5 钱玄同：《汉字革命》，《国语月刊》第1卷第7期（1922年8月20日），"汉字改革号"，第19页。

第二章　语言与法律：二十世纪二三十年代的文化与政治

字母凝聚着章太炎等一代知识人的心血。注音字母明显有钱玄同等知识人参照日本片假名的痕迹。没有留日经验的林玉堂，恐怕也难以体会到彼辈对注音字母那份留恋不舍的情态。在书写上，钱玄同认为注音字母有它的优势。因为"中国字是直行的，罗马字母只能横写"，罗马拼音从"一个字母"到"七个字母"，"长短大不相同，拿了来记在字字整方的中国字旁边"，呈现"难看"的"参差不齐的怪相"，所以在"教科书，通俗书报，和新闻纸之类"的文字右旁记音时，还"不能不用注音字母"。当然，从拼音文字的远景来说，一旦"改用纯粹拼音的字"，那么注音字母当然跟了汉字"一同废弃"[1]。

林玉堂二十世纪二十年代能跟钱玄同等语言学家相契的原因在于，注音字母1918年颁布之后，语言学家们将主要精力放在制定国语罗马字上，新近回国且赞同罗马字、掌握专业语音学知识的林玉堂正好迎上了这股风气。然而，他们的合作却不能掩盖在文字观念上，坚持多元文化观、欣赏汉字之美的林玉堂与要革汉字之命的钱玄同、黎锦熙等人的本质差别。这种差别，从思想上，为林玉堂趋近周作人的国语文学实践打下了基础，也为林氏脱离语言学家的小团体埋伏了导火线。

"寂寞"与"热闹"之间的事业抉择

从专职的语言学家到将主要精力转入文学领域，时代大环境与周边小环境的外部刺激，是林氏进行主动抉择的最直接因素。1923年3月，林氏携德国莱比锡大学语言学专业博士学位头衔回国，海上航行途

---

[1] 钱玄同：《论注音字母》，《新青年》第4卷第1号（1918年1月15日），第7页。

中即致信胡适，谈论雄心勃勃的志愿："堂此次往赴北大之聘，名虽为英文教授，而心中很愿于语言学上 philology and linguistics 特别致力（而尤以发音学 phonetics 为最注意）。因堂此两年来所研究，及此次考试博士皆以此为中心，而此学之关系于研究古之经学（音声训诂）或是今之方音，处处都有极重要方法上及科学上之贡献。此次我带回四大箱德书，一半尽属此门。"[1] 归国后，林氏从事了两项语言学方面的重要活动：一是参加北京大学《歌谣》杂志组织的方言调查，并担任了北京大学研究所国学门方言调查会主席；一是参与由《国语月刊》钱玄同、黎锦熙等操持，赵元任打响重炮的制定国语罗马字运动。这两项活动，深刻彰显着林玉堂本人乃至现代语言学在彼时中国学界的处境；严峻的现实，逐渐冷却了林玉堂意欲在语言学领域奋发作为的热情。

现代语言学的研究者普遍承认，《歌谣》杂志1923年以周作人《歌谣与方言调查》为标志的方言调查，是现代方言学尤其是现代方音研究的"椎轮大辂"。[2] 以此为契机，1924年1月26日成立了北京大学研究所国学门方言调查会，北大内外国语运动的各色人物三十余人，包括黎锦熙、容庚、容肇祖、魏建功、钱玄同、沈士远、沈兼士、夏曾佑、周作人、马裕藻、朱希祖、毛坤等与会，林玉堂被推举为方言调查会主席。该会的目的是分别在横、纵两方面调查现代方言语言语法、研究各方言历史。林玉堂等语言学家在西洋语言学的影响下，奠定了现代语言

---

[1] 林玉堂：《致胡适》，耿云志主编《胡适遗稿及秘藏书信》第二十九卷，第349页。
[2] 最早做这样评价的是罗常培《方音研究之最新的进展——北京大学方音研究引论之三》，（《国语周刊》第73期 [1933年2月18日]，教育部国语推行委员会周刊编辑处）；另外，何九盈《中国现代语言学史》（广州：广东教育出版社，2000年，第413页）亦曾作此评价。

第二章　语言与法律：二十世纪二三十年代的文化与政治

学以"语音"为基础，方言学偏重方音调查的研究重点[1]。林玉堂本人通过方言的调查与研究，也展示了他对现代语言学的宏伟架构。

林玉堂在《歌谣》上的初次亮相就出手不凡，在《研究方言应有的几个语言学观察点》中，他特别申明方言研究的科学性与专门化，所谓"方言的研究……是一种语言学的事业，应用语言学家的手领与艺术去处治他"[2]。当时全世界语言学都受到布龙菲尔德（Bloomfield）描写语言学的影响，"语音学是描写理论和方法的开路先锋。语音的观察和音位的分析，是促使理论以及有关概念不断完善的最大动力"[3]。在西学知识架构的笼罩性下，林玉堂亦将方言研究的首个语言学观察点定位在"考求声音递变的真相，及观察方言畛域现象"，强调要注重当前实地的语言现象，应使发音学详密的方法来厘清音声[4]。

"方音"成为方言研究的主流，除了如西学科班出身的林玉堂力图为现代方言学立规则，来自传统学术内部的自我反思同样不可忽视。在林玉堂刊文之前，容肇祖已经掀开了批判的帷幕，他认为从杭世骏、程际盛、钱大昕到章太炎"关于方言的著作"，"所采取的材料，自字书，史传，杂书，等等中取出"，"与我们宗旨不同"[5]。章门弟子沈兼士《今后研究方言之新趋势》也指出，章太炎《新方言》在古书中寻求方言

---

[1] 林语堂：《闽粤方言之来源》，《林语堂名著全集》第十九卷，第190页。
[2] 林玉堂：《研究方言应有的几个语言学观察点》，《歌谣周年纪念增刊》（1923年12月17日），第7页。
[3] R. H. 罗宾斯：《简明语言学史》，许德宝等译，北京：中国社会科学出版社，1997年，第229页。
[4] 林玉堂：《研究方言应有的几个语言学观察点》，《歌谣周年纪念增刊》，第7—11页。林玉堂在文中强调"不应持偏狭倚赖的态度以治中国文法"时，提到布龙菲尔德，指出"可于Bloomfield：*The Study of Language* 论'形态学'（Morphology）一章得一个入门的指导"。
[5] 容肇祖：《征集方言的我见》，《歌谣》第35号（1923年12月2日），第2版。

本字的方法很可疑。因为"言语是随着时代孳生愈多的一样东西，所以后起的语言，不必古书中都有本字"，汉语作为大中华各民族长期融合之语言，来源相当复杂，比如"你们""我们"之"们"本作"每"，盛行于蒙古人入主中夏之后[1]。林玉堂《研究方言应有的几个语言学观察点》参照英文中的现象，指出字词往往没有从古到今的一贯性，而是各文化交流的结果，如"当十世纪英国被法贵族威廉克服之后，语言中生起一种交互融合现象，而结果牛，羊，猪三字（ox，sheep，swine）保用日耳曼字，而牛肉，羊肉，猪肉（beef，mutton，pork）倒是使用法文字。所以人家说当初必定是英国的本地人养猪，而讲法国话的先生们（贵族）吃猪肉"。他虽然不清楚北京话的情况，但提醒"本京的土话更应该详详细细慎慎重重的与满州蒙古语互相比校，查出多少满州蒙古话之收入于京话的"[2]。沈兼士的文章可说正面解答了林氏的疑问。沈兼士声称"向来的研究是目治的注重文字，现在的研究是耳治的注重言语"[3]，将方音摆在了第一位，这一来自章门内部的"倒戈"，也深度呼应了林玉堂的倡议，助其一臂之力。

---

1 沈兼士：《今后研究方言之新趋势》，《歌谣周年纪念增刊》，第18页。沈兼士对章太炎《新方言》的批评，获得语言学家的认同，如傅斯年《历史语言研究所工作之旨趣》（《中国现代学术经典·傅斯年卷》，石家庄：河北教育出版社，1996年，第342页）；王力《新训诂学》（《龙虫并雕斋文集》第一册，北京：中华书局，1980年，第317—320页）。
2 林玉堂在文中还举出了英文和中文体现文化交流的实例，如英文中"'凳子'是日耳曼字而'背椅'是腊丁字，'代数'是亚拉伯字，'糊椒'是印度字（经过腊丁），'西红柿' tomato 是墨西哥字，'白薯' potato 来自西印度群岛——这都是交通文化痕迹之寄存于英国语言中的"。而"广东之有'咸水妹'（有人说是 handsome maid，恐怕只是臆测之辞），厦门之有 bali（轮船上大餐间）lelong（拍卖），上海之有'亚木灵'，宁波之有'啊啦'，是几个极显的例"。《研究方言应有的几个语言学观察点》，《歌谣周年纪念增刊》，第7—10页。
3 沈兼士：《今后研究方言之新趋势》，《歌谣周年纪念增刊》，第19页。

第二章 语言与法律：二十世纪二三十年代的文化与政治

林玉堂回国后十分欣赏胡适、梁启超等整理国故的呼吁，因他在德国提交的博士学位论文《古代中国语音学》，正是以科学方法对旧有学问的系统整理。由此，他讥讽"大凡号称西学专门家而不看《诗》《书》子史的人"，要么是"西洋学问读的不好"，要么就"简直'不会读书'"。在将传统思想学术自觉纳入研究视野后，林玉堂处理语言学问题，便时常以章太炎的语言学观念作为参照或标靶。他认为章太炎"蕴染过西洋学识"，所以得到了"转注"理论的正确解释："转注者，同一语根变化出来意义及文法关系稍有不同的字的一种语言史现象也，英文的 Wreak，Wreck 的是也。"[1] 他也批评章氏"没有精确的时代地理观念"，对中国古语未能进行科学的语原学的讨论。[2] 对于章太炎《新方言》中体现晚清民族革命思潮的方法论——"博求古语之存于俗语"，林氏则不太以为然；他指出，"古语之亡于文言而反存于俗语的现象不但是中国语言如此，实各国语言都如此"[3]。

方言调查会成立后，林玉堂拟定《北大研究所国学门方言调查会宣言书》，筹划方言调查的蓝图。在拟定的七项研究中，他将制成方音地图，作为"语言调查（Linguistic Survey）的根本事业"；依据传统训

1　林玉堂：《科学与经书》，《晨报五周年纪念增刊》（1923年12月1日），第21、22、23页。
2　林语堂：《前汉方音区域考》，《林语堂名著全集》第十九卷，第14页。林氏《古有复辅音说》谓"在中国古语之真相未明时，我们很不应该断定其必与今日中国语之面目相同（如章氏说）"；《前汉方音区域考》称"章氏的'成均图'及对转旁转之说所得的印象，便是古音几乎无一部不可直接或间接转入他部，绝无地理上与时间上的条件，例之以西洋之语原学通则，可谓不科学之至"；《古音中已遗失的声母》批评"章太炎以'精清从心邪'本是'照穿床审禅'之副音（见《新方言》第十一卷），遂毅然将二种声母合并，而以'精清'等归入'照穿'等，这已经来得武断。更奇怪的，是黄侃的古音十九纽说的循环式论证"等。以上参见《林语堂名著全集》第十九卷，第1、18、43页。
3　林玉堂：《研究方言应有的几个语言学观察点》，《歌谣周年纪念增刊》，第10页。

诂学而来的语汇调查，位列第六，地位远逊于语音与语法。[1]吊诡的是，在方言研究会公开宣布要从歌谣研究中独立出来，与重视语汇的周作人不公开退出之后，《歌谣》上的方言调查，就有了偃旗息鼓的势头。方言研究会虽然成立了，《歌谣》上却仅零星出了两个专号，即55号"方音标音专号"（1924年5月18日）、89号"方言研究号"（1925年5月2日）。林玉堂更是苦苦支撑场面，比如发表《征求关于方言的文章》（84号，1925年3月29日）、拟定《方音字母表》（85号，1925年4月5日），刊发《关于中国方言的洋文论著目录》（89号）等。相对照的是，接踵而至的"孟姜女专号"，引发讨论热潮，顾颉刚故事研究的思路，占据了《歌谣》的主导地位。[2]

林玉堂方言学的构想不可谓不宏大，措施不可谓不周密。然而，彼时除了几个专业的语言学家，还没有培养起这门知识的广泛受众和研究者。让没有受过专业训练、没有采集工具，也没有掌握标音符号的一般人，来整体描述方音的特点，门槛实在过高。所以，尽管林玉堂等人敞开胸怀征求关于方言的文章[3]，但终究应者寥寥。而语言学文章中满纸拉丁字母和未定型的拼音文字，也留不住"非专业"的读者。这也使得方言研究在《歌谣》上难以维系，逐渐被门槛较低、参与者日众的故事研究所覆盖。遑论普通的知识界，就连清华研究院的学生，初期对现代

---

1 林玉堂在《北大研究所国学门方言调查会宣言书》中提到的研究范围包括：一、制成方音地图；二、考定方言音声，及规定标音字母；三、调查殖民历史，即方言与本地历史的密切关系；四、考定苗夷异种的语言；五、依据方言的材料反证古音；六、扬雄式的词汇调查；七、方言的语法研究。《歌谣》第47号（1924年3月16日），第1、2、3版。
2 参见彭春凌《"孟姜女故事研究"的生成与转向——顾颉刚的思路及困难》，《云梦学刊》2007年第1期。
3 林玉堂：《征求关于方言的文章》，《歌谣》第84号（1925年3月29日），第1版。

第二章　语言与法律：二十世纪二三十年代的文化与政治

语言学都难以投入热情，甚至集体请愿，"意在避免赵元任之功课"[1]。直到1928年中央研究院史语所成立，赵元任《现代吴语的研究》、罗常培《厦门音系》等一系列方言研究专著推出，专业研究者日增，中国的现代方言调查才迎来了其音系描写、田野作业的收获期。

林语堂在多年后的回忆文章中，痛苦地称"使巴勒斯坦的古都哲瑞克陷落的约书亚的使者，我都知道，我却不知道孟姜女的眼泪冲倒了一段万里长城。而我身为大学毕业生，还算是中国的知识分子，实在惭愧"[2]。这段话表面描述的是圣约翰大学毕业之后初到北京的情形，实际指涉的，应该是《歌谣》孟姜女故事研究的火热完全淹没方言调查的声音之后，林玉堂的失落心情。林玉堂把在《歌谣》上刊发的最后一篇文章《关于中国方言的洋文论著目录》的署名改为"林语堂"。他投入到《语丝》的创作和讨论中，以文学的书写掩盖掉准备大干一场的语言学在大环境缺失面前寂寥的伤痛。林玉堂在《语丝》上发表的第一篇文章是《论土气与思想界之关系》，以充满隐喻的形象化方式描绘了洋博士在"土气"的中国思想学术界所受到的刺激，大致堪比《歌谣》给予他的冲击：

> 我觉得凡留美留欧新回国的人，特别那些有高尚的理想者，不可不到哈德门外走一走，领略领略此土气之意味及其势力之雄大，使他对于他在外国时想到的一切理想计划稍有戒心，不要把在中国做事看得太容易。……一过了哈德门，觉得立刻退

---

[1] 吴学昭整理《吴宓日记第三册：1925—1927》，北京：生活·读书·新知三联书店，1998年，第137、138页。
[2] 林语堂：《八十自叙》，《林语堂名著全集》第十卷，第271页。

化一千年，甚么法国面包房的点心，东交民巷洁亮的街道，精致的楼房都如与我隔万里之遥。环顾左右，也有做煤球的人，也有卖大缸的，也有剃头担，……正在那个时候，忽来了一阵微风，将一切卖牛筋，破鞋，古董，曲本及路上行人卷在一团灰土中，其土中所夹带驴屎马尿之气味布满空中，猛烈的袭人鼻孔。于是乎我顿生一种的觉悟，所谓老大帝国阴森沉晦之气，实不过此土气而已。我想无论是何国的博士回来卷在这土气之中决不会再做什么理想。[1]

如果说"土气"的中国学界之"大环境"消退了洋博士林玉堂从事现代语言学的理想，那么，现代语言家聚集的制定国语罗马字的"洋气"的"小环境"，也并未给予林玉堂来自同伴的慰藉和温暖。在那里，他体验到了更深层次的、志同而道不合的寂寞。

国语罗马字（National Language Romanization）全称为"国语罗马字拼音法式"，1925—1926年由国语统一筹备会"罗马字母拼音研究委员会"研究制订，1928年国民政府大学院予以公布后，成为中国推行国语和供一切注音用的第一个法定的拉丁字母拼音方案。回溯历史，明万历年意大利教士利玛窦（Matteo Ricci）最早编过全套的中国音用罗马字的拼法，此后三百多年，经历了多种拼法制度，近代中国比较通行的罗马字拼法是英国人威妥玛（Sir Thomas Francio Wade）拼制的所谓"威妥玛式"，国语罗马字是中国的语言学家试图创造的"一

---

[1] 林玉堂：《论土气与思想界之关系》，《语丝》第3期（1924年12月1日），第3版。

第二章　语言与法律：二十世纪二三十年代的文化与政治

种中国人自己编的拼法制度"。[1]虽然在1918年前后的《新青年》《新潮》等杂志上，陈独秀、胡适等就主张"废汉文"而改用罗马字母书之"[2]，但语文学家们真正将这个设计落实，则要等到1922年《国语月刊》第1卷第7期"汉字改革"特刊。天才型的语言学家（essentially a born linguist）[3]赵元任，发表"最有建设性的文章"[4]《国语罗马字的研究》，刊布了自己的国语罗马字方案。赵元任1910年考取庚款赴美留学，先后在康奈尔、哈佛等校学习，1916年获得哈佛大学哲学博士学位，1922年时正在哈佛任教。赵元任1916年就与胡适在《中国留美学生月报》（*The Chinese Students' Monthly*）上合刊文章"The Problem of the Chinese Language"，赵重点思考的即是"吾国文字能否采用字母制，及其进行方法"[5]，1922年的草案早已成竹在胸。赵元任乃二十世纪二十年代制定国语罗马字运动中当之无愧的头号理论家，之后的很多讨论均围绕他的方案展开。

如前文所述，林玉堂1921年留德时所撰长文《为罗马字可以独立使用一辩》已完整阐明了自己中文罗马字制方案。但因此文从未公开发表，林氏归国后关于罗马字的言论，虽为阐明自身见解，却又不得不回应赵式方案刊布后的一系列问题。林玉堂与赵元任都是罕见的语言天才，又皆为洋博士，有相似的西洋近代语言学专业背景。在制定及

---

[1] 赵元任：《国语罗马字》，《赵元任语言学论文集》，北京：商务印书馆，2002年，第455页。
[2] 钱玄同：《中国今后之文字问题》，附陈独秀"答书"、胡适"跋语"，《新青年》第4卷第4号（1918年4月15日），第351、356、357页。
[3] 赵元任1916年日记，赵新那、黄培云编《赵元任年谱》，北京：商务印书馆，1998年，第82页。
[4] 倪海曙：《中国拼音文字运动史简编》，上海：时代出版社，1948年，第108页。
[5] 胡适：《逼上梁山——文学革命的开始》，欧阳哲生编《胡适文集》第一卷，第141页。

推行国语罗马字运动中,赵元任占了先手且持之以恒。因此,在时人眼中,难免将林氏视为以赵元任为主将的国语罗马字运动中的副将,如此情势,也使林氏心绪复杂。

林玉堂1923年9月12日在北京《晨报》上发表《国语罗马字拼音与科学方法》,与此前该报上庄泽宣《解决中国言文问题的几条途径》商榷。庄泽宣赞成以科学方法研究将来应取的拼音文字制度,但反对《国语月刊》"汉字改革号"上"极端主张用罗马字母"的意见。[1] 林氏一面坚持一贯立场,为采用罗马字制实现国语的拼音化呐喊,一面也与赵元任的方案进行对话。他指出,庄氏提到的"蔼斯伯森的'非字母制'(Jespersen's Analphabetic System)""培尔的'看得见的话'(Bell's Visible Speech)"及速记术类等不能与"普通应用文字问题"拉上关系,而罗马字由于是"今日中国无论什么人本来要懂的字母""是实际上的世界字母",广泛应用于科学、商务领域,无论历史的演化实验,还是印刷、旗语、打字等运用都十分成熟,由此,"采用罗马字是采用拼音文字最自然的一个解决"。林玉堂宣告"凡去罗马字而他求别种拼音文字的,是小题大做,是好作新奇,是自寻烦恼,是好讨热闹,是舍大道而弗由,而终久是劳而无功"。[2] 如此坚定的宣战态度,与赵元任在《国语罗马字的研究》中解释"反对罗马字的十大疑问"[3]

---

1 庄泽宣:《解决中国言文问题的几条途径(续)》,《晨报副镌》217号(1923年8月23日),第1版。

2 林玉堂:《国语罗马字拼音与科学方法》,《晨报副镌》232号(1923年9月12日),第1、3版。

3 赵元任:《国语罗马字的研究》,《国语月刊》第1卷第7期(1922年8月20日),"汉字改革号",第87—98页。

第二章　语言与法律：二十世纪二三十年代的文化与政治

细致的学术分析正相呼应。钱玄同对该文给予了"极精当"[1]的评价。而1923年，林玉堂与钱玄同、黎锦熙、黎锦晖、赵元任、周辨明、汪怡、叶谷虚、易作霖、朱文熊、张远荫等共十一人成为"国语罗马字拼音研究委员会"的委员，亦显示着林氏作为制定国语罗马字的语言学家小团体一员的立场。

林玉堂在《国语罗马字拼音与科学方法》中对罗马字拼法中"'赵元任式'的制度"基本持肯定态度，称"我们可说现在国语改用罗马字运动已有积极的方针，有一定的办法了；不是旁皇莫决，模糊空泛，茫无指归的一种谈论了"。饶有趣味的是，林氏表态欣赏赵元任避免罗马字方案过度学究气的言论，诸如"一国的文字不是专为音韵家字典家底方便而设"，但同时又举出赵元任方案中，因讲求科学原则而伤害文字的"雅观"和文化习惯的例子。"譬如'赵元任式'中有以 q 代 ng（以 luq 代 lung）一办法，论发音与经济都比从前的 ng 好，但恐怕因为与社会上所摸不着，科学所无法试验的一种'美感'相碰而卒至于失败，旧式之 ng 反保存，也未可知。"这可谓以赵氏之"矛"攻赵氏之"盾"。林玉堂倡议国语罗马字改良应奉行"经济""美观"及注重"文化关系"的原则。[2]

从《国语月刊》第 2 卷第 1 期上林玉堂《赵式罗马字改良刍议》与赵元任《新文字运动底讨论》，彼此谦逊客套，但都自信满满的文章中亦能隐微透露"同行"间争竞的心态。林玉堂"极力赞成"赵元任的二十五条原则为"凡要研究这问题的人所应讽诵领会、详细玩味的

1　钱玄同：《〈国语罗马字拼音与科学方法〉附记》，《晨报副镌》232 号，第 3 版。
2　林玉堂：《国语罗马字拼音与科学方法》，《晨报副镌》232 号，第 1、2 版。

准绳",其中"最要紧的贡献"是"用整个字母、不用符号注声调"。林氏指出赵元任方案有两个"不完满"之处:

> 第一,关于标别四声,同是以字母做声号,恐怕还有较好的标别法子。第二,赵君太偏信统计学的方法与结果,过于以算学的精神处置分配二十六个字母,以致其结果与世界的习惯相差太远。这个与世界的习惯相差太远的结果,就是使我们觉得那些拼出来的字不雅观,像很生硬难读。这是推行国语罗马字的一个妨碍。[1]

林玉堂提了若干声调改良的建议,其中"以 r 母做上声符号,不照赵君双写主要元音",就是贯彻《为罗马字可以独立使用一辩》的设计。在字母的分配问题上,林玉堂举出赵式方案中不雅观、"生硬难读"、与世界通常用法相离太远的例子,如"szxw 似乎""daqh 当""iaqzz 样子""jrr 只""xxoqszh 红丝""zjiidih 自己的""tszxou 伺候""ttoqzz 铜子",如"以 q 代 ng""以 x 代 h""以 v 代 ü"以及"以 r、z、w、y 当元音用","以致时常看见有辅音无元音的结合(如 szxw、szh、ccrjv)"。虽然说感知上的美与不美,完全受已有审美观的影响,但赵元任不顾虑人群的接受习惯,基于语言学家的立场,"太注重各音常寡的 percentage,很毅然的放胆创出几条新用法",就"无端的为了新制的罗马字生了一个推行上的阻碍"。在提出自己的方案前,林玉堂有言在先,"这改良制虽有我素来独抱的主张",但"其中受过

---

[1] 林玉堂:《赵式罗马字改良刍议》,《国语月刊》第 2 卷第 1 期(1924 年 2 月),第 2 页。

第二章 语言与法律：二十世纪二三十年代的文化与政治

钱玄同、赵元任、周辨明三先生启导之力不少"，并且"或者是的确采取三君制度的特长处并合而成的"。"或者是""的确"，表不确定与表确定关系的两个状语不寻常地连用，林玉堂仔细拿捏着表述的分寸。他申明自己的方案"与三君的制度是相辅相成的，不是背道而驰的"："我们几位是（依人事上的可能）异常的同意的；于短期的时间内，我们已经有几层公认为最妥的办法。"林主要担忧"研究罗马字的几位先生各竖门户起来了"的流言，对外也昭示其和钱、赵等人团结无间的关系。[1]

"各竖门户"的流言只怕并非无中生有，赵元任在《新文字运动底讨论》中承认"领略这种引诱的意味"，并非"以圣人自居"："老实话，假如我的名字能够永久加在中国的文字上成为永久的形容词，我一定是很会得意洋洋的。"[2] 所谓"诱惑"，是继仓颉造字、陆法言《切韵》"斟酌古今，折衷南北，定二百〇六部，自是遂无敢凌越"[3] 之后，再次有机会为中国文字创制立法的荣誉。但赵元任同时反对在文字前面加"个人名字"，虽然或不免心中暗喜，但还是拒绝"赵元任式的国语罗马字"的话头，强调无论谁拟，"后来自然就是国家的文字"，"假如引起了个人的出风头的心，怕于协力共进有妨碍"。[4] 林玉堂一激，赵元任一退，未见战火，已闻硝烟，还要钱玄同出来调停宽慰。钱玄同称"赵先生似乎太过虑了"："我们称'赵元任式、周辨明式、林玉堂式'，其实与称为'赵元任拟的、周辨明拟的、林玉堂拟的'的意义是一样"。"赵

---

[1] 林玉堂：《赵式罗马字改良刍议》，《国语月刊》第 2 卷第 1 期，第 1—4 页。
[2] 赵元任：《新文字运动底讨论》，《国语月刊》第 2 卷第 1 期，第 2 页。
[3] 林玉堂：《新韵建议》，《林语堂名著全集》第十九卷，第 276 页。
[4] 赵元任：《新文字运动底讨论》，第 1—2 页。

先生既不赞成用'赵元任式'的字样，我个人从今以后一定改称'赵元任拟的'或'赵拟';不过别人或用'赵式'字样，我却未便擅改"[1]。钱玄同的话表明，无论个人摆出多高的姿态，创制新文字的荣耀本身是客观存在的，难以辞退，"赵元任式的国语罗马字"成为表述习惯及创制基础后，加诸赵元任头上的冠冕将被永远铭记。林玉堂、赵元任对这一点，当然都是心知肚明的。

林玉堂《赵式罗马字改良刍议》详细论述了与威妥玛制相比"极少创新"的改良原则，以及声调改良、声母韵母改良的理由和方案，体现他与"赵式""不同的地方"。[2] 这是林玉堂创制国语罗马字过程中一直坚持的。赵元任虽然后来认可了林氏的部分建议，如"x 改用 h, tc 改用 ch, c 改用 sh, v 改用 ü"[3]，但对赵氏来说，国语罗马字创制的基础在于"一种中国人自己编的拼法制度"，反对的正是"'威妥玛式'（Wade system）"："这套拼法有许多又不方便又难看的撇点符号"[4]。林玉堂后也偶有撰文重申自己的意见，如《方言字母与国语罗马字》评价当时的几种制度："赵式专重简便经济，几置美观方面于不顾；周式注重适合音理；而我个人所主张则似乎很注重于美观及跟从世界习惯。"他亦再次提醒，赵式"铜子"拼成 ttoqzz，"除了"拼成 tcwle，"行人"拼成 cyqrren，"与世界习惯相差太远，总是推行国语罗马字的大障碍"。[5]

林玉堂与语言学家小团体的关系始终较为疏离。从观念上，林玉

---

[1] 钱玄同:《〈新文字运动底讨论〉附记》，《国语月刊》第 2 卷第 1 期，第 17 页。
[2] 林玉堂:《赵式罗马字改良刍议》，《国语月刊》第 2 卷第 1 期，第 17—18 页。
[3] 林玉堂:《〈赵式罗马字改良刍议〉附记》，《国语月刊》第 2 卷第 1 期，第 21 页。
[4] 赵元任:《国语罗马字》，《赵元任语言学论文集》，第 455 页。
[5] 林玉堂:《方言字母与国语罗马字》，《林语堂名著全集》第十九卷，第 250 页。

第二章　语言与法律：二十世纪二三十年代的文化与政治

堂坚持汉字与罗马字拼音各自均有不容替代的价值，谓"蔡孑民先生主张同时改用罗马字又改革汉字，两事并行不悖，我的意思以为极对的"[1]；而钱玄同、黎锦熙等语言学家则将罗马字拼音最终取代汉字视作未来的理想图景。具体举措上，对威妥玛式做极少改良的方案也难以得到语言学家群体的认可。林玉堂发表于1925年《国语周刊》第1期的《谈注音字母及其他》，基本上就是对他们"摊牌"了。

该文开宗明义"中国不亡，必有二种文字通用，一为汉字，一为拼音字"。汉字的优势在"美"及"有趣"，汉字实用性上的劣势则可用罗马字的拼音文字来予以补足。林玉堂非常不屑注音字母，认为其是"普及教育的大妨碍"，并翻出旧账，"若当时'读音统一会'定用一种罗马字母，无论是Wade或是别样，我敢包今天凡学生至大学教授没有一个不懂得国语字母的"。这样的指责对当年为注音字母成为法定字母而据理力争的钱玄同等人来说，真是情何以堪！林玉堂比任何文章都更直截了当地批评赵元任，称"'赵元任式的罗马字'，又要弄得很美很有趣而且很科学了"。注意，这里的"又要"二字，是相对于汉字来说的。在林玉堂心目中，赵元任式的罗马字反映的更多是语言学家科学思维下的拟想设计，充满了理想化的色彩，最终也会和汉字一样变成"美"与"有趣"的装饰。林氏直指"拼音本很容易，只不要学究及发音大家来干涉，便样样好弄"，无异于暗讽如赵元任般的发音大家是"学究"。林、赵矛盾日益露骨。文章结尾，林玉堂重提自己的见解："今日有一种不学而能的字母，就是Wade氏所定的。若就Wade式加以最低度必不可少的修改，便可有不学而能的国语字母。""所谓不学而能，不是

---

[1] 林玉堂：《国语罗马字拼音与科学方法》，《晨报副镌》第232号，第2版。

说空话。例如我写 Ch'ien Hsüan-t'ung, Chiang Meng-lin, Li Shih-tseng, Wu Chih-huei,[1] 这篇的读者都可不学而能明白。"[2]

此篇措辞激烈的文章之后,林玉堂未在《国语周刊》上发表任何其他文章,愚目所见,其亦未就国语罗马字问题再写作他文,由此更可见其淡出该圈子的决心。1925 年 9 月 26 日,刘复发起"数人会"于赵元任家,到者钱玄同、黎锦熙、汪怡。取名"数人会",典故出自隋陆法言《切韵》序"魏著作谓法言曰:我辈数人,定则定矣"。"数人"之会名彰显几位语言学家集体荣耀的同时,也在小心翼翼地避免"一人"独领风骚的局面。第二次会议在赵元任家,"数人会"正式成立,林玉堂亦到。从 1925 年 9 月到 1926 年 9 月,数人会共开会二十二次,只有 1925 年 11 月 28 日的一次是在林家,林语堂作主席,议定林语堂最关心的诸韵母。其他更多的还是由赵元任、黎锦熙来作主席。[3]

二十二次会议之后,《国语罗马字拼音法式》终于出炉。1928 年 9 月 26 日,国民政府大学院将之公布,使其拥有了法定的"国音字母第二式"的地位。赵元任在日记中用国语罗马字兴奋地写道:"G. R. yii yu jeou yueh 26 ryh gong buh le. Hooray!!!(国语罗马字已于 9 月 26 日公布了,好哇!!!)"[4]。然而,国语罗马字公布后,却极受冷遇。最明显的例子是 1928 年 12 月教育部规定"北平"的拼音为"Peiping",而非国语罗马字的正确拼法"Beeipyng",官方机构否定官方拼音法式,"作法"而"自毙",令语言学家们怒发冲冠。钱玄同、黎锦熙致信教育

---

1 笔者按:钱玄同、蒋梦麟、李石曾、吴稚晖。
2 林玉堂:《谈注音字母及其他》,《国语周刊》第 1 期,《京报》副刊一种(1925 年 6 月 14 日),第 5、6 页。
3 参见黎锦熙《国语运动史纲》,北京:商务印书馆,2011 年,第 198—200 页。
4 赵元任 1928 年日记,赵新那、黄培云编《赵元任年谱》,第 154 页。

第二章 语言与法律：二十世纪二三十年代的文化与政治

部长蒋梦麟，称教育部的拼法，或疑"系用威妥玛制"："现在国府的最高教育行政机关，若说不用大学院公布的优良制，而反用外国私人所拟的粗劣制，似乎无此情理"，况且"即使照威妥玛制"，"'北平'还应该拼作 Peip'ing，若作 Peiping，则成为'悲兵'了。威制虽粗劣，对于'伯''魄'两音尚有分别；今一律用 P，则粗劣更过于威制了"。[1] 当年就提议在威妥玛制基础上"极少创新"作为国语罗马字改良原则的林语堂，看到此情此景，不知做何感想，有旁观之冷眼，也有凝聚自己心血之"国罗"受挫的痛惜吧。由此再来看 1933 年林语堂为《语言学论丛》所作之序言，又会读出更丰富的意思了：

> 这些论文，有几篇是民十二三年初回国时所作，脱离不了哈佛架子，俗气十足，文也不好，看了十分讨厌。其时文调每每太高，这是一切留学生回国时之通病。后来受《语丝》诸子的影响，才渐渐知书识礼，受了教育，脱离哈佛腐儒的俗气。所以现在看见哈佛留学生专家架子十足，开口评人短长，以为非哈佛藏书楼之书不是书，非读过哈佛之人不是人，知有世俗之俗，而不知有读书人之俗，也只莞尔而笑，笑我从前像他。[2]

处处都是揶揄哈佛归国的留学生，摆专家架子、腐儒俗气，似乎是自我调侃。仔细审查，林玉堂虽说曾在哈佛留过学，但拿博士学位却是于德国的莱比锡大学，而其奚落哈佛留学生时，已是以今日之我观"从

---

[1] 钱玄同、黎锦熙：《致蒋梦麟》，黎锦熙《国语运动史纲》，第 211 页。
[2] 林语堂：《〈语言学论丛〉弁言》，《林语堂名著全集》第十九卷，第 1 页。

前"之我、现在的"他"。回顾林玉堂那段短暂的、比较纯粹的语言学家生涯,此处的哈佛人同时暗指赵元任,也并不令人意外。他批评赵式制度,提出自己罗马字方案的长文《赵式罗马字改良刍议》竟未收入《语言学论丛》,也显示着缺席的批评意味。

如果说,"土气"的中国学术之大环境,令北京大学研究所国学门方言调查会主席林玉堂因伸不开拳脚而寂寞,那么过于"洋派"、不甚接地气的语言学家小环境,只能倍添他的寂寞感。林语堂早就感叹"精神界魑魅魍魉还多着,非痛剿一番"[1],因而与《语丝》的格调"不用别人的钱,不说别人的话","有自由言论之资格"[2]分外投契。而周氏兄弟的文章及人格魅力,对周作人汉字与罗马字并行的文字观念、"人的文学"及"国语文学"文学思想的欣赏,《语丝》提供的话题空间和团体感受,无疑都召唤着他日渐走进那个热闹的、每日与中国的现实相冲撞、相抗争的文学世界。[3]

---

1 林玉堂:《科学与经书》,《晨报五周年纪念增刊》(1923年12月1日),第21页。
2 岂明:《答伏园论〈语丝〉的文体》,《语丝》第54期(1925年11月23日),第38页。
3 《语丝》《京报副刊》《莽原》等刊物上,林语堂与周氏兄弟的互动,基本事实学界已较为熟悉,本文限于篇幅,此处从略。

林语堂与胡适日记中的平社

陈子善[1]

本文探讨林语堂与胡适主持的 1930 年代上海平社的关系,从林语堂日记和胡适日记互文的角度切入,所依据的文本是已经公开的胡适 1929—1930 年日记和尚未公开的林语堂 1929—1930 年日记,力求在现有史料的基础上还原这个鲜为人知的二十世纪三十年代中国自由主义知识分子社团的活动。[2]

---

[1] 陈子善,毕业于上海师范大学中文系,中国现代文学资料与研究中心主任、《现代中文学刊》主编、中华文学史料学学会近现代文学分会副会长、中国现代文学研究会常务理事、上海巴金研究会副会长。

[2] 现存胡适日记已分别在海峡两岸出版,本文引证依据的版本为曹伯言整理《胡适日记全编 5(1928—1930)》,合肥:安徽教育出版社,2001 年。林语堂日记原件为一册商务印书馆制"甲种自由日记",小 32 开本,扉页钤有林语堂名印,起讫日期为 1929 年 1 月 1 日至 1932 年 1 月 22 日,中有数次间断。此册日记本 1997 年在上海拍卖,2009 年又在北京拍卖,现为不知名的藏家所藏。本文引证林语堂 1929—1930 年日记均出自该日记本影印件。

《平论》的夭折

进入讨论之前,必须先简要评介平社的前身——《平论》。关于《平论》,就笔者所见,仅智效民先生作过初步研讨。[1] 1929年3月10日出版的《新月》第二卷第一号《编辑后言》首先披露"新月"同人拟在文学性的《新月》杂志之外,再创办一个思想性甚至政治性的刊物《平论》。这篇《编辑后言》应是徐志摩执笔的,[2] 文中说:

> 我们是不会使用传声喇叭的,也不会相机占得一个便利于呐喊的地位,更没有适宜于呐喊的天赋佳嗓;这里只是站立在时代的低洼里的几个多少不合时宜的书生。他们的声音,即使偶尔听得到,正如他们的思想,决不是惊人的一道,无非是几句平正的话表示一个平正的观点,再没有别的——。因此为便于发表我们偶尔想说的"平"话,我们几个朋友决定在这月刊外(这是专载长篇创作与论著的)提另出一周刊或旬刊取名《平论》(由平论社刊行),不久即可与读者们相见。

这篇《编辑后言》之所以值得注意,不仅在于它预告平论社即将

---

1 参见智效民《胡适:两次当校长》,《八位大学校长》,武汉:长江文艺出版社,2006年,第55—59页。
2 《新月》第2卷第1号编辑者署"徐志摩 闻一多 饶孟侃",但正如梁实秋后来回忆的,《新月》"编辑人列徐志摩、饶子离、闻一多三个人。事实上饶子离任上海市政府秘书,整天的忙,一多在南京,负责主编的只是志摩一个人"(梁实秋:《谈闻一多》,《梁实秋文学回忆录》,长沙:岳麓书社,1989年,第307页)。何况,下引胡适日记中也说得很清楚,发起《平论》最与力者为徐志摩。综合这两点,这篇《编辑后言》应出自徐志摩之手。

第二章　语言与法律：二十世纪二三十年代的文化与政治

创刊《平论》，也明确解释了后来的平社之所以命名为平社的由来。

到了1929年3月23日，徐志摩、梁实秋、罗隆基、张禹九四位"新月"同人也应是平论社的成员访问胡适，进一步商讨《平论》出版事，请胡适"担任《平论》周刊的总编辑"，胡适"再三推辞"未果，就设想"四月一日出第一期，大家都做点文章"。[1]

两天之后的3月25日，胡适日记记云：

> 作《平论》周刊的发刊词，只有一千六七百字。
> 《平论》是我们几个朋友想办的一个刊物。去年就想办此报，延搁到于今。
> 《平论》的人员是志摩、梁实秋、罗隆基（努生）、叶公超、丁西林。
> 本想叫罗努生做总编辑，前两天他们来逼我任此事。此事大不易，人才太少；我虽做了发刊辞，心却不很热。[2]

又过了四天，也即3月29日，胡适日记说到《平论》时又记云：

> 前几天，我做了一篇发刊宣言。
> 今天大家会齐了，稿子都有一点，但斤两似不很重。大家

---

[1] 胡适1929年3月29日日记云："上星期六（廿三），志摩、实秋、罗努生、张禹九来劝我担任《平论》周刊的总编辑。我再三推辞，后来只得对他们说：'我们姑且想像四月一日出第一期，大家都做点文章，下星期五在禹九家会齐交卷，看看像不像可以出个报的样子。'"曹伯言整理《胡适日记全编5（1928—1930）》，第376页。
[2] 曹伯言整理《胡适日记全编5（1928—1930）》，第373—374页。

的意思还是主张要办一个报,并且要即日出版。今天的决定是四月十日出第一期。

我对于此事,终于有点狐疑。志摩说:"我们责无旁贷,我们总算有点脑子,肯去想想。"我说:"我们这几个人怕也不见得能有工夫替国家大问题想想罢?志摩你一天能有多少工夫想想?实秋、努生都要教书,有多大工夫想?我自己工夫虽多,怕也没心绪去想政治问题。所以那班党国要人固然没工夫想,我们自己也不见得有想的工夫罢?"[1]

根据胡适这段日记可知,《平论》第一期组稿并不顺利,稿子虽有一点,"但斤两似不很重"。《平论》是办成杂志的"周刊""旬刊",还是"一个报",也未最后确定。于是,计划再延后十天,即"四月十日出第一期"。谁知这一延期就遥遥无期了,《平论》就此夭折。

《平论》没有出成,胡适为《平论》所写的发刊宣言因此也未能公开发表,幸而手稿保存下来了,这就是《我们要我们的自由》一文。[2] 此文不仅申明了《平论》的办刊宗旨,也进一步揭示了紧接着创办的平社的活动宗旨:

我们现在创办这个刊物,也只因为我们骨头烧成灰毕竟都是中国人,在这个国家吃紧的关头,心里有点不忍,所以想尽一

---

[1] 曹伯言整理《胡适日记全编5(1928—1930)》,第377页。
[2] 《我们要我们的自由》手稿,耿云志编《胡适遗稿及秘藏书信》第十二册,合肥:黄山书社,1949年,第25—33页。后收入欧阳哲生编《胡适文集》第十一卷,北京:北京大学出版社,1998年,第143—145页。

第二章　语言与法律：二十世纪二三十年代的文化与政治

点力。我们的能力是很微弱的，我们要说的话也许是有错误的，但我们这一点不忍的心也许可以得着国人的同情和谅解。

……

我们是爱自由的人，我们要我们的思想自由，言论自由，出版自由。

我们不用说，这几种自由是一国学术思想进步的必要条件，也是一国社会政治改善的必要条件。

我们现在要说，我们深深感觉国家前途的危险，所以不忍放弃我们的思想言论的自由。

……

我们办这个刊物的目的便是以负责任的人对社会国家的问题说负责任的话。我们用自己的真姓名发表自己良心上要说的话。[1]

《平论》未能问世，1929年4月10日《新月》第二卷第二号的《编辑后言》专门为此向读者作了交代：

上期预告的《平论周刊》一时仍不能出版。这消息或许要使少数盼望它的朋友们失望，正如我们自己也感到怅惘。但此后的《新月》月刊，在《平论》未出时，想在思想及批评方面多发表一些文字，多少可见我们少数抱残守阙人的见解。我们欢迎讨论的来件（我们本有"我们的朋友"一栏），如果我们能

---

[1] 欧阳哲生编《胡适文集》第十一卷，第143—145页。

知道在思想的方向上至少，我们并不是完全的孤单，那我们当然是极愿意加紧一步向着争自由与自由的大道上走去。

从该期起，《新月》果然开始注重"思想及批评方面多发表一些文字"，也即承担了原定的《平论》的部分职责。《人权与约法》（胡适作）、《论思想统一》（梁实秋作）、《我们什么时候才可有宪法？》（胡适作）、《知难，行也不易》（胡适作）、《论人权》（罗隆基作）、《新文化运动与国民党》（胡适作）、《告压迫言论自由者》（罗隆基作）等文先后出现在《新月》上，胡适等人公开倡导人权，批评国民党独裁和压制言论自由，当时曾一石激起千层浪。

十天之后，1929年4月21日，星期天，平社首次活动。当天胡适日记记得很清楚：

> 平社第一次聚餐，在我家中，到者梁实秋、徐志摩、罗隆基、丁燮林、叶公超、吴泽霖。共七人。[1]

也就是说，《平论》虽不再出版，以聚餐、聚会形式新组成的平社的活动正式开张了。最初的平社成员七人，除了社会学家吴泽霖，胡、梁、徐、罗、叶五位都是"新月"的核心人物，丁燮林（丁西林）也是《新月》的作者，林语堂并不在内。

---

1 曹伯言整理《胡适日记全编5（1928—1930）》，第396页。

第二章　语言与法律：二十世纪二三十年代的文化与政治

林语堂 1929 年日记中的胡适

查 1929 年 1 月起的林语堂日记，胡适的大名首次出现是 1 月 15 日，照录如下：

> 上午读适之《入声考》。午后，适之来谈入声问题。四时，余青松来坐谈。晚作冰莹《从军日记》序。适之约代《新月》译 Shaw。

同一天的胡适日记也正可印证：

> 下午去看林语堂，谈入声事。语堂对于我的《入声考》大体赞成。[1]

胡适的《入声考》初稿完成于 1928 年 11 月 29 日，林语堂所读的当为初稿。在访林语堂的次日，即 1929 年 1 月 16 日，胡适写了《〈入声考〉后记》，指出"林语堂先生又是最先读我的文章的人"，再加小注"林语堂先生允许我一篇文字专讨论这个问题。我很盼望我的外行话可以引起专家学者的教正讨论"，可见胡适对林语堂语言学造诣的重视。[2] 而林语堂一天日记之中，三次提到胡适，也可见他与胡适的关系非同一般，虽然人们一直认为属于"语丝派"的林语堂与先后属于"现代评

---

[1] 曹伯言整理《胡适日记全编 5（1928—1930）》，第 348—349 页。
[2] 欧阳哲生编《胡适文集》第四卷，第 195 页。

论派"和"新月派"的胡适来往并不密切。胡适还约林语堂为《新月》翻译萧伯纳,后林译《卖花女》1931年由开明书店出版。

其实,林语堂与胡适的交谊可以追溯到1917年。该年7月10日,胡适自美回国抵达上海,这在胡适日记上有明确的记载。[1] 此后胡适回了安徽绩溪老家,他"大概在八月二五六日以后,才从绩溪动身到北京去,担任北京大学的教授"。[2] 据林语堂在胡适逝世后的回忆,胡适这次到北大任教是北京乃至中国文化界的一件大事,林语堂写道:

> 一九一八年,他回到北平,已成了全国知名的文学革命提倡者。我以北大教员的身份前去迎接他。我那时刚从上海圣约翰大学毕业,比他只小四岁,但是他给我一种仰之弥高的感觉。我听他引用伊拉斯摩斯从意大利回国时的豪语道:"我们回来了。一切都会不同了。"我觉得我们的国家突然进入了汹涌的复兴波涛中。[3]

林语堂寥寥几笔,就写出了胡适当时的踌躇满志。虽然林语堂那时还只是清华学校的普通教员,未必会引起胡适的特别关注。但胡适识才、爱才,后来的事大家或都很熟悉了。林语堂远赴美国哈佛大学和德

---

[1] 曹伯言整理《胡适日记全编2(1915—1917)》,第616页。
[2] 胡颂平编《胡适之先生年谱长编初稿》第一册(1891—1918),台北:联经出版公司,1984年,第294页。
[3] 林语堂:《我最难忘的人物——胡适博士》,《读者文摘》,1963年10月号。转引自黄艾仁《海内知己一线牵——胡适与林语堂的感情交流》,《胡适与中国名人》,南京:江苏教育出版社,1993年,第332页。文中"一九一八年"系林语堂误记。林语堂当时执教北京清华学校,"北大教员"可能是兼职。

第二章 语言与法律：二十世纪二三十年代的文化与政治

国莱比锡大学深造，得到了胡适的热情资助，这是讨论林语堂与胡适关系必提的佳话。[1] 现存林语堂1919年至1932年间致胡适的二十九通信札也进一步证明了他俩之间亦师亦友的友谊。[2] 因此，1929年时，胡适在上海中国公学执掌校政，林语堂在上海任东吴大学法律学院英文教授并埋头著译，林语堂日记中不断出现胡适的大名也就完全在情理之中了：

（二月）四日 读适之批评友松。

（四月）六日 见傅斯年，胡适之于沧州。

（四月）七日 请傅，胡，王云五，讲定清哥事。约往无锡，不果。向适之借阅《独秀文存》；适之转来中国拼音文字草案。

（六月）二日 上午找适之，谈种种问题。闻张君劢被绑。午在适之家中吃安徽"同宝"。

（十月）廿九日 访胡适。

（十二月）三十一日 约达夫衣萍维铨适之等来观《子见南子》，下午三时参观排演。

论学、借书、观剧、宴饮，"谈种种问题"，林、胡在1929年的交往虽不十分频繁，却也互通有无，声气相求。《子见南子》是林语堂根据孔子见卫灵公夫人南子的历史记载而创作的独幕话剧，当时由上海大夏大学戏剧社排练公演。此剧1929年6月由曲阜山东第二师范学校

---

[1] 参见林太乙《林语堂传》，台北：联经出版公司，1990年；黄艾仁《海内知己一线牵——胡适与林语堂的感情交流》等。
[2] 参见耿云志编《胡适遗稿及秘藏书信》第二十九册，第292—371页。

学生演出时，因当地孔氏族人以"公然侮辱宗祖孔子"为由联合向国民政府教育部提出控告，引起一场不大不小的风波。[1]半年以后，《子见南子》在上海重新搬上舞台，胡适与郁达夫、章衣萍、杨骚（维铨）等到场观看排演，也可视为对作者林语堂的支持。

有意思也特别值得注意的是，林语堂日记中的这些记载，胡适日记统统失记了，正可补1929年胡适年谱之阙。

胡适主持的平社

《平论》胎死腹中，胡适主持的平社的活动却顺利进行，当然，偶尔也会令胡适失望。这些，从1929年4月起至1930年2月林语堂加入平社止的胡适日记中大都有明确记载，不妨先作梳理。

1929年4月27日胡适日记云：

> 平社第二次聚餐，到者九人。（第一次七人，加潘光旦，张禹九。）[2]

1929年5月11日胡适日记云：

> 平社第四次聚餐，在范园，到者志摩、禹九、光旦、泽霖、公超、努生、适之。

---

[1] 参见鲁迅《关于〈子见南子〉》，《鲁迅全集》第八卷，北京：人民文学出版社，2005年，第316—336页。
[2] 曹伯言整理《胡适日记全编5（1928—1930）》，第403页。

第二章　语言与法律：二十世纪二三十年代的文化与政治

努生述英国 Fabian Society[费边社]的历史，我因此发起请同人各预备一篇论文，总题为"中国问题"，每人担任一方面，分期提出讨论，合刊为一部书。[1]

1929 年 5 月 14 日胡适日记云：

平社中国问题研究日期单[2]

题目	姓名	日期
从种族上	潘光旦	五月十八日
从社会上	吴泽霖	五月廿五日
从经济上	唐庆增	六月一日
从科学上	丁西林	六月八日
从思想上	胡适之	六月十五日
从文学上	徐志摩	六月廿二日
从道德上	梁实秋	六月廿九日
从教育上	叶崇智	七月六日
从财政上	徐新六	七月十三日
从政治上	罗隆基	七月二十日
从国际上	张嘉森	七月廿七日
从法律上	黄　华	八月三日

1　曹伯言整理《胡适日记全编 5（1928—1930）》，第 417—418 页。
2　曹伯言整理《胡适日记全编 5（1928—1930）》，第 419—420 页。

1929年5月19日胡适日记云：

　　平社在范园聚餐。上次我们决定从各方面讨论"中国问题"每人任一方面。潘光旦先生任第一方面，"从种族上"，他从数量质量等等方面看，认中国民族根本上大有危险，数量上并不增加，而质量上也不如日本，更不如英美。他的根据很可靠，见解很透辟，条理很清晰。如果平社的论文都能保持这样高的标准，平社的组织可算一大成功了。[1]

1929年5月26日胡适日记云：

　　平社在范园聚餐。吴泽霖先生讲"从社会学上看中国问题"。他提出两点：一是价值，一是态度，既不周详，又不透切，皆是老生常谈而已，远不如潘光旦先生上次的论文。[2]

1929年6月2日胡适日记云：

　　晚六点半，平社在范园聚餐，唐庆增先生讲"从经济上看中国问题"，他把问题看错了，只看作"中国工商业为什么不发达"，故今天的论文殊不佳。

---

[1] 曹伯言整理《胡适日记全编5（1928—1930）》，第420—421页。
[2] 曹伯言整理《胡适日记全编5（1928—1930）》，第424页。

第二章　语言与法律：二十世纪二三十年代的文化与政治

他指出中国旧有的经济思想足以阻碍现代社会的经济组织的发达，颇有点价值。[1]

1929年6月16日胡适日记云：

> 平社聚餐，到的只有实秋、志摩、努生、刘英士几个人，几不成会。任叔永昨天从北京来，我邀他加入。[2]

有必要指出，这次聚会其实比较重要。按胡适所拟"平社中国问题研究日期单"的安排，他自己将在6月15日"从思想上"探讨中国问题。这次聚会比原计划推迟仅一天，因此，胡适发表"从思想上"的演讲应该就是这一天。但是这次聚会到者寥寥，"几不成会"，很是扫兴。幸好讲稿《从思想上看中国问题》保存下来了，从中国"正宗思想系统"一直说到现代社会、资本主义生产方式等，不乏启发性的意见。[3]

1930年2月4日胡适日记云：

> 平社今年第一次聚餐在我家举行，到者新六、西林、实秋、英士、光旦、努生、沈有乾，客人有闻一多、宋春舫。决定下次聚餐在十一日，由努生与英士辩论"民治制度"。这样开始不算坏。[4]

1　曹伯言整理《胡适日记全编5（1928—1930）》，第425页。
2　曹伯言整理《胡适日记全编5（1928—1930）》，第436页。
3　《从思想上看中国问题》手稿，载耿云志编《胡适遗稿及秘藏书信》第十二册，第41—79页。后收入欧阳哲生编《胡适文集》第十一卷，第154—164页。
4　曹伯言整理《胡适日记全编5（1928—1930）》，第661页。

从上述引证可知，平社从1929年4月21日首次聚会至6月16日聚会，根据胡适日记记载，其间举行了七次活动。还有一次即4月28日至5月11日之间的第三次聚会，胡适日记失记。因此，平社1929年4月至6月的活动至少八次（胡适日记还可能有别的失记），基本上是每周一次。但6月16日之后，几乎半年多时间，平社活动停顿。直至1930年2月4日才重新恢复，举行当年首次聚会，到会者甚多，除了在沪的作家学者，还有来自武汉大学的"客人"闻一多和来自青岛的"客人"宋春舫，颇有重整旗鼓的气势。[1]

与当年北京的"新月社"一样，平社没有正式的成立宣言和结社宗旨之类，活动形式多为"聚餐"，当时外界大都不知道有这么一个平社的存在。半个多世纪过去，而今知道的人更是屈指可数了，甚至胡适研究者都不一定清楚。

笔者认为，平社是一个松散的具有学术研讨性质的跨学科的自由主义知识分子社团，某种意义上具有学术沙龙的性质，以胡适为核心，以"新月派"同人为骨干，扩大至人文社会科学各个专业的学者，主要成员包括徐志摩、梁实秋、罗隆基、叶公超、丁西林、吴泽霖、潘光旦、张禹九、徐新六、刘英士、沈有乾等。

平社当然不仅仅是"聚餐"而已，平社社员关注当时的"中国问题"，都愿意从各自的专业背景出发直面"中国问题"，思考"中国问题"，探讨"中国问题"，寻求"中国问题"的解决之道。胡适1929年5月14日所拟的"平社中国问题研究日期单"就十分具体地说明了这

---

[1] 闻一多是"新月派"代表诗人，又是《新月》主编之一，因他当时已不在上海，所以只能以平社"客人"身份与会，可见平社对社员身份的认定还是有一定限制的。

第二章　语言与法律：二十世纪二三十年代的文化与政治

一点。从中可以了解，以胡适为首的平社对当时中国所面临的社会、政治、经济、科学、思想、文学、道德、教育、财政、民族、法律、国际关系诸多问题都表示出浓厚的兴趣，拟组织专家撰写论文、主题演讲并展开研讨辩论。胡适还设想在此讨论、完善的基础上编刊《中国问题》一书，正式表达平社同人对这些问题的看法。虽然后来平社的活动未能完全按此计划进行，《中国问题》一书也未见问世，但平社其社其事，特别是平社对"中国问题"的论述（虽然只是胡适日记和之后的林语堂日记中所记载的三言两语）是很值得发掘研究的。更何况，平社这种学术交流的形式至今仍为一些知识分子群体所采用。

林语堂参加了平社

至此，应该讨论林语堂与平社了。林语堂1930年日记中，首先出现平社是2月11日，也即平社1930年第二次聚餐（活动），他记得比较简略：

> 晚适之请平社，讨论民治问题。

这是林语堂应胡适之邀参加平社活动的开始，也就是说，可以理解为林语堂自1930年2月11日起成为平社社员。值得庆幸的是，当天胡适日记记得很详细。林语堂首次出席，就对民治问题发表了胡适认为"极有道理"的意见。这次平社会议按原定计划，由刘英士和罗隆基讨论"民治制度"，一反一正，却不能令胡适满意。林语堂的发言表明，他与胡适在民治问题上的自由主义观点十分接近、互为奥援。当天胡适

147

日记全文如下：

> 平社在我家中聚餐，讨论题为"民治制度"，刘英士反对，罗努生赞成，皆似不曾搔着痒处。我以为民治制度有三大大贡献：
> （1）民治制度虽承认多数党当权，而不抹煞少数。少数人可以正当方法做到多数党，此方法古来未有。
> （2）民治制度能渐次推广，渐次扩充。十七世纪以来，由贵族推至有产阶级，由有产阶级推至平民及妇女，此亦古来所未有。
> （3）民治制度用的方法是公开的讨论。虽有所谓"民众煽动者"（Demagogue），用口辩煽动民众，究竟比我们今日的"拉夫"文明的多多了。
> 末后，林语堂说，不管民治制度有多少流弊，我们今日没有别的制度可以代替他。今日稍有教育的人，只能承受民治制度，别的皆更不能满人意，此语极有道理。[1]

林语堂日记第二次出现平社是当年3月1日，记云：

> 平社在志摩家讲伴侣结婚。

这次活动地点换到了徐志摩寓所，林语堂与徐志摩熟稔，自然参加。本来按胡适"平社中国问题研究日期单"的安排，徐志摩应"从文

---

[1] 曹伯言整理《胡适日记全编5（1928—1930）》，第667页。

第二章　语言与法律：二十世纪二三十年代的文化与政治

学上"主讲，改为"讲伴侣结婚"，是徐志摩主讲还是别人主讲？尚不清楚。不管怎样，徐志摩是中国首位登报声明离婚的新文学作家，又有多次恋爱和二次结婚的经验，在他寓所"讲伴侣结婚"可谓别有意义。胡适很可能没有参加这次平社会议，他当天日记只记了"索克思约晚餐，客为 Mr. & Mrs. Field"，并记下了相关感想。[1]

此后，因发表《新文化运动与国民党》等文，《新月》月刊被"没收焚毁"，以及《人权论集》的出版引起争议等事，胡适日记的记载不大正常，直到 1930 年 7 月 14 日，胡适才在当天日记中说："久不作日记，今天又想续作下去。"[2] 因此，要进一步查考 1930 年 3 月 1 日以后直至 7 月这段时间里平社的活动，就只能依靠林语堂日记了。

林语堂确实积极参与了平社活动，下面就是林语堂日记中的相关记载，笔者略加考证：

> （三月）十五日 平社。潘谈话关于天才。见 Agnes Smedley，冰莹文章已由她翻成德文投 *Frankfurt Daily*。

这次平社聚会，当由潘光旦主讲关于天才，潘光旦是平社骨干，已是第二次主题演讲了。还应注意的是，林语堂当天还会见了同情中国左翼文学运动的美国女记者艾格尼丝·史沫特莱，她正担任德国《法兰克福日报》驻华记者。

---

[1] 曹伯言整理《胡适日记全编 5（1928—1930）》，第 679 页。
[2] 曹伯言整理《胡适日记全编 5（1928—1930）》，第 727 页。

（三月）廿九日 平社。Miss Smedley 讲印度政治运动。

这次平社聚会，由史沫特莱讲印度政治运动，大概是林语堂把史沫特莱邀请来的，因为平社成员中就数林语堂与史沫特莱关系较为密切。

（四月）十二日 晚 平社。在适之家谈革命与反革命，极有趣。

这次平社聚会至关重要，"革命与反革命"是个大题目，与会者的讨论如何使林语堂感到"极有趣"，林语堂日记语焉不详。胡适日记对此也一无记载，但他稍后发表的《我们走那条路？》透露了其中端倪。此文"缘起"说：

> 我们几个朋友在这一两年之中常常聚谈中国的问题，各人随他的专门研究，选定一个问题，提出论文，供大家的讨论。去年我们讨论的总题是"中国的现状"，讨论的文字也有在《新月》上发表的。如潘光旦先生的《论才丁两旺》(《新月》二卷四号)，如罗隆基先生的《论人权》(《新月》二卷五号)，都是用讨论的文字改作的。
>
> 今年我们讨论总题是"我们怎样解决中国的问题？"分了许多子目，如政治，经济，教育，等等，由各人分任。但在分配题目的时候，就有人提议说："在讨论分题之前，我们应该先想想我们对于这些各个问题有没有一个根本的态度。究竟我们用

第二章　语言与法律：二十世纪二三十年代的文化与政治

什么态度来看中国的问题？"几位朋友都赞成有这一篇概括的引论，并且推我提出这篇引论。

这篇文字是四月十二夜提出讨论的。当晚讨论的兴趣的浓厚鼓励我把这篇文字发表出来，供全国人的讨论批评。以后别位朋友讨论政治，经济，等等各个问题的文字也会陆续发表。

十九，四，十三，胡适[1]

这就清楚地告诉读者，胡适这一群人这一两年中"常常聚谈中国问题"，1929年讨论的是"中国的现状"，"今年"也即1930年讨论的是"我们怎样解决中国的问题？"这里，胡适并未公开打出平社的招牌，但其实是有点呼之欲出了。而"四月十二夜"平社聚会提出"引论"的不是别人，正是大家公推的胡适。这篇"引论"就是长文《我们走那条路？》，胡适在文中提出了一个引起很大争议的观点：

我们的真正敌人是贫穷，是疾病，是愚昧，是贪污，是扰乱。这五大恶魔是我们革命的真正对象，而他们都不是用暴力的革命所能打倒的。打倒这五大敌人的真革命只有一条路，就是认清了我们的敌人，认清了我们的问题，集合全国的人才智力，充分采用世界的科学知识与方法，一步一步的作自觉的改革，在自觉的指导下一点一滴的收不断的改革之全功。不断的改革收功之日，即是我们的目的地达到之时。[2]

---

[1] 胡适:《我们走那条路？》，《新月》月刊第2卷第10号（1929年12月10日），第1页。
[2] 胡适:《我们走那条路？》，《新月》月刊第2卷第10号，第14—15页。

这大概也就是林语堂所认为的"极有趣"的原因吧？

（五月）十日 晚 在平社讲谈"制度与民性"论文。

这次平社聚会轮到林语堂主讲了，讲题为"制度与民性"，颇有现实针对性。林语堂为这次讲演做了充分准备，日记在这一句之前，有"自至十日预备讲演 读韩非"的记载，即为明证，而且提示这个关于"制度与民性"的演讲与法家韩非主张的"法治"有关。

值得注意的是，根据这次演讲修订定稿的英文本和中文本都保存下来了。四个月后，林语堂作"Han Fei as a Cure for Modern China"发表于1930年9月10日上海英文《中国评论周报》"小评论"专栏。两年半以后，林语堂作《半部〈韩非〉治天下》发表于1932年10月16日《论语》第三期。[1]

（六月）二十一日 晚 平社。在有（元）任家，适之由北平回来，主张"干政治"。

这次平社聚会在赵元任家举行，由谁主讲，讲题为何，都是问号。但刚从北平返沪的胡适主张"干政治"，倒颇为新鲜。惜林语堂未记下更为具体的内容。但"干政治"这三个字足以耐人寻味。也许后来胡适

---

[1] 林语堂的"Han Fei as a Cure for Modern China"和《半部〈韩非〉治天下》两文均已收入钱锁桥编《林语堂双语文选》，香港：香港中文大学出版社，2010年，可参阅。

在北平创办《独立评论》，即为"干政治"之一种？

> （七月）二十四日 晚 平社。潘光旦读论文《人文（为）选择与中华民族》。

这次平社聚会，仍由潘光旦主讲，作为优生学家，这该是他的拿手题目。这是林语堂日记中最后一次出现平社。有意思的是，胡适恢复记日记之后，同天日记中也记下了这次活动，而且比林语堂的详细，对潘光旦此文的分析也值得注意：

> 平社在我家开会，潘光旦读论文，题为《人为选择与民族改良》，他注重优生学的选择方法，并承认旧日选举和科举制度在人为选择上的贡献。他的论文很好，但见解也不无稍偏之处。他反对个人主义，以为人类最高的理想是"承前启后""光前裕后"。然以欧洲比中国，我们殊不能说中国的传种主义的成绩优于欧洲不婚不取的独身主义者。真能完成个人，也正是真能光前裕后也。[1]

此后，本年胡适日记中还有两次关于平社的记载，一次是8月31日，记云：

> 平社聚餐，沈有乾读一篇论文，讨论教育问题，不甚满意。

---

[1] 曹伯言整理《胡适日记全编5（1928—1930）》，第738页。

预备不充分是一个原因；但作者见地亦不甚高。[1]

另一次是 11 月 2 日，记云：

> 平社聚餐，全增嘏读一文，《宗教与革命》，甚好。[2]

这两次平社活动，林语堂日记均失记，很可能他没有出席。然而，在林语堂 1930 年日记中，除了平社聚会频频与胡适见面，还有一些与胡适欢宴、寄书、论学等的记载：

> （三月）十日 晚胡适请 Eddy 及 Karl Page。
> （三月）三十一日 上午寄读本文学读本与赵元任周岂明温源宁蔡元培胡适之。
> （五月）十五日 读完适之《中古哲学》第一章，晚同适之谈。
> （十一月）六日 适之于月初返沪，拟于三四星期内移住北平。

正如林语堂日记所记载的，1930 年 11 月 28 日，胡适全家迁居北平。不久胡适出任北京大学文学院院长兼中国文学系主任。随着胡适的离沪，以胡适为核心的上海平社也终于风流云散。

---

[1] 曹伯言整理《胡适日记全编 5（1928—1930）》，第 779 页。
[2] 曹伯言整理《胡适日记全编 5（1928—1930）》，第 838 页。

第二章　语言与法律：二十世纪二三十年代的文化与政治

　　根据胡适日记，上海平社存在的时间为 1929 年 4 月至 1930 年 11 月，前后约一年八个月时间。根据林语堂日记，他参与平社活动则自 1930 年 2 月至 7 月，约半年时间。但上述引录足以证明，林语堂在平社后期扮演了重要的角色。

　　从胡适方面说，把林语堂引进平社，显然出于对林语堂的欣赏和器重。林语堂也不负胡适的信任，在后期平社中有所作为。从林语堂方面说，他在二十世纪二十年代时虽是《语丝》主要作者，但 1929 年 8 月 28 日与鲁迅的公开争执，[1] 导致他与左翼作家群的进一步疏离，他与以胡适为首的"新月派"和欧美留学背景的自由主义知识分子群的进一步接近，以至进入平社，也就理所当然。这对今后林语堂思想和创作走向的选择恐也不无影响，有待进一步深入研究。

　　本文从 1929—1930 年的林语堂日记和胡适日记勾勒了上海平社始末的大致轮廓，某种程度上填补了林语堂二十世纪三十年代初文学、文化活动的一个空白，但这种爬梳还只是初步的、很不完全的，希望今后有更多的发掘。

---

[1] 林语堂与鲁迅此次"失和"，林语堂 1929 年日记中对来龙去脉有较为详细的记载，当另文讨论。

第三章　中西之间的跨文化之旅

林语堂之于"批评之批评的批评":跨越中美的"自我表现"论

苏迪然[1] 著
王璐[2] 译

到美国去:在哈佛"揭竿而起"

1919年,年轻的林语堂偕同新婚妻子廖翠凤抵达马萨诸塞州剑桥市,入读哈佛大学。"一战"后,《凡尔赛条约》签订,中国人只能眼睁睁地看着德占胶东半岛被转交日本,这一屈辱事件引发了五四运动。当时林语堂还在中国,亲身经历了新文化运动和五四运动,那是新旧思

---

[1] 苏迪然(Diran John Sohigian),美国哥伦比亚大学中国语言文学博士,台湾实践大学(高雄校区)应用英语学系副教授。研究方向为比较文学、文化研究与英语教学。
[2] 王璐,英国纽卡斯尔大学中国研究博士,研究方向为中国现代文学及翻译学。

想大碰撞的时代。[1] 到了美国之后，作为一名哈佛研究生，他又经历了另外一场大辩论——因大规模工业化而引发的有关文学命运的争论。林语堂有关美学、批评以及自我表现的思想，跨越二十世纪初中美两国的文化土壤。本文探讨林语堂跨文化的发展轨迹和视角，着重探讨其思想中占首要地位的美学观。这种美学观不仅研究艺术形式、技巧、艺术家或作家，还关涉整个人类的表达——有了这种表达，我们才叫作"人"。

本研究意在从新的视角、从不同思想流派的脉络来审视林语堂的思想，并试图引起人们对"直觉"（intuition）思维的重视。这一思维模式现在不太被人重视，但在二十世纪初的中国曾引起广泛讨论，一度成为挑战科学理性和科学主义主导地位的重要思想方式，尽管最终"赛先生"（科学）在五四启蒙运动中胜出。一窥此阶段"直觉"的概念可以为二十世纪初文学和文学理论提供一些不同的哲学解读，对林语堂的著述亦如此。有关直觉（关涉对"自我"的认识、美学、个体自主性和自我表现）的思考，不仅克罗齐（Benedetto Croce）、柏格森（Henri Bergson）等十九世纪末二十世纪初的现代西方重要思想家着墨很深，而且还和中国的一些思潮产生着共鸣，例如受明代王阳明"心学"启发产生的思想。

林语堂一家在哈佛曾饱受经济困难之苦。他上哈佛的助学金被中途切断，于是转到法国，给美国基督教青年会打工。1921年他获得哈佛大学硕士学位，此时他人在德国，选修耶拿大学的课程以满足哈佛

---

[1] 有关林语堂在哈佛的经历及其个人生平研究，参见 Diran John Sohigian 的博士论文 "The Life and Times of Lin Yutang" (Columbia University, 1991) 第六章。关于本文所探讨话题的另外一种讨论，参见 Qian Suoqiao, *Liberal Cosmopolitan: Lin Yutang and Middling Chinese Modernity*, Leiden: Brill, 2011, 第五章。关于林氏在哈佛的经历，亦参见 A. Owen Aldridge, "Irving Babbitt and Lin Yutang", *First Principles ISI Web Journal* 1–6 (October 21, 2010)。

第三章　中西之间的跨文化之旅

硕士学位的要求。之后，他继续在莱比锡大学攻读语言学，并于1923年获博士学位。在哈佛时，廖翠凤动了两次手术，林语堂曾靠麦片度日，绞尽脑汁筹钱支付所有生活费用。林语堂在哈佛的学术导师叫布利斯·佩里（Bliss Perry），他很欣赏林语堂写的一篇名为《批评论文中语汇的改变》（"The Change in Vocabulary in the Critical Essay"）的论文，并建议林语堂以这个题目来作硕士论文，可惜林语堂因为资金问题未能完成。[1] 然而，林语堂在哈佛可谓收获满满，哈佛的经历对林语堂思想上的发展至关重要，其产生的影响不可低估。林语堂对美国当时的文学辩论印象深刻，回国后的很长一段时间里，这些思想的交锋依旧是他自己从事批评和翻译的焦点所在。

哈佛大学的欧文·白璧德（Irving Babbitt）教授经常在课堂上引用一句西班牙谚语——"有些品味值得揭竿而起来捍卫"（There are tastes that deserve the cudgel），同时嘲弄一些在他看来破坏了文明核心价值的文学风潮。[2] 五十多年后，林语堂描述了他是如何在白璧德的

---

[1] 林语堂凭借庚子赔款半额奖学金进入哈佛读书。这笔奖学金颁给当时的清华学校（后改为清华大学）里并非由本校毕业的教师。在哈佛学满一年后，他的奖学金因为不明原因被切断。林语堂不得不离开哈佛，因此未能完成他计划中的硕士论文。之后他获准在德国耶拿大学修完课程后获取哈佛大学硕士学位。林语堂称当时的留美学生监督在股市中损失惨重之后自杀，暗指这批款项被滥用或者私下挪用。在此期间林的妻子做了两次手术。在此窘迫困境中，林语堂曾向国内（廖翠凤的哥哥和北大的胡适）求援，得到汇款渡过难关。林语堂自己的家庭相当贫困，其父是一名在福建偏远山区的基督教长老教会牧师。基督教青年会出现一个空职，主要是协助赴法华工，林语堂便去了欧洲。"一战"后德国通胀率极高，因此这笔收入使得林有能力完成耶拿大学和莱比锡大学的学业。更多细节参见 Diran John Sohigian "The Life and Times of Lin Yutang", p. 209, pp. 265–266。

[2] 白璧德经常使用"有些品味值得揭竿而起来捍卫"这句话。例如，他在文章中攻击斯宾冈（Joel Elias Spingarn）与克罗齐的时候，就引用了这一句，参见 "Impressionist vs. Judicial Criticism", *Periodical of the Modern Language Association* 22, no. 3 (1906), pp. 695–696，引自 A. Owen Aldridge, "Irving Babbitt and Lin Yutang", p. 1。

课堂上，为捍卫斯宾冈"揭竿而起"的。斯宾冈正是白璧德在美国"经典之争"（Battle of the Books，1910—1925）中的主要论敌。[1] 斯宾冈是意大利哲学家克罗齐美学思想的拥护者。"一战"后，西方大批知识分子反叛传统思想，门肯（H. L. Mencken）就是活跃分子之一，而他在《批评之批评的批评》（"Criticism of Criticism of Criticism"）一文中对斯宾冈大加推崇。[2] 林语堂并非白璧德课堂上唯一的中国学生，但是他是唯一一个没有成为"新人文主义"信徒的学生。[3] 在林看来，白璧德新古典"人文主义"充满了吹毛求疵的道德宣言，对现代文学视而不见。在八十岁写回忆录时，林语堂回顾了他的哈佛岁月："我拒绝接受白璧德的评判标准，曾'揭竿而起'捍卫斯宾冈，最终我完全认同克罗齐，认为一切批评源于'表达'或曰'表现'。其他所有的解释都太过浅薄。"[4] 一位评论家曾形容白璧德课堂上的气氛非常热烈，就好像能引得学生站起来痛快地打一架似的。[5] 这样看来，林语堂也是这群

---

[1] Lin Yutang, *Memoirs of an Octogenarian*, Taipei: Mei Ya Publications, 1975, p. 43.
[2] 参见 H. L. Mencken, "Criticism of Criticism of Criticism", in Joel Elias Spingarn et al., eds., *Criticism in America: Its Function and Status*, New York: Harcourt Brace, 1924, pp. 176–190。
[3] 关于白璧德在中国的追随者"学衡派"，参见 Yi-tsi Mei Feuerwerker, "Reconsidering *Xueheng*: Neo Conservatism in Early Republican China", in Kirk Denton and Michel Hockx, eds., *Literary Societies of Republican China*, Lanham, MD: Lexington Books, 2008, pp. 137–169。中国新保守主义期刊《学衡》（1922—1931）的几位主要创建者均毕业于哈佛大学，都是白璧德的学生，并且均在东南大学，即之后的南京中央大学任教。他们包括梅光迪（1840—1945）、胡先骕（1894—1968）、吴宓（1894—1978），以及汤用彤（1893—1964）。《学衡》杂志中的当代西方著述主要都是关于美国新人文主义的批评与学术作品，约占刊内关于西方文化文章的三分之一——"这表明了白璧德、保罗·埃尔默·默勒（Paul Elmer More）、查尔斯·格兰德金特（Charles Grandgent）和斯图尔特·谢尔曼（Stuart P. Sherman）等几位美国导师对学衡派有至关重要的影响"（第137页）。
[4] Lin Yutang, *Memoirs of an Octogenarian*, p. 43.
[5] Robert E. Spiller, *Literary History of the United States*, New York: Macmillan, 1963, p. 1148.

学生的一员，甚至很可能也参与了"群殴"。另一位评论家近日把林语堂列为白璧德第二"杰出"的弟子，仅次于 T. S. 艾略特，换言之，林的排名还在沃尔特·李普曼（Walter Lippmann）、梁实秋、梅光迪、吴宓和范·威克·布鲁克斯（Van Wyck Brooks）之前。[1]

和门肯一样，布鲁克斯也是战后反叛型"激进"知识分子领袖人物。作为白璧德早先的学生，他和林语堂一样反对老师的观点，也一直记得白璧德是如何"揭竿而起"捍卫自己的"品味"的。林语堂除译介斯宾冈、克罗齐和奥斯卡·王尔德（Oscar Wilde）等人外，也翻译了布鲁克斯的《批评家与少年美国》（"The Critics and Young America"，1917）。这篇文章重申了布鲁克斯自 1908 年以来无数作品中反复出现的主题：美国贫瘠、荒芜的清教徒土壤是美国的艺术创造力的死敌。[2] 林语堂则要对中国贫瘠的儒家正统思想讲出一番同样的话来。此时他绝不会想到，1936 年回到美国之后，自己会成为二十世纪四十年代美国出版界的宠儿，并且进入布鲁克斯的社交圈子。

林语堂和晚明的"自由缪斯"

本节分析的重点在于林语堂对于斯宾冈、克罗齐，以及美国"经典之争"的兴趣是如何塑造他对中国文化的看法并与之互相影响的，

---

[1] A. Owen Aldridge, "Irving Babbitt and Lin Yutang", p. 1.

[2] 范·威克·布鲁克斯：《批评家与少年美国》，林语堂译，《奔流》月刊第 4 期（1928 年 9 月 20 日）。亦参见 James Hoopes, *Van Wyck Brooks: In Search of American Culture*, Amherst: University of Massachusetts Press, 1977, pp. 55–68；以及 Morris Dickstein, "The Critic and Society, 1900–1950", in A. Walton Litz et al., eds., *Modernism and the New Criticism*, vol. 7 of *The Cambridge History of Literary Criticism*, Cambridge: Cambridge University Press, 2000, pp. 326–333。

尤其是他对晚明清初出现的那些"异端"的自由思想的欣赏。我要指出的是，林语堂认为，正是这些"异端"的思想才使文学免于"刻板而死亡"，不论是有意还是无意。这些言论自由开明，奉直觉为理解之正途，不仅启发了林语堂，也和当年他在哈佛"揭竿而起"捍卫的克罗齐美学思想交相呼应。林追求思想的原创性，追求"思想真正的内在力量"，视单纯的修辞性的写作为"没有真正思想的替身"。而在自己的中英文创作中，他坚决维护文学的自主性和自我表现——他还在中国文化中找到了"自我表现"的对应词：性灵。

在明代，王阳明的"心学"与宋代新儒家正统的"理学"背道而驰。王阳明主张"致良心"，提出要正确认识"良知"。到了二十世纪，倡导直觉就是对处于统治地位的理性主义范式的挑战，这不仅包含对儒家正统的挑战，还包含对科学理性主义范式的挑战。别人高喊理性，林语堂则提倡"合理性"；别人都说逻辑，他则主张"直觉"。后来到了美国，他又把这一套介绍到美国，有一系列作品为证：例如《吾国与吾民》的"中国思想"一章中题名为"逻辑"和"直觉"的两节，《生活的艺术》的"思想的艺术"一章中对"合理性"的讨论，之后还有《直觉和逻辑思维》一文，收录于《不羁》。[1]

历史学家牟复礼（F. W. Mote）认为，王阳明并非有意去挑战朱熹理学，然而，他的"哲学思想产生了强有力的影响，为以后一两百年开创了一种自由奔放的新儒家思潮"，并且随着"这些思想渗透到艺

---

[1] Lin Yutang, *My Country and My People*, New York: The John Day Company / Reynal & Hitchcock, 1935, pp. 88–94; *The Importance of Living*, New York: The John Day Company / Reynal & Hitchcock, 1937, pp. 411–426; "Intuitive and Logical Thinking", in *The Pleasures of a Nonconformist*, Cleveland, OH: World Publishing Company, 1962.（该书中文名为《不羁》，原为1962年林语堂在南美巡讲期间于智利首都圣地亚哥及乌拉圭首都蒙得维的亚的演讲。）

术、文学及社会生活各个方面,为丰富多彩的中晚明时期打下了深深的烙印"[1]。事实上,从十六世纪早期一直到十八世纪的两百多年一直被称作"王阳明的时代"。[2]这个时代中产生了一些个性鲜明、各领风骚的人物,例如袁宏道、李贽、张岱和金圣叹等,他们的声音在之后的清代文字狱时代被遮蔽了。而林语堂正是从这些人中找到了知音。

历史学家司徒琳(Lynn Struve)在《晚明:现代中国的自由缪斯》一文中讲到,晚明为二十世纪中国思想家提供了一种"精神",它迷漫于整个思想界,激发个人表达的"自由缪斯",并坚信会产生一个思想自由的公民社会,从而带来文学的自主性(摆脱出于伦理或政治理由而强加的阐释)。[3]司徒琳的研究涉及众多二十世纪中国思想家,他们的著述凸显出现代自由意识和多元性,而司徒琳指出,正是晚明的思想和社会为此奠定了中国本土的根基。然而,尽管这项研究包括了二十世纪三十年代倡导晚明小品文的周作人,司徒琳却漏掉了与其关系密切、一起推广小品文的林语堂,这是一明显疏忽。

本文对直觉这一概念的分析,包括林语堂作品中"性灵"(或"自我表现")的概念。和"幽默"一样,性灵在二十世纪三十年代成为极具争议的议题,因为林语堂提倡幽默的文学杂志大受欢迎,招来左翼作家的攻击。像晚明时期一样,在二十世纪频繁争论的关键依然是直觉主义者对"权威"及"标准"的挑战。在论及明代和王阳明心学对正统的挑战时,牟复礼指出:"按理性主义思考方式,只承认一个权威,然

---

[1] F. W. Mote, *Imperial China, 900–1800*, Cambridge, MA: Harvard University Press, 1999, p. 677.
[2] F. W. Mote, *Imperial China, 900–1800*, p. 676.
[3] Lynn Struve, "Modern China's Liberal Muse: The Late Ming", *Ming Studies* 63 (April 2011), pp. 38–68.

而直觉主义则不这样认为。""有些人会说，严格来说，这两种思想模式都可能是'理性的'，但是直觉主义认识论不承认任何权威，根本来说，不承认任何直觉主义者本人之外的认识。因为直觉本身的独特性，他的理解无法被呈现到达令他人满意的程度。因此相对于对手的'直觉'，'理性'的价值即成为喜欢客体化的认识论者之诉求。"[1]

1929年于中国回顾哈佛之争

1929年在中国，林语堂重新回顾了他十年前在美国哈佛白璧德教授课堂上亲身体验的文学辩论。他论述了斯宾冈1910年那场题名为"新的批评"的著名讲座，并提及斯宾冈在和哥伦比亚大学校长巴特勒（Nicholas Murray Butler）在一系列问题上针锋相对之后被"开除"的事。林语堂跟随门肯的说法，也把斯宾冈称为"Spingarn少校"，[2] 因其在"一战"后携少校军衔回来，这在门肯看来，就好像他抛开了"学术圈""投身从戎"了。"我仍将他视为一位叛逆的教授，而不是士兵"，门肯于1918年这样写道：

> 这位无政府主义的教授自己的理论是什么？他认为批评家首要且唯一的职责……就是找到诗人真正的目的，他如何凭其所见所闻、凭其所掌握的资料来完成自己的任务……所以，斯宾冈少校只是问：一般诗人想要干什么？他做得怎样？这就是

---

[1] F. W. Mote, *Imperial China*, *900–1800*, pp. 676–677.
[2] 林语堂：《序言》，林语堂辑译《新的文评》，上海：北新书局，1930年，第5页。

批评家的唯一追问了……每首十四行诗、每部戏剧、每部小说都是独一无二的；它们一定是区别于其他的独立存在；要评价的话必须要看他们内在的意图。斯宾冈少校说："诗人的创作不能用史诗、田园诗或抒情诗这些抽象的概念来描述，他们或许也会被这些抽象概念蒙蔽，但诗人就是表现自己；而这种表现就是他们唯一的形式。"[1]

林语堂写道，"近十数年间美国文学界有新旧两派理论上剧烈的争论"，其中一派，即保守派，包括白璧德、"理论家"摩尔（Paul Elmer More）和谢尔曼，集中于"现代文学潮流的批评"。另一派，即"新理论家"，以文评家斯宾冈所著《新的批评》为代表，集中于"关于文评的性质，职务，范围的讨论，如关于批评有无固定标准，批评是否创造，等等争辩"。总的来说，林语堂认为，从这场争论"可以看出最近美国思想界的一点生气……［它］引起一点波澜，来戳破那其平如镜的沉静的美国人的脑海"。[2]

林语堂认为，谢尔曼的《当代文学》（1917）是保守派的代表作。[3] 一位研究门肯的学者称谢尔曼为白璧德的"打手"，因为他猛烈地抨击门肯及其同党。[4] 1910年，斯宾冈发表他著名的演说，白璧德则推出了新著《新拉孔奥》，但二者并无公开的争论。刘易森（Ludwig Lewisohn）认为，"当时美国文评界深陷终极对抗关系，不可能出现直

---

[1] H. L. Mencken, "Criticism of Criticism of Criticism", pp. 177–182. 原文斜体。
[2] 林语堂：《序言》，《新的文评》，第1页。
[3] 林语堂：《序言》，《新的文评》，第1页。
[4] Carl Bode, *Mencken*, Carbondale, IL: Southern Illinois University Press, 1969, p. 109.

接辩论"[1]。然而，当林语堂1919年抵达美国时，正值"文学风暴"席卷而来。谢尔曼"无情粗暴地"对着公众甩出这组对照：白璧德是位新英格兰的清教徒（尽管他出生于中西部，但已久居于此，感情深厚），而斯宾冈则是个有奥地利裔血统的"纽约犹太人"。谢尔曼此举正逢敏感时期，在哈佛大学，录取犹太裔学生暗中有配额，饱受非议；而在全国范围内，经常有各种极端不容忍行为发生，例如在南方对黑人滥用私刑。谢尔曼是伊利诺伊大学文学教授，曾师从白璧德，他宣称美国的清教徒价值观、文化身份，以及"国家天才"正在被异族入侵，此言一出，即在美国掀起轩然大波。[2] 谢尔曼的论点出自他所著的《论当代文学》(*On Contemporary Literature*)，正是这本书引起了林语堂的注意。[3]

"一战"之中，谢尔曼便站出来讨伐门肯和德莱塞。他们的异质性变得像叛国罪一样。这两人都有德国姓氏（还有门肯的出版商克诺夫等），谢尔曼指控道，现在美国正上演一场外来的阴谋，这些人都是参与者，他们用一种德国式的无神论和虚无主义，企图颠覆美国正宗的清教徒价值观。白璧德的思想与美国传统衔接得更为紧密自然；而斯宾冈则比较杂，更国际化，从歌德、尼采和克罗齐借用颇多。战后，门肯无所顾忌了，竭力为斯宾冈辩护。他猛烈抨击谢尔曼那种歇斯底里性的"爱国主义警报"，说什么"清教徒主义就是美国的官方哲学，任何异见

---

1 Ludwig Lewisohn, *The Story of American Literature* (formerly titled *Expression in America*, 1932; New York: Modern Library, 1939), p. 442.
2 Ludwig Lewisohn, *The Story of American Literature*, p. 423.
3 Stuart Pratt Sherman, *On Contemporary Literature* (New York: Holt and Company, 1917). 例如，在书中谢尔曼指出，德莱塞"生于德裔美国家庭"，他认为德莱塞的主要作品完全没有"道德价值"，也谈不上什么"美感"。这些作品唯一的价值就是"代表了"那些"混合族裔作家的'族裔性'，而我们那些自诩为权威的人士告诉我们，它能够把我们从清教徒精神中拯救出来，从而在艺术上得到重生"（第87页）。

一律被视为外来之敌"。[1] 次年（1920），林语堂在哈佛写了一篇英文文章《文学革命、爱国主义和民主主义偏见》，讲到中国的文学革命，也提到愚昧的"爱国主义"会限制"尚未定型的中国"的发展：

> 我们生活在现代的人都知道，把自己封闭起来、将自己的文学理想禁锢于一套死亡僵化的公式中，远非爱国主义所应持有的启蒙态度……一个国家在思想领域完全隔绝于世，这样会更好——这种想法我们应该坚决反对……把自己的国宝拥抱在怀不一定是爱国的最佳方式……我们所需的是要能够为一个处于十字路口的尚未定型的中国设计蓝图、开创未来。[2]

在《八十自叙》中，林语堂记录了白璧德"用《卢梭与浪漫主义》这一门课，专门探讨一切标准之消失，把它归罪于"[3] 卢梭的影响。这门课还讨论到斯达尔夫人（Madame de Staël）及其他浪漫派批评家的泛滥。1929年，他曾开玩笑道，因白璧德被引入中国，卢梭"又要来到远东，受第三次的刑戮了"[4]。

白璧德蔑视浪漫主义，称之为原始主义的、无政府主义的、膨胀的、利己主义的、自以为是的。林语堂在描述当年美国那场大辩论时，提到白璧德于1918年在《国家》杂志上发表的《天才与品味》一文，

---

[1] H. L. Mencken, "Criticism of Criticism of Criticism", in Joel Spingarn et al., eds., *Criticism in America: Its Function and Status*, p. 179.
[2] Lin Yutang, "Literary Revolution, Patriotism and the Democratic Bias", in *The Chinese Students' Monthly* 15, no. 8 (1920), pp. 37–38.
[3] Lin Yutang, *Memoirs of an Octogenarian*, p. 43.
[4] 林语堂：《序言》，《新的文评》，第6页。

这是对斯宾冈《创造性批评：论天才与品味》一书的回应。斯宾冈认为，诗人能成功表达自我即是天才，批评家能重温诗人之梦即是品味。白璧德用道德理由攻击道："说轻点，（斯宾冈先生）关于天才和品味的整套理论是在鼓励自负之心，说重点，简直就是狂妄自大。"对个人来说如此，对国家来说亦同。如果将"这样一个关于天才和原创性的原始主义理论"套用于某些国家（如十八世纪赫尔德与费希特对德国那样）："当一个国家陷入类似的得意洋洋的状态，并充斥着狂热的自我表现，自己对自己自说自话抱团亢奋，拒绝遵守真正的道德标准，那么这事几乎是没什么希望了。该问的问题就是：这整个民族是不是疯了。"[1]

在《克罗齐与漂流的哲学》（"Croce and the Philosophy of the Flux"，1925）一文中，白璧德称克罗齐的学说"在细微处有些道理，但在大方向上犯浑"，并且往往在中心地带掉入空洞的深渊。他对克罗齐的浪漫主义更是无法接受，认为"克罗齐对直觉有种狂热崇拜，这种直觉只强调纯粹的自发性和无拘无束的自由表达，把艺术降格为一种情感的溢出，而不以传统主流评判为准绳，对艺术家和评论家都是如此，于是欣赏天才和品味，没什么比这些更浪漫的了"。[2] 白璧德及其新人文主义信徒也同样批判另外一个"直觉主义"流派，即亨利·柏格森一派，导致中国的白璧德门徒及其他"保守派"思想家（如梁漱溟、张君劢以及受柏格森影响的其他人士）之间产生了裂痕，后者在

1　Irving Babbitt, "Genius and Taste", in Spingarn, ed., *Criticism in America*, p. 166. 最初发表于 *The Nation*（February 7, 1918），林语堂在《新的文评》的《序言》中引用。
2　引自 A. Owen Aldridge, "Irving Babbitt and Lin Yutang", p. 3, from *Yale Review* 14 (1925), p. 378。

第三章　中西之间的跨文化之旅

"科学与人生观之争"中站在了"人生观"的一边。[1]白璧德用"生命限制"(frein vital)一词来针对柏格森无限膨胀的"生命活力"(élan vital),后者即是"对自发性的狂热追求",用阿里斯托芬的话说,"狂风称王,趋走宙斯"[2]。

林语堂和新人文主义者(以及柏格森派)都反对赛先生的绝对主导地位,但他不能接受白璧德的"遗毒",因为"新古典主义理想"没有考虑艺术家的创造性自我和灵魂,也不考虑诗人创作的过程与想象。[3]路易生认为,在白璧德看来,经典展示的是恩典的境界,而一般人(其大部分人生)所处的则是罪恶的境界。清教徒传统不仅教你在上帝面前要谦卑、要辛勤工作,也要你"猎巫"(witch-hunting)和"夜骑"(night-riding)。[4]

在哈佛读书时,年轻的林语堂发表了《文学革命与什么是文学》("The Literary Revolution and What Is Literature",1920)一文。他评论道,在中国,"文人"这一精英阶层过度依赖崇高的文学理想或外在的范例,导致"思想真正的内在力量"不能得到发挥,也影响对作家创造性的评价:

> 毫无疑问,在一个文人即官员的国度,理论批评中有一套

---

[1] Ong Chang Woei, "'Which West Are You Talking About?' *Critical Review*: A Unique Model of Conservatism in Modern China", in *Humanitas* 17, nos. 1 and 2 (2004), pp.76–81.
[2] Irving Babbitt, *Rousseau and Romanticism* (Boston: Houghton Mifflin Company, 1919), p. 191, 引自 J. David Hoeveler Jr., *The New Humanism: A Critique of Modern America, 1900–1940* (Charlottesville, VA: University of Virginia Press, 1977), p. 31。
[3] 林语堂:《有不为斋随笔·论文》,《论语》半月刊第15期,第533页。
[4] Ludwig Lewisohn, *The Story of American Literature*, pp. 419–420. "夜骑"指夜间骑马进行威胁骚扰。——译者注

精细高深的文学概念，它要和宇宙和谐相呼应，诸如此类；然而真实的情况是，想象性的文学作品所处社会地位很低，这可以让我们看到大家对文学批评到底是怎么看的。概括来说，文学批评只是谈修辞问题，对思想深度的拓展、想象力的提升和对现实的敏感洞察力完全不沾边，甚至是起反作用。[1]

林语堂指出，白璧德的人文主义和文艺复兴时期的人文主义不同，反而更接近于宋代理学，这种非直觉主义的哲学（在明代受到王阳明的挑战）注重通过研习经典从外部"格物"。但是，白璧德的新古典主义并非狭隘的只关注西方的、犹太基督教的，或者盎格鲁－撒克逊的思想（这和谢尔曼的论点正好相反）。他对苏格拉底、佛教及儒家传统都有真挚深厚的兴趣。为学习小乘佛教，白璧德成为一名巴利语和梵语学者。林语堂写道，白璧德"极佩服我们未知生焉知死的老师孔丘，而孔丘门徒也极佩服 Babbitt 先生。……至少 Babbitt 先生的人格是我所佩服"[2]。

美学至高无上："新的价值标准"

1929年，林语堂将克罗齐的 The Aesthetic as a Science of Expression 译成中文，题名为《美学：表现的科学》，共二十四章，给

---

[1] Lin Yutang, "The Literary Revolution and What Is Literature", *The Chinese Students' Monthly* 15 (February 1920), pp. 26–27.
[2] 林语堂：《序言》，《新的文评》，第2页。

《语丝》发表。[1] 这些章节包括"艺术独立性"(第六章),"表现无形态之分"(第九章),"美即表现价值"(第十章),"艺术无须外射,有外射是世间活动"(第十五章)。最后一章谈的是外界的道德标准,是否会影响到我们表达"直觉"。意大利自由主义思想大师克罗齐认为,"道德的任务就是要保证自由并确定其极限,(不论限制有多么宽泛)"(这和艺术无关);例如,应该将公共场所的色情内容划分为"病态品味"。[2]

林语堂认为"艺术与礼教的冲突"总是存在的,这成为他 1928 年独幕悲喜剧《子见南子》的主题。(1937 年他将其译成英文,题为 *Confucius Saw Nancy*。)该剧于 1929 在山东曲阜由学生在剧院演出,引起举国争议,也令林语堂闻名全国。[3] 林语堂翻译的《美学》(先后分为两部分发表)被收录于他 1930 年文学批评译文集《新的文评》。一起收录的还有斯宾冈、王尔德、布鲁克斯和道登(E. Dowden)的作品。对白璧德来说,这些人不值入眼。白璧德在中国的学生们(有些当年在哈佛和林语堂一同上白氏的课,坐一条板凳)彼时聚于《学衡》杂志,正要推出一部白璧德作品的专辑,林就准备来个对台戏。

然而在二十世纪三十年代,随着林语堂的知名度越来越高,他的美学思想显然不仅冲撞了那些保守派,还有很多其他人,主要是左翼

---

1 克罗齐:《美学:表现的科学》,林语堂译,《语丝》第 5 卷第 36、37 期(1929 年)。本译文中简称《美学》。

2 Benedetto Croce, *The Aesthetic as the Science of Expression and of the Linguistic in General* (Estetica come scienza dell'espressione e linguistica generale)(1902), trans. Colin Lyas (Cambridge: Cambridge University Press, 1992), p. 130.

3 参见 Diran John Sohigian, "Confucius and the Lady in Question: Power Politics, Cultural Production and the Performance of *Confucius Saw Nanzi* in China in 1929", *Twentieth-Century China* 36, no. 1 (2011), pp. 23–43。Lin Yutang, "Confucius Saw Nancy", in Lin Yutang, *Confucius Saw Nancy and Essays about Nothing* (Shanghai: Commercial Press, 1937), pp. 1–46.

作家。左翼评论家胡风嘲讽了林语堂的"个人至上主义"、拜物主义和享乐主义，认为这些说到底不过是克罗齐和斯宾冈的美学思想。他把林语堂比作中国的尼禄大帝，对着大火奏乐唱诗。[1] 同年（1935），鲁迅在《太白》（一本专为和林语堂创办的《人间世》叫板的杂志）上用一首三行小诗辛辣地讽刺了林语堂和他的"性灵"论：

> 辜鸿铭先生赞小脚；
> 郑孝胥先生讲王道；
> 林语堂先生谈性灵。[2]

鲁迅在这首诗里把林语堂和辜鸿铭、郑孝胥并列。辜鸿铭是一名古怪守旧的保皇派，留着满人的长辫子，为缠足和纳妾辩护，一直到他1928年去世。郑孝胥当时任伪满洲国总理，一个大汉奸。

林语堂与克罗齐的美学思想关键在于承认直觉。承认直觉是我们认知的一种方式，挑战了我们生活中逻辑与科学理性（赛先生，克罗齐称之为"泛逻各斯主义"）的主导地位。是否认同"直觉"也是1923年于清华学堂爆发的"科学与人生观"（亦称"科学与玄学"）大论战的中心议题。林语堂正是在这一年回到北京的。此次论战的导火索是张君劢的一场演讲，他受柏格森和王阳明的哲学思想影响，认为应将形而上置为人生观之根本。这场辩论波及甚广，大批知识分子参与其中，仅

---

[1] 胡风：《林语堂论——对于他底发展的一个眺望》，《文学》1935年第4卷第1期，第9—24页。
[2] 鲁迅：《天生蛮性——为"江浙人"所不懂的》，《太白》半月刊第2卷第3期（1935年4月20日）。引自傅光明主编《论战中的鲁迅》，北京：京华出版社，2006年，第196页。

从论战中产生的文章数量（之后结集成册）来看，可谓可观。[1]在这场辩论中最终科学获胜。这场辩论涉及亚美欧三大洲，主要是围绕柏格森的直觉主义和罗素的数理逻辑之争。钱锺书还把这场辩论搬进了他的著名小说《围城》（1947），小说中让巴黎的柏格森教授和英国的罗素出场。然而，现在少有人认识到柏格森对二十世纪早期中国的影响，尤其在文学方面。和克罗齐不同，柏格森的哲学思想主要重心不在文学批评、自我表现和美学方面。[2]

克罗齐认为，作为广义的"精神哲学"的一部分，智识和逻辑也有其重要性，但他的《美学》一开头就要求对"直觉知识"有正确的认识。尽管日常生活中经常用到直觉，但在理论和哲学领域，"关于直觉知识的科学却只有少数人畏畏缩缩地勉强去认可"："逻辑知识占据主要份额，哪怕逻辑并没有把同伴赶尽杀绝，也只是勉强留给它女仆或者守门人这样卑微低下的位置。"换言之，智识是主，而直觉是仆。[3]

按克罗齐所论，直觉不是对科学真理的灵光一现（人们经常这样认为）。研究克罗齐的学者奥尔西尼（Gian Orsini）称，直觉就是"个

---

[1] Wm. Theodore de Bary and Richard Lufrano, *Sources of Chinese Tradition*, vol. 2, *From 1600 through the Twentieth Century*, 2nd ed., New York: Columbia University Press, 2000, p. 370.

[2] 1979年，历史学家陈志让提出，二十世纪前二十五年，柏格森在中国的影响不亚于马克思和达尔文，对此汉学家柯文（Paul A. Cohen）认为陈的判断有误。Paul A. Cohen,［Untitled］Review of the U.S. publication of Jerome Ch'en, *China and the West* (Bloomington: Indiana University Press, 1979), *Journal of Asian Studies* 40, no. 2 (1981), p. 340. 关于柏格森对中国现代文学的影响，见 Diran John Sohigian, "The Phantom of the Clock: Laughter and the Time of Life in the Writings of Qian Zhongshu and His Contemporaries" in Jessica Milner Davis and Jocelyn Chey, *Humour in Chinese Life and Culture: Resistance and Control in Modern Times*, Hong Kong: University of Hong Kong Press, 2013, pp. 23–45。

[3] Benedetto Croce, *The Aesthetic as the Science of Expression and of the Linguistic in General*, p. 1.

人认知本身"。[1] 直觉是特殊的,而不是一概而论的。直觉并不表示某种普遍真理。站在湖边,直觉看到的是这片水。要把这大片水联在一起,称之为"湖",这就属于逻辑思维,而不是直觉思维了。克罗齐并没有贬低逻辑的意思,前提是直觉不能被逻辑全吃了。事实上,克罗齐眼中的纯粹直觉甚至无法区分现实和虚幻。林语堂没有推广"逻辑论文",而是推广"小品文",并没有要求小品文需要达到什么标准,只需做到真正的自我表现即可。鲁迅则要求表现严酷的现实,嘲弄林语堂无法辨别"俏皮和正经",分不清梦与觉,不知他是庄周梦蝶还是蝶梦庄周。[2] 对林语堂来说,性灵是不可局限于逻辑目的或被任何世俗规范所束缚的:"中国古典文学中存在优秀的散文,但是需要人们自己去寻找,带着一套新的价值标准,不论是为了思想感情的解放,还是为了文体的革新,人们需要在一批稍微不那么正统的作家中去寻找,他们不是那么循规蹈矩的,这么有思想内涵的作家,自然看不上那套僵化的文体。"[3]

直觉表现和"日常精神生活"

然而,对于克罗齐而言,逻辑知识的概念可以在文学作品中呈现为"直觉的组成部分"。逻辑概念被纳入、融化于直觉和艺术表现。要是把艺术当成实用主义的工具,让它为"增强国力"或道德训诫服

---

[1] Gian N. G. Orsini, *Benedetto Croce: Philosopher of Art and Literary Critic*, Carbondale, IL: Southern Illinois University Press, 1961, p. 34. 原文斜体。
[2] 鲁迅:《"〈论语〉一年"——借此又谈萧伯纳》,《鲁迅全集》第四卷,北京:人民文学出版社,1991年,第570页。
[3] Lin Yutang, *My Country and My People*, p. 235.

第三章 中西之间的跨文化之旅

务，以此来评价艺术的功能，那是荒谬的。[1]这种对美的控制参与了虚假自我的构成，而作家的作用就是林语堂所谓"为圣人立言""代天宣教"。[2]然而，克罗齐的确认为在文学中那些关于增强国力的道德戒律可以作为直觉表现的"组成部分"呈现出来："由悲剧或者喜剧人物口中说出的哲理名言，包含逻辑知识，但在此起作用的已经不是逻辑概念，而是这些人物的特性；同理，一幅人像画中的红色并不是物理学意义上作为范畴的红色（而有别于其他颜色），而是表现人像特征的成分。整体决定各个部分的属性。"[3]艺术可以包括一切科学知识概念，但"一件艺术品的最终结果就是一种直觉"[4]。

事实上，一切表现都含有直觉行为。因而，表现艺术不是某些"贵族俱乐部或专家行为"的专利品，而是"我们日常精神生活"的一部分。美学是日常生活的一部分，大众的直觉和艺术性就是一回事：平时有人突然嘴唇一颤，发出微笑，和《蒙娜丽莎》的微笑，都一样。正如世上只有一种化学原理，既适用于石头也适用于高山，世上也"只有一种美学，即直觉的表现知识的科学。表现的知识就是审美的也是艺术的。这种美学才真正和逻辑分庭抗礼"[5]。

表现就是"抓住""情感的肆意绽放"："直觉即表现；有多少直觉就有多少表现。"

---

1 Benedetto Croce, *The Aesthetic as the Science of Expression and of the Linguistic in General*, p. 2.
2 林语堂:《有不为斋随笔·论文》,《论语》半月刊第 15 期，第 532 页。
3 Benedetto Croce, *The Aesthetic as the Science of Expression and of the Linguistic in General*, p. 2.
4 Benedetto Croce, *The Aesthetic as the Science of Expression and of the Linguistic in General*, p. 2.
5 Benedetto Croce, *The Aesthetic as the Science of Expression and of the Linguistic in General*, p. 15.

一旦一个人能把他脑中的印象和感觉表达出来，他就能体验到那种心灵顿悟。文字表述把感觉和印象从心灵的黑暗地带带到光明地带，进入思维层面在这一过程中不可能将直觉和表现区分开来。二者出现根本不分前后，因为它们本来就不是两件事，而是一体的。[1]

表现和直觉、自我、日常生活，以及发生的那一瞬间"不可分割"。林语堂认为"性灵就是自我"。[2] "性灵之为物，……生我之父母不知，同床之吾妻亦不知。"[3] 艺术作品中的"他我"也只能在艺术表现中去探寻，而不可能用纯逻辑的方式来总结。评论家也需要靠直觉去体悟，去重温诗人的梦。如此一来，批评也是一种美学行为。不过斯宾冈有一个"警告"，"现代批评家"必须谨记："要探寻诗人的意图，必须按其创作那一刻在其作品中体现出来的品质来评判，而不是肆意用你自己的想象，强加给诗人及其创作行为，作一些超出诗人当时创作的事后判断。"[4]

表现总是有特定时间，不同时刻发生的便不可能一样。也不能把它们串在一根线上，排列整齐向一个方向递增、进化。艺术创作的技巧，作为表现的一部分，也隶属于直觉，是自我表现的一个因素。艺术没有什么发展的规律。一位作家用了一个新技巧，这并不是说就是一种

---

[1] Benedetto Croce, *The Aesthetic as the Science of Expression and of the Linguistic in General*, p. 9, p. 11.
[2] 林语堂:《有不为斋随笔·论文》,《论语》半月刊第15期, 第533页。
[3] 林语堂:《有不为斋随笔·论文》,《论语》半月刊第15期, 第533页。
[4] Joel Elias Spingarn, "The New Criticism", in Joel Elias Spingarn, *Creative Criticism: Essays on the Unity of Genius and Taste*, New York: Henry Holt and Company, 1917, p. 22.

进化论意义上的发展；它就是一个"新作品"。克罗齐认为，历史也不应该为了达到某一个目标来建构一些顺应逻辑发展的"规律或概念"。如此，这种由美学延伸的历史观和马克思主义、黑格尔辩证法的历史观迎头相撞，也和中国现代所接受的达尔文或其他形式的进化论、发展史观背道而驰。[1]

> 历史既不立法、也不建构概念；它既不归纳、也不推断。它的任务就是叙述，而不是演示；它不建构大一统的抽象概念，而只是提供直觉。"此时此地"——有绝对自主能力的个体，这就是历史的领域，也是艺术的领域。因此，历史隶属于整个艺术范畴之内。[2]

享受当下那一刻：中国的性灵派

遵循斯宾冈的"警告"，林语堂对"创作的那一刻"，即直觉表现的那一刻极其敏感。许多人曾批评林语堂过度关注克罗齐所谓"日常生活之灵性"的每一刻，例如抽烟斗或买牙刷这种日常琐事。二十世纪三十年代，钱锺书就曾认为林语堂的绅士日常书写模式反而给文学加上了规定限制（而这又恰恰是林本人宣称要摒弃的）。他说，"这种（林博士推崇的）新幽默就是个小一号的旧幽默，但却缺了拉伯雷式的

---

[1] 关于中国现代出现的"发展主义"及其与进化论的渊源，参见 Andrew F. Jones, *Developmental Fairy Tales: Evolutionary Thinking and Modern Chinese Culture*, Cambridge, MA: Harvard University Press, 2011。

[2] Benedetto Croce, *The Aesthetic as the Science of Expression and of the Linguistic in General*, p. 29.

热情，又无莎士比亚的胸怀"[1]。对林语堂来说，只要真实地反映自我，再小的事情都可以写。

林语堂对金圣叹的《三十三不亦快哉》（1660）欣赏有加，可见其对享受当下的执着。在下文三个"当下"，金圣叹讥笑儒生空谈，赞扬孩童朗诵经典之美和与友对饮的爽快时刻：

> 春夜与诸豪士快饮，至半醉，住本难住，进则难进。旁一解意童子，忽送大纸炮可十余枚，便自起身出席，取火放之。硫磺之香，自鼻入脑，通身怡然，不亦快哉！
>
> 街行见两措大执争一理，既皆目裂颈赤，如不戴天，而又高拱手，低曲腰，满口仍用者也之乎等字。其语刺刺，势将连年不休。忽有壮夫掉臂行来，振威从中一喝而解，不亦快哉！
>
> 子弟背诵书烂熟，如瓶中泻水，不亦快哉！[2]

这些乐趣总是和各种感官反应相关，但也不是颓靡的纵情享乐。但有些还真的很怪："存得三四癞疮於私处，时呼热汤关门澡之，不亦快哉！"[3]

林语堂将"自我表现"（Self-expression）和"性灵"联姻。"性

---

[1] 谢泳编《钱锺书和人的时代：厦门大学钱锺书学术研讨会论文集》，台北：秀威资讯，2009年，第7—8页。
[2] 英译文出自 Lin Yutang, *The Importance of Living*, pp. 130–137。首次出现在《汉英对照：有不为斋古文小品》，上海：西风社，1940年，第20—34页。
[3] Lin Yutang, *The Importance of Living*, p. 137.

灵"常用于晚明清初一群带有"叛逆色彩"的作家，尤其是（晚明）公安派作家。"性"意为人之"个性"而"灵"意指"灵魂或本性"。文学评论或艺术旨在直觉上的领会，所谓"会心"，得到瞬间领悟后便会发出"会心的微笑"。"会心"的表达可以有各种各样的想象形式，不光是微笑。林语堂倒是没怎么用"直觉"这一新词。"直觉"在二十世纪二十年代中国是个新造的词，不仅带有柏格森哲学的印记，也是"自己"/"自我"话语的重要部分。[1]

对应克罗齐所谓"日常生活之灵性"，林语堂的关键词是"闲适"。不受"需求或任务"束缚的时候，人们会表达"真实的希望和恐惧"，以及"真实的爱好"。晚明时期，袁氏兄弟厌恶文人创作中装腔作势的拟古之风，因为他们沉迷于僵硬的文体，林语堂称作"形式躯壳"。林语堂认为，正是有了袁宏道等性灵派作家，中国文学才免于"彻底的单调和死亡"。是林语堂和周作人让世人重新认识了性灵派的小品文。林语堂在中国和美国都阐述了他的动机，先是在 1935 年《宇宙风》（上海）发表了《烟屑》一文，之后将其中观点翻译成了英文，成为《生活的艺术》（1938）中的一部分：

---

[1] 例如，引发"科玄之争"的张君劢（1887—1969），在他 1923 年 2 月 14 日那场著名演讲中写道："人生观之中心点，是曰我。与我对待者，则非我也。……人生为活的，故不如死物质之易以一例相绳也。……人生观之特点所在，曰主观的，曰直觉的，曰综合的，曰自由意志的，曰单一的。"彼时张君劢是清华学校一名年轻的哲学教授，他将柏格森的直觉主义和王阳明的新儒家学说结合起来。上文英译可见 Wm. Theodore de Bary and Richard Lufrano, *Sources of Chinese Tradition*, pp. 370-371。关于"会心"，见 Jonathan Chaves, "The Panoply of Image: A Reconstruction of the Literary Theory of the Kung-an School", in Susan Bush and Christian Murck, eds., *Theories of the Arts in China*, Princeton, NJ: Princeton University Press, 1983, p. 349。

> 性灵派要我们写作时表达自己的思想感情，我们真实的爱和恨，真实的恐惧和爱好（也就是要展现一个人在无拘无束的情况下会怎么做，从而表现真正的个人）。在表达这些内容的时候，无需试图去抑恶扬善、无需害怕被世人嘲笑、无需担心与古代圣贤或是当今权威所言相左……要描述一个场景，他（性灵派作家）写他本人所见之场景、本人感受之心情，以及他本人所理解之事件……文学之美，不过是达意罢了。[1]

接下来林语堂还援引了晚明清初一些与众不同的声音；它们曾遭"儒家评论家痛恨"，因为不符合要求拟古的"文学格律"。他们中的一些人，像袁宏道，曾被斥为"狂禅"。王阳明 1529 年去世之后，主流的理学和王阳明的心学一直在缠斗。牟复礼注意到，在十六世纪，有人开始把"狂禅"这一用来贬损禅宗教徒的词用在了心学一派身上，"暗示他们不仅神志不清，还被佛教彻底影响了，偏离了儒家正道"。[2] 为什么这些文人会被人既"恨"又怕，林语堂这样解释：

> 这一派的危险在于：其文体会流于平淡（袁中郎），其思想会过于怪僻（金圣叹），甚或离经叛道（李卓吾）。因此后来的儒家都非常憎恶这个学派。但以事实而论，中国的思想和文学实全靠他们这班自出心裁的作家出力，方不至于完全灭绝。今后他们必会得到其应有的地位的。

---

[1] Lin Yutang, *The Importance of Living*, pp. 390–391.
[2] F. W. Mote, *Imperial China*, p. 677. 袁氏兄弟经常被斥为"狂禅"。参见 Diran John Sohigian "The Life and Times of Lin Yutang", p. 521。

第三章　中西之间的跨文化之旅

> ……
> 这派学者自尊心和独立性都很强，他们不会去做哗众取宠的事……他们不为金钱所动，也不怕被舆论孤立。……

作家都有弱点，这本是性灵派的信念。他们都反对模仿古人或今人，并反对一切文学技巧的定例。公安派袁氏三兄弟重视"信口信腕"，这样自然便能写出好文章；他们相信，文学之首要原则在于"真实"。[1]

"表现能力"：一切艺术的标准

林语堂发现，克罗齐的美学理论用否定词用得很精彩，一切过时的想法——无论是在文学还是思想领域，都要被"颠覆"、"拒绝"或"废弃"：

> 他认为世界一切美术，都是表现，而表现能力，为一切美术的标准。这个根本思想，要把一切属于纪律范围桎梏性灵的东西，毁弃无遗，处处应用起来，都发生莫大影响，与传统思想相冲突。其在文学，可以推翻一切文章作法骗人的老调，其在修辞，可以整个否认其存在，其在诗文，可以危及诗律体裁的束缚，其在伦理，可以推翻一切形式上的假道德，可以整个否认其存在，因为文章美术的美恶都要凭其各个表现的能力而定。凡能表现作

---

[1] Lin Yutang, *The Importance of Living*, pp. 389–342.

者意义的都是"好"是"善",反是就都是"坏"是"恶"。[1]

所有以文类、特征或规范为本位的评价都要被"干掉"(用斯宾冈的话说),比如用于界定悲剧或喜剧的规则以及所有基于分类、区分、界限的评价。[2] 文类划分只对图书馆置书有用,对艺术没有任何实际意义。只是为了方便而没有任何实际意义的概念,克罗齐称之为"假美学概念"。林语堂认为,在中国,文体分类的作用只是把某些想象文学的表达方式排除在外,比如说将小说列于严肃文类之外。身为克罗齐之友、又拥护其思想的斯宾冈,在他1910年名为"新的批评"的著名演讲中,宣称是时候扫清文学批评中现存的"枯木"了。[3] 1929年,林语堂受斯宾冈那场著名演讲启发,翻译了斯宾冈、克罗齐等人的作品(《新的文评》)。在序言中,他似乎把中国的文学革命与美国"经典之争"画上了等号:

> Spingarn 所代表的是表现主义的批评,就文论文,不加以任何外来的标准纪律,也不拿他与性质宗旨作者目的及发生时地皆不同的他种艺术作品作平衡的比较。这是根本承认各作品有活的个性,只问他对于自身所要表现的目的达否,其余尽与艺术之了解无关。艺术只是在某时某地某作家具某种艺术宗旨的一种心境的表现——不但文章如此,图画,雕刻,音乐,甚至

---

[1] 林语堂:《旧文法之推翻与新文法之建造》,《大荒集》,台北:志文出版社,1966年,第86页。

[2] Joel Elias Spingarn, "The New Criticism", *Creative Criticism*, pp. 29–36.

[3] Joel Elias Spingarn, "The New Criticism", *Creative Criticism*, p. 24.

一句谈话,一回接吻,一声"呸",一瞬转眼,一弯锁眉,都是一种表现。这种随时随地随人不同的,活的,有个性的表现,叫我们如何拿什么规矩准绳来给他衡量?

……

表现派所以能打破一切桎梏,推翻一切典型,因为表现派认为文章(及一切美术作品)不能脱离个性,只是个性自然不可抑制的表现,个性既然不能强同,千古不易的抽象典型,也就无从成立。[1]

矫饰做作的语言:"哗众取宠的跳蚤马戏团"

在中国,文学语言要承载文学理想(即便现代作家也在遵循现实主义的文学理想),这种文学理想孕育了一种正儿八经的"艺术语言"(Kunstsprache),林语堂干脆把它称为一种"矫饰做作的语言"(gekünstelt Sprache)。[2] 这种"文学语言"因科举制以八股文的形式大行其道,不在乎所言何事、是否言之有理。林语堂写道,这种文学盛宴犹如"跳蚤马戏团哗众取宠的献技"。[3] 克罗齐认为,努力去规定一种模范语言是荒谬的:"语言永远处于不断的创新之中;曾经用语言表达过的就无需重复;更多的表现促生源源不断的新的声音和意义,那就是更新的表现;去寻找一种模范语言,那你就是在寻找一种静止的模式。"[4]

---

1 林语堂:《序言》,《新的文评》,第3—4页、第9页。
2 Lin Yutang, "Some Results of Chinese Monosyllabism", *China Critic* 1 (December 6, 1928), p. 489.
3 Lin Yutang, *My Country and My People*, p. 215.
4 Benedetto Croce, *The Aesthetic as the Science of Expression and of the Linguistic in General*, p. 163.

尽管在中国有僵死的模范语言，很多伟大的文学创作依旧诞生了。但是林语堂认为，如今看来，一些经典散文的最佳范例却"令人失望"，"作为现代人，我们会情不自禁地用现代的标准去评判"：

> 归有光（1507—1571）是当时第一流的作家和文学运动的领袖，但当我们阅读他为母亲写的传记时，当我们意识到这是他毕生从事学术研究的最丰硕的果实时，当我们发现它纯粹是模仿古人的语言技巧，人物塑造苍白无力，事实空洞，感情肤浅时，我们不免感到失望。[1]

像众多古代作家一样，归有光离不开古文这种笨拙的旧式语言。另外一个令林语堂失望的例子是陶渊明的《五柳先生传》。这篇散文仅用一百二十五个字，勾画出作者的小传，在几个世纪以来一直"被誉为文学典范"。但林语堂则认为它"纤巧玲珑，却不能算优秀"，"是死的语言的明证"。尽管中国人善于诗歌创作，也有一些优秀的散文，林语堂认为自公元二世纪以来古文创作的散文"大部分"都令人失望。[2]

林语堂认为，中国文学的文类划分，其作用只在于排除像小说这样的表现方式。在其八十岁回忆录中，他说，年轻时他"反对中国的文体观念，因为这会把好作品打落在一连串文章句法严格的'法规'之中，不论是'传'，是'颂'，或是'记'，或者甚至于一个长篇小说"[3]。

---

1 Lin Yutang, *My Country and My People*, pp. 234–235. 此处林语堂指的是归有光的《先妣事略》。
2 Lin Yutang, *My Country and My People*, pp. 233–234.
3 Lin Yutang, *Memoirs of an Octogenarian*, p. 43.

第三章　中西之间的跨文化之旅

重返美国：同海伦·凯勒和布鲁克斯共赴"音乐午餐会"（1943年4月）

林语堂于1920年离开美国，之后在德国取得博士学位后即返回中国，直到1936年，他才再次回到美国。在中国，林语堂一家几度迁徙，从北京到厦门，又到汉口，最终安于上海。二十世纪二十年代的北京时局动荡、惨剧横生，林语堂的姓名出现在军阀逮捕黑名单上，一家人为此南下逃亡。1924年，林语堂在北京将英文"humor"译为"幽默"，创造了一个现代汉语新词。[1] 到了上海以后，因为1932年创办广受好评的幽默杂志《论语》半月刊，他又获得了"幽默大师"的称号。接着他又创办了《人间世》及《宇宙风》两本杂志。在美国经历的文学辩论继续影响着林语堂，他用新视野重审中国文学，推举晚明清初特立独行的性灵派作家。林语堂的幽默、文化批评、美学思想以及个人声望引起左翼作家的轮番攻击。

1936年，林语堂夫妇携三女返美。尽管之后林语堂曾两次回到战火纷飞的中国，并且四处行走，但他没想到在接下来的三十年中（1936—1966）他会一直住在美国。此时他已经成为美国社交圈的宠儿，他的《吾国与吾民》与之后1938年年度最佳畅销书《生活的艺术》让他享誉世界，被誉为"东方哲学家"。在这两本书里，都能看到林语堂有关文学和生活的美学思想以及他对性灵派作家的兴趣。在《生活的艺术》里，读者不仅能领略袁中郎和金圣叹的文选，为之莞尔，

---

[1] Diran John Sohigian, "Contagion of Laughter: The Rise of the Humor Phenomenon in Shanghai in the 1930s", *Positions: East Asia Cultures Critique* 15, no. 1 (2007), pp. 137–163。.

还能读到林语堂对沃尔特·惠特曼（Walt Whitman）、乔治·桑塔亚那（George Santayana）和布鲁克斯的评论。[1]

林语堂也曾在1943年出版的《啼笑皆非》和1944年的《枕戈待旦》等作品中就世界秩序、种族主义和中美政策挑战甚至激怒他的读者。大多数读者认为林语堂的作品迸发着幽默的火花，他的写作直白彻底、娓娓而谈、轻松闲适并且无畏无惧。不过有位文学评论家威尔逊（Edmund Wilson）为《枕戈待旦》作了一篇题为《林语堂之美国化》的书评，他说伴随着在美国的巨大成功，林语堂已经变成一名油头滑脑、口舌伶俐、深谙公众口味、美国化了的"职业中国人"，"以中国人的身份活跃于妇女读书会讨论、每月读书会，以及大出版商的广告上"。1947年派克笔的杂志广告上出现林语堂的形象以及他推销的名人产品："在林语堂手中……派克51，世人皆求之笔，一沾墨水，下笔如神。"见到这则广告，威尔逊一定不会吃惊。他在文中哀悼早期的林语堂（那其实是个正面的刻板形象），那个"能一本正经说着反话、拥有丰厚哲学思想以及神秘智慧的"东方圣人，已经不复存在了。他写道，"尽管难以接受，我们必须强迫自己去接受这个事实：他们（中国人）也和美国人一样普普通通"[2]。

确实有一些人被林语堂在广播及作品中愤怒的语调震惊到了，或者感到无所适从。例如，在《啼笑皆非》里，林语堂用十几种方式谴责了1919年的《凡尔赛条约》，抨击种族主义态度和"丛林地缘政治法

1　Lin Yutang, *The Importance of Living*.
2　Edmund Wilson, "The Americanization of Lin Yutang", *New Yorker* (February 3, 1945), p. 70, pp. 73-74. 本节关于林语堂的生平信息，除另有注释，均引自Diran John Sohigian "The Life and Times of Lin Yutang"。

第三章　中西之间的跨文化之旅

则",正是这些东西酿成两次世界大战,而不能只归咎于一群纳粹身上(尤其是英国人在印度还关着甘地呢)。1943年6月的一个周六,《时代周刊》作家基斯(Weldon Kees)和几位同僚在洛克菲勒中心与林语堂一起吃"英式烤肉",这顿饭基斯吃得很不爽:"他(林语堂)在桌子上又敲又砸的,倒是能言善道。一会儿说:'见鬼,母爱可不只是卵巢。'一会儿又道:'如果第三次世界大战来临,我要去非洲,讲话给猴子听。'他对毕加索、海明威和普鲁斯特也不以为然——林语堂似乎是当今布鲁克斯－麦克利什(Archibald MacLeish)一脉的人。"[1] 此时"布鲁克斯－麦克利什一脉"在政治文学季刊《党派评论》(*Partisan Review*)上正遭到知识分子的猛烈攻击。布鲁克斯和麦克利什反对极权主义,捍卫民主,这些知识分子则认为他们装腔作势,违背了真正负责任的知识分子应有的、保持一种批评距离感的态度,成了民粹分子。

二十世纪三十年代末以及四十年代林语堂曾在巴黎和林德伯格(Charles Lindbergh)辩论,还和他搭乘同班冠达邮轮阿奎塔尼亚号返回纽约。1941年12月7日,林语堂在《时代周刊》及《生活》杂志老板卢斯(Henry Luce)在康涅狄格州的家里参加一场豪华午宴。卢斯的妻子克莱尔(Claire Booth Luce)是位剧作家,在共和党政坛上很有影响力(之后还担任过国会议员),午宴还没完,卢斯夫人宣布了日本刚刚轰炸珍珠港的消息,现场一片惊慌骚动,大家纷纷抢着去打电话。我们还发现林语堂和好莱坞影星博耶(Charles Boyer)同台,参加由作家、《科利尔》(*Collier's*)杂志编辑雷诺兹(Quentin Reynolds)主持

---

[1] 引自 Robert E. Knoll, *Weldon Kees and the Mid-Century Generation of Letters, 1935–1955*, Lincoln: University of Nebraska Press, 1986, p. 81。

的 WABC 广播电台节目《国事报告》("Report to the Nation")(《今日电台》[Radio Today]，1944 年 4 月 11 日)。1945 年，我们又发现林语堂在全国广播电台（NBC）名为《美国城镇会议》的节目上讨论中国政策，他还数次出现在纽约与好莱坞的募捐场合，为美国援华联合会筹集资金。有时候为了替中国战时孤儿筹款，滴酒不沾的林语堂还会出席各种鸡尾酒会，与那些大亨、政客、演员、作家周旋。他还为《纽约时报》撰稿，包括为其《周日杂志》撰写专稿。他于 1940 年和 1942 年先后在埃尔迈拉学院（Elmira College）及罗格斯大学（Rutgers University）获荣誉博士学位。1945 年初，林语堂参加由纽约公共图书馆尚博格黑人文学馆藏主办的"黑人处境的世界观点"论坛并发言，会上还和杜波依斯（W. E. B. Du Bois）及休斯（Langston Hughes）等一些非裔美国名流见面相识。[1] 在诗人休斯和摄影家、作家、批评家韦克滕（Carl Van Vechten）身上，林语堂得以一窥纽约知识分子圈内波西米亚风格的一面。韦克滕不是黑人，却是哈莱姆文化圈内人，为哈莱姆文艺复兴时期的许多著名歌手、作家及音乐家都拍过肖像，也给林语堂拍过。林语堂还位于先锋派文学思想季刊《共同基础》(Common Ground) 的顾问编委名单上，该委员会不限种族，其他顾问委员包括休斯、布鲁克斯、赛珍珠和托马斯·曼。[2] 我们还知道第一夫人埃琳

---

[1] Marc Gallicchio, *The Afro-American Encounter with China and Japan: Black Internationalism in China, 1895–1945*, Chapel Hill: University of North Carolina Press, 2000, p. 150, p. 167, p. 233, n. 19, p. 237, n. 41.

[2] William C. Beyer, "Creating 'Common Ground' on the Home Front: Race, Class and Ethnicity in a 1940's Quarterly Journal", in Kenneth Paul O'Brien and Lynn Hudson Parsons, eds., *The Home-Front War: World War II and American Society*, Westport, CT: Greenwood Press, 1995, pp. 41–62; William C. Beyer, "Langston Hughes and *Common Ground* in the 1940's", *American Studies in Scandinavia* 23, no. 1 (1993), p. 31.

诺·罗斯福喜欢在佛罗里达闲暇的时候，品味林语堂《讽颂集》(*With Love and Irony*，1940)中那些幽默、辛辣、简洁的小品文。[1]

林语堂的一生跨度真是太大了。对于那个从福建南部偏远山区基督教长老会牧师家庭走出来的教童来说，纽约的生活简直像是一场梦。十四年前林语堂曾翻译了布鲁克斯的《批评家与少年美国》(1917)，如今两人都在一个纽约圈内。布鲁克斯曾讲到他是如何"偶遇林语堂"并成为知己的。他曾和林语堂谈到，他写作几个小时之后，有时感觉自己像个"鬼魂"，长时间沉迷"抽象"思维后大脑好像不转了。林语堂回答说，他很能理解那种感觉。他说这种时候他就和妻子廖翠凤（或称凤女士，Madame Hong）聊天，因为她永远是那么实在、牢靠，这样他就能从这种感觉中走出来，安全着陆了。[2]

1943年4月13日，盲人作家海伦·凯勒在纽约瑞吉酒店（St. Regis Hotel）参加了一场"音乐午餐会"。作为一名知名励志作家，也是一名政治活动家，她思维敏捷。凯勒很高兴在宴会上见到林语堂夫妇和布鲁克斯。那天布鲁克斯情绪有点低落，林语堂和朋友们正在设法让他振作起来。后来凯勒描述当天的情景时说，她是完全被"这几个高尚灵魂的完美组合"倾倒了。这群人包括"林语堂——既有深厚的哲学思想又有温暖的人文关怀（要让两者组合在一起多么罕见），和可爱的凤女士——林称之为'真正的中国精神'"，另外还有布鲁克斯、纪录片

---

1 Eleanor Roosevelt, "My Day by Eleanor Roosevelt, March 15, 1941" (United Feature Syndicate, Inc.), at *My Day by Eleanor Roosevelt*, available at http://www.wu.edu/~erpapers/myday/displaydoc.cfm?_y=1941&_f=md055836 (accessed 16 May 2011); Lin Yutang, *With Love and Irony*, New York: The John Day Company, 1940.

2 Van Wyck Brooks, *From the Shadow of the Mountain: My Post Meridian Years*, New York: Dutton, 1961.

导演弗莱厄蒂（Robert Flaherty）、好莱坞剧作家洛德（Russell Lord）和艺术家戴维森（Jo Davidson）。凯勒写道：

> 你们所有人，特别是戴维森和林语堂，对人生的观察和高见真是太精彩了。你们教我们，面对宇宙世界不用害怕，宇宙万物永恒，历史源远流长，生生不息，而友谊和智慧来自上苍的恩赐，也必将是永恒的。
>
> 布鲁克斯先生为他的《美国文学史》已经花费心力，但那天他担心没时间完工，比较沮丧，你们一帮人那么热情地给他劝道安慰，我见证到这一幕，让我心里也充满温暖，深受感动。[1]

结尾："生活的最终真谛"

1919年，林语堂离开中国的文学风暴，来到美国，在白璧德教授的课堂上为捍卫斯宾冈"揭竿而起"。1929年、1934年和1975年（在林《八十自叙》中），他又几次确认和回顾自己这一选择的深远影响和重要意义。每一次肯定斯宾冈和克罗齐美学理论的同时，他也认同白璧德。虽然林和白璧德思想上意见相左，但是对他也表示了尊敬和"仰慕"。

林语堂对斯宾冈、克罗齐理论的欣赏促使他重审中国文化遗产并

---

[1] Letter to Claire and Oscar Heineman (April 1943), 转引自 *Helen Keller: Selected Writings*, Kim E. Nielson, ed., New York: New York University Press, 2005, pp. 228–229；还可参见 Kim E. Nielson and Harvey J. Kaye, *The Radical Lives of Helen Keller*, New York: New York University Press, 2004, p. 155, n. 25. 凯勒并没有和她的"教师"暨终身伴侣梅西（Anne Sullivan Macy）一起出席这次场合，和她一起的是友人汤普森（Polly Thompson）。

第三章　中西之间的跨文化之旅

发掘出袁宏道、李贽、金圣叹等性灵作家。在他们的作品中，林语堂发现了自我表现的中国文化渊源。在《童心说》中，李贽并非从数理思维的逻辑，而是在原始的、由心而发的"童心"中找到了性灵。[1]林语堂坚信，"僵化"的文学规则桎梏伤害"性灵"，不管这些规则是由传统经典确定还是遵循现代科学主义原则。我们可以欣赏经典作品，但把经典当作教条，则差矣，因为不要忘了，我们永远是在当下阅读经典。在林语堂看来，发自内心的个人创作比经典更加充满生机，势不可挡，历来都是，中外皆然。经典作品被创作之时，它们都还不是"典"。[2]

尽管左翼作家集体对林语堂进行攻击，他的杂志在二十世纪三十年代的上海仍广受欢迎。林对于杂志本身的重视（相对于大部头著作）植根于他对于鲜活的、即兴创作瞬间的欣赏。而鲁迅认为杂志文只能算"零食"，无法提供实质性的营养。[3]

改革开放以来，二十世纪中国文学研究呈现几种新的思路。之前被狭隘思想视野压制的文学思想法和理念又重新浮现，诸如直觉、表现、性灵、幽默等，这些思维方式挑战了赛先生——这一五四以来一直占据绝对主导地位的理性主义范式。自我表现不仅仅局限于美术、音

1　Li Zhi, "Essay: On the Mind of a Child" ("Tongxin shuo"), in Yang Ye, trans. and comp., *Vignettes from the Late Ming: A Hsiao-p'in Anthology*, Seattle: University of Washington Press, 1999, pp. 26–28.
2　林语堂:《有不为斋随笔·论文》,《论语》半月刊第15期，第533—534页。另参见 Diran John Sohigian, "The Life and Times of Lin Yutang", pp. 254–255, p.276, n. 62. 此处林语堂引用英人杨氏（Edward Young）一篇"奇文":《论原创作文》（"Conjectures on Original Composition", 1759）。这篇文章被白璧德点名批判，认为正是它为"近日的原始主义者斯宾冈先生及其祖师爷克罗齐"开山辟路，"攻击模仿、并宣扬即兴创作和自由表现"。（"Genius and Taste", p. 154.）
3　鲁迅:《零食》，杨宪益、戴乃迭译，《鲁迅选集》第四卷，北京：外文出版社，1983年，第56—57页。

乐和文学领域，它也是日常生活的表达，是"生活的艺术"。对林语堂、克罗齐和斯宾冈来说，自我表现并不为艺术家、作家和批评家这一精英阶层所独享，而是每一个人都能体验掌控的，每一个人都有自己的性灵。当个人有自己独立的思想，便产生原创性和个人自主性，思想也就解放了。

作为性灵派的林语堂曾被指为享乐主义者，叼着烟斗，沉迷于纯粹美学和自我陶醉。就连斯宾冈也曾遭到他最主要的捍卫者门肯的指责，说他的纯粹美学带有虚无主义倾向。这种说法实则大错特错。斯宾冈是社会进步事业最坚定的斗士。他和弟弟亚瑟·斯宾冈都曾积极推动美国黑人平权运动，在美国有色人种协进会（NAACP）建立早期（1911—1939）以及后来的民权运动中都是著名人物。[1]

不论在中国还是在美国，在各种争论场合，林语堂都始终坚持自己的政治立场。在他内心深处，他对自我表现、美学优先和个人自主始终坚信不疑："哲学不仅始于个人，亦终于个人。因为个人就是生活的最终真谛。他是自我存在的目的，而非成就他人臆想的手段。"[2]

---

[1] 因此，位于首都华盛顿的一所高中以他的名字命名（斯宾冈高中）。2009 年美国有色人种协进会百年纪念时，斯宾冈的头像被印在纪念邮票上。
[2] Lin Yutang, *The Importance of Living*, p. 88.

合作者或食人者？论林语堂《生活的艺术》中蒙田的角色[1]

韩明愈[2] 著

石洁[3] 译

1937年，林语堂的英文著作《生活的艺术》于纽约出版，书中运用了许多源自蒙田《随笔集》中的修辞技巧和特征。蒙田是十六世纪

---

[1] 早前我曾在《编译论丛》（第5卷第1期，2012年）发表过一篇文章，题为 "The Importance of Cannibalism: Montaigne's *Essays* as a Vehicle for the Cultural Translation of Chineseness in Lin Yutang's *The Importance of Living*"，可视为本文的雏形。与本文不同的是，那篇文章还只是猜测：林语堂显然是非常推崇蒙田的，但在《生活的艺术》中可能故意不提这位法国著名散文家的名字。我的假设是：林语堂之所以回避蒙田的名字，其中一个原因是为了遵从编辑们的意愿，他们希望林语堂以正宗的中国人形象出现，因而需要最大限度地减少对西方文化经典的依赖。

我要感谢普林斯顿大学古籍善本室以及哈佛大学档案馆的工作人员们，同时也要特别感谢李奭学先生提供给我完成这篇论文的机会。感谢刘琼云、孙修暎、Ellen Handler Spitz 和 Robert Schine 对本文提出宝贵的修改意见。此外，我还要感谢我的两位教授余国藩和 Philippe Desan，以及我在"随笔写作"课上的学生们。这门课程我曾分别于2006年在芝加哥大学以及2010年在布朗大学开设过，正是在这门课程中，我开始与我的学生们一起阅读林语堂以及蒙田的作品。

[2] 韩明愈（Rivi Handler-Spitz），美国芝加哥大学中法比较文学博士，美国玛卡莱斯特学院中文系副教授。研究方向为阅读史、散文史及散文理论、自传与自我之历史，以及东西方比较研究等。

[3] 石洁，英国纽卡斯尔大学翻译研究博士，辽宁师范大学外国语学院英语系讲师。主要研究方向为施蛰存研究、中国现代性话语研究、东西方比较研究等。

法国哲学家，也是散文体在西方世界的首倡者。尽管蒙田在西方思想史中地位崇高，并对林语堂写作风格的形成产生了重要影响，但林语堂在书中完全没有提及蒙田。相反，林语堂一直强调自己植根于中国古典文化，并声明要为美国读者展示出一个真实的中国。中国传统文化真实纯粹的代言人是林语堂精心建构的角色。这一角色让他只能避开蒙田，因为一旦提到这种传承关系，便会危害到林语堂作为一名"纯粹的""真实的"中国人的地位。而我认为，林语堂对西方读者的吸引力，很大程度上正是得益于他对广为西方读者所熟知的小品散文体的发展。虽然《生活的艺术》中没有明确提到蒙田，但他的影响在书中几乎无处不在；也正是这种影响，使得林语堂能够让美国的读者与之产生共鸣。与此同时，林语堂所一再强调的中国文化身份，也就不是那么"纯粹的"。

本文首先将简要介绍《生活的艺术》以及这本书的出版背景。随后，简要论述林语堂和蒙田在文化批判上的共同点。在此基础上，重点分析蒙田散文风格的若干鲜明特征，特别是他采用谈话式的风格，善于转换角度，启发读者对自身根深蒂固的文化刻板印象进行反思。最后要阐述的，是林语堂如何努力塑造一种中国所固有的文学传统，但他的作品其实表现出许多与蒙田散文的相似之处。

林语堂的《生活的艺术》

《生活的艺术》是一部个人随感散文集，旨在向美国读者介绍"中国人的思维"。本书由庄台公司于1937年在美国出版，出版编辑是理查德·华尔希（Richard Walsh）和他的妻子，也就是著名的小说家赛珍

第三章　中西之间的跨文化之旅

珠。[1] 在本书开头几章以及随后的章节中，林语堂不断提醒读者，他是"以一个中国人的身份"来"表达中国人的观点"[2]。他甚至以一种文化本质主义者的立场表示，他不得不这样做，因为"只有一个土生土长的西方人才能理解西方文化"[3]。林语堂在写给美国读者的作品中强调其中国人的身份，实际上是两位编辑引导的结果。[4]

钱锁桥和苏真（Richard Jean So）都曾经指出，在很大程度上，是市场因素促使华尔希夫妇尤为强调林语堂的中国人身份：两位编辑都相信，林语堂能够传递出中国人的智慧及其价值，让美国读者群体得以窥见一种真实的、陌生的异域文化，而林语堂在美国市场获得成功的最大潜力正是来源于此。[5] 将林语堂包装成"面向数百万美国中产阶层的中国哲学家"，让他成为中国文化的化身，代表中国文化对当时的美国作出预言，这就是华尔希夫妇的市场营销策略。[6]

事实证明，华尔希夫妇的直觉大体是准确的。1937年12月，每月读书会将《生活的艺术》作为专题推出，很快，这本书就登上了美国的畅销书排行榜。另外值得一提的还有《吾国与吾民》，出版后仅仅两年，这本书的印刷版次就达到十三次之多。这两本书为林语堂开启了一

---

1 Lin Yutang, *The Importance of Living*, New York: William Morrow, 1998, p. 2.
2 Lin Yutang, *The Importance of Living*, p. 13, p.254, p.1.
3 Lin Yutang, *The Importance of Living*, p. 2.
4 关于这一问题的更多论述请参见 Qian Suoqiao, *Liberal Cosmopolitanism: Lin Yutang and Middling Chinese Modernity* (Leiden: Brill, 2011)，第六章。还可参见 Richard Jean So, "Coolie Democracy: U.S.-China Literary and Political Exchange, 1925–1955"（哥伦比亚大学博士论文库，2010年），第三章。
5 Richard Jean So, "Collaboration and Translation: Lin Yutang and the Archive of Asian American Literature", *Modern Fiction Studies* 56, no. 1 (2010), pp. 40–62. 若想了解更多关于林语堂《吾国与吾民》出版之前美国人对中国的看法，请参见本书宋桥（Joe Sample）的文章。
6 Qian Suoqiao, *Liberal Cosmopolitanism*, p. 178.

段成为美国名流的旅程。他频繁参加广播节目,《纽约时报》也向他约稿。与林语堂相谈甚欢的人中,不乏像尤金·奥尼尔和埃德娜·圣·文森特·默蕾这样的美国知识界精英。[1]

尽管华尔希夫妇有意将林语堂打造成中国文化最纯粹的代言人,但这种描述其实并不准确。林语堂在教会学校长大,也是在教会学校读的大学,之后又分别在美国哈佛大学和德国莱比锡大学获得硕士和博士学位。他接受了西方文学经典的系统训练,其中当然就包括蒙田。其实早在1935年,林语堂就在文章中提到了蒙田。[2] 然而,特殊的成长经历有时会让林语堂自觉自己既不是一个纯粹的西方人,也不是一个纯粹的中国人,而自己的教育背景使他对中国文学仅仅"一知半解"。[3]

林语堂多元化的教育背景,没能让他如华尔希夫妇所愿,以一个纯粹的中国人形象出现在世人眼前,却在客观上让他具备了向数百万美国人介绍中国的能力。林语堂担当的角色是文化之间的中介和译者:他虽然代表的是一种外国文化,但同时又能以一种为美国读者所熟悉和理解的方式介绍中国。换句话说,林语堂在作者和读者之间建立起了共通点。为了达成这个目的,他会不时跳出文化"他者"的角色,采

---

[1] 林太乙:《林语堂传》,台北:联经出版公司,1989年,第170—173页。

[2] Lin Yutang, "I Daren't Go to Hangchow", *The China Critic* 8 (March 28, 1935), pp. 304-305;林语堂:《我不敢游杭》,《论语》半月刊第64期(1935年5月1日),第773—775页。这一组双语文章被收录在钱锁桥编选《小评论:林语堂双语文集》(北京:九州出版社,2012年),第342—349页。之后林语堂在《美国的智慧》(*On the Wisdom of America*, New York: The John Day Company, 1950)中也多次提到蒙田,请参见该书前言第14页,正文第29、235、241、243页。

[3] Lin Yutang, *Memoirs of an Octogenarian*, Taipei: Mei Ya Publications, 1975, p. 31. 关于林语堂早年生活和所受教育的更多详细内容,可参见钱锁桥《林语堂传:中国文化重生之道》,桂林:广西师范大学出版社,2019年,第二章。

用一种西方人的视角（或者说是模仿西方人的视角）去看待中国文化，以至于他有时描述的中国文化看起来不同寻常、充满异域色彩，甚至也并不那么讨人喜欢。在塑造这种双重视角时，他从蒙田那里暗中学到和借用了很多写作上的策略。

蒙田和林语堂：文化的译介者和批评家

林语堂的文章和蒙田的随笔在修辞方式和思想目标上都很相似，二者的写作都对西方社会进行大胆的解读和批评。他们不仅向读者介绍一种异域文化，同时也在以一种不易察觉而又极具洞见的方式，对他们"隐含的读者"心中根深蒂固的（通常是未经察觉的）想法进行批评。[1] 十六世纪八十年代，蒙田在多尔多涅河畔的古堡里进行写作，他最著名的批判性文章就是关于当时新发现的巴西食人部落的随笔。这篇随笔让文艺复兴时期的法国读者接触到了一种异域文化，在这些读者们看来，这种文化原始、暴力，且与现代文明几乎格格不入。而蒙田却出乎意料地引导读者们换一种角度，他对食人部落的描述可以说非常公正客观，并告诉读者，即使不认同这种生活方式，也起码应该对这一类异族文化保持宽容。这样一来，这篇随笔会让读者对自身文化产生一种陌生化的观感，引导他们重新审视自己习以为常的西方文化优越性。

在《生活的艺术》很多章节里，林语堂运用了同样的策略：表面

---

[1] "隐含的读者"一词出自 Wolfgang Iser 的专著 *The Implied Reader: Patterns of Communication in Prose Fiction from Bunyan to Beckett* (Baltimore, MD: Johns Hopkins University Press, 1974)。

林语堂的跨文化遗产

看起来他似乎是在介绍一种外国文化，实际上，这些文章都直指西方读者心中的傲慢和偏见。不同之处在于，林语堂笔下的外国文化并不关于那些野性难驯的巴西食人部落，大多数时候都与中国人相关。[1] 二十世纪三十年代的美国人看待中国人，自然不会像十六世纪的法国人看待食人部落那样，带着既厌恶又惧怕的心理，但对于很多美国人来说，中国在很大程度上仍是一个陌生而又令人恐惧的国度。在林语堂对中国充满同情的描述中，他试图打破这种根深蒂固的偏见，促进文化间的互相理解。作为一个受过良好教育的法国贵族，蒙田是面向自己的法国同胞们发表看法；而林语堂作为一个华人移民，是在用外语进行写作，并努力让被大大低估了的中国文化能够为美国人所理解。因此可以说，蒙田在文化上属于"自己人"，而林语堂则属于外来者。尽管如此，两位作家都在努力推动对另一种文化的了解，同时，试图在增进理解的过程中，颠覆读者们自以为正确的西方文化优越感。

林语堂也遭遇了不少批评，比如说他的小品文是一种"小摆设"，在国家危亡的关头还在浪费笔墨写一些不值一提的琐事。而我和埋查德·苏都认为，在看似轻松闲适的表象之下，林语堂的文章其实含有

---

[1] 林语堂偶尔也会提及食人族，而且每次提到时，他的态度总是和蒙田十分相近。林语堂曾写道："人类学研究的种种证据证明人吃人的习俗不但存在，而且非常普遍。我们的祖先便是这种肉食类动物。所以，我们依然在互相掠食，而且是在各种意义上：个体之间、社会之中、各国之间，这又有什么值得奇怪的呢？就食人肉者来说，他们还是蛮实在的。他们知道杀人不好，却又无可避免，于是干脆把已被杀死的仇敌的腰肉、肋骨和肝脏吃掉。食人族和文明人之间的区别在于，食人族杀了他们的仇敌并将其吃掉，而文明人杀了他们的仇敌，再埋葬起来，还在墓上竖起十字架，为其灵魂祷告。这样我们显得既自傲又暴躁，还愚蠢。"（Lin Yutang, *The Importance of Living*, p. 49.）

除了让人联想起蒙田关于食人族的文章，林语堂提到人类社会中同类相残的例子也让人不由想起鲁迅写于1918年的短篇小说《狂人日记》（《鲁迅小说合集：呐喊，彷徨，故事新编》，台北：里仁书局，1997年）。

第三章　中西之间的跨文化之旅

实质性的严肃批评。这些批评虽不一定针对中国，但针对西方的批评肯定存在。[1]在《关于〈吾国与吾民〉及〈生活的艺术〉之写作》一文中，林语堂写道：他在写了两百多页后，把所有书稿付之一炬，原因是他"原来以为全书须冠以西方现代物质主义文化之批评，而越讲越深，又多论辩，致使手稿文调全非"[2]。这段话说明，林语堂一开始曾将《生活的艺术》作为一种批判西方文化的工具。最终出版的版本中也仍带有这种文化批判的痕迹。事实上，林语堂对西方文化的批判要远比他书中所直接表达出来的更加深刻，因为这些批判隐藏在对西方读者极具吸引力和迷惑性的写作风格中，而这种风格则深深植根于蒙田的散文传统。

在讨论林语堂对西方的批判之前，我会先分析蒙田关于食人部落的散文，分析他是通过哪些写作手法促使读者重新审视自己对于西方文化的观点。[3]这一部分是下一节的基础，在下一节中，我将指出林语堂对于相似写作手法的运用。林语堂其实也是在批判西方社会，只不过他是从中国文化这一文化"他者"入手。

1　Richard Jean So, "Collaboration and Translation", p. 174. 在一篇名为《小品文的危机》的文章中，鲁迅批评小品文是不合时宜的小摆设。鲁迅：《小品文的危机》，《鲁迅全集》第二卷，北京：人民文学出版社，1981年。此文有英文译文，出自杨宪益、戴乃迭译，《鲁迅选集》（第2版）第三卷，北京：外文出版社，1964年，第305—308页。关于鲁迅对小品文的批评，学者们有过讨论，请参见 Charles Laughlin, *The Literature of Leisure and Chinese Modernity*, Honolulu: Univeristy of Hawai'i Press, 2008, 第135页之后的部分。另外还可参见 Xiao-huang Yin（尹晓煌），*Chinese American Literature since the 1850s*, Urbana: University of Illinois Press, 2000。

2　林语堂：《关于〈吾国与吾民〉及〈生活的艺术〉之写作》，《语堂文集》第三卷，台北：开明书店，1978年，第876页。此处引用的英文译文参见 Qian Suoqiao, *Liberal Cosmopolitan*, p. 178。

3　我对蒙田的这一解读深受导师 Philippe Desan 的影响。他有一本研究蒙田的著作，名为 *Montaigne: Les Cannibales et les conquistadores* (Paris: A. G. Nizet, 1994)。

文化批评与文化译介：蒙田笔下的食人族

蒙田这篇关于食人部落的文章有一群隐含读者，他们都盲目坚信自己能够分辨开化与野蛮。为了纠正这种错觉，蒙田在两种相互对立的观点中来回游走。他写道，"按照理性的准则，我们[欧洲人]可以称他们[食人部落]为野蛮人"，但随即又补充，"和我们自己的情况相比却又不能这么说，因为我们在各方面都比他们更加野蛮"。[1] 为了进一步解释这一说法，他描述了食人部落是如何为俘虏们提供食物和娱乐，如何优待他们，然后将他们砍死切块，再将他们煮熟，与众人一起分食他们的肉。蒙田是这样评论这种行为的："我们确实应该指责这种恐怖行为的野蛮性。我所不以为然的是，我们在评判他们错误的同时，对我们自己的错误却熟视无睹。"接下来他详细论述了他的观点：

> 我认为，吃活人要比吃死人更野蛮；将一个尚有知觉的人体折磨拷打得支离破碎，或将活人慢慢烧死，让猪狗撕咬致死（这些我们不仅能从书上读到，而且不久前还曾看到；这不是发生在古代的敌人之间，而是发生在我们的同胞和邻里之间；更可悲的是，他们还都以责任和信仰做借口），要比将人杀死之后食其肉更加野蛮。[2]

---

[1] M. A. Screech, *Michel de Montaigne: The Complete Essays*, London: Penguin Classics, 2003, p. 236.

[2] M. A. Screech, *Michel de Montaigne*, pp. 235-236. 和我之前提出的情况一样，《生活的艺术》中"论肚子"一节有一段与之极其相似的内容，见 Lin Yutang, *The Importance of Living*, p. 49。

第三章　中西之间的跨文化之旅

在上面这段文字中，蒙田似乎延续着西方世界看待食人部落的成见，因为他也承认食人族是残忍和野蛮的。但同时，他对自己的本土文化也进行了严肃的批判。蒙田借食人部落表现欧洲宗教战争的残忍。十六世纪中叶的法国，清教徒和天主教徒之间正在进行一场血腥的宗教战争。因此，食人部落这个话题让蒙田可以逐渐动摇欧洲人自以为是的文化优越感。简而言之，在蒙田看来，食人部落可能确实是野蛮的，但是欧洲人要远比他们更加野蛮。

如果说上述引文表达的还是欧洲人心中对于食人部落残忍野蛮的刻板印象，那么在另外一些关于食人部落的文字中，蒙田则表达了更加积极正面的观点，认为他们诚实而勇敢。上述引文说道，食人族的行为虽属野蛮，却比不上西方人的各种残忍。下面这一段引文则连用十五个否定短语，将食人族描述成与现代西方社会完全相反的存在——一个原始而淳朴的国度，完全没有当时欧洲所弥漫的混乱动荡和浮华排场。不只这段文字，还有其他文章中，蒙田都是在用食人部落反衬当时的欧洲社会。他写道：

>……没有任何的行业之分。他们不识文字也不晓算术，没有首领也不设官职，不使奴仆，不分贫富，不订契约，不继遗产，不分财物，不事劳作而只享清闲，不论亲疏因为所有人都是亲族，他们不穿衣饰，不事农业，不用金属，不饮酒水也不食五谷。背叛、谎言、欺瞒、贪婪、嫉妒、中伤、原谅等字眼，你一概不会听到。[1]

---

[1] M. A. Screech, *Michel de Montaigne*, p. 233.

以上这段文字将食人部落描述成一个与欧洲文化完全相反的存在，它是一种由各种缺失来定义的文化，正是这种缺失带来了一种正面的价值：罪恶的缺失。

蒙田在整部《随笔集》中不断发展这一主题：他赞赏了食人部落的诚实、直率和勇猛，有时甚至拿自己和他们对比——比如他把自己言辞的直白比作食人族的裸装。这些例子都说明，食人族身上其实体现了蒙田的一些最可贵的品质。在《论食人部落》的结尾处，蒙田别出心裁，用了一句看似充满欧洲沙文主义的话收尾。在赞扬了一段来自食人部落的优美歌词后，蒙田突然转而说道："这一切倒是很不错呀，哎呀！他们怎么不穿裤子。"[1] 这个饶有意味的结尾引发了很多问题：这是否说明蒙田作为一个欧洲人，其实仍然带有对文化"他者"的偏见呢？或者说，最后一行是否代表了某些读者的看法，这些读者对蒙田这种所谓文化相对主义的观点并不信服。

蒙田非常欣赏一些古代的哲学家和他们的怀疑主义精神。和他们一样，蒙田也常常让结论延后。而读者们也不得不这样做。无论读者们如何评价或者是否评价这些食人族，一个必须承认的事实是：这篇随笔向隐含的读者们介绍了他们曾经深为嫌恶的一种异域文化，而蒙田完全理解这种文化，并详细描写了他们的风俗习惯，也在此基础之上，对当时的西方社会作出了批判。这样一来，这篇文章就可以引发读者去反思自身的文化优越感。

---

[1] M. A. Screech, *Michel de Montaigne*, p. 241.

第三章　中西之间的跨文化之旅

中国：东方的食人部落

在《生活的艺术》整本书中，林语堂通过展现中国的形象达到和蒙田相似的效果：批判西方的同时，呈现异域文化中的人性。蒙田从两重不同角度描述食人部落，让读者不由得去反思和检视自己的文化偏见，而林语堂也运用了同样的方式，用大量看起来似乎是相互矛盾的观点来展示中国。有时候，他笔下的中国和西方是相似的，这表明两种文明在人性上是一致的。而另一些时候，他又把中国描述为西方的对立面，认为中国虽然可能科技上较为落后，却也颇具旧世界的风采；这个国家有着闲适的生活方式和无穷的人生智慧，而这正可以让当时饱受辛苦的欧洲人从中学习和收获。和蒙田关于食人部落的文章一样，这些彼此冲突的观点正可以激发读者去质疑他们之前所坚信的文化优劣之分。

比蒙田更进一步的是，林语堂更强调美国读者和他所写的文化他者在人性上的共同点。他既引沃尔特·惠特曼，也引金圣叹（当然是通过他的翻译），将两人并置，把中国文化和美国文化放在了一个平等的基础之上。除了运用这些写作策略，林语堂还不时提到，自己相信尽管各种文化传统看起来如此不同，比如古希腊、基督教和"儒道"思想，但它们都有相同的对人性的关注。在"论肚子"一节中，林语堂说道："因为我始终相信人类天性是大抵相同的，而在这皮肉包裹之下，我们都是一样的。"[1] 以上观点表明，他所追求的是把中国和西方作为地位平等的文化呈现给读者，从而消除谁比谁优越的文化等级区分。

---

[1] Lin Yutang, *The Importance of Living*, p. 44.

和蒙田一样，林语堂也会经常运用文学批评家韦恩·布斯所提出的"不稳定反讽"[1]。如果我们考虑到林语堂写"论肚子"时的背景就会发现，作者所表达的观点可能会显示出更复杂的深意。林语堂用一种自我批评的态度提到，"在中国，我们请客吃饭搞定一切"，而且，一个人宴客的次数和他升官的速度是有一个统计学上的对应关系的。接下来，林语堂提出一句反问：

> 可是，既然我们大家天生如此，又怎能背道而行呢？我不相信这是东方的特殊情形。换了一位美国邮局局长或部门经理，对于一个曾请他到家里去吃过五六次饭的朋友的私人请托，怎么能够拒绝呢？我敢说美国人与中国人是一样有人性的。唯一的不同点，是美国人未曾洞察人类天性，也未曾按照这人类天性去合理地组织他们的政治生活。我猜想美国政治界中，也有与中国人生活方式相同的地方，因为我始终相信人类天性是大抵相同的，而在这皮肉包裹之下，我们都是一样的。[2]

这里，林语堂似乎是在强调中国和西方的共同点，尤其是同样会受贿赂的诱惑。和蒙田一样，林语堂是以介绍外国文化（这里指的是中国）中的一种典型恶习开场，而渐渐地，他笔锋一转，指出这一所谓恶习在西方也同样存在。这种看似不经意的转换，最明显的体现就是他对于代词"我们"的所指意义的扩展。在"在中国，我们请客吃饭……"

---

1 Wayne C. Booth, *The Rhetoric of Irony*, Chicago: University of Chicago Press, 1974.
2 Lin Yutang, *The Importance of Living*, p. 44.

这一句中，代词"我们"指的是中国人，这是最清楚不过的。而在"既然我们大家天生如此"中，"大家"（all）这个词的出现则把"我们"这个代词所指代的范围变得模糊起来：它可以指中国人以及美国读者，或者仅指中国人。在上述引文的结尾，林语堂写道："因为我始终相信人类天性是大抵相同的，而在这皮肉包裹之下，我们都是一样的。"这里的代词"我们"则明显是包含（西方的）读者在内的。在分析中国和西方的生活习惯时，林语堂用充满变化而并不确定的方式使用代词，同时拒绝套用"他们／我们"这种二元对立的思维模式，这样一来，林语堂凸显出了两种文化的共通之处，两种文化都是"人性的"，也都有缺陷。

通过把贿赂这种带有明显负面含义的行为和带有正面意义的人性联系在一起，林语堂一边赞美中国，一边暗中批评西方。"我敢说美国人与中国人是一样有人性的"这句话中，作者似乎是在强调文化之间的共通性——中国人和美国人都被视为"人"。然而，作者接下来却强调中美文化差异："美国人未曾洞察人类天性，也未曾按照这人类天性去合理地组织他们的政治生活。"这样一比，中国倒处于优势地位了：西方在人性、逻辑和洞察力方面所取得的成就好像都要以中国的标准来衡量，因为中国取得的成就更优越。这种写作手法颠覆了那些为人熟知的以西方为标准的观念。甚至可以说，林语堂在这段文字起初是要倡导文化平等观，但其实也（以一种隐含的、难以发现的方式）显示出一种沙文主义式的华夏中心主义。

这种对中国文化优越感的表达，我们是这样直白地理解，还是在反讽意味上去理解？我们必须明白，让林语堂似乎感到骄傲的这种文化属性，指的是贿赂。但毕竟，林语堂强调的是：就贿赂来讲，中国并不见得比美国多，只是中国人比美国人更能认识到这种现象无所不在罢了。林语堂的这种观点让人不由得想起蒙田的类似表述："按照理性的准则，我们［欧洲人］可以称他们［食人部落］为野蛮人，但和我们自己的情况相比却又不能这么说，因为我们在各方面都比他们更加野蛮。"[1] 蒙田也曾经说过，让他深感苦恼的是欧洲人对自身过失盲目无知，却总是乐于指控别人愚昧野蛮。同样的，林语堂也发现美国人缺少对人性（也就是自身国家存在的腐败现象）的洞察。因此，就像蒙田在论食人部落的文章里表达的一样，林语堂在文章中对于人性共同点的强调，更多是为了批判西方文化，而非主要为了提升读者对于外国文化（无论是食人族还是中国）的理解和认同。

如果说前面的例子表现出林语堂想要强调的是中西文化的共性，或至少在字面上是要表达出这种共性的话，那么，下面的例子则呈现出另一种完全不同的观点：林语堂想要把中国描述为西方的对立面。如前文所述，蒙田注意到食人族部落纯粹而朴实，正可以让当时颓废的欧洲人从中学习有所获益；同样的，林语堂认为中国文化简单通透，因而也可以用来治愈当时西方社会的种种顽疾。在下文引述的一段文字中，林语堂连续使用反义词组，而这和蒙田把食人部落（见前文所引）描述成和当时的欧洲截然不同的做法是相似的。林语堂写道：

在中国，没人致力于思想，人人只知道努力生活。在这里，哲学本身不过如同常识一般，再简单不过，长篇大论的哲理在这里用一两句诗词即可轻易说清。这里没有什么哲学体系；大

---

[1] M. A. Screech, *Michel de Montaigne*, p. 236.

体说来就是没有逻辑，没有形而上学，没有专业术语；这里没什么教条主义，也没什么思想或行为上的盲从，没有那么多抽象的道理和冗长的字句。机械式的理性主义在这里是永远不可能存在的，这儿的人们对所谓逻辑思维的必要性都抱着一种憎恶的态度。这里的商业活动中没有律师，就像哲学领域中也没有逻辑学家。这里没有步步推进的哲学体系，只有对生活本身的热切拥抱，这里也没有什么康德或黑格尔，而只有散文家、警句大师和那些说着佛家禅语和道家譬喻的人。[1]

尽管重复使用了多个否定词，这段话所塑造的中国形象无疑十分积极正面，几乎就是一个理想的存在。和前文引述的蒙田散文一样，"外国"文化中并没有当时弥漫整个西方的那些罪恶，尽管两位作家都没有直白地说出他们对西方文化的批判。在最后一层论点上的引而不发，让他们的文章既含蓄婉转又充满力量，因为当读者发现批判的对象正是他们自己时，这种批判会显得更加具有说服力。

假如领悟力不那么敏锐的读者觉察不到这种对文化差异的指桑骂槐式的暗讽，在其他地方林语堂对欧洲文化有更加直白的批判。"西装的不合人性"这一标题十分幽默的小节就是这样一个例子。文中，林语堂嘲讽了西方人的马甲和硬领，把它们称作"稀奇古怪"的东西，并指出这些马甲和硬领桎梏人的全身，使人几乎动弹不得。他将西方的服饰和中国的传统服饰进行对比，模仿西方进步主义的话语，以一种居高临下的语气指出，也许有一天西方的服装将会朝中国服饰的方向"进

1　Lin Yutang, *The Importance of Living*, p. 414.

化"。他预言道,只有到了那个时候,"一切累赘的带子扣子……将会被废弃……而舒适自在……将成为基本原则"[1]。

从以上这些例子可以看出,林语堂在西方视角和中国视角之间不断游走变换。这种不断变换的独特角度让林语堂的文章充满新意,让读者既感到出乎意料,读起来又意兴盎然。当然,这种修辞策略也有其风险:这种不可预知性让文章读来断断续续、模棱两可,难免令人感到困惑。为了避免让读者失去兴趣,林语堂需要在新奇性和可接受性之间达到平衡,并确保文章中这些出人意料的转折让读者感到亲切可爱,而不会让他们感到突兀。

信任的建立

林语堂能够吸引美国读者并维持住这种吸引力,同时又能保证读者在读到那些新奇的文字时不会离开,主要靠的是他受蒙田启发而采用的修辞术。为了在自己和美国读者之间建立一种纽带,林语堂采用的诸多策略中,有一种便是模仿西方人的视角,假装自己是在以看待异国文化的方式看待中国。从林语堂不断变化代词所指的内容,我们可以又一次明显看到叙述视角的变化。前文已经分析过了林语堂是如何巧妙改变代词"我们"的所指对象:一开始只是指中国人,到后来指包括美国读者和中国人在内的一个更宽泛的概念。在其他段落中,林语堂在提到中国人时,用的是代词"他们"。通过使用这个代词,林语堂把自己放在了和西方读者一样的出发点上。例如,在"论肚子"一节中,林语

---

[1] Lin Yutang, *The Importance of Living*, p. 261

堂写道,"中国人则[与西方人]不太一样,他们的吃相不够文明"[1]。类似这样的文字在整本书中多次出现,似乎是在强化西方人对中国的刻板印象,推行文化本质主义和文化沙文主义的主张。有时林语堂会在文章中直白地把中国人比作一种科学样本进行检视:在指出《生活的艺术》是要"呈现……真正的中国人的观点"[2]后,在第二章的一开头,林语堂就表示,"现在就让我们先来研究一下中国人的心理构造"[3]。同样,在介绍了相关的背景信息,准备好接下来翻译某篇中文文章时,林语堂说,"现在让我们来研究并欣赏一位中国学者自述的他的快乐时刻"[4]。作者在描述中国人时,多次使用第三人称代词,并使用诸如"研究"等字眼,这种方式使作者的看法和中国人的视角区隔开来,而和读者成为同一阵营。甚至有时,林语堂会以一种高中国人一等的态度自居,比如在关于食品和药物的文章中,他写道:"对于中国人的药食不分,我们应该为他们庆贺。"[5]以上这些方法增强了隐含读者的身份和作者身份之间的相似性。在这些写作策略所创造出的读者和作者共有的意念空间中,林语堂将自己作为读者所属文化中的一分子("我们中的一员"),而不是外民族的代表。

再者,林语堂还发展出一种轻松的谈话式语气,这是他用来吸引读者并建立起读者信任的另一个重要策略。他在写作时,用的是聊天式

---

[1] Lin Yutang, *The Importance of Living*, p. 46.(原文斜体为作者所加,译文中用楷体以示强调,下同。)

[2] 这句话似乎是想让读者相信,只存在这么一种中国人的观点。Lin Yutang, *The Importance of Living*, p. 1.

[3] Lin Yutang, *The Importance of Living*, p. 4.

[4] Lin Yutang, *The Importance of Living*, p. 129.

[5] Lin Yutang, *The Importance of Living*, p. 248.

的美国英语，突显其简朴的文风。他的写作"自然"而"接地气"，让人觉得文如其人，其观点也就真实可信。似乎是为了证明这种真实性，林语堂的散文在严肃的讨论和文化批判之中，随处点缀有恣意挥洒、无拘无束的自我反思、私下观点、个人回忆以及奇闻轶事。除此以外，他还加上了大量自嘲式的幽默，写下了许多令人放松的富于生活化的话题，比如"论躺在床上""论任性与不可捉摸""读书的艺术"等。林语堂用一种看似矛盾的方式形容他所描述的以上这些活动，称它们"虽是生活琐事，但又意义非凡"，因为在这些活动中，林语堂发现了一些意想不到的深刻意义。他把自己这种兼具严肃性和趣味性的独特风格比作好友之间的闲谈，自然而然又迂回曲折。[1]

《生活的艺术》中有一节叫"论谈话"，这个标题使人不禁想起蒙田的文章"论谈话的艺术"。在"论谈话"中，林语堂写道："一般来说，聊天聊得好，就是一篇好文章，"[2] 因为"两者之间的风格和内容都相仿……归根结底就是一种自然闲适的风格。"[3] 林语堂用中文论及此点，理论性更强一些，在这些文章中，林语堂常常把这种散文风格比作对话。他写道："吾最喜此种笔调（小品文），因读来如至友对谈，推

---

1 Lin Yutang, *The Importance of Living*, p. v. 对二十世纪三十年代中国小品文散漫泼活这一特点的更多讨论，可参见 Charles Laughlin, *The Literature of Leisure and Chinese Modernity*，第一章，第 49 页以后的内容。
2 Lin Yutang, *The Importance of Living*, p. 211.
3 在《生活的艺术》序言中，林语堂表达了他对柏拉图的推崇，并说曾想用柏拉图的对话方式来写这本书。而他又立即补充说"我所说的对话，并不是像报纸上的访谈似的，一问一答……我所说的对话体是指真正有趣的漫谈，一写就是几页，其间迂回曲折，而后又在意料不到的地方，笔锋一转，就像抄小道似的，仍旧回到原来的论点"。对于林语堂来说，这种文体之所以具有吸引力，很大程度上正是因为它谈天说地，不拘格套，取材广泛，无所不包，恰如密友攀谈，全无客套。

诚相与，易见衷曲。"[1]用他自己在《生活的艺术》自序中的原话来说就是，他运用了一种"裸露"[2]的风格，来告诉读者他内心的感受。这种方式，据他所说，可以"启人智慧，发人深省，一语道破，登时妙语"[3]。《生活的艺术》隐藏的目的是要批判美国社会，而林语堂选择这种小品文的风格可以说策略相当高明，因为这种令人卸下心防的倾谈式风格，可以让读者放下防备，从而认识到自身文化也并不那么完美。

颇有趣的一点是，林语堂用来建立读者和作家之间轻松氛围和信任关系的几乎所有策略，在蒙田的《随笔集》中都出现过。和《生活的艺术》一样，蒙田的散文无拘无束、自由挥洒，其主题包罗万象，包括那些看起来十分琐碎的事物，比如"气味""穿戴习俗""我们为何对同一件事哭和笑"。[4]蒙田随笔用带方言味的现代法语写成，其中透露了很多生活细节，比如他饱受肾结石之苦，以及他习惯于一边沉思一边踱步等。蒙田想要在随笔中"以简单、自然和平凡的方式展示自己"[5]，他曾不无骄傲地说，自己的写作风格"朴实无华"而无拘无束。[6]这和林语堂称自己的散文是"自然的""接地气的"的论断非常相似，也正说明两位作家都是在以一种诚挚的态度与读者交谈。

为了从一开始就获得读者的信任，蒙田在《随笔集》前言"致读

---

1 林语堂：《小品之遗绪》，《语堂文集》第二卷，第810页。
2 Lin Yutang, *The Importance of Living*, p. 394，原文中的单词为"unbuttoned"。
3 林语堂：《小品之遗绪》，《语堂文集》第二卷，第811页。这句话很容易让人联想起佛教禅宗思想。
4 Montaigne, *Les Essais*, édition Villey-Saulnier, Paris: Presses Universitaires de France, 2004, I. 55, I. 36, and I. 38; Screech, *Michel de Montaigne*, pp. 352–354, pp.253–256, pp.262–265.
5 M. A. Screech, *Michel de Montaigne*, p. lix.
6 M. A. Screech, *Michel de Montaigne*, p. 724.

者"的一开头就声明:"读者啊,这是一部真诚的书。"[1] 不妨比较一下林语堂《生活的艺术》的开篇第一句:"本书是我个人的供白,坦陈我自己的思想和生活所得的经验。我并不想发表任何客观意见。"[2] 两位作家的开场白都要表明,他们所写的内容是真实可信的。事实上,蒙田和林语堂都分别在书中不断重申他们诚挚的态度,包括坚持他们所说的真理,展示居家生活中的细节,并有意用一种自谦的态度表达自己。这些方法让作者取得了读者的信任,为接下来进行的与读者的谈心做好了准备。

和林语堂不同的是,蒙田从来没有明确提及好友闲谈和散文随笔之间的关联,但他也认为这两种交流方式是紧密联系的。众所周知,在创作《随笔集》时,蒙田曾"测试"不同的论点,衡量正反方观点,引述古往今来作家们的不同意见,[3] 但他也并不打算调和这些不同观点之间的冲突。因此,蒙田的随笔中充满了不同观点之间的对撞,显示出了巴赫金所谓"复调性",也表现了从不同角度讨论问题的各种观点和声音。

蒙田的随笔也被认为是记录了作者与自我的对话:每一次《随笔集》再版重印时(1580—1588),蒙田总会重新修订文本,增加一些新的内容。对文章的一读再读,一改再改,帮助蒙田找到了之前让他感到困惑的思维线索,能让他跳出自己一开始的观点,思考这些观点的反面

---

[1] M. A. Screech, *Michel de Montaigne*, p. lix.
[2] Lin Yutang, *The Importance of Living*, p. v.
[3] 法语词 essai 源于拉丁语中的 exagium,意思是"权衡、衡量"。对于蒙田《随笔集》这一词源学上的意义,请参见 Floyd Gray, *La balance de Montaigne: exagium/essai*, Paris: A. G. Nizet, 1982。

意见。在描述他的写作过程时,蒙田称"我调整,但不会改正"[1]。在他新增的内容或者叫作观点的"延伸"(allongeails)中,蒙田介绍了很多观点之间的冲突和细微差别,甚至包括一些离题的观点,让人读来颇有兴致。[2] 蒙田认为,这种不连贯性其实是合理的,因为他相信这能提升阅读的乐趣。这种方式不仅能够启发读者苦苦思索作者给出的不同观点之间的关系,而且还能让读者去反思自身所持的观点。因此,蒙田的随笔不仅能让从古至今的作者在他的笔下互相交谈,还让蒙田与自己对谈,也能让读者与蒙田对谈。

智识谱系的建立

蒙田散文中环环相扣、层层递进的对话,与林语堂散文中的谈话风格正好遥相呼应。与蒙田一样,林语堂也特别强调散文和会话的共通点。在《生活的艺术》和其他一些关于散文文体的理论文章中,林语堂并没有提到蒙田,而是从历史悠久的中国文化谱系中来解释这一文体的来源:它植根于明末清初的公安和竟陵学派。强调其散文风格的中国血统,林语堂其实是在重申——至多算是进一步阐发——当时对于中国近代小品文来源的通行看法。1932年,《近代散文钞》这部重要的散文集出版问世。这本书将明末清初的小品文精选成册,让这种被遗忘了近百年的文体得以被重新发现。书中收录的名篇,包括袁氏兄弟、李渔和其他一些作家的作品,后来都成为林语堂最为钟爱的文章。在这部散

---

[1] Montaigne, *Les Essais*, p. 963.
[2] 蒙田曾说:"我的想法常常充满矛盾和自我批判,以至于如果有别人这么做,对我来说也没什么两样。"(M. A. Screech, *Michel de Montaigne*, p. 1047.)

文集的序和跋中，编者着重强调了明清小品文和现代中国散文的渊源。

尽管如此，林语堂声称他的散文风格脱胎于明末清初的小品文还是有夸大不实的部分。钱锁桥已经论证过林语堂对这种好友闲聊式散文风格的继承和发扬，其实早于他对公安和竟陵学派的了解：林语堂开始大力推崇小品文这种"裸露"的文体，是源于美国文学大师、哥伦比亚大学教授乔尔·斯宾冈的影响。而林语堂接触到明清散文的抒情美学则是后来的事情。钱锁桥指出：林语堂读到《近代散文钞》并发现了公安和竟陵学派，这让他意识到，这两个学派的文学主张和他自己原本就坚持的观点一致。[1] 基于此，我们应该把林语堂与公安、竟陵学派在散文风格上的相似性归结为一种偶然的巧合。林语堂不是回归他本族文化的影响，而是从对中国文学的重新发现和组合上形成一种新的文学身份。因此，不能因为林语堂本人提到中国明清时期的作家更多，就认为这些作家对林语堂的影响要远大于他所受到的西式教育。

也许有人忍不住要说，林语堂在《生活的艺术》中没有提到蒙田，恰恰说明林语堂继承了蒙田的散文传统，因为蒙田也正是这么做的。广为人知的是，蒙田在自己的散文集中大量运用了从古至今许多作家的观点，他将这些观点运用到自己的写作中，但从未注明出处。蒙田甚至不无自豪地说："有时我引用他人的推理和观念，跟我自己的交织在一起，而我会故意隐去被引用者的名字，目的是要那些动辄训人、攻击别人的批评家不要太猖狂。"[2] 蒙田引述其他作家的观点而不注明出处的习

---

[1] Qian Suoqiao, *Liberal Cosmopolitanism*, p. 134. 如果想了解更多关于斯宾冈对林语堂的影响，可参阅 Diran John Sohigan 在本书中发表的文章，也可参阅 Richard Jean So, "Collaboration and Translation", p. 50。

[2] M. A. Screech, *Michel de Montaigne*, p. 458.

惯，引得学者们把蒙田与其引述的原文本的关系定义为食人主义：食人族吞下俘虏的肉并吸收进自己的身体里，蒙田吸收他所钟爱的作家们的观点，以此作为自己作品的营养。有时候，正如蒙田指出的那样，他的观点和他前辈们的想法融汇在一起，以至于连他自己也"无法弄清每句话的出处而加以归类"[1]。

如果蒙田要引述或摘录他人文章的段落，一般来讲还是会给出作家的名字，虽然会隐去文章的题目。此外，这些引述的部分在排版上也会和正文有所区分。《随笔集》中引述拉丁和希腊作品的部分，会以前后各空一行的形式与正文隔开。因此可以说，蒙田引述自古人的大部分内容，在语言和排版上都可以清楚看出来，它们只是被蒙田部分消化了，而不是完全消失在正文中无迹可寻。

如果说蒙田的随笔代表的是消化吸收的早期阶段——这一阶段中大块未经消化的原文本仍然清晰可见——林语堂的散文则代表了消化过程的后期阶段。某种程度上，林语堂散文中有大量对公安与竟陵学派作家文章的翻译，类似于蒙田对西方经典作家作品的化用；《生活的艺术》中既有从中文翻译来的简短段落，也有整篇文章的英文译文。和蒙田一样的是，林语堂提及更多的是作者名字而不是文章题目；而与蒙田不同的是，林语堂做的是翻译。这一点尤为重要，因为把中文译成英文时，林语堂对原文本的挪用和重组必定远大于蒙田对原文本的引用。

如果说林语堂消化了他翻译自公安和竟陵学派的作品，那么他对蒙田作品的消化和吸收则可以说更加彻底。事实上，似乎正因为这种消化和吸收的彻底，蒙田已成为林语堂文章中的一部分，不易察觉，但确

1　M. A. Screech, *Michel de Montaigne*, p. 458.

实存在。无论是在写作风格还是在修辞策略上，林语堂和蒙田之间都存在着大量未被明确提及的相同点。究其原因无非有两种可能性：一种是林语堂从一开始写作时就天然地与蒙田相似；另一种则是当他开始写作《生活的艺术》时，已经彻底地吸收了蒙田的影响，以至于连他自己也分不清哪些属于自己，哪些来自蒙田。以上两种可能性中，前者以林语堂与蒙田之间天然存在的共同点为前提，后者则先假定二者存在不同，后因有一个演化的过程而导致二者相似。然而，在林语堂看来，相似和影响互相交织，很难分出彼此（不妨顺便提一下，蒙田在其文章中也持相同观点）。我们更愿意相信，蒙田随笔和林语堂散文在风格上的共鸣很可能来自以上两种因素的共同作用。

和蒙田一样，林语堂经常把吃饭和阅读进行类比，说自己得到很多前辈作家的营养，因而绝不可能是完全原创的。[1] 把思想上的收获比作身体上的进补，这凸显了林语堂的文章精神来源很杂、兼收并蓄。林语堂曾坦白直言道：

> 我没有原创性。我所表达的观念早由许多中西思想家一而再、再而三地思虑过、表达过……但它们确实也是我的观念，它们已经变成我自身的一部分。它们之所以能在我的生命里生根，是因为它们表达了一些本自我心的想法，当我第一次见到它们时，我的心灵便像出自本能一般地发出赞许。我是喜欢那些思想，而不是因为表达那些思想的人如何重要……如果哪一位文

---

[1] 林语堂在文中谈到了"对知识的消化"（*The Importance of Living*, p. 80），并用"吞食"（原文中使用的英文单词为 devour）来形容阅读（*The Importance of Living*, p. 383）。

学教授知道了我的思想来源,他一定会感到诧异:怎么这么俗啊。但在垃圾桶里捡到一颗小珍珠,比在珠宝店橱窗内看见一粒大珍珠更为快活。[1]

林语堂的这一段话,与前文所引述的蒙田原话如出一辙。两人都不是学究式的研究员。更值得一提的是,在受他人的影响(以作者和他所引用的作家之间存在天然的不同为前提)或出自天然的相似性这两种话语之间,林语堂并没有给出一个明确一致的意见。从"我所表达的观念……变成我自身的一部分",以及"它们……在我的生命里生根"这两句可以看出,林语堂相信自己已经成功消化了他人的影响。而从"它们表达了一些本自我心的想法"这一句可以看出,林语堂认为自己和他所消化的文人之间存在天然的相似性。林语堂在这里似乎是要说明,如果说他与前代文人们有所共鸣,那也是因为前人的作品让他可以更加精准巧妙地表达自己。用蒙田的话来说,就是"我引用别人的话,不过是为了更好地表达自己"[2]。

其实,林语堂尤为强调天然的相似性。他曾说,自己在读书时,偶尔会"惊讶地发现居然有另一位作家与自己所感所写如出一辙,但在表达的简洁和雅致上却更胜一筹"[3]。林语堂指出,在这些时候,作者和读者之间发展出了一种心灵上的共鸣,这是一种深刻的友谊,也是一种彼此的理解。[4] 林语堂把这些让他产生亲切感的作家们称为"合作者",

---

[1] Lin Yutang, *The Importance of Living*, p. vi.
[2] M. A. Screech, *Michel de Montaigne*, p. 166.
[3] Lin Yutang, *The Importance of Living*, p. vii.
[4] Lin Yutang, *The Importance of Living*, pp. 381–382.

并把这一荣誉留给让他获得灵感的中国文人们。尽管西方作家和文化名人在林语堂的书中也不时出现——比如说，林语堂提到过莎士比亚、奥玛·海亚姆（Omar Khayyam）、卢梭、伏尔泰、柏拉图，这样的例子还有很多——他明确称之为"合作者"的却无一例外都是中国作家。

那么，我们又该如何解释《生活的艺术》中蒙田无处不在却又不曾被明确言明这一现象呢？对于林语堂来说，蒙田到底是一个被他吞食的敌人，还是缄默不语的"合作者"呢？毫无疑问，林语堂确实把蒙田的散文风格"吃进去"了，并深受其滋养，从林语堂对"裸露"的谈话式散文体的运用，到他用多种角度——既有同情也带批判——表现文化"他者"，这些都是明显的例证。尽管如此，用食人族隐喻中所隐含的语言暴力来描述林语堂显然是南辕北辙。在他的文章中，随处可见的主旋律都是讲的文化间的调和以及文化间的共通性和和平相处。

我们把蒙田看作林语堂隐形的"合作者"，是因为蒙田虽然未被明确提及，但很可能正是蒙田的影响让林语堂在西方受到如此热烈的欢迎。可以说，林语堂能够有效沟通中西文化，用一种为西方读者所信任的方式与他们交流，其采用的策略之一，正是使用蒙田的修辞风格。林语堂将西方文学经典的元素融进对中国文化的表现之中，成功地在西方读者面前做到了集异乡和本土于一身。因此，他成为跨文化译介者的典范。虽然没有提到蒙田的名字和他的作用，林语堂还是默默地向蒙田致意："有些（合作者）可能在本书中不曾述及，可是他们的精神确是同在这部著作里边的。"[1]

---

1 Lin Yutang, *The Importance of Living*, p. viii.

《吾国与吾民》的起源和反响

钱锁桥

五四一代的"新文化"知识分子，其主要特征就是西化。他们的文化资本来自所接受的西式教育，他们分两路留洋求学，一是西洋（欧美），一是东洋（日本）。回国后，他们带回了各自学到的各种西洋知识、思想和潮流，并以此建立功业。从各方面讲，林语堂都是这批受西式教育的学人中的佼佼者。但相比于五四一代士人，林语堂有一点非常不同：他是唯一一位名满世界的中国现代作家、知识分子，有大量的英语著述，把中国文化引介给世界，充当"中国"的阐释者。而这一角色的起点是《吾国与吾民》的出版，该书出版后获得了巨大成功。本章将用原始资料揭示该书创作的过程，以及在中国和美国所引起的不同反响。[1]

---

[1] 本篇已收入钱锁桥著《林语堂传：中国文化重生之道》（桂林：广西师范大学出版社，2019年）之第六章。

与赛珍珠和华尔希结缘

　　林语堂是现代中国西化派学人中的佼佼者，留洋欧美，回国后又结交了许多在华洋人，特别是一些国际进步人士、记者等。在三十年代的上海，林语堂不仅为英文《中国评论周报》"小评论"专栏撰稿，也是英文《天下》杂志主编之一，还担任中央研究院蔡元培院长的英文秘书。1927年"大革命"时期，林语堂和激进的美国共产党员普罗姆（Rayna Prohme）女士过往甚密。参与中国民权保障同盟期间，林语堂又和斯诺、史沫特莱、伊罗生等西方记者多有交往。1933年，萧伯纳到上海短暂访问，在上海文化界掀起一阵涟漪。中国的"幽默大师"款待英国的"幽默师爷"，林语堂、萧伯纳相谈甚欢，好不热闹。也是1933年，上海文艺界接待了另一位国际知名作家——刚刚获得美国普利策文学奖的赛珍珠。和赛珍珠的交往改变了林语堂整个后半生，使他此后踏上了美国的征途。

　　赛珍珠其实不能算外人，起码不完全是。她父母是在华美国传教士，她跟着父母在中国长大。传教士接触的是下层老百姓，赛珍珠在中国阿妈阿姊的呵护中长大成人，觉得中国老百姓人好，对他们多有称颂。1931年，赛珍珠的第二部小说《大地》在美国出版，大获成功。小说描写一个叫王龙的中国农民，勤俭治家，日子有起有落。写中国故事而获美国殊荣，这在中美文化关系史上开了先河。虽然赛珍珠获得的荣誉和地位不需要中国人核准，但她还是很在乎中国人怎么看。然而，《大地》在中国的评价却远非在美国那样受到一致褒奖。比如，江亢虎在《纽约时报》撰文，声称自己作为"一个中国学者"为中国发声，对赛珍珠提出尖锐批评。在此争议声中，林语堂站了出来，为赛珍珠鼓掌。[1]

赛珍珠生于传教士家庭，自己也是传教士，但对在华传教事业却不以为然。赛珍珠成名后于1932年到美国巡游，11月2日在纽约演讲，题目就是"海外传教事业有可为吗？"。演讲整理稿后发表在《哈泼斯杂志》上，其中对在华传教士的一些做法提出尖锐批评。美国传教界对此大为不满，赛珍珠索性宣布自己不做传教这一行了。1933年6月11日，《纽约先驱论坛报》登了一篇题为"中国作家赞赏赛珍珠立场——林语堂，牧师之子，称之为'进步之举'"的报道。记者基恩写道："中国哲学家、教育家、作家林语堂博士发表声明，赞赏《大地》作者赛珍珠，称'其演讲和作品有胆识够诚实'，并称'只有这样，日渐式微的基督教才有希望，这不仅在中国，在全世界都如此'。"[2] 林语堂是牧师的儿子，对赛珍珠的批评有切身体会，其声明写道："事实上，许多来华传教士狭隘、偏执、粗俗。他们来时就带着偏见，往好了说是带着怜悯，来教化异教徒，而这不是出于爱，而是出于他们对天上某个上帝的责任。"[3] 声明还谈到赛珍珠小说中有关中国、中国人描述的真实性问题，"该中国哲学家对那些企图质疑赛珍珠的中国知识和描绘的中国人形象大不以为然，表示'赛珍珠描绘的中国人生活有喜怒哀乐，生机勃勃，非常准确'"[4]。这篇报道应该是林语堂支援赛珍珠最早的记录，

---

1 有关赛珍珠在中国的争议，详见 Qian Suoqiao, *Liberal Cosmopolitan: Lin Yutang and Middling Chinese Modernity*, Leiden: Brill, 2011, pp. 88–94; Qian Suoqiao, "Pearl S. Buck/赛珍珠 As Cosmopolitan Critic", *Comparative American Studies: An International Journal*, vol. 3, no. 2(2005), pp. 153–172。

2 Victor Keen, "Chinese Writer Praises Stand of Pearl Buck", *New York Herald Tribune* (June 11, 1933), 2–11.

3 Victor Keen, "Chinese Writer Praises Stand of Pearl Buck".

4 Victor Keen, "Chinese Writer Praises Stand of Pearl Buck".

当时他们还没见面，已是志同道合。1933年9月1日，林语堂在自己的《论语》杂志上又发表了《白克夫人之伟大》，盛赞赛珍珠和《大地》，指出赛珍珠向世界推广中国文化的功劳远胜那些自诩的爱国者，那种爱国者狭隘偏执，只知道把中国罩个面具呈现给世界。[1]

按斯诺夫人海伦的回忆，是她首先通过朋友麦考马斯（Carol McComas）引荐了林语堂和赛珍珠见面。[2] 据赛珍珠回忆，1933年她结束美国巡游回中国途中，还在船上时便收到一位美国女士的邀请函，要设家宴款待她和《中国评论周报》的成员。赛珍珠欣然答应，因为林语堂是该刊编辑之一，他的"小评论"专栏赛珍珠一直在追读，早就想一睹其风采。赛氏10月2日抵沪[3]，10月4日由礼拜三讨论组、笔会、文学研究会以及《中国评论周报》共同举办接风会，她发表演说《新的爱国主义》（后发表于《中国评论周报》）。[4] 林语堂和赛珍珠应该是在此接风会上首次见面的。次日，林语堂夫人廖翠凤设家宴宴请赛珍珠，席间陪客只另外邀请了胡适。赛氏很高兴认识林夫人（以后两人经常用英文通信，林夫人简称"Hong"），很喜欢她做的美味佳肴，同时饶有兴味地聆听"两位知名中国绅士的交流，两位脾性相差很大，很明显缺乏理解，胡适对稍年轻的林语堂略带轻蔑，而林语堂气盛也不

---

1 参见林语堂《白克夫人之伟大》，《论语》半月刊第24期（1933年9月1日），第880页。有关详尽讨论，参见 Qian Suoqiao, *Liberal Cosmopolitan*, pp. 88-94。
2 Helen Foster Snow, *My China Years*, London: William Morrow and Company, 1984, p.121.
3 参见 Peter Conn, *Pearl S. Buck: A Cultural Biography*, Cambridge: Cambridge University Press, 1996, p. 159。
4 这次接风会是否就是赛珍珠回忆录中提到的美国女士的家宴？很可能是。参见 Pearl S. Buck, *My Several Worlds: A Personal Record*, New York: The John Day Company, 1954, pp. 287-288；另参见 Pearl S. Buck, "The New Patriotism", *The China Critic* VI (1933), p. 1003, note。

可挡"。[1] 显然，当晚胡适和林语堂话不太投机，胡适早早走了。林语堂告诉赛珍珠，他也在写一本有关中国的书——这便是后来的《吾国与吾民》。

赛珍珠在回忆录中说，她听到"一位中国作家要用英文写一本中国的书非常兴奋"，即刻便写信给庄台公司，"建议他们立刻关注这位中国作家，而他当时在西方无人知晓"。[2] 查阅赛珍珠和华尔希的通信，赛珍珠确实是一见过林语堂便把他推荐给了华尔希，但还没提到林语堂写的书。1933年10月12日，赛氏给华尔希的信中附了两篇林语堂的"小评论"，并介绍林语堂为"中国首屈一指的散文家"。[3] 赛氏另答应为华尔希推荐更多中国作家。显然，赛珍珠事先讲好要向华尔希推荐中国作家，为华尔希刚接手的《亚洲》杂志撰稿。理查德·华尔希毕业于哈佛，属自由派知识分子，在纽约出版界、知识界交游甚广。他首先赏识赛珍珠的才华，策划《大地》出版并大获成功，同时使他的小型出版公司庄台公司站稳脚跟，蓄势待发。《大地》成功后，华尔希大受鼓舞，觉察到在美国出版界中国题材图书还有很大市场正在开启，他得抓住机会进一步拓展。同时，华尔希和赛珍珠相爱了，于是华尔希索性追到中国来了。[4]

华尔希收到赛珍珠的推荐信便去函林语堂，还附上庄台刚出的赛

1　Pearl S. Buck, *My Several Worlds*, p. 288.
2　Pearl S. Buck, *My Several Worlds*, p. 288.
3　赛珍珠信中还提到，林语堂现居上海租界，"由于政治原因，非常低调"。这时杨铨刚遭暗杀，作为中国民权保障同盟执委之一，林语堂被认为是下一个目标。本书所引第一手书信资料，包括赛珍珠、华尔希、林语堂、廖翠凤之间的英文书信，均源自 The John Day Company, Princeton University，以及台北林语堂故居所藏。
4　有关华尔希和赛珍珠关系发展的详述，可参见 Peter Conn, *Pearl S. Buck: A Cultural Biography*。

珍珠《水浒》英译本。《亚洲》杂志一般不登已发表的文章，但华尔希还是选了一篇林语堂的"小评论"文章重刊。[1] 林语堂在其"小评论"专栏亦写了一篇《水浒》英译本的书评，赞其为"赛珍珠代表中国献给世界的最美礼物之一"[2]。赛珍珠又把该书许多英文书评转给林语堂，林氏译成中文后发表于上海的杂志。[3] 1934年1月11日，林氏致赛氏函中要赛氏放心，在中国有"许多沉默的人士"欣赏她有关中国的创作，江亢虎那种人只是"小人小心眼"——这是潘光旦的评语。同时，林语堂告诉赛珍珠，他这周便开始写他自己的中国书，书中他"要把中国的床单放在世界的屋顶晒晒，最终又要成为中国最佳的吹鼓手"。

华尔希告知林语堂1934年2月初抵沪，林语堂为他准备家宴接风。2月6日，林氏致赛氏函表明，林语堂知晓华尔希已经抵沪，约定8日宴请，其他嘉宾有潘光旦、李济（考古学家）、邵洵美、徐新六（银行家，睡觉前读法朗士［Anatole France］的法文作品）、全增嘏和丁西林（物理学家）。[4] 随此函林语堂还附上他写的中国书的导引部分，请赛珍珠批评指正，并说"你可以把它给华尔希看看，假如他感兴趣的话"。据华尔希第二天给林语堂的函，8日的聚会非常成功。华尔希写道："我想即便是你，对美国人如此了解，也无法完全理解我对昨晚的相遇有多么高兴。"华尔希说基本上到席的所有嘉宾都能为《亚洲》杂志撰

---

1 《亚洲》杂志1934年6月登载"The Lost Mandarin"一文，支付林语堂75美元版税。假如不算在《中国留美学生月报》发表过的文章，这应该是林语堂第一篇在美国杂志刊登的文章。
2 Lin Yutang, "All Men Are Brothers", *The China Critic* (January 4, 1934), p. 18.
3 林语堂:《水浒西评》,《人言周刊》1934年3月10日。
4 林语堂告诉赛珍珠，胡适此时在上海，但他不想邀请，除非赛珍珠和华尔希要求。最初拟定的嘉宾名单还包括鲁迅、郁达夫和茅盾，但因为他们不懂英文，后来邀请也就作罢。

稿，而对林语堂的书尤为向往，非常喜欢其梗概和导引。他建议等他 4 月回到上海后便敲定双方合同细节。这批人 4 月 13 日又聚了一次，到 4 月 17 日华氏和林氏已经签好出版合同，互相祝愿新缘分的开启。

　　林氏致华尔希："我非常珍惜通过白克夫人和你建立的这层关系。"[1]

　　华尔希致林氏："我非常高兴有缘相识，不光是我对你的书非常看好，而且期待和你建立长久而愉快的出版关系。"[2]

华尔希这趟中国行可谓双丰收。赛珍珠离开生活四十年的中国和华尔希一同赴美，不久他们在纽约结成伉俪。同时，华尔希为他的庄台公司物色了一位出色的中国作者，双方很可能建立长久的出版关系。对林语堂来说，此时他还不知道这次相遇将会彻底改变他的人生旅途。在接下来几十年里，赛珍珠和林语堂成为庄台公司两位最受欢迎的作家，而华尔希不仅是一个精明的出版商，同时也是中美文化和政治交流领域的活动家，他们将组成绝佳"三人组"，把中国推向美国和世界，影响深远。林语堂在美国出版的一系列畅销书都由庄台公司出版，而且，华尔希也将成为林语堂在美的接待人、实际上的经纪人，不光出书售书，还负责安排演讲以及其他活动。林语堂和赛珍珠、华尔希将建立一个全面而独特的关系，公私兼顾，他们的合作也是二十世纪中美文化交往的一面镜子。

1　Lin Yutang, "Letter to Richard Walsh" (April 14, 1934).
2　Richard Walsh, "Letter to Lin Yutang" (April 14, 1934).

林语堂的跨文化遗产

《吾国与吾民》

所谓"国民性"问题是中国现代性的中心话题之一。鲁迅的国民性批判论述，特别是其创造的"阿Q"形象，一直都是国内中学教材课题。其实这个问题并不是由中国知识分子首创的。自从西方人开始接触中国，从十七世纪的法国汉学家杜赫德到十九、二十世纪的美国传教士明恩溥，都发表过有关"中国国民性"的论述。[1] 鲁迅对中国传统文化的全面批评，其灵感正出自明恩溥《中国人的特性》一书的有关论述。鲁迅临终前仍念念不忘，要中国人翻译、阅读明恩溥的《中国人的特性》一书。[2] 当然，有关中国国民性的论述还有其他声音，比如辜鸿铭的英文专著《中国人的精神》，其实就是对汉学界的有关论述，尤其是明恩溥一书的回应。对于这些文本及其争论，林语堂当然明了，而《吾国与吾民》以其独特的视角与风格介入了这一话语传统。[3]

《吾国与吾民》写作和出版的直接诱因是赛珍珠小说《大地》的成功，也可以看成其姊妹篇。《大地》在美国读者看来是一部"族裔"小

---

[1] 参见 Jean Baptiste du Halde, *The General History of China*, London: J. Watts, 1741; Arthur Smith, *Chinese Characteristics*, New York: Revell, 1894。鲁迅临终前有言，希望明恩溥的《中国人的特性》一书有中译本出版。就此鲁迅可以安息了，我已见过三个中译版本：《中国人气质》，张梦阳、王丽娟译，兰州：敦煌文艺出版社，1995年；《中国人的性格》，乐爱国、张华玉译，北京：学苑出版社，1998年；《中国人的素质》，秦悦译，上海：学林出版社，2001年。

[2] 有关鲁迅与明恩溥之间关系的研究，参见 Lydia H. Liu, *Translingual Practice: Literature, National Culture, and Translated Modernity*。

[3] Ku Hung-Ming, *The Spirit of the Chinese People*, Peking: The Peking Daily News, 1915. 另参见 Qian Suoqiao, *Liberal Cosmopolitan*, p. 44, p.56。

第三章　中西之间的跨文化之旅

说，其成功在于描绘了中国人生活的典型。但也受到江亢虎等批评家的质疑，指责它并没有反映中国人生活及文化的精髓。《吾国与吾民》就是要讲中国文化和生活的精髓，论述全面又精致，笔调生动而有趣，西方读者读来倍感亲切。

对赛珍珠的另一种批评，是说她毕竟是个美国传教士，这一身份属性使她无法描绘出中国的真相。有意思的是，《吾国与吾民》开卷（包括赛珍珠写的"引言"、林语堂"作者序"和"前言"）便探究这一问题：谁有资格为世界阐释"中国"——这个"伟大的神秘'存在'（Dasein）"？[1] 在西方，历来都是由所谓"中国通"来传播有关中国的知识和信息，这些"中国通"可能是传教士、传教士的子女、踏足"远东"的探险家，或是英文报刊的记者。通常他们不会中文，生活在自己的洋人社交圈，靠他们的中国厨师或仆人获取有关中国和中国人的知识，然后以他们自己的习俗和价值观来评判中国人的生活方式。西方读者由此获得某种中国形象，当然偏颇。但中国人自己就一定是本国问题及形象的最佳阐释者吗？未必。中国人自己往往身在庐山，难见其真面目。林语堂在"作者序"里特别声明自己不是那些"超级爱国者"，"他们的爱国主义不是我的爱国主义"，这本书也不是为他们写的；他不以自己国家为耻，不怕指出中国面临的缺陷和不足，因为"中国的胸怀要比那些超级爱国者的大，并不需要他们刻意漂白"。[2] 那到底应该由谁来向世界阐释"中国"呢？林语堂并没有明言，而是由赛珍珠在其"引言"中点破。赛珍珠解释说，西方读者早就渴望能从当代中国知

1　Lin Yutang, *My Country and My People*, New York: The John Day Company / Reynal & Hitchcock, 1935, p. 4.
2　Lin Yutang, *My Country and My People*, pp. xiii–xiv.

识分子自己的作品中了解到真实的中国。问题是,中国一二十年来被推进"现代",虽然绝大多数人还是文盲,按照一贯的传统方式生活,但中国的精英阶层却突然都变得"现代"了,都能说英语,一心要赶上西方的潮流。他们都很"爱国",不愿对外披露中国任何的负面问题;他们和大众老百姓脱节,蔑视其"落后",搞得自己在自己的国家像个外国人一样,自卑心理过重。如此扭曲心态,我们如何期待从他们笔下获得真实的中国形象?尽管如此,赛珍珠还是认为,最适合为西方阐释真实之中国的人,还得在留过洋、英语流畅的当代中国知识分子中去找,关键是此人必须留洋后再回到自己的文化,回到"老的中国",以一种幽默而自信的态度来观察中国。可是,"要找这样的人难度太大,既要受过现代教育能写英文,又不能和自己的文化脱节,同时又能保持一定距离,去理解其意义,既要理解其传统意味,又能体会其现代意蕴,难!"[1]但是,赛珍珠说,一读完《吾国与吾民》,她知道:这个人出现了。

在"作者序"中,林语堂列出以下在沪外籍朋友,以示致谢:塞尔斯卡·冈太太(Mrs. Selskar M. Gunn)、贝尔纳丁·索尔兹·弗利兹(Bernardine Szold Fritz)和翁格恩-斯滕博格(Ungern-Sternberg),"是她们,有时是一个一个,有时是一起,不断唠叨催促我写这本书"。[2]林语堂也致谢赛珍珠:她"自始至终一直给我鼓励,出版前还亲自通读全稿并加以编辑"。同时也致谢华尔希:他"在整个出版过程中都提供

---

1 Pearl S. Buck, "Introduction", in *My Country and My People*, p. xii.
2 Lin Yutang, *My Country and My People*, p. xiv. 这些人都是林家的好朋友,弗利兹写过一篇林语堂传记性材料,未见发表,其中披露他们会一块郊游。斯滕博格策划了《吾国与吾民》德文版的出版。

了宝贵建议"。还有丽莲·佩弗（Lilian Peffer），她"负责排版、校对以及索引"。[1] 对照林语堂和华尔希、赛珍珠之间的来往通信，以上描述准确概括了该书的写作和出版过程。庄台公司人员的编辑业务相当专业，但这完全没有影响作者的独立性和自主性。

到 1934 年 5 月 19 日，华尔希还在返美途中，林语堂已经写完四章，寄给了华尔希。他计划最晚 9 月完成书稿，但实际上要到次年 2 月才写完。这完全可以理解，要知道此时林语堂的中文写作任务也很繁重。一开始林语堂就对华尔希表明，欢迎直率坦诚的批评意见：

> 我绝对欢迎你从美国人的角度提出任何批评意见，在此无须考虑所谓中国式的礼貌。
>
> 在整个出版过程中，为方便起见，在以下几个范畴，敬请适当修订：
>
> 1. 明显拼写错误和打字错误。
> 2. 笔误——按照现代用法标准，而不是按语法家的规范。
> 3. 涉及西方名字和历史事实有所不准确处。
>
> 以上方面所作改正，我将深表感谢。[2]

整个编务事项，庄台公司人员基本都是按照上述尺码操作。比如，有时林语堂文中用到中英比较，华尔希会尽可能把"英"换作"西"

---

[1] Lin Yutang, *My Country and My People*, p. xiv. 丽莲·佩弗是著名远东事务记者南瑟妮尔·佩弗的姐妹。她认真负责，熟悉东方文化，是庄台公司一位专业文字编辑，赛珍珠的书也都是她担任文字编辑。

[2] Lin Yutang, "Letter to Richard Walsh" (May 19, 1934).

或"美",多半是出于市场考虑。除此之外,林语堂对书稿的构思、文体、进程完全自己掌控。一开始还有个梗概,后来觉得没法完全按此写下去,还不如顺其思路创作为佳。

是年7、8月,上海太热,林语堂想专心写书,便携全家上庐山牯岭避暑胜地。他在牯岭写了第四章"理想生活"(书稿称作第六章)和第五章"女性生活"(书稿称作第七章),但正是对这两章,华尔希和赛珍珠提出很多意见且改动最多。后来林语堂也不得不承认,这趟牯岭之行算是失败的。

华尔希读完"理想生活"一章后觉得不及前面几章的水平,便如实告知林氏。华尔希的批评意见既笼统又很具体:"感觉行文节奏和准确性不够流畅"[1],建议开头四页全部删掉。林语堂回函感谢华尔希的批评意见,同时表达惊奇,因为自己觉得这一章比前面几章写得都要好,并表示乐意做部分修改。林氏回信这么说:"我不清楚这里是否伤害了基督徒的神经,但出自一个牧师的儿子也很自然……希望你能谅解。"[2]林语堂继续鼓励华尔希给予诚恳的批评意见:"你知道我可是宰相肚里能撑船的,在中国人的环境中早就学会了这一艺术。要不然,我可根本没法活。"[3]尽管如此,林语堂还是希望华尔希对下一章"女性生活"会看得比较顺眼。

此时,赛珍珠已是庄台公司一员,担任业余编辑,她对林语堂的书

---

[1] Richard Walsh, "Letter to Lin Yutang" (August 27, 1934).

[2] Lin Yutang, "Letter to Richard Walsh" (September 22, 1934). 函中还附有林氏写于次日的信,信中林语堂告诉华尔希他将重新组织该章:该章将从原稿第9页开始,保留第9至16页,重写第17至32页。而新的章节如下:一、中国现实主义;二、缺乏宗教;三、中庸之道;四、国民性;五、道教;六、佛教。

[3] Lin Yutang, "Letter to Richard Walsh" (September 22, 1934).

稿格外上心，特别是讲中国女性这章。读完后赛珍珠去函林语堂以表祝贺：该章"总的来说非常精彩、极有价值"[1]。但她同时指出，该章写得有点散漫，好多重复，好像自己不太确定，所以来回唠叨："你好像一个泳者，站在很冷的水边。你下定决心要跳下去，你最终也跳下去了，但是在岸上踯躅了很久。"[2] 赛珍珠建议整章改得紧凑点，并主动提出为林氏修正。林语堂收到赛氏来函并于11月18日回函时，他自己已经删了开头十四页，觉得这是最散漫的部分，重写开头一段，至于该章其他部分，"赛珍珠可以自己看着办，作适当修改"[3]。林语堂还自我解释道，这是他第一次写书，以前都是写散文，可以漫谈，但写书就不一定合适。而就女性话题，林语堂写道："写女人这章有问题，因为一想到这个问题我头就大。我仔细斟酌过宇宙间大部分问题，都能理通顺畅，唯独一讲女人，往往就自相矛盾。"[4] 在下封致华尔希的信中，林语堂考虑是否要重写整个一章，原来以为最精彩的，现在觉得最不满意。到来年1月，他又决定算了，还用原稿，因为一来没时间，二来赛珍珠已经通篇编辑过了。

和华尔希、赛珍珠合作，林语堂的态度总的来说都比较通达。他总是要求华尔希、赛珍珠提供率直的批评意见并作出专业编辑。他认为作者永远是自己著作最糟糕的评论者，因为自己总是敝帚自珍，一个字都不想删改，然而书不是写给自己读的，最终的评判权在读者手里。至于书的出版和营销策略，林氏基本上都认可庄台公司的意见。林语堂与

---

[1] Pearl S. Buck, "Letter to Lin Yutang" (October 17, 1934).
[2] Pearl S. Buck, "Letter to Lin Yutang" (October 17, 1934).
[3] Lin Yutang, "Letter to Richard Walsh" (November 8, 1934).
[4] Lin Yutang, "Letter to Richard Walsh" (November 8, 1934).

庄台公司签好合同后，便要求用深蓝金字作封面，越简洁越好，"我总觉得封面往往搞得很繁复，反而简洁一点更能吸引观众"[1]。庄台公司接受了林氏意见。除了专业编辑，庄台公司为推广营销该书主要做了两件事：把书的有关章节先送杂志发表，以及最终确定书名。林语堂写完一两章便抄送华尔希，华尔希再决定哪些章节可以先送杂志发表，这种方式在以后他们的合作中成为常态。当时华尔希刚刚担任《亚洲》杂志主编，就从书稿中抽取了四篇文章先刊于该杂志。[2]但《亚洲》杂志毕竟不是主流刊物，销量有限。华尔希成功说服《哈泼斯杂志》，刊登了书稿中的一节。[3]《哈泼斯杂志》可是美国主流杂志，销量很大，林语堂赴美后经常在该杂志发表文章。另外，华尔希也把书稿寄给"每月读书会"，评审官对此书很有好感，但毕竟要选一部中国人写的书做当月之选实在太新奇了，最后没成。

至于给书起名，林语堂一开始便跟华尔希说出版社可以作最后决定，同时他也给过许多建议。书名到最后一刻也即1935年夏书稿即将付印时才最后敲定。林语堂首先想到用"中国：一份告白"（*China: A Confession*），后又提出"我的同胞"（*My Countrymen*），但华尔希觉得前者作书名在美国不合适，后者感觉不够庄重。华尔希建议用"吾国与吾民"（*My Country and My People*）："我觉得这个既庄重又能吸

---

[1] Lin Yutang, "Letter to Richard Walsh" (May 19, 1934).

[2] 这四篇文章为："Qualities of the Chinese Mind" "The Virtues of an Old People" "A Tray of Loose Sands" "The Way Out for China"。

[3] 这篇文章为："Some Hard Words About Confucius", *Harper's Magazine*, CLXX（May, 1935），pp. 717-726。该文取自第五章"社会政治生活"，由赛珍珠缩编并题名。这篇文章《哈泼斯杂志》付了两百五十美元版税，其中庄台公司抽取二十五美元佣金，另支付二十五美元给内弗（Neff）小姐，以酬谢她"从书稿中抽取章节的编辑工作"。可根据《哈泼斯杂志》编辑李·哈特曼致华尔希函，他们用的是"赛珍珠缩编的章节"。

眼球。"[1] 同时华尔希还是让林语堂想到什么合适的继续告诉他，林氏后来又想出好几个。除了华尔希建议的"吾国与吾民"，还有"思索中国"（*Thinking of China*）、"我们的祖国"（*Our Grandfatherland*）、"广阔的人性"（*A Sea of Humanity*）、"瞧，这人性的中国"（*This Human China*）、"微笑的中国"（*Smiling China*）、"生活与微笑"（*We Live and Smile*）、"饮茶"（*She Sips Her Tea*）、"悲悯的微笑"（*Sorrowful Smiles*），又说还是最喜欢"中国：一份告白"，第二选择是"思索中国"。[2] 四天后，林语堂又去信华尔希，让他忘掉上封信的建议，承认"吾国与吾民"可能是最好的，"但总还是觉得不够满意，有点拖泥带水，不够亲密"。[3] 4月12日，林语堂又写信提出三个书名："中国：奥德赛之旅"（*China: An Odyssey*）、"思索中国"、"我的中国"（*My China*），并说自己现在很中意"我的中国"。最后，庄台公司所有员工投票，一致同意用"吾国与吾民"，华尔希发电报给林语堂，要他相信他们对美国市场的了解和判断，林氏也欣然同意。到1935年5月，赛珍珠和丽莲·佩弗已校对全稿，作了必要的文字修改，又寄回给林语堂。林氏6月看了修订稿，接受大部分修改意见，但也坚持了一些自己原先的说法，又把修改的改了回去。8月份书正式出版，庄台公司做足了宣传推广工作。另外，华尔希还为此书洽谈商定了英国版，由海尼曼（Heinemann）公司于10月出版，刚好赶上1935年伦敦中国艺术展开

1　Richard Walsh, "Letter to Lin Yutang" (February 20, 1935).
2　Lin Yutang, "Letter to Richard Walsh" (March 21, 1935).
3　Lin Yutang, "Letter to Richard Walsh" (March 25, 1935).

幕式。[1]

华尔希读完最后刊印稿，去信林语堂，恭喜他做了件"了不起"的事情："我感觉该书在英美都会大受欢迎，希望还会译成许多其他语言。"[2] 华尔希果然经验老到。《吾国与吾民》的出版在美国可谓一炮打响，好评如潮，各大报刊都有名人推荐，如卡尔·凡·多兰（Carl Van Doran）、克利佛顿·费迪曼（Clifton Fadiman）、范妮·布切尔（Fanny Butcher）、伊莎贝尔·帕特森（Isabel Patterson），等等。华尔希祝贺林语堂道："自《大地》以来，还没有其他书像这样受到媒体一致推崇的。"[3]

《纽约时报书评》1935年12月8日刊载埃米特·肯尼迪的书评：《东方向西方倾谈——一位中国作家精彩阐释本国古老文化》。文中写道，中国文化古老悠久，而中华民族却如此年轻，他们还在孩童时期。一种文化保持了这种不可思议的长寿，可现在面对强加给他们的现代进步，却又一筹莫展。西方文化崇尚征服、冒险精神，中国文化却提倡

---

[1] 曾有英国出版商乔纳森·凯普（Jonathan Cape）先接洽林语堂，但华尔希在纽约见了海尼曼公司的查尔斯·埃文斯（Charles Evans），敲定了相当优惠的英国版合同：头3500册支付15%版税，接下来6500册20%，超过10000册25%，另加出版之日预付100英镑。海尼曼后来一直都是林语堂的英国出版商。根据林语堂同华尔希的合同，所有美国以外的版税庄台公司要和林语堂平分。华尔希解释说这是因为海外版税一般都比较少，庄台公司需耗费很多行政费用来操作。但对于英国版税，华尔希自愿作出让步，只收四分之一。林语堂欣然同意，谢了华尔希。林氏同时要求英国版能赶在伦敦中国艺术展之前出版，为此还写了英文长文 "The Aesthetics of Chinese Calligraphy"（《中国书法的美学》），刊载于英文杂志《天下》月刊（1935年12月）。结果英国版还是到1936年春才出版。

[2] Richard Walsh, "Letter to Lin Yutang" (May 13, 1935).

[3] Richard Walsh, "Letter to Lin Yutang" (December 10, 1935). 1935年5月16日林语堂致华尔希函中写道："昨天科尼利厄斯·范德比尔特（Cornelius Vanderbilt）在我这里。他告诉我罗斯福总统要他读我的书，说它和《强大美国》（Powerful America）为有关远东地区必读的两本书。他还告诉我菲律宾的美军统帅德拉姆（Drum）也要求指战员读我的书。"

耐力、消极抵抗。中国在物质上给世界贡献了许多礼物，但其精神礼物却没人好好讲过，读林博士的书是一种极大的精神启蒙，让人认识中国"光荣而多样的历史"，而这样一个热爱和平的民族当下却面临崩溃的危险。林语堂不怕说真话，他说，中国人在政治上一塌糊涂，在社会上像个小孩，但在休闲养生上，他们棒极了。最后，该文作者写道："我们以前可能会认为中国人陌生、怪怪的、神神道道、不可理喻，那是因为我们无缘交个中国人做知心朋友，读完林博士的书，我们应该坚信中国一句老话：四海之内皆兄弟也。"[1]

《纽约时报》代表美国上层知识界的看法。说《吾国与吾民》在美国一炮打响获得成功，首先是指其销量，也就是说，《吾国与吾民》赢得了美国大量的中产阶级读者。林语堂应该收到过很多读者来信，可惜没有保留。庄台公司保留了一些，挺有意思。多数读者称赞此书是他们读过所有有关中国的书中最棒的。有位读者来信说他在中国住了二十来年，读完此书后让他久久不能平静，忍不住拿起书来再读一遍，让他陷入久久沉思。还有一位华人读者来信声称自己既不是"真正的中国人"，但也没有完全被同化，对中国还有一颗心，可对中国又一无所知："读完该书后震动很大，为自己祖国拥有如此灿烂的文化感到骄傲，中国文明不光发明了火药和印刷术，而且在文化的各个方面——文学、建筑、绘画、艺术等都绝不逊色于西方文化；可读到中国的现状又让人痛心。在一个拥有像作者这样如此有文化有教养人士的国度里，政府办事却依然要看脸色、运气和关系。"[2] 但读者来信大多数关注的是中国人的

---

[1] R. Emmet Kennedy, "The East Speaks to the West: A Chinese Writer's Fine Interpretation of His Country's Ancient Culture", *The New York Times Book Review* (December 8, 1935).

[2] Mrs. Letty McLean, "Letter to John Day Company" (December 26, 1936).

生活方式和生活艺术，包括"吃的艺术"，甚至有问具体的菜谱如何如何。维也纳一家大报主动把"中国饮食艺术"一节翻成德语。1936年1月17日，林语堂致函华尔希："我收到好多读者来信，有一些是你转递的，询问如何做布丁、果酱、鸡炒饭、炖鱼翅之类。我是不是应该把它们扔进垃圾桶里？"但林语堂同时建议，李渔的《闲情偶寄》真应该全部翻译出来。[1]

《吾国与吾民》在国际上一炮打响后，美国记者文森特·斯塔雷特（Vincent Starrett）来到林语堂在上海愚园路的编辑办公室，作了一次访谈，其间讨论到该书中文版事宜：

> 我问道："你会自己翻译吗？还是请别人翻译？"
> 林语堂很不自在。
> "我想我不会让其他人做，"林语堂坦诚说道，身子在椅子上扭动，"好多人告诫我，为了中国，我有责任自己再做一遍，写成中文。"
> "你是说要重写一遍？"
> "也不是，可是最终好像还真差不多是这么回事。表达的方式会不同，是吧？得用中文、中国人习惯的方式，是不是？这本书是英文写的，写的时候只考虑到英文读者。要用中文为中国写，那有的部分要展开，有的部分要修改。这事很麻烦，真的很麻烦！但这书确实也是为中国的。也许我应该用我的母语再搞一遍，你说呢？"

1　Lin Yutang, "Letter to Richard Walsh" (December 17, 1936).

第三章　中西之间的跨文化之旅

……

"可要是有人要求我把中文版再译成英文，那怎么办？天哪！"[1]

林语堂从未把《吾国与吾民》译成中文。次年他便移居美国，基本上都用英文写作，根本没时间。这样，该书在中国的影响和讨论只限于能说英语的知识群。其实林语堂很怕该书译成中文。他告诉华尔希："该书在中国不会有中文评论。我尽量低调不做宣传，国人中懂英文的才能读。你能想象我用中文把书中写的都说出来？那我还不被那般中学毕业的'普罗作家'给碎尸万段了？我居然还有闲情去写中国的诗歌、绘画诸如此类？"[2]他告知华尔希，他以后有时间也许会把书译成中文，不过书中主要观点其实在他的中文小品文中都已经讲过，只是没这么集中成书而已。

《吾国与吾民》在中国的回应，林语堂在乎的不是来自左翼"普罗作家"的批评，因为他们看不懂，而是就职于国民政府的留英美人士（"爱国者"）。林语堂和华尔希的来往通信显示，围绕原稿第二章（即最后书中"结语"）的去存，林氏曾犹豫不决，压力很大。原稿第二章痛批当时中国在国民政府统治下的乱象。本来该章题为"告白"，写好后最先递交给华尔希，华尔希看完非常喜欢，要单独先发表于《亚洲》杂志。后来《哈泼斯杂志》拿到稿子后也立刻表示很感兴趣，想要发表。但林语堂1934年致函华尔希表示自己还不是非常满意，可能要修改。7月5日又致函华尔希说自己没时间改，"管它呢，就这么发表了"。他

1　Vincent Starrett, "A Chinese Man of Letters", *Globe* (March 1936), pp. 17–18.
2　Lin Yutang, "Letter to Richard Walsh" (October 25, 1935).

解释道，他对现政府说了许多"讨厌的"话，但一般都是"裹了层糖衣的"，"而这一章，可都是赤裸裸的苦口，而且我也不想裹糖衣"。[1]然而到了1934年9月9日，林语堂决定无论书中或杂志上都不发表该章，因为中国政局不稳，卡得越来越紧。华尔希回信表示理解，也很惋惜，希望最终林氏会改变主意。1934年12月10日，林语堂去信华尔希，说他的书可能会受到某种"政府警告"，被指责"不爱自己的国家"，他得想办法做点自我保护功夫。十一天后，林语堂又对华尔希说，好几个朋友劝他不要发表该章，他要等到1935年1月15日再作决定。1月18日，林语堂专门去函说，"鉴于我们这边所能容许的自由度"，他不得不删除整个章节。而且林语堂清楚跟他过不去的对手是谁——国民党机关报《国民新报》及其主编汤良礼，因为《中国评论周报》不断受到他们的骚扰和压力。然而，到1935年3月15日，林语堂最后决定保留原稿第二章，并"稍作删改"挪到书尾作"结语"。3月25日，林语堂又去信确认保留"结语"部分，只是在"结语"第二节前加一句话："如下陈述不应当看成是对当下国民政府的描述，而是陈述政府所面临的艰巨任务，以便能正本清源、恢复秩序。"[2]

即使作了"适当删改"并加上以上提醒，该书"结语"部分仍可到处看到对当时国民政府的犀利控诉。比如以下这段：

> 中国农民不需要卖妻卖女来赋税，尽管江北有些农民现在不得不如此；假如他们没赋新税，军人不会禁止他们收割庄稼

---

[1] Lin Yutang, "Letter to Richard Walsh" (July 5, 1934).
[2] 最后出版的书中插了这句话，相当别扭。有意思的是，台湾二十世纪七十年代出的中文版，"结语"第二部分仍全部删除。

作为处罚，尽管广东番禺县县长1934年夏天就是这么干的。中国人不需要预付三十年后的税，尽管四川人现在得要；他们不需要缴付超过通常农业税三十倍的农业附加税，尽管现在江西人得缴。农民不会被逼缴税，缴不出便关进监狱挨鞭抽整夜嚎叫，尽管在陕西现在监狱里整夜都听到鞭打哭叫声。可怜的中国人，生活在地球上管治最糟糕的国家，挣扎于他们无法理解的各种漩涡中，以超人的耐心与善良忍受一切，愿这种善良和坚忍不拔最终能战胜一切。他们最后一头牛也卖掉时，那就让他们去做土匪吧。他们最后一件家当也被抢走时，就让他们去当乞丐吧。[1]

在国内英语圈，有三份书评分别代表三种态度。吴经熊于英文《天下》月刊撰文，称颂林语堂为"中国思想界佼佼者，只需稍加时日，一定能成为整个人类文化果实之极品"[2]。另外，姚莘农也在《中国评论周报》发表了一封公开信，语调好似温开水。姚莘农称赞《吾国与吾民》"是本有关中国的难得的好书"，尤其带有作者的自传色彩，很有特色，"但是书中所谓的'吾民'只能说是泛称知识阶级群体，而不是所有四万万中国人"。[3]《中国评论周报》在发表姚莘农的公开信同时插了一段林语堂的简短声明，林氏表示自己是福建"龙溪村娃"："我从小就下田种地、上山砍柴、河里捉鱼虾，谁能指责我不了解中国农民呢？

---

1 Lin Yutang, *My Country and My People*, p. 352.
2 John C. H. Wu, "Book Reviews: *My Country and My People* by Lin Yutang", *T'ien Hsia Monthly*, vol. I, no. 4 (November 1935), pp. 468–473.
3 Yao Hsin-nung, "An Open Letter to Dr. Lin Yutang", *The China Critic* (November 14, 1935), p. 152.

'吾民'正是他们，而非穿长衫的乡绅，也不是穿洋装说英语的华人。"[1]

果不其然，最严厉的攻击来自英文《国民新报》，也是一封公开信，署名"一个中国人"，开头便是讥讽的语调："哦哟，著名的小评论家现在可是世界级的畅销书大作家了。真的非常成功，'卖'了你的国家和人民。"[2] 除了讽刺挖苦、人身攻击，公开信指责林语堂"卖国卖民"主要有以下几点。首先，林语堂披露国民政府的缺陷与失败取悦在华外国人和外国媒体，他们一向敌视中国国民政府及其重建工程，该书在外文媒体得到追捧反而证明这一点。"一个中国人"挖苦道：林语堂应该建议出版商把书送到日本或"满洲国"，可以为他们蔑视中国添砖加瓦。[3] 再者，林语堂为国民政府治下的中国描绘了一幅黑暗、绝望的图像，且没有任何改进建议，但作者自己其实从国家领薪担任重要的半官

---

[1] Yao Hsin-nung, "An Open Letter to Dr. Lin Yutang", p. 152. 这种评论很像对赛珍珠的争议，只是指责对象换了一个而已。参见 Qian Suoqiao, "Pearl S. Buck/ 赛珍珠 As a Cosmopolitan Critic"。

[2] "Junius Sinicus", "The Letters of Junius Sinicus: To Dr. Lin Yu-Tang, Shanghai", *People's Tribune* vol. XXIV, (December 16, 1935), p. 421. "Junius Sinicus"可以译成"一个中国人"，但很明显该文出自《国民新报》主编汤良礼（1901—1970）之手。汤良礼是印尼华侨，时任汪精卫秘书。抗战时汪精卫叛变，组汪伪政府，汤良礼任宣传部政务次长，一个高调的"爱国者"变成汉奸，不知林语堂对此如何想的。英文《中国评论周报》和英文《国民新报》当时应该代表两个说英语的知识群体。

[3] 1937年10月13日，庄台公司纽约办公室进来一位客人，山冈（G. Yamaoka）先生，是美国日本商会主任。他来要求允许引用《吾国与吾民》中两段文字。这两段文字用于一本小册子，就几页，名叫"问与答"，由西雅图日本商会和北美日本人协会发行。小册子已经发行在用。这两段引文是这样的。问："中国是世界上税务最重的国家吗？"答："中国农民不需要卖妻卖女来交税……就让他们做乞丐吧！"（引自《吾国与吾民》第352页第三行至倒数第八行，正是如上所引）；问："中国官员和军阀贪污严重，这种指控是真的吗？"答："这样的国家当然是疯了……中国，作为一个民族，一定丧失了道德价值和是非观念。"（《吾国与吾民》第353页第九行至倒数第五行）。华尔希第二天马上回复：很遗憾我们不能答应你们的引用要求。林博士保留起诉你们侵权的权利。如果你们现在即刻停止散发小册子，林博士也就算了。Richard Walsh, "Letter to G. Yamaoka" (October 14, 1937).

方性职位。尤为甚者，林语堂对国民政府的轻蔑指责故意扭曲事实，不仅不负责任，而且居心叵测。比如，有关农民税收问题，林语堂书中加了个脚注，引了一段汪精卫的声明作为佐证。可是他应该另外再加一个脚注，引用次年12月孔祥熙财长的声明，以示政府如何采取措施来改变这一状况。

林语堂致华尔希信中说到该评论，"我早就料到这种东西，自卑感强盛的中国'爱国者'专利"，并称这是一种"梅毒"。[1] 对此林语堂没作任何回应。林语堂赴美后，于1937年2月23日给友人刘驭万写了一封长信，回复有关对《吾国与吾民》的指责。林语堂申辩道：

> 国人对我的非议，主要来自受过西洋教育、会说英文、自我意识极为敏感脆弱的"爱国人士"，我不奇怪。他们就像乡村的学童，被送到大都会洋场教会学堂上中学，却特别害怕别人看到他的母亲来访。但有一种反应我没料到，说我写《吾国与吾民》是"卖国卖民发大财"，说这种话的人无耻。他们脑袋里怎么就只有个人私利，他们怎么就不能相信有人可以对自己的民族与文化作一番诚恳深入的剖析和解读？这种动机论指责太下贱。怎样才算为中国作真实而明智的宣传？西人又不是傻瓜，你把中国包装成个大美人，完美无缺，谁信啊？我的态度是实话实说，着重强调中国是个正在发展中的国家，正从多年混战和贫穷中慢慢地走出来。容不得对当下中国作任何批评，这种自卑心理要不得。假如你的"爱国"朋友担心《吾国与吾民》

---

[1] Lin Yutang, "Letter to Richard Walsh" (December 20, 1935).

在海外给中国带来不良形象,可以请他们放心,因为事实恰恰相反。其实我画的中国也是个美人,不过脸上有个黑痣,西人却懂得欣赏,不弃反爱。我写此书不是为了给中国作政治宣传。我要写出中国的真善美丑,这是艺术创作。别老看那个痣,要看整体的美。我在书的最后一章坦诚写出当下中国人的痛苦与悲哀,如果你的朋友在一九三四至三五年感觉不到广大民众的怨愤,要战不能,要活不得,他们还算是"爱国者"吗?这些人养尊处优,根本不体察民情。其实我也不在乎国人怎么看我的书。我的书写完了,读者各种各样,他们爱怎么看怎么看。反正有许多西方读者告诉我他们读了一遍又一遍。可惜的是,该书没有引起国人好好反思。[1]

另一方面,林语堂为美国舆论的热评深受感动。他对华尔希坦承,他自己的国人不了解他,"也许美国读者比我自己的同胞更能了解我,毕竟我整个思维架构和学术涵养都是西式的,尽管我基本性情是中式的"[2]。

《吾国与吾民》在美国的成功对林语堂踏上赴美旅程起到了重要的助推作用。以后三十年,林语堂的跨文化之旅将登上一个更为广阔的世界舞台。

---

1 Lin Yutang, "Letter to Liu Yuwan" (February 23, 1937). 刘驭万(1896—1966)毕业于欧柏林学院(Oberlin College),时任太平洋国际学会(Institute of Pacific Relations)中国分部执行秘书。
2 Lin Yutang, "Letter to Richard Walsh" (December 14, 1935).

第四章 在美国阐释中国和中国人

他的国家和他的语言：林语堂及他对中国事物的诠释

宋桥[1] 著

陈琳琳[2] 译

在《吾国与吾民》于 1935 年出版之前，少有美国读者熟悉林语堂的著作，但很多人可能早已读过有关中国人和中国风俗礼仪的书籍，尤其是阿瑟·史密斯的《中国人的性格》(Chinese Characteristics) 一书。直到二十世纪二十年代，史密斯的著作在居住于中国的外籍人士中都最受欢迎，在美国本土也一样。赛珍珠于 1931 年发表《大地》后，这个局面才有所改变。但是《吾国与吾民》出版后，林语堂成了"向西方诠释东方的智者"。往后的四十年里，林语堂出版了一系列畅销书，还在各种英语报章杂志发表了大量文章，他的名气也随之持续上涨。在

---

[1] 宋桥（Joe Sample），美国休斯敦大学（城区）英语系副教授。研究十九世纪非虚构英文作品（尤其关注喜剧式新闻写作）中的中国 / 东方主义。
[2] 陈琳琳（Irene L. Chen），台湾大学外文系博士。

这么长的时间里，林氏在诠释有关中国事物上似乎如鱼得水、得来全不费功夫。不过，他在文笔间展现的自信，遮盖了他游走于语言和文化之间所面临的挑战。

为了揭示林氏在诠释中国人、中国事物所展现的写作技巧，我们可以求助于肯尼斯·伯克。伯克在《永久与改变》(Permanence and Change, 1935) 和《面对历史的态度》(Attitudes toward History, 1937) 两本书中建构的理论，正可以用来解释林氏贯彻于《吾国与吾民》的实践。当写到有关文化敏感的议题时，林语堂的解释往往给人一种"仁慈感"(charitable)[1]。他避开用"政治性批斗的架势"(political-debunking frames)，因为他知道，不管是要了解自己，还是了解异文异种的他人，语言为人设置了某种"终极屏障"(terministic screens)。林氏比其他中国人高明之处在于，他身为中国人，英文又写得如此流利，无论在"语气、腔调、语调、语序、意象、语态、观念"上，都能"和读者打成一片、侃侃而谈"[2]。可以这么说，林氏在著作中对"进步"及其他在西方习以为常的观念进行"敲打"，并用"非对称视角"来挑战科技定能带领中国社会通往现代化这一信念。这些观念在中国有人支持有人反对，但只有林语堂用一种"喜剧式的态度"来和不同文化的读者"倾谈"，这再度反映了他与伯克在思想上的渊源。

这里提到伯克并不是要说他对林语堂有多大的功劳，而是要把林氏的写作、修辞风格和二十世纪最有影响的文学理论学者之一相提并

---

[1] 此段所引词均来自肯尼斯·伯克在 Permanence and Change: An Anatomy of Purpose (Berkeley: University of California Press, 1935)，以及 Attitudes toward History (Berkeley: University of California Press, 1937) 所提到的观念。

[2] Kenneth Burke, Attitudes toward History, p. 55.

论，为林语堂研究添枝加叶。比之伯克，林氏的影响要广泛得多。他是为西方译介东方的理想人选。他学识渊博，英语写作技巧在当代中国人当中无人能及，而且，可能也是最重要的是，他崛起于正值冲突之际的国际舞台，这使他对中国文化的诠释不管对中国或是英语读者都别具意义。

诠释中国的事物

文化诠释是一个沟通过程，既有描述也有解释，或两者兼而有之。传教士、游客、新闻记者和人类学家从事"文化翻译"，有时候被认为怀有私心，也就是说，通过他们诠释的他者文化在某些方面反映了他们自己想要看到的东西。其实，诠释者在选定异种文化中哪些方面最重要或者最适合用来诠释（描述与解释），也是有私心的。要诠释什么，需要作出太多判断，尤其是在解释与描述某件事物或情境时，诠释者还需说明该事或该物对始源文化及其信仰和价值观有什么含义。

文化诠释似乎一开始就坦承：诠释本身就包含了自利和难以决断的特质。我们知道文化诠释掺杂了主观性，而这个主观性并不一定能从表述本身呈现。在《诠释修辞》一文中，海登·怀特详细解释了这种修辞功能，他说："每当我们想去描述某物某境，却不确定如何恰当地来进行描述，也不知道可以用哪一种分析法去解释，那我们就来作诠释。"怀特宣称："一开始看到某物，心里便琢磨这是什么，这种起始阶段的琢磨就是诠释"，不只心里要盘算"如何描述与解释该物，并且要判断有没有可能讲清楚"。对怀特来说，诠释"在本质上重譬喻而轻逻辑"，因为它"容许各种描述或解释方式"，换句话说，它并不要求按照既定的方式办事，可以随机应变，对所诠之事或物和另一文化展开交谈、对话。

陈荣捷在题为《林语堂：批评家与诠释家》一文中，根据林氏首三部英文畅销书，对其大致作了持平而正面的评论，说林语堂用好奇的眼光来观察"中国人的生活和想法"，包罗万象，不乏精辟之见。但陈氏又说，"林语堂并不是一个完美的中国诠释家"，部分原因在于他的著述重道轻儒，这一点在《生活的艺术》一书中尤其明显。[1] 更发人深省的是，陈氏指出，作为批评家与诠释家，林语堂"聪颖过人、多才多艺、激情四射，但有时明显前后不一致"，也就是说，"林语堂不容易被人理解"。[2] 可是对许多读者来说，林语堂真是太容易理解了。他有关中国艺术的文章，"外行人"读来赞不绝口，学者们却没什么兴趣，他们甚至会觉得林氏很"业余"。还有哲学家和历史学家认为林氏的《孔子的智慧》（1938）一书，对孔子和儒家"缺乏批评"[3]。

陈氏的讨论可以说明，要判定诠释家是否可信、诠释是否可靠，有多么不容易。有人觉得特别精彩，也有人可能觉得不过尔尔。在兵戎相见、大战迫在眉睫之时，大力倡言道家的无为不无道理。也就是说，诠释必须有时代历史感，是一个巡回往复的过程，而诠释家不光要考虑如何表述某人某事，还要同时考虑原生文化以及输出文化会如何看待这种表述。一旦要跨越多种语言，诠释家就得在数个语言之内以及之间在语言和意识形态上找到自我、定好位置，虽然这不会是件舒服的事。诠释者在从事诠释的同时，必须了解语言在接受诠释的听众形成其价值、

---

1 Wing-Tsit Chan, "Lin Yutang, Critic and Interpreter", *College English* 8.4 (1947), p. 169.
2 Wing-Tsit Chan, "Lin Yutang, Critic and Interpreter", p. 163.
3 Wing-Tsit Chan, "Lin Yutang, Critic and Interpreter", p. 166.

第四章　在美国阐释中国和中国人

态度和信仰上所扮演的角色，并且视情况调整他的诠释。

有些英文单词并没有相应的中文，比如Confucianism（儒教），于是诠释的挑战就来了。英语用Confucianism来解释中国人的思维以及行为体系，已经透露出"儒教"类似于宗教与政治体制。"ism"（主义）这个词尾既有助于、同时又桎梏了英语读者对孔子/儒教之于中国人的意义的理解。十七世纪西方世界有一幅很流行的孔子像，载于《中国哲学家孔夫子》[1]一书（附图一），便很能说明这一问题。图中孔子的形象在西人看来似曾相识。画像中的他站在"国学"之前，"国学"一般被译为"imperial academy"，图中却写作"imperij gymnasium"[2]。这幅画里的每一字都被"标上"了"相对应"的英文单词，好像每一个汉字的意思都得到了正确的表达。墙上陈列着一排排书籍，看似图书馆，藏有中国经典巨著。誊校的文士们就站立在背景桌后，而孔子本人身着长袍，看上去像个基督教士，独自一人站着。这幅图像要表达跨文化的兼容性，好像文化之间几乎可以互相对应。然而，这种孔子意象虽为十七世纪许多欧洲人士所熟悉，对中国人则完全是一种全新的视觉诠释。甚至连布图、明暗和制造景深感的并行线，都是出自西方文化的角度。

因此，虽然孔子对中国人的重要性毋庸置疑，但是，Confucianism一词在英语中所产生的含义，并不是照搬中国人所熟悉的一整套相关

---

[1] 《中国哲学家孔夫子》（*Confucius Sinarum Philosophus*）由在中国居住多年的比利时耶稣会士柏应理（Philippe Couplet，1623—1693）撰写。此书将孔子的著作引介给欧洲，颇有贡献。
[2] 孔子"站在'国学'前"，这一说法有问题。中文"国学"是个现代新词，词源可能和耶稣会士有关。感谢钱锁桥教授指教我这一点。

附图一

第四章　在美国阐释中国和中国人

想法、价值和行为模式。[1] 根据迈克尔·麦吉（Michael McGee）的说法，表意文字（ideographs）是思想（ideology）的"结构元素"与"建材"。麦吉把 liberty（自由）和 property（产业）拿来和相应的汉字对比，因为它们同样能够"意指并包涵特定的思想"。不过，使用某个汉字，"也意味着每个运用的人都能充分了解这个字所涵盖的复杂而细微的差别"[2]。较之中国人对儒家思想的理解，西方"儒教"一词所代表的意义，不是简单地把中国人对儒家思想各种理解相加，它还产生了其他的意思。十八世纪时，有些欧洲人对儒教的政制体系极为推崇，视之为理想，但是从十九世纪开始，直到二十世纪，"儒教"代表的则是文化停滞，被看作让中国无法"进步"与"现代化"的最大因素。另外，中国人"性格"的各种缺陷、中国人对"科学"与"民主"的接受与否，往往被认为和孔子有关。之后，学者们的讨论转向对各种文化进行"科学"比较，以判定种族文明孰优孰劣。这类研究在二十世纪前几十年的中国大获青睐，而此时的中国早就被视为远远落后于西方——无论在社会方面还是政治方面，而在科技方面尤甚。

翻译表意文字

就是在这样的氛围里，林语堂赫然崛起，成为公认的向西方译介

---

[1] 在英文里，汉字被称为表意文字。迈克尔·麦吉创造了 ideograph 一词，意思是一个字就可以表达一个概念。所谓"表意文字"（ideograph），是指这类词可以涵盖、创造，甚或加强某种意念。在此语境下，表意文字与象征符号并不对等，不是大于象征符号，就是小于象征符号。参见 Michael McGee, "The 'Ideograph': A Link between Rhetoric and Ideology", *Quarterly Journal of Speech* 66.1 (1980), pp. 1–16。

[2] Michael McGee, "The 'Ideograph'", p. 7.

东方的诠释者。他的成功在某种程度上是因为他加入了对中国事物的讨论，而在这方面当时基本上没有中国人的声音。《吾国与吾民》获得赛珍珠等人的赞扬，说"只有中国人才写得出这样的书"[1]。可是这样的赞誉是相对的。比如按某书评家的说法，史密斯的《中国人的性格》一书，是"世界上自古以来讨论任何国家"的著作中的顶尖之作。[2]史密斯身为传教士，于1872年与家人一起搬到中国，在北方某村庄住了五十多年。他的《中国人的性格》一书反映了当时盛行的社会和种族理论，还促使中国知识分子讨论如何把中国带进现代化。[3]今天看来，《吾国与吾民》并没有产生像《中国人的性格》那样的遗产。但也不可否认，《吾国与吾民》一书出版后，三年内影印了十四次；在1937年，曾两度在一个月内付印三次，可见当时该书受读者欢迎的程度。

《吾国与吾民》和《中国人的性格》在结构上有相似之处，风格上则相当不同。史密斯详尽地描述了中国文化的各个方面，而他的文笔学究气很浓。林氏的书写得没那么详尽，他运用对话笔法，尝试着跟读者交谈，引导他们对"性格""种族""进步""现代"这些中西方都在谈论的字眼产生新的一层理解，从而更好地了解现代中国的文化和状况。

---

1 Pearl S. Buck, "Introduction", in *My Country and My People*, New York: The John Day Company / Reynal & Hitchcock, 1935, p. xvi.

2 这段引文出现在1894年版的广告里，据说出处是塔尔科特·威廉姆斯（Talcott Williams）博士（1849—1928）。威廉姆斯是美籍记者兼教育家，出生于土耳其，其父母为公理会传教士。威廉姆斯还论及史密斯的另一著作：Arthur H. Smith, *Village Life in China*, New York: F. H. Revell, 1899。同一页上的另一个广告说，史密斯的"两本著作加起来让世人对中国的认识，超过上世纪五六千本讨论中国的著作的总和"。

3 《中国人的性格》一书源自写给上海报纸的一系列专栏文章，正如史密斯在引言里所提，由于某些题目引起读者——包括"中国人，还有英国人、美国人、加拿大人"的极高兴趣，因此把专栏文章结集成书，在1894年出版。

第四章　在美国阐释中国和中国人

同时，二者风格上的差异涉及面很广。举个例子，《中国人的性格》中第一章开宗明义，讲的就是"面子"；但在《吾国与吾民》中，"面子"根本没有被单独列为一个章节。林氏在几处不同地方触及了这个题目，尤其在"社会与政治生活"一节，对此详加讨论。史密斯对中国人的"面子"问题非常执着，几近抓狂，认为其"含义甚广，说也说不尽，想也想不明白"，但仅用了几个简短的例子来说明这一"事实"，即"面子"是中华"民族""无厘头戏剧性表演的一种本能"。

我们可以说史密斯比林语堂更为一本正经，把"面子"置于第一章，突显出一本正经的架势。伯克会说，史密斯用种族来解释中国人"面子"的观念，这是运用"替罪羔羊的手法"。史密斯从指责的角度来讨论"面子"，旨在说明中国出了什么问题。伯克会认为史密斯这种安排是"诠释上的错误"，是他的"导向性"错误，是造成他世界观的潜在动机所引发的结果。[1] 他看待事物的方式在"面子"和"种族"之间产生了联结，这反而使他对某些事视而不见。也就是说，史密斯在此只看到"面子"的负面含义。（他举了几个小偷和不讲理的琐事作为爱面子的例子。）

林语堂也承认面子是"没有办法翻译或者定义的"，因而他把"面子""命运""人情"（英文为：Face, Fate, Favor）合并在一起讨论，而不是单个抽象化处理。[2] 林氏"合情合理"地交谈，而史密斯要"合理化"研究。[3] 在英语交谈中，林语堂可以置身局外，看透文化相对性为

1　Kenneth Burke, *Attitudes toward History*, pp. 14-17.
2　Lin Yutang, *My Country and My People*, New York: The John Day Company / Reynal and Hitchcock, 1935, p. 200.
3　Kenneth Burke, *Attitudes toward History*, pp. 9-11.

理解筑起的屏障。按他的诠释，"面子"是中国文化细胞的一元，也是社交场合的一种动机。敲打像"面子"这类"语言因子"，让林氏免于落入"论战式批斗式架势"，因而他的诠释能够超越当时主流思想的架构。指责无助于互助合作，也不会产生新知。[1]

林语堂又惯常把有关中国人、事的讨论回归语言本身。林氏很清楚，看似相同的词语和观念在不同语言文化会有不同理解，因而把语言（而非诸如种族理论之类）放在他讨论的中心，这样便产生了诠释学的空间。林氏对语言的着重让他避免了对抗式的辩护。他不必为中国文化没有办法达到西方标准的指控而辩护。他能用精湛的英语遣词造句对词语和观念进行比较讨论。譬如，《吾国与吾民》出版后，有人批评说他"忽视了白领、会说英语、文明开化的现代中国人这个阶层的存在"，于是他在1938年再版的序言中作出了回应。[2] 林氏对"圆滑世故"着笔甚多，认为这是"中国人的显著特征"[3]。根据林氏的说法，圆滑世故之人"见得多了"，"万事不易冲动"而"对所谓进步也就是半信半疑"。林氏把老于世故拿来和"年轻人的慷慨激昂"相对照，把年轻人描绘成"充满激情、自以为是"，带有"火热的民族主义意气"。[4]

面对来自受过西式教育的留洋派和任职于国民政府的民族主义者的批评，林氏有几个选择。[5] 当然，他可以同意批评他的人，在书中增加讨论"白领阶层"这部分；他也可以说他不是民族主义的信徒，为自

1　Kenneth Burke, *Attitudes toward History*, p. 167.
2　Lin Yutang, *My Country and My People*, p. xx.
3　Lin Yutang, *My Country and My People*, p. 52.
4　Lin Yutang, *My Country and My People*, p. 52.
5　见本书钱锁桥《〈吾国与吾民〉的起源和反响》一文详尽又引人入胜的讨论，可知林氏著作如何在美国中层阶级受到一致好评，而在中国及其他地区则毁誉参半。

己为何没有讨论"文明"而"现代"的中国人辩解。但他没这么做，而只是用了两个意象进行对比：世故老人和愤青（也许我们可以称之为阴阳手法）。如此，他可以质疑这种代表方式，并询问批评他的人：为什么他们这么肯定这些既文明又现代的中国人"最能代表中国"[1]。的确，有谁能担保他们真正明白"进步"和"现代化"的"涵义"，又有谁能真正"明白进步和现代化所引发的问题，知道如何让新旧得以和谐"[2]？林氏并不强调一定要表明中国是否现代，而是要强调谁能真的了解"进步"和"现代化"观念带来的结果。

在另一处，林氏答复了外界有关中国停滞不前的质疑，指出文化停滞的说法"只是外人从外面看中国所产生的误解，不了解中国的内部底蕴"[3]。但林氏并不故作神秘，也不说五千年的中国文化不是西方读者所能理解的。这样做的话会更加落实中国对西方而言"讳莫如深"的刻板印象，让互相了解的对话就此中断。林氏另外引用了一个略微不同的譬喻，拿希腊和罗马所谓"黄金时期"对照中国"漫长的童年"。[4]希腊和罗马文明早已"盛开"，相较之下，中国文明"走过了几千年才发展完成"，而如今"可能还在勇敢地向前探索"。林氏的中国文化持续发展观，并不是用来反驳外界对中国停滞不前的质疑，而是用来把外界讨论的注意力从科技的进步引导到人文精神的发展。拿科技与人文精神对比，这就转换了话题，至于西方是否真能对中国有帮助这一问题，则悬而未答。

1　Lin Yutang, *My Country and My People*, p. xx.
2　Lin Yutang, *My Country and My People*, p. xx.
3　Lin Yutang, *My Country and My People*, p. 40.
4　Lin Yutang, *My Country and My People*, p. 41.

林语堂可以切换辩论的导向，部分是因为他的讨论遵循西方熟悉的方式。再用《中国人的性格》和《吾国与吾民》作比较，可以帮助我们了解林氏的技巧。史密斯把他的著作分成二十六个章节，每一章讨论中国人性格的不同方面。单从章节的标题就可以看出，史密斯尝试根据人类学的概念分类（如"面子""礼貌""体魄"），但往往沦为随意的批评（如"故意误解""头脑不清楚""对外国人的鄙视"）。《吾国与吾民》分为两个部分：源本和生活。源本包括讨论"中国人的性格"的长篇大论（第42—76页），其中包含以下几个题目：温良、忍耐、超脱、圆滑世故、平和、知足、幽默和保守。接下来的部分讨论"中国人的心灵"（第77—99页），涵盖智慧、女性、缺乏科学精神、逻辑、直觉和想象。显然，研究东方学的学者熟稔这些标题，因为东方学向来喜欢把东西方看成镜子对照的两面（前提是东方劣于西方）。

但是林氏引用这些段落标题，并不是要为西方的汉学偏见背书；相反，林氏证明了所谓中国人的特性（或曰中国国民性）——至少那些西方社会学家和政治科学家（以及更早以前的传教士们）加诸他们的特性——早已经是中国人自己的世界观的一部分。这种方式让林氏得以消除这种东方主义的刻板印象所带来的危害。就有关国民性的争论来说，林氏承认"'性格'是典型的英文词"，可是他接着又说"无论从教育理念或对人格的要求来看，少有其他国家像中国那样这么着重于性格的培养"。[1] 林语堂写道，整个中国哲学都"执迷于"性格的观念，好像"除此之外别无他物"，对此林氏文中一开始持批评态度。但他话锋一转，又回到语言，把中国人对"性格"的理解和英语"character"

---

[1] Lin Yutang, *My Country and My People*, p. 42.

第四章　在美国阐释中国和中国人

一词的含义区分开来。中国人的性格观"全无超世俗的考量","也不牵涉宗教废话",而"'性格'在英文里意指力量、勇气、胆识,在生气和失望时要表现出一脸苦相"。生动的描述高潮迭起,好似给读者刻画出一幅幅卡通漫画。

林语堂在某种意义上把英语"性格"一词漫画化了,但更重要的是,他让西方人想起他们所熟悉的世故长者形象,也就是他们所欣赏的东方智者的形象。但他进而解释道,"'性格'一词在中文里让人联想起个性成熟圆融",此人"面对各种环境都能泰然自若","不但有自知之明,也能洞悉同胞"。[1]林氏的讨论先试图在英文译文中找到同义词,继而又转向寻找类似的概念。正如他指出,"'明德'的观念几乎不可能用英文清楚表达,因为它的含义是:光有知识还不够,还必须从此培养出某种理解能力、一种对人事的洞悉"。"德性的力量实际上就是心智的力量",因为"一个人一旦经过心智训练培养出这些美德,我们会说他有了性格"。[2]

实际上,林语堂揭示了这一观念在中国文化中的潜在含义:"性格"不是个人成就的表现,让人鹤立鸡群;而是关乎智慧,让当事人不仅有自知之明,也有对"同胞"的认识。林氏解释说,这种睿智德性的养成,"已经往下渗透至(中国)最底层的农民,成为他们的生活哲理"[3]。这让我们不禁质疑西方的性格观念是否也能被当成生活哲理:有胆识和满脸苦相,相对于既要培养智慧又要体谅同胞,两者看来很不相配。林氏接着指出中国人十五项"性格特征",几乎每个特征都有正反

---

[1] Lin Yutang, *My Country and My People*, p. 42.
[2] Lin Yutang, *My Country and My People*, p. 43.
[3] Lin Yutang, *My Country and My People*, p. 42.

两方面的意义。林氏坦承,"一般来讲,这些简单而伟大的特征对任何国家都难能可贵"[1],如此一来,林氏便避开了"我们"与"他们"的对立。最后,我们可以看出,一方面,林氏对中国国民性的讨论和十七世纪以来的汉学话语有渊源,很难说他的讨论消解了史密斯在《中国人的性格》最后一章所总结的所谓中国国民性实际上就是缺乏德性的中心议题;但另一方面,林氏似乎并不是在《中国人的性格》一书启发下才写《吾民与吾国》,所以以此标准来评判林氏作品是否成功,有点不伦不类。关键是:林氏的成功之处在于给一个热议的话题加入了他自己独到的观点和视角。

文化上的舒适,语言上的矛盾

林语堂也常用出人意料的比较来展示自己独到的见解,譬如他说,"一般来讲,中国乡村的贫苦大众住得比纽约的大学教授要宽敞"。这样的比较当然不见得完全有道理,但请注意,林氏更在意教育和娱乐他的读者,而不是要跟他们争辩或贬低他们。《吾国与吾民》(只在批注里)提及《中国人的性格》一书,提到史密斯对中国人的观察:中国人生活"粗糙",每天生活在"痛苦和折磨"中,他们的"服装、住宅、枕头和眠床"都欠舒适。[2] 林氏解释道,他知道欧洲读者会觉得史密斯的"大作"读来"有趣",但他可以打赌,当中国读者得知"史密斯所述之折

---

[1] Lin Yutang, *My Country and My People*, p. 43.
[2] Lin Yutang, *My Country and My People*, p. 27. 林氏说虽然该章的标题是"舒适与方便的阙如",但正确的标题应该是"对舒适与方便的漠视"。值得注意的是,史密斯书中有四章用"阙如"作标题来讲述中国人的性格:神精之阙如、同情心之阙如、公德心之阙如、诚意之阙如。

第四章　在美国阐释中国和中国人

磨与不适",会感到"十倍的有趣"。按林氏的解释,史密斯在中国的经验似乎确定无疑地证明:"白人的神精是退化腐败了。"[1] 这种比较再次发人深省。林氏并未替中国的居住条件找借口,而是用"归谬法"扭转谈话的方向:林氏把家宅形容为"电铃、电键、衣橱、橡皮垫子、钥孔、电线、警铃的组合"[2],并指出"西人的幸福观就是要住暖气烘得过热的寓所,再加上一个收音机"[3]。

如果真的要拥有收音机才算幸福的话,那"在1850年以前,世上就没有一个人是快乐的,而在美国幸福的人就应该比'恬静悠然的'巴伐利亚为多,因为巴伐利亚连几把可以折叠、能够旋转的理发椅都找不到"[4]。林氏的论述既用到实例的比较(归谬法),也用到不合逻辑的推断(反证法)。这个例子也可说明林氏与伯克的另一个交集。在《永久与变化》一书中,伯克讨论人类如何把周围世界合理化的几种不同方法,他认为:(他那个)时代的合理化模式,就是"科技思觉错乱"[5]。伯克认为,科技给人戴上一种解释周遭事物的有色眼镜,过滤人们的思维,从而导致文化盲点。伯克没有指明是哪一种科技,因为他只着眼于对待科技的社会心态;林氏也用了同样的做法,他在《吾国与吾民》一书多处讨论诸如"工业化"让人"见"又"不见"的问题。[6] 我们可以说,按林氏的诊断,人们在谈论中西关系时普遍存在"科技思觉错乱"。

1　Lin Yutang, *My Country and My People*, p. 27.
2　Lin Yutang, *My Country and My People*, p. 329.
3　Lin Yutang, *My Country and My People*, p. 61. 这句话在《吾国与吾民》中多次出现,但这一事实反过来可以表明林氏的风格是一致的。
4　Lin Yutang, *My Country and My People*, p. 62.
5　Kenneth Burke, *Permanence and Change*, pp. 44–47.
6　Kenneth Burke, *Permanence and Change*, p. 49.

林氏用一种特殊的科技（电动理发椅）为例，带出"非对称视角"——用这个例子就是要说明什么才算舒适和方便。

这种挑逗的语气在林语堂风格中扮演重要的角色。他充分利用"神精"一词的模糊含义来敲打"白人的神精"，给读者当头棒喝。说他们的"神精""退化腐败了"，等于在说他们不仅体力不支，而且意志力薄弱，这个说法既反讽又含糊，让读者不免质疑林氏用这些词到底是什么意思。这种修辞法不仅再度让读者注意到文字的不稳定性及其意义的变幻莫测，同时也透露了林氏的另一个技巧：他的态度很难敲定，因为有褒有贬，甚至时常在同一个句子里既褒又贬。这不是说林氏拿不定主意，而是说他施展了几手他所仰慕的幽默家惯用的超脱手法。这样的修辞定位留给他相当的空间。譬如，他提到史密斯的书一开始是讨论现代文明的舒适与方便，一变而为对相对唯物主义的评论。那个快乐而温馨、家有收音机的西人形象极具反讽意味，因为它和另一个安居在德国巴伐利亚森林小木屋的质朴西人形象形成鲜明对比，后者正由于他远离现代社会的烦扰，理当更令人钦羡。

要欣赏林语堂这种做法取得的成效，还真不容易。他用实事求是的态度，揭露出某种文化冲突，并拆解了文化的预设立场，却能够做到既不分裂也不激怒读者。就林氏有关中国式舒适与方便的评论而言，有些读者会觉得他所揭露的冲突无所谓，因为他们可能根本没有意识到这里有冲突；就算他们意识到了，他们也不会想到自己对"舒适和方便"的观点有什么问题。然而，他山之石可以攻玉，有心的读者读过林氏著作之后，便会产生两个想法，足以让他们从"科技思觉错乱"中惊醒：第一个想法是，"用一个人一天当中要按几次电钮来衡量此人的文化，想必……用错了标准"；第二个想法是，"所谓中国人安于现狀的

第四章 在美国阐释中国和中国人

神话，其实是西方人制造出来的"[1]。

林语堂的修辞风格

林语堂在其他地方曾说过，他书写中国的态度"温馨而动情，半带诙谐、半带调侃，又糅合了一点理想主义与率性逗乐"[2]，从今天的眼光来看也确实如此。在他讨论中国国民性时，我们可以看出这个态度。譬如他说："比起中国人像中国青花瓷般独一无二的耐心，基督教所谓的耐性简直可以说是急性。"[3] 林氏还调侃道："来自世界的游客不妨在把中国青花瓷带回家的同时，也带回一些中国式的耐心。"林氏把严格的二分法（强—弱）套用在国民性的抽象讨论时，也不忘调侃一下（拿"耐心"[patience]与"急性"[petulance]相对比，又拿基督教的耐性[Christian patience]和中国人的瓷器[Chinese porcelain]打比方，用的都是英文里押头韵的词）。这个技巧让林氏拉近了与读者的距离，而不是让读者感到差异而生疏。

---

1 Lin Yutang, *My Country and My People*, p. 62. 刘禾在《跨语际实践》一书中研究人们如何忽略语言和文化差异来"建立和保持词、义之间的'假想等值'"（Lydia Liu, *Translingual Practice: Literature, National Culture, and Translated Modernity China, 1900–1937*, Stanford, CA: Stanford University Press, 1995, p. xv）。鉴于二十世纪早期中国的"摩登"（modeng）一词是从英语"modern"音译而来，刘禾认为西方实际上界定了何谓中国现代文学。刘禾指出，当"比较理论建立在诸如'自我'（self）或'个人'（individual）之类的本质性范畴之上时，它们超越了翻译的历史、被强加于另一个文化中并占有话语优先权，这样我们就会碰到'严重的方法问题'"。林语堂在二十世纪三十年代便认识到，并且实践了刘禾在六十年后提出的"跨语际实践"的概念，为"重新思考跨文化诠释以及东西方间的语言中介形式，提供了可能性"。

2 Lin Yutang, "Lin Yutang", in *I Believe: Personal Philosophies of Certain Eminent Men and Women of Our Time*, Clifton Fadiman, ed., New York: Simon and Schuster, 1939, p. 159.

3 Lin Yutang, *My Country and My People*, p. 46.

二十世纪二十至三十年代,林语堂想通过倡导幽默来化解社会矛盾,诸如国共斗争、新旧冲突等。数十年后,伯克在《动机修辞术》(A Rhetoric of Motives, 1950)中阐述的观点和林语堂不谋而合:认同他者的努力同时会造成视他者为非我族类的效果,要解决这种紧张状态,只有靠"持续不断地用修辞手法"。[1]战后国际格局为之一变,全球化趋势让世界更为紧密相连,此时伯克警告道:认同于他者的努力越多,"引起分裂的冲动也会越大,人类冲突的范围也会越广"。要克服"这种既认同又分裂的讽刺组合",从而"同情境况迥异于己的他人",需要"执笔人相当的修辞手段,且要凭借富含人文诗意的意象做后盾"。当然,伯克也清楚明白,"国际间竞争对手非但没有努力去认同他者,反而竞相……背道而驰"。而且他也注意到,当"苛刻的科学理念"一旦"运用于还没有准备好接受它的社会结构",其效果一定适得其反。[2]

现代中国百废待兴,社会各种矛盾层出不穷,伯克笔下讨论的紧张情况早已在现代中国的许多层面体现过。林语堂在"二战"时曾写道,我们这个世界少不了用幽默"作为必要的调剂",因为即便是"人类的理想世界也不会十全十美,一定会有许多缺陷和争议,只要能得到理性解决,那就是我们的理想世界了"。[3]他相信,"机敏的常识"以及领悟幽默所需要的"简单思维"有助于"改变我们的思维模式",[4]也可以改变"我们整个文化生活的品质"[5]。林氏所谓幽默态度类似于漫画

---

1 Kenneth Burke, *A Rhetoric of Motives*, Berkeley: University of California Press, 1950, p. 34.
2 Kenneth Burke, *A Rhetoric of Motives*, p. 34.
3 Lin Yutang, *The Importance of Living*, New York: The John Day Company / Reynal and Hitchcock, 1937, p. 80.
4 Lin Yutang, *The Importance of Living*, p. 80.
5 Lin Yutang, *The Importance of Living*, p. 77.

所表现的模棱两可性——"这种双向属性基本上源自漫画的概念，正是社会所需求，而单向的批斗模式所欠缺的"[1]。伯克在《面对历史的态度》一书所谓"模棱两可性"，可以折中相悖观点之间的"磕碰"，因而提供了社会批评的有效方法。[2] 毕竟，"没有模棱两可性就没有对话，没有对话也就不会有对抗、认同，以及同化的过程"[3]。

照理说，我们今天应该可以运用林氏的修辞风格，把它视为伯克所描述的对话过程的一种手法，这样，并不一定要化异为同，至少能从异中找出一条彼此都能同意又行之有效的新路。但是我们不能忘记，林氏中英文皆流利，况且他的修辞技巧也不是轻易可以从他的生活经历抽象化归纳出来的。林氏明白，世上有些事不是用"真理"就能说得清楚，诸如何谓一国的国民性问题。合理的对话似乎是化对立为合作的唯一希望，这一点对我们今天尤为宝贵。林氏并未尝试说服读者采取他的观点，但是他的确尝试让对话放慢速度，也鼓励别人拷问他们自己的观点。将同义词在不同语言中的用法拿来比较，正是试图避免把一种诠释强加于另一种诠释的过程。林氏的中英文著作都很多产，而且这些著述着眼于庞大的读者群，而不仅是学界人士，这更加证明林氏试图让对话延续不断。

林语堂是世界文坛的巨匠，大名鼎鼎，他的声音和当今世界仍然息息相关，但奇怪的是，学术界没多少人注意到他，在学院里显然不容易为林氏找到合适的位置或和他志同道合的人。伯克与他生活在同一

---

1 Kenneth Burke, *Attitudes toward History*, p. 213. 林语堂和伯克在发展关于幽默和漫画的想法时，都借鉴于乔治·梅瑞迪斯《论喜剧与喜剧精神的使用》（George Meredith, "Essay on Comedy and the Uses of the Comic Spirit", 1877）。

2 Kenneth Burke, *Attitudes toward History*, p. 166.

3 Kenneth Burke, *Attitudes toward History*, p. 166.

时代，可称不上是他的知音，虽然我们可以猜想伯克应该听说过这位来自中国的作家，因其前三本书都畅销全世界；同样，我们也怀疑林氏会不会有拜读伯克任何作品的耐心。把两个陌生人放在一张床上，看似很怪，但他们都明白语言是现实的一部分，两者唇齿相依。他们也都把文学视为"生活的器具"，探索语言和人类行为的关联。这两个非常不同的文人之间其实有很多交集，那些研究肯尼斯·伯克理论的人，也应该读一下林语堂的著作，才能更加了解伯克的理论，或许会因此而改写二十世纪的修辞思想史。

至少在目前看来，林氏不见容于用时间和题目划分的传统知识框架，可是当我们探究林氏如何挑战他那个时代的二元化对立时，或许会在他的著作里发现一个跨文化话语的开端，因而在学院里为林语堂找到新的位置。的确，他邀请读者审视自己的理解而非强加意见给读者，值得我们今天好好效法。如今我们生活在全球化时代，大量信息扑面而来，自我认同变得模糊，可边界冲突并没有停止，"我们"与"他们"之间的距离非但没有拉近，反而更加疏远。或许现在我们更能欣赏林语堂的观点。[1]

---

[1] 在"Lin Yutang's Masterpiece: The Two-Way Process in the Age of Globalization"（Ex/Change 4, May 2002）一文中，钱锁桥解释说，尽管林语堂在美国大获成功，知名度甚高，而他自己觉得他是一位"'世界公民'……在美国撰文讨论'现代文明的弊病'"，但美国读者根本"还没有准备好接受林语堂自己的定位：一个脚踏中西文化、半中半西的普适性知识分子"。E. 布鲁斯·布鲁克斯也为他简短的林语堂传记做了这样的结尾，说"在他有生之年，中国和世界始终不知道怎么看待他"。（E. Bruce Brooks, "Lin Yutang", Warring States Project.）

中国"茶花"美国开
林语堂跨文化重塑"杜十娘"的动因与策略

吕芳[1]

前言

1950 年,林语堂发表了一篇题为《杜姑娘》(*Miss Tu*)[2] 的英文中篇小说,前言中称,此作是根据明代作家冯梦龙的白话短篇《杜十娘怒沉百宝箱》[3] 重写而成。一代名妓杜十娘因爱而死的悲剧,在中国几乎家

---

[1] 吕芳,加拿大西蒙菲莎大学比较文学博士,美国波士顿学院副教授。研究领域为现当代中国文学、比较文学、跨文化文学实践与林语堂专题研究等。

[2] 《杜姑娘》于 1950 年由美国纽约庄台公司首版,同年由英国海纳曼出版社(Heinemann)再版。1951 年,《杜姑娘》收入庄台公司出版的 *Widow, Nun and Courtesan*(《寡妇、尼姑与歌妓》),该版本即为本文引用版本。《杜姑娘》于 1969 年由印度孟买嘉科出版社(Jaico Publishing House)再版。《寡妇、尼姑与歌妓》于 1977 年由美国格林伍德出版社(Greenwood Press)再版,1979 年由台湾美亚出版公司再版。该书已被译成好几种西方语言:1951 年被译成丹麦语,1964 年再版;1952 年被译成挪威语;1956 年被译成葡萄牙语;1958 年被译成西班牙语;1964 年被译成德语,1966 年再版。

[3] 冯梦龙(1574—1646)的《杜十娘怒沉百宝箱》收录在他 1624 年出版的《警世通言》第三十二卷中。参见冯梦龙著、魏同贤主编《冯梦龙全集·警世通言(下)》第二十二至二十三卷,上海:上海古籍出版社,1993 年,第 1295—1338 页。

喻户晓，而林语堂的《杜姑娘》，则是首篇向西方读者讲述这一青楼女子之悲情传奇的英文作品。

《杜十娘怒沉百宝箱》讲述的是明万历年间发生的一桩情爱悲剧。京城名妓杜十娘，与在京游学的太学生、浙江布政使之子李甲相好。当李甲钱财散尽，行将被鸨母逐出之时，素有从良之志的十娘设计促李甲为其赎身，成功之后即随他归乡，临行时仅携一梳妆箱而已。南下过江停舟小憩之时，偶遇纨绔盐商孙富，因窥见十娘美貌，孙富心生歹谋，约谈李甲，探知其惧于严父归家不得的底细后，提出了以千金换十娘，以助其父子团圆的"两全"之计。惑于孙富的弹簧巧舌，又窘于身无分文，李甲无奈之下竟以之为良策，答应回舟与十娘商议。惊悉李甲情变，十娘刹那间从苦心织成的婚姻美梦中骤醒，绝望而镇静地接受了自己的厄运。次日清晨，替李甲从孙富处收纳千金之后，十娘立于船头，打开了梳妆箱，将内藏的无数珠宝古玩，金银玉器层层抽出，一一抛入河中。观者无不扼腕。十娘随后怒斥孙富之恶，痛责李甲无情，称自己数年辛苦积蓄，价值万金，原本是为他献于父母而备，以求怜取之心，然他"有眼无珠"，枉负她一片真情。言毕，她抱起百宝箱投江，瞬即沉入茫茫江水之中。

这一令人心碎的结局，诉说着十娘绝命想争回她被夺走的尊严的渴望。她选择赴死，源于她内心无法言说的悲伤与愤怒，源于她被摧毁了的自尊与破灭了的梦，还有对这个将她边缘化与商品化了的社会的彻底绝望与断然蔑视。

《杜十娘怒沉百宝箱》一向被认为是中国古代白话短篇杰作。它也被选入中学课本，作为叙述中巧设悬念的一个典型案例。此故事自明朝后流传极广，正如林语堂所言，"在中国，老幼妇孺，无人不晓杜十

第四章　在美国阐释中国和中国人

娘与她的百宝箱"[1]。那震撼人心的悲剧力令其屡被改写或重写，十娘的形象在众口相传及各类文艺再现（尤其是地方戏）中不断推陈出新。2003 年香港导演杜国威执导的鸿篇巨制《花魁杜十娘》则为此传奇再添当代演绎。

想必是这悲剧力促动了林语堂，欲将此故事讲与西人听。然他并未像后来几位译者那样，只是简单地翻译整个故事，[2] 而是取了原故事的主线与人物，全盘重写，题以新名《杜姑娘》。

跨文化重写，比单一文化内部的改写面临更多挑战。尽管文化之间有诸多类同现象，但作品一旦跨越文化，必得涉及各层面的考量。除了语言不同，还有叙述模式、主题思想、社会话题等层面上的不同，而这些皆受制于各自不同的文化背景与思维结构。再者，作者创造性想象的展开还须植根于原作的土壤。这样的重写，犹如戴着镣铐的舞蹈，始终受到种种牵制。林语堂的这一英文中篇，因此成为跨语际文学实践中一个颇为有趣的案例。

在对照《杜姑娘》与《杜十娘怒沉百宝箱》时，笔者发现，林语堂为让这一中国故事更自然地契合西方读者的精神、情感与叙述框架，对源本所作的更变竟是戏剧化的、超出想象的多！这一跨语际重写因此呈现出一种极其缤纷绮丽的错综交织。本论文试通过对这一案例的

---

[1] Lin Yutang, *Widow, Nun and Courtesan*, title page.
[2] 此故事有几种英文译本，如杨宪益、戴乃迭的合译本与 Richard Ho 的译本。参见 Menglong Feng, "The Courtesan's Jewel Box", *The Courtesan's Jewel Box: Chinese Stories of the Xth–XVIIth Centuries*, Hsien-yi Yang and Gladys Yang, trans., Foreign Language Press, 1957, pp. 246–271；以及 Menglong Feng, "Du Shiniang Sinks the Jewel Box in Anger", Richard Ho, trans., *Traditional Chinese Stories: Themes and Variations*, Y. W. Ma and Joseph S. M. Lau, eds., Boston: Cheng & Tsui Company, 1991, pp. 146–160。

剖析，追溯林语堂重构《杜姑娘》的思路、激情与方法，看他如何在两种文化的异同之间，作法创新，将一个中国故事传达给西人。以下各部分中，笔者首先考察他对源本叙述模式所作的戏剧化改变与改法，再看他为重塑十娘形象所采用的种种叙述修辞策略，然后分析这一重构给故事之关键情节及更新后的十娘形象所带来的问题。林语堂向来以勇于创新著称，本论文旨在揭秘他的跨文化传奇，看他如何在文化之间铺桥越壑，遇种种险状时如何应对跨越，同时也展示在此过程中他的洞见与不见，优长与弱点。林语堂的《杜姑娘》因此会将我们带入一片亦中亦西、亦古亦今，诡异多变且充满玄机的风景。他半个世纪前留下的一只神秘的"跨文化百宝箱"，有待我们层层打开，一一揭示。

一、改变叙述模式——从传统中国白话短篇到现代英文中篇

与《杜十娘怒沉百宝箱》相比，《杜姑娘》最明显的不同即在叙述模式上的全盘重构。冯梦龙版的杜十娘带有显著的白话说书文学的特征。故事以一段与正文无甚关系的诗文开场，叙述间也穿插着点睛式的诗文，且最后亦以诗文告结。林语堂重写时，将这些诗文全部略去，而作品已由二十页的短篇扩至八十三页的现代英文中篇：极富悬念的开端，描述生动的场景，一系列渐趋复杂并让故事直逼高潮的事件，以及意味深长的结尾。源本故事中第三人称有限视角的叙述已转换成第一人称双重叙述。林语堂为《杜姑娘》设计了双重叙述的声音：一重来自"我"——一位见过并同情十娘的颇受人敬重的老作家，另一重则来自柳遇春——男女主人公的知心好友及这场悲剧的主见证人。"我"为整个故事的叙述设了一个框架；"我"倾听主叙述人柳遇春讲故事，并不

时向读者提供自己的看法与感受。与此同时，书信跟日记也被用以传达十娘个人心理叙述的声音。另外，冯版杜十娘是顺叙的，林版则以十娘之死开场，以主叙述人柳遇春倒叙展开，娓娓回述他的李姓朋友与十娘之间的悲情之爱。

这一叙述模式的重建连带着一系列相关情节的生成与改变。在《杜姑娘》中，"我"因目睹十娘投河，深感震撼，欲探究竟。同情与好奇也让"我"认识了悲剧男主人公的仆人，并因他而结识了主叙述人柳遇春。"我"因此也卷入了悲剧发生后在河边为十娘筑一纪念庙宇之事宜。为了给十娘画像，"我"协助柳遇春物色画师。因此，"我"将故事的基本叙述都衔接起来了。"我"这个角色，完全由林语堂所创设，用以隐含作者本人的声音。通过这一叙述声音，林语堂有效地表达出了自己对整桩悲剧的看法，以及对男女主人公的深切同情。例如，故事开场时，"我"即表述了"自己"对情爱、道德、悲剧及歌妓之不幸生涯的一些思考，也记下了"自己"对十娘跳河前一刹那的印象：

> 十娘投身入河时那沉着自重的形象，又浮现在眼前。那一刻的她，像一脉精魂，立于船头，骄如一尊美丽雕像，或如一位将赴祭坛为爱献身的圣女。晨光闪耀着她佩戴着的珠玉与她姣好的面容，高高盘起的乌黑发髻，更衬出她青春之美。她身着粉色新娘装，淡蓝绣花披纱在风中飘扬着，而她脚下，则奔涌着腊月阳光下冰冷的寒流。从不曾有人这般赴死的。那强大的冰流转瞬吞灭了她，疾速地将她带到救援者无从企及的远湍。[1]

---

1 Lin Yutang, *Miss Tu*, pp. 186–187.

故事的另一位叙述人柳遇春，是男主人公在京求学期间的唯一好友。柳遇春这一角色在冯梦龙版中原已存在，但在林语堂版中，作用大大加强了，成了故事的主叙述者。他沉浸在感伤的回忆里，徐徐展开往事，讲述春光明媚中他所见证的一对情人的相遇，以及他们至深至浓的爱。为此林语堂还设计了柳遇春为助其好友替十娘赎身而向富商兼嫖客毛阿三（原型为孙富）借钱，并因此不幸陷入骗局，反促悲剧发生的情节，这让他更是痛悔不已。他痛悔伤心的叙述声调，渲染了悲剧的效果，引起了读者强烈的同情。

十娘死后，留下了一批书信与诗词，这是林语堂重写时叙述手法上的另一重要创新。这些书信与诗词，打开了十娘的心理世界，为读者提供了她个人的声音，让她说出自己内心细致的想法与感情，同时也展现了她的诗才。由于这一声音的存在，读者对她的同情与了解也加深了，故事的可信度也相对加强。

男主人公的名字，由"李甲"改为"李夏明"，这一改变体现了林语堂对男主人公性格与命运的新视角。[1] 在冯梦龙版中，叙述人对李甲的负情谴责有加，认为"李甲不识杜十娘一片苦心，碌碌蠢才，无足道者"[2]。但林语堂对李夏明则同情有加。小说中两位叙述人的话语都强调李夏明是个浪漫情人，是一场"伟大情爱"与父权社会的牺牲品[3]。为让读者对他产生同情，林语堂增设了一些替他开脱的情节，部分改变了他

---

[1] "甲"，本意"第一"，但冯梦龙选择此名显然意含讽刺。
[2] 冯梦龙：《杜十娘怒沉百宝箱》，冯梦龙著、魏同贤主编《冯梦龙全集·警世通言（下）》，第1337页。
[3] Lin Yutang, *Miss Tu*, p. 206.

背叛十娘的缘由，同时将他塑造成一个有激情、真心付出、值得十娘深爱的人。冯版中的盐商孙富，在林版中已改名为毛阿三。他在这场爱情悲剧中所起的作用也加重了：不仅是一个为十娘花了大钱的妓院常客，一个被李夏明视为情敌的风月老手，更是个趁柳遇春借钱之机设下陷阱最后逼死十娘的恶人。毛阿三代表晚明新兴商人阶层不断壮大的权势。这一权势直接影响了十娘的自杀选择。为此，林语堂还添加了另一个有父权威力的角色——李夏明的叔叔，让他与毛阿三勾结，趁这对情人尚在归途就直接到江边威胁李夏明。

林语堂也给《杜姑娘》设了一个全新的结尾。冯版是以"因果报应"结尾的：柳遇春因助十娘赎身一事而受到十娘鬼魂的慷慨回报；孙富从此卧病在床，"终日见杜十娘在傍诟骂，奄奄而逝"；李甲则"终日愧悔，郁成狂疾，终身不痊"。[1] 林版则全部删去十娘成鬼后的"江报"；替而代之的，是李甲之父感于十娘之情深而在江边为她建一庙宇，以平抚她的冤魂。二十年后，一位疯和尚（该是李夏明）在庙中现身，日日对着十娘之像膜拜，后来焚庙自尽。这些改变减了十娘的女侠气，增了她的女儿柔情，加重了故事的悲剧色彩，同时也让整个故事现代化了。

---

[1] 冯梦龙：《杜十娘怒沉百宝箱》，冯梦龙著、魏同贤主编《冯梦龙全集·警世通言（下）》，第1336页。

林语堂的跨文化遗产

二、主选《茶花女》为跨文化叙述摹本

在阅读与分析《杜姑娘》的过程中,《茶花女》[1]中玛格丽特·戈蒂埃的影子忽在笔者脑海中浮现,且愈益清晰。十娘与茶花女的欢乐与悲伤何其相似,激情与悲剧似在交织呈现。在目的语境中找到一个与源本故事有类似性的故事做重写时的参照,让译本更易为目的语境中的读者所接受,对跨文化写作者而言可谓是一种至关重要的策略。在对两个文本细作对比之后,笔者发现,林语堂正是借《茶花女》作叙述摹本来重写杜十娘故事的。或许,他的意图就是向西方读者呈现一位"中国的茶花女"。

正如自然界相隔千万里却存在着诸多类同现象一样,跨文化语境中的文学类同现象也比比皆是。虽然这些作品出现在不同历史时期与不同文化中,它们却以独特的方式互为呼应。《茶花女》讲的是十九世纪巴黎名妓玛格丽特·戈蒂埃的爱情悲剧。她与一位出身中产阶级家庭的青年阿尔芒两情相悦,誓结连理,但阿尔芒的父亲无法认同玛格丽特的身世,秘密设计离间了他们。与阿尔芒分手一年后,玛格丽特在病痛中绝望而死,离世前,她给情人留下了一本日记。只有在读了这本日记之后,阿尔芒才懂得玛格丽特为他作出了多大的牺牲,理解她原来竟是如此不公地被这个社会所拒绝,如此悲惨地被推回了火坑。作者小仲马(Alexandre Dumas Jr., 1824—1895)是十九世纪末期法国著名的浪漫主义作家,此作是据他自身经历写成,1848年发表后立刻在法国引

---

[1] 本论文英文原版中引用的是由爱德蒙·高斯(Edmund Goss)1902年译自法文的英文版《茶花女》。参见 Alexandre Jr. Dumas, *The Lady of the Camellias*, Edmund Goss, trans., London: William Heinemann, Ltd., 1902。

起轰动，1851年由他本人改编成话剧，1853年由威尔蒂改成意大利歌剧，从此广为流传。此作也被译成多种语言（包括中文），成为世界爱情悲剧文学中的一朵奇花。[1] 它在现代也延续着传奇：1936年嘉宝出演的电影版将它再度推向高潮；时至今日，它仍是世界许多大剧院的保留剧目，不断在各地上演。对现代西方读者而言，《茶花女》是一个他们耳熟能详的经典故事。

尽管这两个故事在时空上隔着大距离，但林语堂显然感知到了两者之间存在的相似性。杜十娘与茶花女，皆为绝代佳丽误入风尘，但心志高洁，独立自尊。她们因爱而生从良之志，怀抱梦想并竭力争取，但社会道德不容，百般阻拦，令她们回归无路。梦醒之后，她们唯有以死明志，以死控诉社会之冷酷无情。风华绝代的美，柔肠侠骨的爱，瞬间珠沉玉碎。也许正是这些相似因素，为林语堂的跨语际文学重写垫下了颇合情理的基底，让他觉得模拟《茶花女》重写《杜十娘》，会让西方读者更易接受这一中国歌妓的故事。

再回头检视《杜姑娘》中重建的叙述模式时，可以发现林语堂灵感之源显然出自小仲马的《茶花女》。从叙述人的设置、结构安排、叙述节奏与语气，到气氛营造、情节的想象生成与细节充实，林版的杜十娘故事通体散发着"茶花"的气息。

首先，题目由原先的《杜十娘怒沉百宝箱》改为《杜姑娘》。前者是典型的"动作导向"，通常为说书人用于吸引听众的注意力；后者则

---

[1] 此小说于1897年由林纾（1852—1924）译成古文《巴黎茶花女轶事》，立即引起了中国读者的热烈反响。"一曲巴黎茶花女，荡尽支那浪子魂。"它事实上也激发了二十世纪初中国浪漫感伤小说潮的涌现。林语堂提及他在中学时曾与二姐一起阅读林纾的译本。参见林太乙《林语堂传》，太原：北岳文艺出版社，1994年，第7页。

是"人物导向",与"包法利夫人""茶花女"相似。当然,"杜姑娘"听上去也更青春天真些,而"怒沉百宝箱"虽听上去很有威力——事实却并非如此,除了最后那一怒举。

林语堂为"杜姑娘"设计的双重叙述声音——老作家"我"与悲剧见证人柳遇春,以及由老作家构起叙述框架并倾听柳遇春倾情讲述的方式,与《茶花女》中的双重叙述设计几乎平行:一重叙述来自"我"——一位平日见过玛格丽特并同情她的作家,另一重叙述则来自那位直接卷入这场浪漫悲剧的男主人公阿尔芒,他对往事伤感而充满激情的追叙成了《茶花女》叙述的主体。[1]正如阿尔芒悲痛欲绝的声音,柳遇春痛悔伤心的叙述声调,也渲染了悲剧的效果,唤起了读者强烈的同情。例如,柳遇春的叙述会不时被强烈的情绪波动打断:"此刻,叙述人停住了,擦干眼泪后,接着说下去。""这时我的叙述人声音又呛住了,只见他泪水盈眶,掩面抽泣。"这些对叙述节奏的控制方式,与小仲马在故事中为阿尔芒叙述时所设计的情绪化间歇安排何其相似![2]另外,柳遇春在叙述间也不时会发出如阿尔芒般的对悲情之爱的看法:

> 若十娘少些真情,就不致于死。更换情人,辞旧迎新,本是

---

[1] 《茶花女》中的叙述人"我",平日见过玛格丽特,因好奇与同情而去看她死后的财产拍卖会,并买回了《曼侬·莱斯戈》(Manon Lescaut)一书。"我"因此结识了主叙述人阿尔芒(他在找买下《曼侬·莱斯戈》之人),同情他并协助他为玛格丽特迁坟,从而得以倾听他讲述整个悲情故事。"我"边听边对故事发表一些评论,感叹造化作弄,大爱之悲,从而串起整个故事,并定下基调。

[2] 例如:"阿尔芒听任自己思绪翻腾,热泪纵横,一面把手伸给我,一面继续说道……""阿尔芒的这个长篇叙述,经常因为流泪而中断。他讲得很累,把玛格丽特亲手写的几页日记交给我以后,他就双手捂着额头,闭上了眼睛,可能是在凝思,也可能是想睡一会儿。"参见小仲马《茶花女》,北京:外国文学出版社,王振孙译,1980年,第31、233页。

歌妓生涯的一部分。十娘若老成些，就会懂得冷漠，不必如此全情投入。正因为她爱得那么真，把梦想全筑在爱之上，所以一旦梦碎，世界也就塌了，她别无选择，唯有赴死。[1]

《杜姑娘》中的两位叙述人，正如《茶花女》中的两位叙述人一样，不时发表个人见解，竭力营造抒情气氛，以影响读者对这一悲剧的反应以及对十娘的看法。

十娘死后留下了一批书信与诗词的情节，看来也受启于玛格丽特死后留下一本日记这一情节。在小说中，玛格丽特请她朋友朱利·迪普拉在她死后将日记交给阿尔芒。玛格丽特日记中的个人叙述差不多构成了《茶花女》最后三章的主体。她告诉阿尔芒，他的父亲如何逼迫她放弃爱情，她如何在病中受苦，又如何想念阿尔芒。

此外，林语堂添加的那个极富父权威力的角色——李夏明的叔叔（他直接到江边威胁李夏明），也类似于那位怀着阴谋直接现身于玛格丽特居所威胁她的阿尔芒之父。

除了叙述模式上的借鉴，更有叙述激情上的共鸣。如前所述，林语堂欲对西人讲述这一故事的激情，似乎也源于他发现中西这两个故事共有的震撼人心的悲剧力。他或许期待读者会将这两位女性的命运联系在一起，来思考造成这种悲剧的一些中西共通的社会根源。

无论中西，歌妓都称得上是最古老的职业之一。在中国，据可知历史，专职妓女可推溯到公元前七世纪[2]。儒教给家庭妇女设置了重重道

---

[1] Lin Yutang, *Miss Tu*, p. 203.
[2] Lin Yutang, *The Gay Genius: The Life and Times of Su Tungpo*, New York: The John Day Company, 1947, p. 153.

德约束，而文人雅士、达官商贾则乐此不疲地追求浪漫性爱，二者之间的矛盾为传统社会高等歌妓业（不同于低等卖淫业）的繁荣创造了极佳温床。早在1935年，林语堂即在《吾国与吾民》一书中专节论述了中国的妓妾传统。他强调歌妓在中国文学诗乐传统中留下的重要足迹，指出相对于良家妇女，她们在男性社会中显得"更才艺双全，更独立自在"。若一直留在此行业中，"她们几乎称得上是中国古代最自由的女性"。[1] 然林语堂也深刻地指出，"这里无法专业化的，是与人性相关的方面，若一歌妓真的爱上了某男子，欲嫁入良室时，社会的种种限制就会让这一情况复杂化，而这通常对此女子极度不利"。[2] 传统中国确有不少有关歌妓爱上书生的故事，但除少数特例外，均以悲剧告终。[3]

选择重写《杜十娘》，透露了林语堂对这些弱女子的深切同情。想必他欲通过写作，继续思考中国传统社会中的歌妓现象，深层探讨这些被商业化了的女子的人生命运，考察一种生于寻欢之地的爱在试图进入"正常"礼教社会时如何告结，以及一位底层女子至何种程度可挑战社会。而借《茶花女》作摹本来改写，也显示了林语堂试图对此题材作跨文化分析的宏意。在比照中，与小仲马遥相呼应，探讨中西社会歌妓悲剧根源之共性，从而让读者产生相关联想，思考虚伪的社会道德如何异化这些女性，歧视她们并无情地将她们吞灭。

阅读《杜姑娘》的过程中，除了玛格丽特的身影不时浮现，刘鹗

1　Lin Yutang, *My Country and My People*, (reprint) New York: The John Day Company, 1939, p. 162.
2　Lin Yutang, *Widow, Nun and Courtesan*, p. v.
3　明清时代有不少类似的真实故事，如董小宛与冒辟疆、李香君与侯方域等的情史。柳如是与钱谦益则是相对结局较好的一对。

笔下的"泰山尼姑"逸云[1]以及历史上一些名妓的声容情貌也仿佛若隐若现。看来林语堂不只是想给西方读者呈现一位与法国茶花女颇为相似的歌妓，还更想呈现一位出自中国歌妓传统的、真正有血有肉的独特女性形象。这让林语堂这一跨语际重写显得更为缤纷交织，而他所采取的中西混同的叙述策略也更值得我们关注。

三、以叙述修辞策略将杜十娘理想化与浪漫化

尽管冯梦龙的《杜十娘怒沉百宝箱》是一个关于歌妓的故事，但因其行文极简练，所以只略微提及十娘的生活与思想。将叙述模式改变之后，林语堂赢得了更大的叙述空间。受《茶花女》浪漫悲情的激发，又源自自己对明代歌妓生活的了解与思考，林语堂灵感泉涌，全面展开对杜十娘人生命运的想象，以种种叙述修辞策略，重新打造一代名妓非同寻常的形象。一系列崭新的场景与情节因此生成。正是在这些丰富的描述中，一个新的十娘形象翩翩现身了。

1. 多才多艺的名妓

如林语堂指出的那样，高级歌妓，是中国文化中一个特殊的传统。"她们中大多才华横溢，那些会写诗作画、通音律管弦的歌舞者更是为文人墨客所钟爱追求。"[2]十娘的美貌与声名才华在冯版中仅以两首小诗

---

[1] 林语堂于1936年将刘鹗的"泰山尼姑"译成了英文。"泰山尼姑"即刘鹗《老残游记·二集》前六回。参见刘鹗《老残游记》，济南：济南出版社，2004年，第171—211页。
[2] Lin Yutang, *The Gay Genius*, p. 153.

表达，[1] 林语堂则以华丽的场景与丰富的细节来展现她的生活之奢侈，描述她如何为富商名流诗人学士所追求，以及她在诗乐方面的造就。

在为读者介绍十娘时，林语堂首先想象出一些她何以成名的细节：

> 有位朝廷官员愿为她赎身，娶她为妾，而她却拒绝了。一个偶然的机会，诗人石梅宇惊其才貌而写下了赞美之诗。当时她年方十七，立时声名鹊起。慕名求见者络绎不绝。她夜夜笙歌，频频受邀于达官贵人之筵。门前车马客常临，她家楼院的灯火把附近几条街照得一片亮堂。杜妈母因此财源滚滚。[2]

十娘的拒绝，显示了她性格中高傲固执的一面，也表明她想控制自己命运的强烈欲望。嫁入豪门做朝廷官员之妾，是多少歌妓的从良梦想，十娘却不屑于此。著名诗人歌咏她才貌双全而令她一举成名之事，则赋予她一定的传奇色彩，印证了源本中为何称她是教坊院中数得上的"风流领袖"[3]，而明朝捧妓成风，"作诗赞美绝世名妓的花容月貌，为一时之风尚，极有名望的文人学士亦不在例外"[4]。所以林语堂的这些描述颇符合史实，所增细节让读者感到十娘绝非寻常之辈。

林语堂还加上了这样的介绍："人们开始说她太高傲，太难接近

---

1 第一首诗是："浑身雅艳，遍体娇香，两弯眉画远山青，一对眼明秋水润。脸如莲萼，分明卓氏文君；唇似樱桃，何减白家樊素。可怜一片无瑕玉，误落风尘花柳中。"第二首是："坐中若有杜十娘，斗筲之量饮千觞；院中若识杜老媪，千家粉面都如鬼。"参见冯梦龙《杜十娘怒沉百宝箱》，冯梦龙著、魏同贤主编《冯梦龙全集·警世通言（下）》，第1298页。

2 Lin Yutang, *Miss Tu*, p. 204.

3 冯梦龙：《杜十娘怒沉百宝箱》，冯梦龙著、魏同贤主编《冯梦龙全集·警世通言（下）》，第1314页。

4 Lin Yutang, *The Gay Genius*, p. 153.

了"[1]，传言都说她"又昂贵又喜怒无常"[2]。这些细节演绎了十娘为何是"曲中第一名姬，要从良时，怕没有十斛明珠，千金聘礼"[3]，足显她既高傲又拥有一定的选择权。这些描述与《茶花女》中对玛格丽特声名鹊起的描述颇有异曲同工之妙。玛格丽特的起家，与 G 公爵对她的爱慕热捧息息相关。她是在成为公爵的情妇后才开始盛名远播的——一朵美丽而高傲的"茶花"，以骄逸任性出名，敢拒贵族名流，选择自己所爱。

  林语堂也将十娘打造成一个才华横溢的女诗人。冯版中并未提及十娘的诗才，但考虑到十娘在明朝京城教坊院中的排行，她善作诗书也就顺理成章了。晚明歌妓在中国诗乐史上确乎起了极活跃的作用，正如尹维德（Wilt Idema）与管佩达（Beata Grant）指出的那样，"在宋元明代，歌妓在中国都市生活中皆极其活跃。然只有等到晚明，我们才会看到她们是如何以自己极具特色的诗作在女性文学的发展中发挥重要作用的"[4]。明朝出众的歌妓诗人有梁小玉、徐翩翩、马湘兰、薛素素、柳如是等。她们的诗作大多收录在钱谦益、柳如是所编的《历朝诗集》中。[5] 林语堂为杜十娘所设计的诗作，在风格、形式与内容上，都与这些名妓的有异曲同工之妙。"正统学者会批评她的诗较直露，未经磨炼，似在呓语而非歌咏，然此等呓语中有着何等的深情与真意！"[6]

  林语堂将十娘塑造成诗人，是为了一展她的才智与性情。她的诗

---

1 Lin Yutang, *Miss Tu*, p. 204.
2 Lin Yutang, *Miss Tu*, p. 223.
3 Lin Yutang, *Miss Tu*, p. 150.
4 Wilt Idema and Beata Grant, *The Red Brush: Writing Women of Imperial China*, Harvard East Asian Monographs, 231, Cambridge, MA: Harvard University Press, 2004, p. 333.
5 Wilt Idema and Beata Grant, *The Red Brush*, pp. 359–382.
6 Lin Yutang, *Miss Yu*, pp. 211–212.

作扣人心弦,流露出内心深爱的决意,同时也尽显她丰满的个性:

> 感君情深知我衷,
> 千行泪雨记海盟。
> 纵使君心负相思,
> 缱绻春宵意难终。[1]

拜读了她的诗作后,柳遇春不禁对李夏明说,"这才叫真性情,远比那些冷血文人作的假情诗好百倍"[2]。这些诗也感动了李夏明的父亲。十娘死后,他在遗物中偶然读到了这批诗作,一时感动而决定在江边为她筑一个纪念庙宇。这样的描写,令读者对十娘的同情与欣赏俱增。

为展现才艺双全的一代名妓是如何"承继中国的歌乐传统"的,[3] 林语堂在小说中也另创了几个生动场景,让十娘作曲、演唱并弹奏琵琶,[4] 将她塑造成一名优秀的歌乐表演家。其中令人印象最深的是一场琵琶演奏,它不仅让读者领略了十娘的艺术天才,她在风月场上的盛名,更让读者窥见了她内心的悲哀与孤独。

龙舟节时,十娘邀李夏明与柳遇春去护国寺看她的表演。那一日,"曲妓名流,教坊乐王,无不受邀登台献艺"。当李夏明与柳遇春到达时,繁华的节庆气氛冲得他们有些晕眩。在这里,林语堂对明朝京都达官贵人与妓女们歌舞游乐之场景的华丽铺陈,颇似小仲马对巴黎上流

1　Lin Yutang, *Miss Tu*, p. 213. 笔者根据小说中的英文原诗代林语堂作此中文诗。
2　Lin Yutang, *Miss Tu*, p. 211.
3　Lin Yutang, *My Country and My People*, p. 162.
4　Lin Yutang, *Miss Tu*, p. 197, pp. 226–227, p. 48.

第四章　在美国阐释中国和中国人

贵族与茶花女等在歌剧院的包厢中夜夜笙歌的奢靡场景之描述：

> 这些观众都很挑剔，我敢说，都是风月场上的常客，他们对每位名妓的风流艳史都如数家珍，且知哪位嘴最小，齿最白，金莲最美妙。[1]

当十娘上台时，"所有的目光都追向她去"。

> 她步至中台，对观众微鞠一躬，以女孩子清亮的声音说道，"现在我为大家演唱一曲'昭君出塞'"。于是她转轴拨弦，声音初不甚大。满场听众都屏气凝神，不敢稍动。接着琴音加快，十娘的手指令人目眩地飞颤着，一阵急切的琴声如泪雨般洒出，嘈嘈切切，似在倾诉她内心深处无限的困惑与迷茫。……渐渐地，音色在一种陌生而哀怨的旋律中转为清亮，微微低降后，旋即在一串不间断的渐强音中回升，仿佛在寻寻觅觅，略为胆怯地试探着，直到确定自己。……琴声悠扬，透着平稳与确信，接着愈响愈快，十娘的歌声也随之攀转。在优美而引人入胜的升腾中，观众的心神也随之上升。歌声忽然拔了个尖儿，悬住了，接着以一种摇曳的节奏飘飘而下，恍若一只飞鸟，从山顶沿着回环曲折的峡谷，滑翔飘入深谷。[2]

---

1 Lin Yutang, *Miss Tu*, pp. 224–225.
2 Lin Yutang, *Miss Tu*, pp. 226–227.

283

这段描写首先让我们联想到白居易著名的《琵琶行》中"大珠小珠落玉盘"的弹奏，[1] 又思及刘鹗的《老残游记》第二章中对大明湖边王小玉演唱会的生花妙述。[2] 林语堂借白居易，更是借刘鹗对音乐表演的描写为摹本，来呈现他笔下杜十娘的琴声歌乐与演出气氛。但他并非只是一味模仿，这段描述也显示着它自身激人联想的张力。一方面，白居易笔下的琵琶女曾是位才艺双全的名妓，从良嫁与商人后，生活清冷孤寂。琵琶声中，尽是感伤泪语。十娘的琵琶声中，也隐含了这份惨萋。另一方面，十娘表演的是"昭君出塞"。王昭君是汉宫中不幸的待召妃子，历史上著名的被忽略的美人。她被皇帝错送到遥远的边塞与匈奴王子和亲。昭君的故事不知感动了多少代读者，"只要觉得自己的内在品质与昭君相似，读这个故事时都会忍不住悲从中来，感到跟她一样孤独沮丧"[3]。"昭君出塞"唱的就是这位名姬离宫远行时的伤情。而林语堂即以此音乐之语来表达十娘美好的人格以及她内心的矛盾与悲伤。十娘担心自己会失败、会被羞辱的脆弱情感都表达在那"一串不间断的渐强音"中，"仿佛在寻寻觅觅，略为胆怯地试探着，直到确定自

---

1 "转轴拨弦三两声，未成曲调先有情。弦弦掩抑声声思，似诉平生不得志。低眉信手续续弹，说尽心中无限事。……大弦嘈嘈如急雨，小弦切切如私语。嘈嘈切切错杂弹，大珠小珠落玉盘。"参见白居易《琵琶行》，《白居易诗选》，顾学颉、周汝昌选注，北京：人民文学出版社，1982年，第216页。

2 "明湖湖边美人绝调"："王小玉便启朱唇，发皓齿，唱了几句书儿。声音初不甚大，……唱了十数句之后，渐渐的越唱越高，忽然拔了一个尖儿，像一线钢丝抛入天际，不禁暗暗叫绝。那知他于那极高的地方，尚能回环转折。几啭之后，又高一层，接连有三四叠，节节高起。……愈翻愈险，愈险愈奇。

那王小玉唱到极高的三四叠后，陡然一落，又极力骋其千回百折的精神，如一条飞蛇在黄山三十六峰半中腰里盘旋穿插。顷刻之间，周匝数遍。"参见刘鹗《老残游记》，第13页。

3 Shuhui Yang, *Appropriation and Representation: Feng Menglong and the Chinese Vernacular Story*, Ann Arbor, MI: The University of Michigan Centor for Chinese Studies, 1998, p. 123.

己";她强化了的自信,则流露在"愈响愈快"的悠扬琴声中,以及她"随之攀哜"的歌声里。而这一切之上,她是多么希望自己如飞鸟般自由。这一意愿汇入她的歌声,"恍若一只飞鸟,从山顶沿着回环曲折的峡谷,滑翔飘入深谷"。

弹琴奏乐,常被解读为一种自我表达、寻找知音之举,唯有真的知音才能领会个中之调。十娘的演唱是将自己等同于琵琶女、王昭君这样的女性,感叹自己的不幸,并希望所爱之人能知情解意。林语堂这一手法也意在引起读者对十娘命运的"联想式思考":她或许会遇人不淑,她的所爱,或许会给她带来厄运。这辉煌却又孤寂不幸的女子形象,因此深深烙在了读者的脑海里。正如柳遇春所言,"看,这最红的歌妓却是世上最寂寞、最缺少友情的女人"[1]。

这种深深的孤寂,也时时流露在茶花女的眉宇之间,言词之中。生活在繁华奢靡的风月世界里,日日欢宴,醉生梦死,茶花女却倍感孤寂,觉得别人都在利用她。[2]而阿尔芒的真心关爱,正是这冰冷世界里的一缕温暖阳光,她怎能不为之全心付出呢?

2. 浪漫感伤的情人

十娘与李甲之间的浪漫情爱,在冯梦龙笔下只略笔带过,说李公子风流年少,"与十娘一双两好,情投意合",两人"朝欢暮乐,终日

---

[1] Lin Yutang, *Miss Tu*, p. 209.
[2] 小仲马:《茶花女》,第 147 页。

相守，如夫妇一般，海誓山盟，各无他志"，但无任何详述。[1] 林语堂则将这一罗曼史徐徐展开：他们如何一见钟情、情胶似漆，又如何海誓山盟、私定终身。他笔下的十娘与夏明，是一对极其浪漫感伤的情人，他们的恋爱情怀与细节，闪动着普遍人的经验，也仿佛浸润过《茶花女》的悲情。玛格丽特与阿尔芒之间澎湃的激情似乎点燃了林语堂对十娘与夏明之间的爱情想象，他们的狂热之爱似浇灌了"杜姑娘"中的情爱之花。

林语堂笔下的十娘酷爱自然，怀有一片纯真童心。在《杜姑娘》中，这对情人首次见面是在大自然中，而非烟花柳巷。这一场地的更改为他们的相会平添了一份浪漫纯情的色彩，将两人置于平等之位，也让十娘有机会展现她性本自然的一面。那个阳光灿烂的冬日，静静的河面上，只见十娘"在幽僻处倚着船栏，嘴里衔着一根芦笛"，轻哼小曲。[2] 李夏明与柳遇春则被这位在如此画境中如此明媚的女子迷住了，心想，"她或许是在寻找失落童年的纯真快乐——远天的开阔，泥土与植物的芬芳，啾啾鸟鸣，粼粼水光，还有那远山缤纷的色泽"。[3]

将爱与自然相融是西方浪漫主义文学的一个重要特征。由此我们看到林语堂是如何通过把十娘融于自然来将她浪漫化的。这一神来之笔似受启于玛格丽特对乡村生活的热爱。玛格丽特生长于乡村，因此在她的巴黎岁月里，常常会梦想自己有朝一日能远离城市，再度陶醉于乡村美景。她人生最宝贵的快乐时光是与阿尔芒在巴黎郊外的一个小村

---

[1] 冯梦龙：《杜十娘怒沉百宝箱》，冯梦龙著、魏同贤主编《冯梦龙全集·警世通言（下）》，第 1299 页。
[2] Lin Yutang, *Miss Tu*, p. 197.
[3] Lin Yutang, *Miss Tu*, p. 200.

里度过的六个月。阿尔芒后来回想道:"这个女人对一些很小的事情都会表现出孩子般的好奇。有些日子她就像一个十岁的女孩子那样,在花园里追着一只蝴蝶或者蜻蜓奔跑。"[1]

热爱自然也意味着心地纯净。十娘年幼无知时被迫误入风尘,但并未失去童真之心。柳遇春回忆道,"尽管十娘深深陶醉在爱情里,但她从不当着我的面展示。有一次夏明吻她,她噘起小嘴,俏脸绯红,这一行业里的女子竟会如此,真让我吃惊"。[2] 尽管十娘住在"销金窟"里,身为"摇钱树",[3] 但她依然天真羞涩。这为她的本质增添了一份不同寻常的清纯与高贵,犹如出污泥的白莲。玛格丽特也是如此,在阿尔芒眼中是个天使般的女子。在她身上,"有某种单纯的东西。可以看出她虽然过着放荡的生活,但内心还是纯洁的"。[4]

为拓展十娘的情感世界,林语堂也增设了一些其他的新情节,让她有机会抒发自己笼罩在命运阴影下的感伤情怀。最感人的一幕是她去探访香冢。她内心的绝望与对自己命运的不幸预感,在那一刻尽数流露。

香冢中埋着的据说是一位名叫菁云的歌妓,因与一位书生相恋,被逼分手而自杀身亡[5]。十娘在冢前悲泣不止,柳遇春思忖道,"也许这坟墓惊触了她内心深处的痛,因为里面埋着的也是一位歌妓。同病相

---

[1] 小仲马:《茶花女》,第 167 页。
[2] Lin Yutang, *Miss Tu*, p. 231.
[3] Lin Yutang, *Miss Tu*, p. 207.
[4] 小仲马:《茶花女》,第 78 页。
[5] Lin Yutang, *Miss Tu*, p. 233. 香冢原位于现北京陶然亭公园内,二十世纪六十年代已拆除。林语堂一二十年代在北京生活期间可能寻访过此墓。冢前原有一石碑,上刻"香冢"二字,被称为"香冢碑"。

怜，心有戚戚焉"。[1] 那首由菁云的情人刻在石碑上的诗，也刻入了十娘的心头：

> 浩浩愁，茫茫劫，
> 短歌终，明月缺。
> 郁郁佳城，中有碧血。
> 碧亦有时尽，血亦有时灭。
> 一缕香魂无断绝！
> 是耶非耶？化为蝴蝶。[2]

十娘分明感到这墓中歌妓的身世笼罩着自己的命运。她随李夏明南下过江的那个明月夜，唱的也是这曲"香冢吟"。访香冢与吟诗强化了故事的悲剧性，令十娘的命运与这墓中歌妓相连。而十娘一直试图请夏明把"香冢吟"谱成曲子这一细节，反映的也正是她内心极度的敏感与才情。她也许在以此请求她的所爱能带给她不同于这墓中歌妓的命运。冯梦龙版的杜十娘中，十娘应李甲之求，在过江的那个明月夜也唱了一首歌，唱的是"元人施君美《拜月亭》杂剧上'状元执盏与婵娟'一曲，名《小桃红》"[3]。但正如韩南（Patrick Hanan）指出的，

---

[1] Lin Yutang, *Miss Tu*, p. 234.
[2] Lin Yutang, *Miss Tu*, p. 248. 此处中文原文是香冢碑之背面以隶书刻就的铭文。此诗后来也被金庸录入《书剑恩仇录》（1955）之结尾。但林语堂早在1950年已将其化入英文小说创作。
[3] 冯梦龙：《杜十娘怒沉百宝箱》，冯梦龙著、魏同贤主编《冯梦龙全集·警世通言（下）》，第1319页。

第四章　在美国阐释中国和中国人

"唱这首曲表达的只是她'快乐的心情'"[1]。林语堂将歌曲的内容换成了"香冢吟",确有深意。他将十娘在这一刻应该感受到的那种悲伤忧郁情怀都表达出来了。

十娘读香冢墓碑文时的情绪流露,与玛格丽特读《曼侬·莱斯戈》时的感伤心绪十分相似。《曼侬·莱斯戈》也是一本关于妓女的爱与死的小说,由十七世纪法国神父作家普雷沃所著。《曼侬·莱斯戈》可说是小仲马写《茶花女》时借用的一个潜在叙述摹本。从某种程度上讲,玛格丽特与曼侬有不少类似之处。在《茶花女》中,这本书是阿尔芒赠送给玛格丽特的,也是玛格丽特死后阿尔芒去拍卖会寻找的。阿尔芒回忆道,"就在那段日子里,她经常阅读《玛侬·莱斯科》[2],我好几次撞见她在这本书上加注……"[3]玛格丽特这么认真地读,仿佛是在读自己的命运。

十娘与玛格丽特对自身的异化与孤独状态都十分清醒。玛格丽特常自称为"像我这样的女人"[4],十娘则称自己为"任人采摘"的"路边野花"。[5]她们都预见了自己的不幸。正如十娘所云,"这是命。女人生来就是牺牲品"[6]。这些添加的细节流露出的正是林语堂对这些被边缘化的女性的深切理解与同情。

1　Patrick Hanan, "The Making of the Pearl-Sewn Shirt and the Courtesan's Jewel Box", *Harvard Journal of Asiatic Studies* 33 (1973), p. 152.
2　即《曼侬·莱斯戈》。——编者注
3　小仲马:《茶花女》,第 167 页。
4　小仲马:《茶花女》,第 143 页。
5　Lin Yutang, *Miss Tu*, p. 238.
6　Lin Yutang, *Miss Tu*, p. 219.

3. 能言善道，长于哲思的女性

与冯版杜十娘相似的是，林版杜十娘也非常独立有主见，且比她的情人更成熟果断，在两人的关系中起着主导作用。然而，相对于冯版杜十娘，林版的十娘更为开放热情，能言善道，且长于哲理思考。

十娘在冯版中显得有些"冷漠"与"神秘"，[1]这可能是因为除了故事结尾处激烈昂扬的言辞，她极少言语。而在林版中，十娘却有很多发声的机会。当李夏明与柳遇春初遇十娘时，他们被她那自在的笑、直率幽默的言语及那种"极自由的"说话态度惊呆了。[2]他们俩受邀去十娘的教坊院看她时，再度被她的聪慧坦率所吸引。[3]十娘此后一直与他俩保持着积极的交流。而柳遇春，除了是李夏明的忠实朋友，更是十娘的崇拜者与盟友，一直在倾听着十娘的衷言诉说。

林语堂曾说过，女性的解放应该从让她们说话开始，而禁止女人言语即禁止她们的思考。[4]也许正因如此，他才设计让十娘的言辞更锋利，让她在各种场合表达自己。十娘的言辞说出了她对自己被异化的命运的思考：

> 若能摆脱这种生活我定会很高兴。……这损命折寿的苦日子，就像蜡烛两头烧。……不消十年就会毁了一个女孩儿的

---

1 Patrick Hanan, "The Making of the Pearl-Sewn Shirt and the Courtesan's Jewel Box", *Harvard Journal of Asiatic Studies* 33, p. 152.
2 Lin Yutang, *Miss Tu*, p. 198.
3 Lin Yutang, *Miss Tu*, p. 208.
4 林语堂：《女论语》，《林语堂名著全集》第十四卷，长春：东北师范大学出版社，1994年，第83页。

第四章 在美国阐释中国和中国人

命。……一年三百六十五，夜夜又笑又唱又欢娱，还得机灵地奉承客人，忍受他们的明笑暗讽，让这些酒臭熏天、油光满面、有钱有势的驴子驴孙们觉得自己正在享受最美的时光，真恨不得在桌底下猛踹他们一脚。[1]

让十娘自己把这些话说出来，颇能唤起读者的同情心，也让读者更理解她为摆脱这非人的生活而作的竭命挣扎。

十娘的这些言语让我们联想到玛格丽特。据阿尔芒描述，玛格丽特也爱笑爱说，有时甚至会取笑讽刺客人。她对阿尔芒打开心扉后，便一直将自己的感受说与他听。即使在阿尔芒之父"封"了她的声音之后，她还在日记中不停地倾诉。十娘与玛格丽特自我表达的渴望显然跟她们的边缘化地位相关。玛格丽特对自己的处境深有感触："而我们这些人呢，一旦我们不能满足情人的虚荣心，不能供他们寻欢作乐，消愁解闷，他们就会把我们撇在一边"，"我们已经身不由己了，我们不再是人，而是没有生命的东西。为他们争面子的时候，我们排在第一位，要得到他们尊重的时候，我们排在最后面"。[2]

不过除了玛格丽特，我们在十娘的言语中仿佛还听到了刘鹗笔下尼姑逸云的声音：

> 说实在的，我很吃惊，这世上怎么尽是些又富又丑、油嘴滑舌、有钱有势的驴子驴孙们。这都是命。我们女孩儿只有受苦

---

[1] Lin Yutang, *Miss Tu*, p. 218.
[2] 小仲马：《茶花女》，第86页、第146—147页。

291

的份儿。我常常好奇，有时觉得老天真是很公平。给了他们钱，就教他又丑又笨；给了他才俊，就不教他有钱。[1]

这与逸云在得道前那个不眠之夜思考到底该跟姓牛的还是姓马的度过初夜时的思绪十分相似：

又想除了这两个呢，也有花得起钱的，大概不像个人样子；像个人样呢，都没有钱。我想到这里，可就有点醒悟了。大概天老爷看着钱与人两样都很重的，所以给了他钱，就不教他像人；给了他个人，就不教他有钱，这也是不错的道理。[2]

由此可见，刘鹗的"泰山尼姑"也启发了林语堂如何重塑杜十娘。林语堂十分喜爱"泰山尼姑"，早在1936年就已将它译成英文，1951年再次将它收入《寡妇、尼姑与歌妓》一书中。逸云的经验与思考正好与十娘的形成对照。两人都怀着梦想，希望所爱之人能以婚姻拯救她们。可当逸云在那些不眠之夜想着各种计策来实现自己的"红尘"梦时，十娘却正为把梦变真而挣扎在现实的泥潭中。在逸云，这些想法只停留在梦想阶段；在十娘，则都已投入生活实践。比如，逸云想着让姓牛的或姓马的花大钱与她度过初夜，得了钱后她就可以跟任三爷过好日子，但她从未将此想法付诸实施。而十娘为了能跟李夏明过上好日子，已在真实生活中将此类计划付诸实施了。这就是为何她会接受纨绔

---

[1] Lin Yutang, *Miss Tu*, p. 219.
[2] 刘鹗：《老残游记》，第194页。

盐商毛阿三做她的常客，而正是这个毛阿三最后带给她灭顶之灾。

逸云悟道前做的最后一个梦是关于她与任三爷的美满婚姻的。她梦见自己如何做了他的贤妻，如何生养了两个儿子，[1]这一定也是十娘的美梦。然而，当逸云在最后一个梦中惊醒，超越了情爱，认识并把握了自身的命运时，十娘却因最后一个梦的破灭而投河自尽。与逸云相比，十娘没有选择，唯有追梦，直至无可挽回地走向死亡。

以上这一系列的重构与再造，让林语堂笔下的杜十娘形象焕然一新。她还跟冯梦龙笔下的十娘一样果断、高傲，但显得更可爱、更浪漫，也更人性化。她综合了林语堂心目中明代歌妓的理想形象，诗乐皆通，才华过人。她也浪漫感伤，富有哲思，辉煌中闪动着深深的孤寂。她与玛格丽特之间的相似性，她们同为边缘人的悲伤，她们寻求真爱的努力和想回归人生正道的渴望，让林语堂能够颇为自然地从《茶花女》借取灵感，来全盘丰富一个中国歌妓的形象。于是一个亦中亦西、亦古亦今的综合型女性形象出现了。

四、林语堂重写引出的问题

借《茶花女》作摹本，林语堂为杜十娘的故事重建了叙述模式，通过运用各种叙述修辞策略，林语堂展开中西古今想象，重造了心目中理想的十娘形象。为此，十娘与夏明都被浪漫化与理想化了，故事也变得更易为西方读者理解。然而这一重建也引发了一些新问题，并因此影响到林语堂着意要呈现的新形象。在笔者看来，最严重的问题即出在杜

---

[1] 刘鹗：《老残游记》，第196页。

十娘所藏的那只百宝箱上。

在此笔者必须指出，冯梦龙的《杜十娘怒沉百宝箱》并非原创，它本是一个改写的故事。最早的文本是《负情侬传》——一个由明代学者宋懋澄[1]所写的古典传奇。宋懋澄声称，这一传奇是他对1595年发生的一件真事的记录。[2] 冯梦龙将它改成白话本并收入《警世通言》后，这个故事才得以广泛流传，因此冯梦龙常被误认为是故事的原创者。

暗藏百宝箱是杜十娘故事中的关键情节，由宋懋澄原创。韩南称之为"叙述逆转与悬念揭底的教科书式的范例"，认为作者有意把这只百宝箱设计成十娘的爱情象征。[3] 她瞒着情人藏下财富是合乎情理之举，因为在原版传奇中，十娘的情人是个撒漫的主儿；更何况，他们是在南下回乡的船上才私定终身的。

冯梦龙在改写宋懋澄的原作时保存了这一重要情节。然而，随着他对故事的改写与扩展，尤其是对十娘与李甲的性格作了进一步的描述之后，十娘私藏百宝箱这一行为似不再仅限于对情人忠诚的考验了。在研究冯梦龙如何改写《负情侬传》一文中，韩南指出，冯版白话本中添加的细节让李甲成了一个比宋懋澄古典传奇中的那个李姓男主人公

---

1 宋懋澄（1569—1620），明代学者。《负情侬传》收在他的《九籥集》中。参见宋懋澄《负情侬传》，《九籥集》，北京：北京出版社，1997年。林语堂对这一最早版本并不知情。他在《杜姑娘》前言中提到，"据我知道的最早版本冯梦龙《警世通言》所载，此事发生在1595年"。近现代诸多学者对宋版"杜十娘"的存在也并不知晓。宋懋澄的这一古典传奇于1973年由韩南译成英文。参见 Patrick Hanan "The Making of the Pearl-Sewn Shirt and the Courtesan's Jewel Box", *Harvard Journal of Asiatic Studies* 33, 1973, pp. 139–146。

2 据宋懋澄《负情侬传》跋言，他是从朋友处亲耳听到这一真事的。"余于庚子秋闻其事于友人。岁暮多暇，援笔叙事。"在《九籥集》中，他将此故事归入传记类，试图让读者相信他所讲述的传奇实有其事。

3 Patrick Hanan, "The Making of the Pearl-Sewn Shirt and the Courtesan's Jewel Box", *Harvard Journal of Asiatic Studies* 33, p. 147.

更易于让人理解的角色[1]。对他惧怕严父、深度卷入情爱以及身无分文的窘境的描述，也让读者明白他为何在替十娘赎身及带她还乡一事上如此犹豫被动，为何如此轻易就掉入了孙富设下的陷阱。而十娘，相形之下显得"更不易让人理喻了"：她显得更会"算计"，"她早就在计划着离开教坊院，不但隐藏财富，还对他撒谎"。[2]此外，她也显得更为冷漠，"所有在《负情侬传》中显示她情感波动的地方"在冯版中都被去掉或淡化了。"原作中描写她哭泣、喜乐、感动、忧郁之处，现在都代之以冷漠。"[3]这些改写悄悄转换了古典传奇中宋懋澄设下的十娘私藏百宝箱的意图，令冯版中的十娘显得更为自私精明。但在故事终结那一通长篇怒斥中，十娘还是"直接谴责李甲对她负情缺信，这样的指控，在她自己表现得对李甲毫不信任情况下，就显得有点奇怪了"。冯梦龙试图给她加上一些女侠气，这样的呈现却不那么令人信服。韩南认为这是冯版杜十娘故事明显弱点之根源。[4]

林语堂重写杜十娘故事时也保留了暗藏百宝箱这一重要情节（如此这般冯梦龙改写宋懋澄传奇时制造出来的问题也已暗藏于林版中了）。但随着故事从短篇扩至中篇，随着对男女主人公性格特征等所作的改变与丰富演绎，这只暗藏的百宝箱也变得更成问题了。

林语堂在《杜姑娘》中透露出对李夏明过多的同情。为将十娘形

---

1 Patrick Hanan, "The Making of the Pearl-Sewn Shirt and the Courtesan's Jewel Box", *Harvard Journal of Asiatic Studies* 33, pp. 151–152.

2 Patrick Hanan, "The Making of the Pearl-Sewn Shirt and the Courtesan's Jewel Box", *Harvard Journal of Asiatic Studies* 33, p. 152.

3 Patrick Hanan, "The Making of the Pearl-Sewn Shirt and the Courtesan's Jewel Box", *Harvard Journal of Asiatic Studies* 33, p. 152.

4 Patrick Hanan, "The Making of the Pearl-Sewn Shirt and the Courtesan's Jewel Box", *Harvard Journal of Asiatic Studies* 33, p. 152.

象理想化，他同时也将李夏明的形象理想化了。林版中的李夏明因此与冯版中的李甲相当不同。冯版中的李甲虽年轻但已有妻室，是个在京城流连于柳巷花街的纨绔子弟。而李夏明却"从未看过女人一眼"，十娘是他的初恋[1]。林语堂将他写成一个浪漫情痴，毫无经验又充满梦想。尽管他性格较弱，但留给读者的却是一种"深情可信"的印象。当夏明面临着为了十娘不得不放弃家庭这一危险时，柳遇春观察道：

> 看来他并未想到事情会变成这样；他本希望求学期间跟十娘在一起，但这么突然地就得作出决定，或跟十娘结婚，或跟她一刀两断。……夏明肯定是无法想象跟家人断绝关系的。但他心中又只有一个念头，那就是要跟十娘在一起。所以当十娘提出要随他南下回乡时，指导他行动的只有一个本能，那就是爱十娘的本能。他眼泪都快溢出来了，而十娘则坐在一边，用眼角看着他，我能察觉到她脸上略有一丝失望。"你说呢？"十娘深情款款地问道。夏明抬头看着她。"你怎么说，我就怎么做。"[2]

在林语堂笔下，十娘在两人关系中的权力比在冯版中的要大。李夏明在面临这一艰巨抉择时对十娘的关虑也比冯版中的李甲要多，对十娘的爱也更真诚。[3] 即使被他叔叔威胁诱陷到几乎被"碾成碎片"的

1　Lin Yutang, *Miss Tu*, p. 195.
2　Lin Yutang, *Miss Tu*, pp. 245–246.
3　在冯版中，李甲因筹不到为十娘赎身的钱后不敢再回十娘的教坊院，是十娘派一个仆人将他寻回的。

地步，他还对他叔叔说，"我绝不放弃"。[1] 他是在得知那为十娘赎身的六百两银子原是柳遇春从毛阿三（他视之为情敌）处借来时才垮下来的。[2] 再加上他叔叔的百般威逼，他已几近半疯，[3] 感到走投无路了，"就像在森林中迷失了方向，或发现自己掉进了一个深深的地洞，无论怎么转，面对的都是石墙"[4]。只有在这般绝望的境况中，夏明才告诉十娘，他们的关系已无望保持下去了。在此林语堂通过叙述人柳遇春解释道："他一碰到危机，脑子就不转了。"[5]

与李甲相比，李夏明也不是个"花钱撒漫的主儿"。他是个好学子，按柳遇春的说法，他"聪明睿智，年轻好学，充满希望，我敢说，若不是这桩不测悲剧，他是会成大器的"。[6] 十娘也曾对柳遇春说过，"能遇到夏明，我真高兴。他这么纯洁，这么美好。无论以后去哪儿，是穷是富，我们都会快乐地在一起"。[7]

林语堂添上这些情节，意在解除读者对李夏明可能的谴责，让读者相信，夏明也是个全心投入的情人，也是这场大悲剧中一个无辜的受害者。但读者不禁会问，面对一个如此忠诚的情人，十娘还有必要藏起那百宝箱来考验他的真心吗？

与此同时，林语堂重写后的十娘，性格上也出现了一些自相矛盾。十娘在林版中比在冯版中要浪漫得多，更善谈也更富有哲思。她对李夏

---

[1] Lin Yutang, *Miss Tu*, p. 253.
[2] Lin Yutang, *Miss Tu*, pp. 253–254.
[3] Lin Yutang, *Miss Tu*, p. 254.
[4] Lin Yutang, *Miss Tu*, p. 246.
[5] Lin Yutang, *Miss Tu*, p. 245.
[6] Lin Yutang, *Miss Tu*, pp. 195–196.
[7] Lin Yutang, *Miss Tu*, p. 219.

明的爱，如诗中所述，是情深似海："感君情深知我衷，千行泪雨记海盟。"另外，他们在她赎身前一年就已私定终身了。如此强烈的爱，与她对一个如此衷心的情人所作的考验似互为矛盾。她敏感伤情的个性，也跟她暗藏宝箱的行为不太相符。当她一遍遍地考验情人，而不是帮他走出经济困境时，她留给人的印象是过于精明，不合情理。

林语堂试图通过解释十娘为何得牢守百宝箱的秘密，以及她准备如何使用它，来为十娘的行为开脱。他将十娘描写得极有雄心。她必须十分小心周密地为将来筹划才能实现梦想：

> 她一直在寻找一位可托付终身的年轻人。很多歌妓都是这么做的。她看到姐妹们有不少嫁入官商之家的。但她的心思却有所不同，且有些固执。她不想做妾，只想做一人之妻。这似乎很难做到，但如果计划得够周密，也并非不可能。无论如何，作为一个才智远胜于身边姐妹们的女子，她早就下定决心，要逃脱那种她称之为"损命折寿"的不幸生活了。[1]

十娘的梦想很普通，她只想有个爱她的丈夫，有个正常的家。然而，对像她这样的女子来说，这真可谓雄心了。但才智远胜其他姐妹的她，在跟柳遇春谈及李夏明的困境时，却显得相当天真：

> 他看起来对父亲怕得要命。他父亲有那么严厉吗？有什么法子可以跟他谈谈？……夏明告诉过我，他父亲也有个相好。

1　Lin Yutang, *Miss Tu*, pp. 208–209.

如果他儿子坚持跟父亲说，就像他跟我说的那样，没有我他就活不下去的话，他父亲会同意自己的儿子娶我吗？[1]

冯梦龙笔下的十娘，有天真的一面，因为她相信金钱的力量。觉得若她让李甲把百宝箱带回家，他的双亲有可能会怜悯她一片苦心而接纳她。相比之下，林版中的杜十娘似更为天真，因为她觉得她与李夏明之间的伟大爱情可能会感动夏明家人，从而接纳她。因此，对她来说，保证她的情人始终站在她这一边至关重要。柳遇春对十娘的暗中规划作了一番解释：

> 当十娘决意跟我朋友结婚时，她料到自己会遇到他父母的反对，所以小心周密地定了个计划。她知道以后可能得全靠自己了，甚至一段时间内可能还得供养她夫君。为了这个目标，她有一阵曾对她情人显得很无礼。……她积攒的珠宝估计值价不下五到十万金。[2]

在冯版中，十娘想让李甲先带上百宝箱回家献给他父母，这样他们"或怜妾有心，受佐中馈，得终委托"。但在林版中，只有在李夏明竭尽全力就他们的婚姻问题与父母斡旋后，她才会与他共享财富。

现在，当她得知她愚蠢的情人不愿与她共闯难关时，幻灭

---

1 Lin Yutang, *Miss Tu*, p. 217.
2 Lin Yutang, *Miss Tu*, p. 258.

的苦涩与残忍对她必是致命的。她对我朋友的爱如梦般转眼消逝了，如夜霜掐过的花儿般瞬间冻死了。她不恨他，只是可怜他。[1]

自从他们决定回李夏明的家乡后，夏明就为家人肯定会反对之事日夜担心，他显然无法自己解决这一问题。十娘好像忽略了他的难处，对考验他的真心比帮他脱离困境更有兴趣。她问夏明，"你就没别的法子了吗？"[2] 可她并未把百宝箱打开，并继续对自己的计划保密。她身上因此有了两种互为冲突的品质：理想主义与过于精明。即使在他们相爱两年后，她对自己的情人仍毫不信任。这跟她感伤浪漫的本性似乎也不太相符，跟故事开头时所描写的他们之间的深爱也有矛盾。尽管她将所有的赌注都押在夏明身上，想借此拯救自己，但暗藏百宝箱一事仍让她显得有些过于理智，过于算计，并有些固执。

林语堂大概也颇费心思地想解决十娘性格中这些不合逻辑的方面，他因此试图将十娘的怒火转移到毛阿三与夏明的叔叔设计的阴谋上：

当她得知夏明是把自己卖给那个本来无从得到她而现在却以如此卑劣的手段想拥有她的家伙时，感到太羞辱、太讽刺了。这些有钱的驴子驴孙们！为了积攒金钱，她曾被他们玩于股掌，被侮辱，戏弄，诱骗和取笑，现在她对这些家伙们的愤怒都集中到毛阿三一人身上了。毛阿三以为用这种狡诈手段可以获得她，

---

[1] Lin Yutang, *Miss Tu*, p. 258.
[2] Lin Yutang, *Miss Tu*, p. 256.

但她要看谁会赢——她，还是"那头猪"。[1]

十娘此时显得相当勇敢，也颇有威力。她决定赴死，以最终控制自己的命运。她最后的怒火是针对毛阿三的，也是针对这个把她变成妓女的社会：

> 手握一截敲断的玉笛，十娘冷笑一声，站了起来。指着毛阿三，她高傲地骂道："你这个又富又蠢的驴子驴孙！你以为用你那肮脏的钱就能买下我吗？你知道我爱李夏明，想跟他结婚。可是你只想着自己，你的美酒，你的快活日子。我会让你知道我怎么看待你的臭钱，还有那点你以为能买下我的可怜财富。你设下陷阱，棒打鸳鸯，以为自己赢了，是吗？让我们走着瞧！"[2]

跟冯版相似，十娘接着也开始谴责李夏明的负情：

> 我还有一句话要说。对你，李夏明，我把一切都给了你，我的心，我的魂。我历经磨难才跟你在一起，希望我的尽心尽责能感动你双亲，接纳我做儿媳。为此我也作足了准备，无论今后发生啥，咱俩都不会有短缺。我不告诉你，是因为想知道你到底是什么货色。现在知道了吧，若你忠诚到底，拿出一千两银子一点儿都不难。我原本那么信任你，现在才发现全错了。还有什么可

1　Lin Yutang, *Miss Tu*, p. 258.
2　Lin Yutang, *Miss Tu*, p. 263.

说的？苍天有眼，看看到底是谁负情！[1]

这样的控诉听起来比冯版中的还奇怪，还成问题，因为此时她已知道这是毛阿三与李夏明的叔叔串通一气设下的陷害之计。林语堂借此欲向读者表明，尽管十娘知道夏明也是这场阴谋的受害人，但她太生气，太悲伤，以至于一时冲动地作出了最后的决定。然而，她最后的怒斥中对夏明的指责还是让整体情节发展显得有点突兀，这削弱了故事结尾的力度，也削弱了林语堂意欲呈现的那个理想化的杜十娘形象。[2]

这些问题的出现，跟林语堂重写时介于源本与跨文化摹本之间的窘境有关。他一方面得植根于原作，保留其情节主线，另一方面又想将此故事改成一个如《茶花女》般轰轰烈烈的爱情悲剧，因此竭力地将十娘与夏明的性格浪漫化与理想化。但值得注意的是，冯梦龙的《杜十娘怒沉百宝箱》是中国十七世纪一篇典型的现实主义之作，而小仲马的《茶花女》则是十九世纪欧洲浪漫主义文学的代表作。人类相似的需求会导致一些社会境况的类似，从而产生在一定程度上类似的文学现象，然而不同的文化背景与深层社会结构，则会让这些文学现象各有其独异之处。因此，尽管林语堂借叙述者之口告诉读者十娘付出的爱有多深，十娘"像一脉精魂"，"或如一位将赴祭坛为爱献身的圣女"，但在十娘不断地考验其情人而并不助其渡过难关时，这样的叙述声音就显得不太可信了。

---

1 Lin Yutang, *Miss Tu*, pp. 263–264.
2 相较于林语堂其他一些著作发表后所引起的热烈反响，此故事发表后在美国读者中的接受反应颇为冷寂。它总共再版过五次，但并未在美国造成"一曲中国茶花女"广为流行的现象。当然，冷寂的原因也跟此故事出版的年代及当时的社会政治形势有关。

第四章　在美国阐释中国和中国人

虽同为名妓，同为爱情与尊严付出年轻的生命，杜十娘与茶花女所生活的时代与所处的社会结构却很不相同。另外，她们的性格与人生态度也有所不同。十娘生活在十六世纪末商品经济渐趋发达的明朝繁荣之都，她保有的仍是农业社会女性的传统美德与理想，期望能节俭存金，将来有持家旺夫的机会。她心中的理想也许会像冯梦龙笔下另一个妓女故事《赵春儿重旺曹家庄》中的春儿那样，等本性挥霍的丈夫钱财散尽后，再拿出自己私蓄的金钱来救助他，教育他重新做人。[1]因此，这只百宝箱可视为十娘爱心的象征。她沉默寡言，颇有心计，为实现做正常女人的婚姻梦，处心积虑地藏下万金，希望所爱之人不负自己一片苦心，可让她托付终身。她因梦碎而决意赴死，死前打开百宝箱，倾诉心中无限的伤心与绝望，控诉这个社会不认可她的残酷。而茶花女则生活在十九世纪资本主义发达时代的奢靡放浪的巴黎。她挥霍千金，负债累累，一年要欠上六七千法郎；她身染肺疾，知道自己来日不长，希望有生之日，活一天快活一天；她性格开放，甚至玩世不恭。但阿尔芒的爱与同情激起了她的真爱，让她感受到做人的尊严，她因此愿意彻底改变自己，抛弃旧习，努力还债，以求与阿尔芒不弃不离。因此她总为阿尔芒考虑，认为自己在这种位置上，是随时准备为情人作出全部牺牲的。她对阿尔芒尽心体谅，大难临头时还在帮他找对策。但社会不允，还是将她推回了火炕。绝望中，她选择以牺牲自我来求取认可，她在日记中揭示了这一切，哭诉真爱，哭诉无法回归正常生活之痛。这批日记，是茶花女留下的"百宝箱"，一层层地揭开给人看，让人感受到她

---

[1]《赵春儿重旺曹家庄》收录在冯梦龙《警世通言》第三十一卷中。参见冯梦龙著、魏同贤主编《冯梦龙全集·警世通言（下）》，第1261—1292页。

因爱而汹涌着的决绝牺牲与奉献精神，极富震撼力。另外，两个故事中的男主人公的性格与人生经验也有所不同。阿尔芒直率勇敢，敢于抵制父权，无视社会压力。他是个经济上独立且富有经验的情人，在与茶花女的关系中处于强势。相比之下，生活在父权专制下，经济尚未独立且性格软弱的李甲，在爱情关系中是颇为被动的。这两个故事因此在诸多层面上都有所不同。林语堂借鉴《茶花女》重写《杜姑娘》时，不时地处在摹本与源本之间的矛盾中：越是将十娘的情人浪漫化，她对他忠诚的考验就变得越没必要；同理，越是将十娘浪漫化，她会如此考验情人的可能性也就变得越小。这导致了十娘性格中的自相矛盾，影响了小说中叙述话语的真实度，也弱化了暗藏百宝箱这一情节的功能。作为东西方跨文化实践中的传奇式人物，林语堂素以在文化间优游自如见称，然而我们必须意识到，他也受限于他个人的知识构成与审美取向，有时也会挣扎于两种文化之间，陷于"一捆矛盾"之中。

此外，为十娘造庙这一情节也透露了林语堂对十娘形象过分理想化这一倾向。在林版中，为安抚十娘之魂，李夏明的父亲在江边建起了一个小庙宇。林语堂的这一设计，从叙述角度考虑确属良策，但在真实生活中则不可能。这一情节进一步显示了林语堂几乎将十娘视为为爱献身的"圣女"。他想让读者了解到十娘的真正价值，看到一个女人如何为自己的理想而献身。因此这个庙成了十娘爱与勇气的象征，类似于一个为寡妇所建的贞洁坊。然而在中国，庙有为佛与英雄建的，有为地方仁人志士建的，但没有为歌妓建的。这也许是到故事结尾时，林语堂只好让此庙唯一的崇拜者李夏明一把火烧了它的原因。另外，李夏明之父也被林语堂塑造成一个通情达理，会想到建庙的人。这也是一种不可能，作为孔教制度下的学者、官僚与严父，他是最不可能做此事的人。

第四章　在美国阐释中国和中国人

五、结语

尽管林语堂重写杜十娘故事时带出了一些问题，但这仍是一次极大胆、极有价值的跨文化文学实践。林语堂是现代中国作家在西方语境中讲中国故事的开先河者，他"两脚踏东西文化，一心写宇宙文章"，为让西人能更好地接受中国文化，付出的努力大不可言。他在重写杜十娘故事时创设的一系列文化与叙述修辞策略，对我们今天的跨文化文学实践仍极富启示。

林语堂借《茶花女》为叙述摹本，将一个传统中国故事现代化，堪称跨文化文学叙述策略之典范。他以玛格丽特为鉴，在西方语境中重塑的杜十娘形象，的确更易让西方读者接受。[1]而中法这两个故事之间在主题与结构上的相似性，是他能够作法创新的基点。这些都启示了我们在跨语际写作时该如何创造性地妙用摹本。

在借用跨文化摹本的同时，林语堂更是扎根于他个人对歌妓传统

---

[1] 1951年6月，《纽约时报》发表了谢迈迈（Mai-Mai Sze）对《寡妇、尼姑与歌妓》的书评，题为《中国三联画》。在简述了这三个女性形象会如何改变"那些针对异教中国人的陈旧的偏见"后，谢迈迈对《杜姑娘》作了专评："三个故事中，关于歌妓杜姑娘的那个最凄美，讲述得也最纯练，无论在内容还是叙述模式上都最适合美国读者。"参见 Mai-Mai Sze, "Chinese Triptych", *New York Times* (June 17, 1951)。另一篇题为《两位名妓：春军与杜姑娘》（1977）的文章，则让我们了解到西方对《杜姑娘》接受的一些有趣角度。作者罗瑞·哈格曼显然深为杜姑娘这一形象所吸引，她将十娘与印度梵语戏《小泥车》中的一位古代歌妓作了一番比较，指出了这两位亚洲歌妓之间诸多相同素质。比如她们皆聪慧睿智，才华横溢，能诗书善歌舞，长于宗教司仪。她们也都自尊果断，心志高洁，绝不让自己蒙羞。从某种程度上讲，她们甚至比她们的情人更坚强。哈格曼将春军看作杜姑娘的"印度姐妹"，并指出"文学应解决一种介于这类女性与她们所属的社会之间的深度道德冲突"。由此可见，林语堂为西方读者打造一个印象深刻的中国歌妓形象并让读者思考歌妓悲剧命运的根源的意图，似已达到。参见 Lorri Hagman, "Two Famous Courtesans: Vasantasena and Miss Du", *Journal of South Asian Literature* 12, nos. 3/4 (1977), p. 31, p. 32。

的理解,在十娘身上融入了像王昭君、琵琶女、香冢女、逸云等中国历代著名边缘化女性的声容情貌,重造了一个极富中国精神特色的女性形象。他用的是"旧瓶装新酒","以他人之杯,浇个人之块垒"等策略,亦古亦今,亦中亦西,左右逢源地兼采众作家之优长。除了小仲马和冯梦龙(无意识中的宋懋澄),他还借了白居易、刘鹗,以及其他许多作家之"杯",来表达他个人对女性理想的思考。尤令人注目的,则是他对刘鹗塑造"泰山尼姑"之手法的创造性借鉴。重构的"杜姑娘"是一个中西混同的建构,一种女性形象的新模式。它产生了那种如同巴赫丁对话主义中所说的"混同"效应:"我的声音富有意义,但只有跟别的声音在一起时才如此:在合唱中,最好是在对话里。"[1] 杜十娘的故事代代流传,推陈出新,林语堂则以自己独特的跨文化标记加入了这一故事的著作权。

重构的十娘形象也蕴含着林语堂对边缘化女性的深切同情,对她们才华与个性的崇拜,以及对她们在中国诗乐传统中所作贡献的高度欣赏。这一形象也代表着他对中西边缘化女性所面临的共同问题的敏锐关注。他以普适性的爱与悲剧的主题为桥梁,连接起冯梦龙(宋懋澄)与小仲马,为一朵法国"茶花"找到了中国姐妹。

林语堂在重构"杜姑娘"过程中所带出的问题,一方面体现了跨语际作家在寻求源本与摹本之间的平衡时可能会遇到的限制与挑战,尤其是如何把握双边文化潜在差异与共性的微妙,以及如何考量目的语境中读者的接受反应等;另一方面也透露了他作为五四一代具浪漫主

---

[1] Michael Holquist, "The Politics of Representationin", *Allegory and Representation*, Stephen J. Greeblatt ed., Baltimore: The Johns Hopkins University Press, 1981, p. 165.

义情怀的作家在塑造女性形象时过于理想化与浪漫化的倾向。虽为中西文化界成就丰傲的人物，林语堂有时也不免会受自身背景局限而挣扎于两种文化之间。

但无论如何，这一重写演绎了林语堂在文化之间铺路架桥，寻求沟通的巨大努力。杜十娘的故事经由林语堂来到西方，构成了跨文化文本旅行中的一道极为亮丽的风景线。解密林语堂重构这一故事的动因与策略，对理解他的跨文化传奇至关重要。想象他当年激情投入，捧着《茶花女》认真重写《杜十娘》的情形，想象他因此而陷入左右为难的境地，笔者不禁会意而笑。悄悄打开半个多世纪前他留下的"跨文化百宝箱"之一，笔者看到，里面静静地放着两朵洁白美丽而风格各异的"茶花"。

林语堂烹饪美食学的多重世界

何复德[1] 著
吕芳 译

一个中国人在盛宴面前是多么神采奕奕啊！肚子填满美食之时，他会轻易地喊出，啊，人生多么美妙！中国人填满的肚子里会散发出一种精神上的快乐。中国人是相信直觉的，而直觉告诉他，肚子满意，万事顺利。[2]

林语堂的这一段热情洋溢的宣言，至今仍被引作对中国独特的饮食文化的权威解读。它发表于 1937 年 11 月，正值日本军队入侵南京之

---

[1] 何复德（Charles W. Hayford），哈佛大学东亚系博士，美国中国现代史学者。研究方向为亚太地区的跨文化关系。
[2] Lin Yutang, *The Importance of Living*, New York: The John Day Company / Reynal & Hitchcock, 1937, p. 46.

时。[1]

此种言论于当时发表，对身为爱国者的林语堂而言何其不幸！由此也引发了一些问题：林语堂对于美食的书写，如何折射出他那一代知识分子的政治困境与文化选择？在赴美之前，林以"小评论"为名写下了一系列散文，触及的题材相当广泛，但极少有关于饮食的。那么，在移居西方之后，他又是如何以中国饮食之道（这一相当传统甚至"封建"的习俗）来代言中国，并以之批判现代文化尤其是美国文化的呢？中国这一"独异"的饮食之道，又是如何赢得普适性与世界主义内涵的呢？

林语堂的多重世界：过去与将来，东方与西方

林语堂这一代所谓"海归留学生"，是在西方度过人生最重要的思想成长期的。林本人在美留学期间，正是伍德罗·威尔逊（Woodrow Wilson）总统执政之时。这位总统属于基督教长老会派，正好跟林语堂之父所信奉的一样。直至 1950 年，林语堂依然坦言，"我称得上是个老派的威尔逊主义者。我至今犹记得 1916—1917 年冬天在北京执教期间读到他的和平条约时的那份激动；那是许多远东人民共有的一份情感。……除了'全人类的胜利'之外，不会有任何胜利"。他感觉自己

---

[1] 此段跟其他段落一起被引用于 Roel Sterckx, *Of Tripod and Palate: Food, Politics, and Religion in Traditional China*, New York: Palgrave Macmillian, 2005, p. 6；以及 Gang Yue, *The Mouth that Begs: Hunger, Cannibalism, and the Politics of Eating in Modern China*, Duram, NC: Duke University Press, 1999, p. 33。Kwang-chih Chang, ed., *Food in Chinese Culture: Anthropological and Historical Perspectives*, New Haven, CT: Yale University Press, 1977, p. 13，也引用了类似段落。

不只是一个中国人,他说,"我一直觉得自己是个现代人,分享着现代人的困惑与探索的乐趣。无论何处我提到'我们',我指的就是'我们现代人'"[1],然而这一感受并非全然互通:并非所有美国人在用"现代"一词时会与林语堂同感,将中国人也包括在内。

由此可见,林语堂坚守着盎格鲁-撒克逊人自己并不一定坚守的自由主义原则。威尔逊主义者希望拥有一个人人享有民主的世界,但这得按美国人自己的条件来定。徐国琦对此提出质疑。他认为,这一代受过教育的中国精英们"面对西方国家痴迷于扩大自己对中国领土的不平等权利时,表现十分天真",其结果是,"这种理想的浪漫主义态度使得这些精英们无法发展出一种对西方与国际体系本身的清晰深刻的理解"。[2] 美国人坚持要求中国持开放政策,允许他们的传教士、贸易和投资在中国自由进出,却对中国人关闭了移民的大门。

通向美国人厨房的大门也没有更开放。诚然,美国中产阶级曾见识过一场"餐桌上的革命",不过正如亨利·福特所提议的那样,你可以选择任何颜色的 T 型车,只要它是黑色的;美国人也乐意尝试任何一种新异食物——只要它是美国的。他们享受着一长串本土出产的却被标榜为异国的菜肴:瑞士牛排、比利时华夫饼、法国炸薯条、俄罗斯酱料,以及以博洛尼亚和法兰克福命名的香肠。[3] 美国人爱上了"杂碎"

---

[1] Lin Yutang, *On the Wisdom of America*, New York: The John Day Company, 1950, p. 434, p. xv.

[2] Guoqi Xu, *China and the Great War: China's Pursuit of a New National Identity and Internationalization*, New York: Cambridge University Press, 2005, p. 75.

[3] Waverley Lewis Root and Richard de Rochemont, *Eating in America: A History*, New York: William Morrow, 1976, pp. 276–278; "The Old (Restaurant) Order Changeth", in Harvey A. Levenstein, *Revolution at the Table: The Transformation of the American Diet*, New York: Oxford University Press, 1988, pp. 183–193.

这道菜，但要让他们吃中国人自己吃的菜肴，那得鼓足勇气。[1]1920年，《中国留美学生月报》（林语堂曾为此刊撰写过两篇颇具影响力的文章）刊登了一篇讽刺文章《关于中国和美国的"真相"》。此文包括一系列"我们的美国朋友怎样看待我们"。位居前列的是："中国人都是了不起的食客，他们最爱的一道菜是煮老鼠"；"中国人仍在吸食鸦片，他们吃鸦片和美国人吃糖果一样"。与此并列的另一系列是"中国学生怎样看待他们的美国朋友"，其中提到"美国人最爱的是美元"。中国学生并未提及美国人吃的食物。[2]

如果说林语堂与威尔逊主义普适理想之间的关系有引人质疑之处，那么他对中国烹饪传统的解读也令人好奇。斯维斯洛基（Mark Swislocki）注意到，大多数中国人都是美食家，而且都很顽固，他们都认为"自己家乡的菜肴最美味"。林语堂那一代新文化运动中的一些领袖人物，在一些诸如穿西装结领带、用刀叉进餐等事情上，将"现代化"与"西方化"混为一谈，呼吁"全盘西化"。许多美国人也同样臆断"美国人的生活方式"对全人类都有效。但斯维斯洛基指出，一旦事关食物和烹饪，中国人是"坚决反对现代性的普适话语"的。他们的"烹饪乡愁"并不是一种对已逝过往的空洞渴望，而是一种植根于现实生活的、充满想象力的基石，以此对未来进行"重构"。毛泽东的革命，举例来说，是将食物变成一种隐喻，暗指"过去或现在的失败，以及对未来的承诺"。毛泽东有句名言，"革命不是请客吃饭"，不过确实允诺

---

[1] Samantha Barbas, "'I'll Take Chop Suey': Restaurants as agents of Culinary and Cultural Change", *Journal of Popular Culture* 36, no. 4 (May 2003), pp. 669–686; Charles Hayford, "Who's afraid of Chop Suey?", *Education About Asia* 16, no. 3 (2011), pp. 7–12.

[2] 此文重印于 Stacey Bieler, *"Patriots" or "Traitors"? A History of American-Educated Chinese Students*, Armonk, NY: M. E. Sharpe, 2004, p. 385。

林语堂的跨文化遗产

一个丰衣足食的革命未来。[1]

和"现代性的普适话语"相反，对家乡食物的偏好执着于对过去的延续，不过这一过去既非一成不变，亦非均匀同质。历史上食物曾是礼仪或阶级的标记，而不是一种美学体验。岳刚曾指出，也许古代中国也有人把食物看作具有"绝对价值"，但只有到了宋朝，我们才发现有"文人美食家"这一说法。岳刚顺便也提到，林语堂即是苏东坡、袁枚和李渔等"文人美食家"传统中的一员，从以下论述中我们会看到，林对他们欣赏有加。

林语堂及其家人在1969年出版的《中国烹饪美食学》（*Chinese Gastronomy*）一书中，将"烹饪美食学"一词解释为"品味的艺术和科学"。林语堂承认，这个词意味着"感官上的陶醉"，但它的词根源自希腊语：gastro（胃）和nomos（规则），或可称之为"胃之定规"。书之封面上有两个汉字"吃""味"，并排放在一起，好像是一个中文词，用作英文"gastronomy"的翻译。然而在林语堂的《林语堂当代汉英词典》（1972）中，"吃"之词条中并未收录"吃味"这个词条，英文书之索引也没有"gastronomy"。[2] 岳刚将"吃味"的含义作了引申，认为烹饪美食家一方面要照顾味（味道）的"审美理想"，另一方面要考虑吃的"物质现实"（"吃"什么）。也就是说，像林语堂这样的美食家必须面对一个基本的矛盾：他们被夹在美学和政治、个人欣赏和社会责

---

1 Mark Swislocki, *Culinary Nostalgia: Regional Food Culture and the Urban Experience in Shanghai*, Stanford, CA: Stanford University Press, 2009, pp. 4–5.

2 Hsiang Ju Lin and Tsuifeng Lin, with an introduction by Lin Yutang, *Chinese Gastronomy*, London: Nelson; New York: Hastings House, 1969, p. 11. 封面上提到"由林语堂作引言"，但其实他只写了序言。

任、精英美学和日常食物，以及宴请和革命之间。[1]

"西方之子"呈现"东方仙境"

林语堂不能算生来就是个"文人美食家"。他生长于一个生活节俭的基督教长老会大家庭，上的是以新教为主旨的教会学校。他到美国留学时，主流社会的盎格鲁-撒克逊白人新教徒们对外国香料和移民都不甚信任。[2] 他从美国和欧洲读完硕士与博士归来后，看到他父亲戴着丝帽的一幅肖像，心有所动，决意放弃他那西式"狗领"，并如他所言，接受自己"生来就是为了磕头、安宁与和平，而不是为了踢足球、带狗领、吃西餐与高效率"。[3] 不过，据林语堂当时一位朋友回忆，第一次世界大战期间林在清华大学任教时，他的行为方式"看起来更像个美国人。他穿西服，知道晚餐时如何用刀叉，甚至连走路的方式……他与他的新娘，手挽着手"[4]。也许正是妻子廖翠凤的烹饪，有意无意间改变了他，并向他展现了餐桌上的乐趣。

林语堂于1936年再度离开中文世界来到美国，食物成为他可以用来向西方解释中国文化的特征之一，而且可以作为中国可以提供给"现代"世界的一种价值观。当然，在中国，除了与满族或中亚菜肴作

---

1 Gang Yue, *The Mouth that Begs*, p. 17, p. 21, p. 33.
2 Daniel Sack, *Whitebread Protestants: Food and Religion in American Culture*, New York: St. Martin's Press, 2000.
3 Lin Yutang, *My Country and My People*, New York: The John Day Company / Reynal & Hitchcock, 1935, pp. 13–14.
4 Chih Meng, *Chinese-American Understanding: A Sixty-Year Search*, New York: China Institute, 1981, p. 100.

对比，人们通常不会想到"中国菜"。他们只会想到"饮食"，或者讲粤菜、川菜，或是他们的家乡菜。正如斯维斯洛基发现的那样，在十九世纪的上海，即使是粤菜也似乎令人相当陌生。他很好奇，不知地域性美食是如何逐步被纳入更广义的"中国菜"烹饪传统的一部分的。[1] 而在域外，林语堂则对定义"中国菜"这一更庞大的过程作出了重要贡献。

是赛珍珠促成了林语堂从上海搬到纽约。二十世纪二十年代她在南京大学任教时，很欣赏林语堂的文章，特别是他在"小评论"名下写的系列散文。不过直到1933年，她才在上海林语堂家的晚宴上首次跟林会面。赛珍珠回忆道，那顿晚餐是由廖翠凤及他们的女儿们做的，而廖翠凤真称得上是"一位典型的温馨暖人的中国女子"，林家的孩子们也非常可爱。另一位客人是胡适，林语堂的老朋友。"那顿晚餐，"赛珍珠写道，"真是美味可口。我一边享受，一边听着两位中国名流的闲谈，两位都很有才气，但风格又很不相同，言谈间感觉到胡适对年轻少许的林语堂颇有些微词。"赛珍珠和林语堂却一拍即合。这或许是由于他们都生活在"多重世界"中，又或许部分是因为他们都有长老会清教主义家庭背景，反而对香烟或时髦的享乐主义更加向往（不过林语堂不喜欢鸡尾酒）。赛珍珠把林语堂介绍给她未来的丈夫理查德·华尔希，华尔希此后出版了一系列林语堂的畅销书，使林语堂名声大噪的同时，也为自己赚了不少钱。[2]

《吾国与吾民》（1935）和《生活的艺术》（1937）可说是用老材料重造了一个新世界，其中也讲到中国食物和烹饪，虽然不是重点，但

---

1 Mark Swislocki, *Culinary Nostalgia*, p. 11.
2 Qian Suoqiao, *Liberal Cosmopolitan: Lin Yutang and Middling Chinese Modernity*, Leiden: Brill, 2011, pp. 88–94.

也很有意思。在《吾国与吾民》中,"饮食"一节直到最后一章才出现。林语堂开篇即谈到一个西方人常问的问题:"我们中国人吃什么?"答案是:"我们吃地球上所有可吃的东西。我们吃螃蟹是出于爱好,吃草根树皮是出于必要。"我们"人口太稠密,饥荒又太频繁,这让我们不得不吃所有触手可及的任何东西"。"唯一不是我们所发现且我们也不会吃的是干酪。蒙古人没能劝我们吃,欧洲人恐怕也不行。"事实上,中国曾经比那些烹饪范围窄的国家更为富足,许多新食品的发掘并非出于饥荒,而是出于科学的好奇心驱使,或是出于宗教上的忌讳。不管怎么说,其后,林语堂又自相矛盾地阐述了人参的属性,这几乎跟饥荒挨不上边。他还说:"在中国生活了四十年却未曾尝过蛇肉,亦未见亲友中有吃蛇肉者。"[1]

有意思的是,林语堂相信,族籍和文化是由我们的胃所决定的:"其实我们对乡土的爱恋多半是对童年时代敏锐的感官享受之回溯。对山姆大叔的忠诚是对美国甜甜圈的忠诚。"许多侨居海外的美国人会"追慕故乡的熏火腿与甜番薯,但他们不会承认这引发了他们的乡恋,也不会将此感慨写入诗歌"[2]。两年之后,林语堂在《生活的艺术》一书中重申了这一观点:"什么是爱国主义?它不就是一种对我们童年时吃过的美好食物的热爱吗?"他总结道:"人都要吃,就像人都会面临死亡一样,由此最能体现天下一家兄弟情。"[3]

更有意思的是,林语堂在此并未提及他自己童年时代的食物,而只是提到他在北京那些岁月里尝到的传统食物。

1　Lin Yutang, *My Country and My People*, pp. 335-336.
2　Lin Yutang, *My Country and My People*, p. 339.
3　Lin Yutang, *The Importance of Living*, p. 46.

只有到《吾国与吾民》的最后几页，我们才看到林语堂对自己国家的命运感到多沮丧（华尔希劝服了林语堂将这些段落从开头几页移走，因为担心读者会受惊吓）。辛亥革命只是"将一个帝国吹成了粉灰，留下一片废墟，还有呛人的尘灰。有时人们甚至希望中国仍然是个天朝帝国"[1]。在此，林语堂呼应新文化运动的反传统精神——"从民族国家的层面讲，我们还仅处于孩童期"——他引用胡适的话，他曾以"先知式的愤怒"吼道："中国不亡，是无天理！"[2]

《生活的艺术》一书则将食物编进一幅更大的挂毯中去了。"我们的动物性遗产"一章有一节"论肚子"（上文讲过，烹饪美食学就是"胃之定规"），林语堂援引了一篇他自己翻译的李渔的奇文。按李渔的说法，人类有两个器官是"完全没必要的"，即嘴和胃（口腹）：

> 口腹具而生计繁矣，生计繁而诈伪奸险之事出矣。……草木无口腹，未尝不生；山石土壤无饮食，未闻不长养；何事独异其形，而赋以口腹？[3]

林于是对人类长出这么一个肚子之事发了通牢骚，但承认，"既有了这个无底洞，也就真无可奈何了，现在直须将它填满"。他接着叹道，以孔子对人类天性的深切了解，他"把人之大欲简括于两项：进食和生育，即饮食男女"[4]。林语堂在此引用的自然是《礼记》中的"饮食男

1　Lin Yutang, *My Country and My People*, p. 350.
2　Lin Yutang, *My Country and My People*, p. 358.
3　Lin Yutang, *The Importance of Living*, p. 43.
4　Lin Yutang, *The Importance of Living*, p. 43.

女，人之大欲存焉"，中国读者不言自明，而美国读者可能无兴趣了解。

《生活的艺术》之论述于是进入了一片新天地。林语堂告诉西方读者，从饮食的角度来看，中国文明远比西方文明成熟。朋友在餐桌上相见就是和平会面："一碗燕窝汤或一盘美味炒面，有缓解争辩激烈度的效用，可以让双方针锋相对的意见和缓下来。"社交于是就成了政治。中国式的智慧坚持认为，"所有纷争皆可解决于筵席之上，不必去对簿公堂。……在中国，人们常常为遂愿而设宴联欢。事实上，这也是一种最保险的仕道腾达之术"。此外，法国与俄罗斯的大革命其实也是跟食物相关的："肚皮挨饿时，人们不肯工作，士兵不肯打仗，女歌唱家不肯放声，参议员不肯辩论，总统不肯治理国家。"[1] 但林语堂在《吾国与吾民》中的酷评好像很不中听："中国政府之所以工作效率相对较低，也许直接导因于全体官僚每晚个个都得去应酬三到四场宴会。他们入肚的四分之一是在滋养他们，而四分之三则是在残杀他们。"[2]

我们来看看中国在烹饪方面的优势。即使在最简单的层面上，美国和欧洲菜也都存在着"明显的缺陷"：

> 除了在面包和甜点方面该遥遥领先外，西餐给人味道相当平淡、品种极其有限的印象。在任何酒店、寄宿公寓或轮船上连吃三周之后，在吃了十三回鸡皇饭、烤牛排、羊排和鱼片后，盘中之物就肯定会开始变得索然无味了。[3]

1　Lin Yutang, *The Importance of Living*, p. 45.
2　Lin Yutang, *My Country and My People*, p. 341.
3　Lin Yutang, *The Importance of Living*, pp. 253–254.

西式烹饪"最不发达"的该是做蔬菜了，菜的品类不多，只放在滚水里煮，"总要煮到过头，直煮到色泽殆尽，看上去迷糊一片"[1]。有两条规则让中国烹饪有别于欧式烹饪。其一，"我们吃食物时讲究吃它的组织肌理，我们牙齿咬着时感到的那种松脆或弹性，同时我们也讲究其色、香、味"。其二，讲究"滋味的调和"。比如人们只在"吃过白菜烹鸡之后才知白菜之好滋味，那是因为鸡之肉味渗入了白菜，白菜之味也渗入鸡肉"[2]。

尽管优劣明显如此，但什么也不会改变。美国人会执着地吃着他们的甜甜圈，除非有一天"中国也能做到船坚炮利，把洋人给揍一顿，到那时洋人才会承认中国人无疑是更优秀的烹饪家"。若"洋人愿意谦虚好学"，那中国人是有"很丰富的秘诀可以教洋人的"。不过在此之前，光是空谈一无用处，因为"我们也无炮舰，即使有，也不会驶入泰晤士河或密西西比河，强迫英美人做他们不愿意做的事，不然就一枪把他们送上天堂"[3]。

信心与乡愁：林语堂写于抗战时期的美国小说

林语堂第一部小说《京华烟云》(1939)之副标题为"一部关于当代中国人生活的小说"。这也许是为了提醒西方读者：中国人并非生活在远古的"契丹"。故事情节随着几个家庭发生之事逐步展开：从义和团运动及八国联军入侵，再到二十世纪三十年代日本侵华。林采用小说

---

[1] Lin Yutang, *The Importance of Living*, pp. 253–254.
[2] Lin Yutang, *My Country and My People*, p. 340.
[3] Lin Yutang, *My Country and My People*, p. 342.

《红楼梦》中的叙述技巧,透过人物的服装、珠饰与鞋帽等来展示人物性格,不过更重要的是用语言(方言)、地理(地域文化)及饮食之道来展现。[1]

在小说的开头,林语堂将北京描绘成一个民主祥和的王国,像《清明上河图》里的城镇生活那般生动活泼。我们看到:

> 宽阔的林荫路与悠长的胡同,繁华的街道与宁静如田园的住宅区;平常人家的院子里也有石榴树和金鱼缸,一点也不亚于富贵人家的宅邸花苑;夏天在露天茶座上,人们闲坐在松柏树下的藤椅上品茶,花上两毛钱即可在此消磨一个漫漫下午;冬天在茶馆里,人们吃着热腾腾的葱爆羊肉,喝着白干,而达官富商与市井小民们则在此摩肩接踵……;这儿人情尽显:有叫花子与花子头儿、窃贼与窃贼的保护者、晚清的官员、退隐的学士、修道者与娼妓……还有那些实诚风趣的老百姓们。

此情此景,不亦乐乎?

烹饪和饮食很自然地融入这宽广的叙事中。故事中有位年轻女子,她发现北京的食物真是与众不同:

---

[1] Lin Yutang, *Moment in Peking: A Novel of Contemporary Chinese Life*, New York: The John Day Company, 1939. 林语堂在开始写《京华烟云》前曾翻译了《红楼梦》的一部分。George Gao, "Lin Yu-tang's Appreciation of the *Red Chamber Dream*", *Renditions* 2 (Spring 1974), pp. 23–30. 在《古文小品译英》一书中,林语堂翻译了做"茄鲞"这一段(*The Importance of Understanding*, pp. 283–284)。在《吾国与吾民》中林有九处提及《红楼梦》。

北京的香肠和鸭子要比山东的香肠和鸭子好；冬至那天吃到的北京元宵就比山东汤圆美味多了；北京包子馒头这类甜食花样儿也比山东的多。所以，北京的各种糕点糖果，还有各种特色小吃，她是都要尝尝的，免得因各地名称相同而实物不同而弄错。她本以为山东白菜无比的好，可后来发现北京也有那么好的白菜，且天气越冷越好吃。

她吃了腊八粥。这是农历十二月初八腊八节那天喝的一种粥，由糯米、红枣、小赤豆、栗子、杏仁、花生、榛子仁、松子、瓜子等跟白糖或红糖一起熬成。"这腊八粥是如此特别，山东的那种她根本不敢与之相提并论。"[1]

另一位年轻女子为生病的祖母煮了花生汤：汤入口即化，"化成薄黏的半流汁，喝下去喉咙觉得很舒服，花生汤不但营养好，还能缓解咳嗽嗓哑"。老祖母感谢她时，她答道，"这不算啥，只是孝敬您老人家的一点心意"。《红楼梦》里有段著名插曲，描写富贵人家到乡村游玩，没意识到这寻常食物原是从泥土里挖出来的。也许是联想到那一幕，林语堂就让这位喝了花生汤的祖母这样答复："若是知道珍惜杂粮粗饭，不糟蹋这些食物，也就少遭点罪。我只怕咱家女佣扔出去的也够穷人家吃顿好餐了。这花生汤也是穷人吃的，泥土里长的。我这么大年纪就爱吃，不用嚼啊。"[2] 食物是药，也是家的温暖。

小说是以抗日战争结尾的。"这些中国人在用自己的生命缔造一部

---

[1] Lin Yutang, *Moment in Peking*, p. 175; Lins, *Chinese Gastronomy*, p. 198，甚至列出了更多的配料。
[2] Lin Yutang, *Moment in Peking*, pp. 178–179. 在《京华烟云》中跟食物有关的其他有意思的段落包括：p. 149, pp. 249–251, p. 274, p. 495。

第四章 在美国阐释中国和中国人

多伟大的史诗啊……对他们来说，自己的故事就像那永恒古老的北京之一瞬，是时光的手指自己写下来的……而今在这洪流般逃难的人群中，既无富贵，也无贫贱……"[1]

林语堂接着写了《风声鹤唳：一部关于战争席卷中国的小说》（1941）。故事起始于《京华烟云》终结之处，它记述了一场惊心动魄的抗争，极其惨烈。[2] 故事开篇是中日战争爆发前夕。此书的笔调更为沉重——一部关于"战争席卷中国"的小说怎么可能不悲壮呢？它至少两次告诫读者："战争确实带给人匪夷所思的事。"[3] 书中主角之一姚博雅，是位富有的爱国者，他跟好朋友老彭——一位禅宗信奉者与左派游击队的支持者，共进晚餐，"共对愁饮"。他们为蒋介石干杯，尽管他的队伍在步步退却，连连失误，但他还是他们的英雄。他们接受了蒋介石敌进我退的策略，迫使侵略者展露其兽性，他们对百姓施加一份凶残，便是在中国人心中增加一份仇恨。[4]

不久博雅与他一个上过大学但见识浅薄的侄子谈论时政战略。带着一种诙谐的机智——这让人想起林语堂崇拜的萧伯纳——博雅说道，北平现在是一个日据城市："那么就让他们成为征服者，看看他们怎么表演……他们能撑得下去吗？"[5] 他侄子于是问："那你是更喜欢英国人占据上海吗？"

---

1 Lin Yutang, *Moment in Peking*, pp. 813–815.
2 Lin Yutang, *A Leaf in the Storm: A Novel of War-Swept China*, New York: The John Day Company, 1941.
3 Lin Yutang, *A Leaf in the Storm*, p. 164, p. 217.
4 Lin Yutang, *A Leaf in the Storm*, p. 5, p. 13.
5 Lin Yutang, *A Leaf in the Storm*, p. 67.

321

你永远见不到一个英国人进中餐馆。这让我们感到羞愧谦卑，好像我们所吃的都很脏，这也让他们看起来更优越……如今你看这些日本兵跟游客一起蜂拥进我们餐馆，那样子好像他们一辈子没吃过鸡肉似的。这对日本帝国主义可不利……如果[日本人]想要征服我们，他们绝对不该进我们的餐馆。他们得坚持吃自己的生鱼，还得看起来很高兴，并且学着英国人那样说：该死！该死！[1]

博雅被一位叫梅玲的年轻女子迷住了，她不堪的过往与博雅的金钱和性趣一样合宜地推动着情节的发展。当日本警察追捕她时，博雅说服老彭，让他用他跟游击队的关系帮她逃出北平。途中他们遇上了一个为男女学生创办的政治训练班。"他们正在寻求人类的自由精神，而他们竟[在此]找到了。"训练班的教练是跟八路军一起工作的，他大声地喊着那些教义，最后一句竟是，"如果我们没有吃的"，学生们就跟着咆哮，"敌人会为我们送"。[2] 在这里，革命会带来食物。

他们到达武汉之后，老彭在梅玲协助下，给一些无家可归者、病人及被弃者买了些馒头："这群伤痕累累的灵魂被战争的偶然抛到了一处……有些人病身，有些人病心。是对食物的需求让这奇怪的一群人聚到一处，是人类共同的尊严而不是别的什么才让每个人能跟其他人相处。"[3] 食物是佛家的怜悯，儒家的仁慈，病者的药物，以及民族的抵抗力量。在这里，主题和意义是营养而非味道，是"吃"而非"味"。

---

1 Lin Yutang, *A Leaf in the Storm*, pp. 72–75.
2 Lin Yutang, *A Leaf in the Storm*, pp. 110–111.
3 Lin Yutang, *A Leaf in the Storm*, p. 236.

第四章　在美国阐释中国和中国人

甜酸美国人："二战"期间及战后

珍珠港事件之后，中国成为美国的盟友，不过，算不上是美国优先考虑的盟友。美国的物资本来就不够充足，而首先要援助的是欧洲。随着"二战"的深入，他们越来越不愿给国民党政府提供无条件的支持或无限制的物资供给。此时的林语堂批评和谩骂并用，与美国的"中国通"展开了许多场令人沮丧的辩论。这些"中国通"怀疑蒋介石，认为共产党会是更有效的抗日者。而林语堂则认为，这些自由主义者看好共产主义革命，却未考虑美国的国家利益。不过他的批评有更广的含义。正如钱锁桥所指出的那样，"林氏在美国的文学实践的两个面向——对帝国主义的批判和对自由主义的捍卫——构成了同一个基本主题：一种从世界主义和跨文化角度对整个现代性的批判"[1]。林批评道，美国乃至整个现代社会，已丧失了传统中国社会所守护的那种家庭、社会尊重的品质与责任感。

如果说《啼笑皆非》（1943）是对帝国主义的愤怒抨击，那么《枕戈待旦》（1945）则是一系列游记，其中食物也是政治素材的佐料。[2] 林提到蒋介石时，他犀利的语言变柔和了。他与蒋会过六次面，常常是共进午餐或晚餐。林写道，这些都是"又简单又好的饭菜"，因为在贫寒家境中长大，"总统还是爱喝米粥。"通常会给他准备两道小菜，比

---

[1] Qian Suoqiao, "Representing China: Lin Yutang vs. American China hands in the 1940s", *Journal of American-East Asian Relations* 17 (2010), pp. 99–117; 亦见 Qian Suoqiao, *Liberal Cosmopolitan*, pp. 197–230。

[2] Lin Yutang, *Between Tears and Laughter*, New York: The John Day Company, 1943; *Vigil of a Nation*, New York: The John Day Company, 1945.

如福州肉丝、腌豆腐，或配腌萝卜。"蒋夫人吃得很少，而总统，毕竟是军人出身，吃得相当快。[1] 林还写到了他对豌豆的刮目相看。以前他从未这样吃过豌豆，直到去了成都，他才以川式烹饪法烹制，这种煮法让豌豆"香软醇厚，入口时有一种独特的温柔感"[2]。尽管林语堂将饥荒列为革命的原因，[3] 但他并未在此书中记下1942年的旱灾以及此后1943年的河南大饥荒。西奥多·怀特（Theodore White）在《时代周刊》杂志中报道过这场大饥荒，饿死了大约两百万人。[4]

此书以丰收玉米节结尾——一个神秘飘忽、几乎幻觉般的景象，让战后的中国愿景和中国传统习俗融汇一体。此书开篇时林语堂就告诉我们，他本想闭上眼睛睡上一觉，变成瑞普·凡·温克尔（Rip Van Winkle），然后一觉醒来，看看中国二十五年后会是什么样子，但他还是决定一直保持清醒。于是，在他的"心灵视觉中，似乎看到祖国一直在长夜中枕戈待旦，并在庆祝土地之神和玉米丰收的前夕遭受一场风暴的袭击"，因此带来了哭泣和伤悲。长夜漫漫而怪异，但"人们并未失去希望，并仍以乐观的态度继续准备着庆祝仪式和祭祀"。他们唱着祖先传下来的选自《周颂》的一首歌（《载芟》），为此林还翻译了其中的几段。[5] 最后，他宣布，"岗哨即将解除，枕戈待旦时期行将结束"。

1　Lin Yutang, *Vigil of a Nation*, pp. 59–60.

2　Lin Yutang, *Vigil of a Nation*, pp. 192–193.

3　Lin Yutang, *The Importance of Living*, p. 45.

4　Theodore H. White, *In Search of History: A Personal Adventure*, New York: Harper and Row, 1978, pp. 144–152; Diana Lary, *The Chinese People at War: Human Suffering and Social Transformation, 1937–1945*, New York: Cambridge University Press, 2010, pp. 124–126.

5　英文译文也可见于 James Legge, *The Chinese Classics*, vol. 3, *The She King; or, The Book of Poetry*, London: Trübner, 1876, Bk II. § iii. v., p. 367。我不清楚林语堂这个"丰收玉米节"是否有出处，出处在哪儿。

中国的战时磨难即将过去,"因此,整个国家的彻夜守望该结束了"[1]。

丰收玉米节也透露出林语堂对唯物主义观的不安,这是一种道德意义而非政治意义上的批评。林语堂回忆道,在《啼笑皆非》中,他"费了不少气力,试图摧毁那种幻觉,以为天堂就是一个巨大无比的堆满罐头食品的仓库,并警告人们别抱谬见,以为用物质的、机械的方法就可以解决世界和平问题"。在呼应共和党对外援的批评时,林写道:"我还是不认为'让每个霍顿督人都能喝上一瓶牛奶'就能建立世界和平,若其他精神条件不具备的话,这样做反而会不可避免地引发另一场世界大战,进而摧毁和平。"[2] 尽管他曾说过,美国人对甜甜圈的忠诚决定了他们对国家的忠诚,但在此,林却说道:"如果把人类当作经济性两足动物,哪里有土豆人类就走向哪里,这种观点我坚决抗议。"因此,他对美国的批评比对中国的更犀利:"美国的物质进步太过,中国则不够。"但"中国的罪恶不是肮脏,而是贫穷",而贫困是可以补救的。[3]

"二战"末期,出版林语堂作品的庄台公司也出版了杨步伟的《中国食谱》(1945)。此书大部分内容实际上是由作者的丈夫赵元任所撰写,他是林语堂语言学界的同行,自二十世纪二十年代起二人便是好友。威尔逊曾承诺要建设一个自由开放的社会,要"杜绝保密,公开契约",赵元任称自己写《中国食谱》也是要"公开食谱",让人类共享。[4]

1　Lin Yutang, *Vigil of a Nation*, pp. 254–256.
2　William Safire, "Hottentots, Milk for", *Safire's Political Dictionary*, Oxford: Oxford University Press, 2008, pp. 325–326.
3　Lin Yutang, *Vigil of a Nation*, pp. 250–251.
4　Charles W. Hayford, "Open Recipes Openly Arrive at: *How to Cook and Eat in Chinese* (1945)—The Translation of Chinese Food", *Journal of Oriental Studies* 45, nos. 1 and 2 (2012), pp. 67–87.

林氏或许是步赵氏之后尘，也要为西方阐述中国烹饪。无论杨氏烹饪书之成功是否影响到了林氏，在1948年的小说《唐人街一家》中，林语堂还是将饮食推到了台前。小说中的故事并非发生在北京的和平王国里，而是发生在一个充满活力，但通常被认为没什么文化的纽约。

《唐人街一家》：中国菜之改造

《唐人街一家》因其美籍华裔主题，成为林语堂所有小说中最受批评关注的一部。在研究此小说的成书过程时，苏真发现，理查德·华尔希曾敦促林语堂写一部关于唐人街的小说，向公众讲述华裔美国人的生活。由于不信任林对唐人街的了解程度，华尔希还给他寄了一些有关唐人街广东人家庭的生活简报、日常用语等资料。林语堂对中国未能产生民主的人格模范——他称之为"共和式中国人"——而感到沮丧，不过他可以为他的美国读者制造一个补偿性的虚构样本。刘大卫（David Palumbo-Liu）注意到，故事中，作为亚裔美国人（后被称为"模范少数民族"）的方家，被"用以提醒美国人在急于现代化的过程中关注那些被他们弃置不顾的传统价值观"。食物在此起着举足轻重的作用。[1]

方家人实际上不算是"唐人街家庭"，而是曼哈顿上东区的一个家

---

1 Richard Jean So, "Collaboration and Translation: Lin Yutang and the Archive of Asian American Literature", *Modern Fiction Studies* 56, no. 1 (2010), pp. 49–51; David Palumbo-Liu, *Asian/American: Historical Crossings of a Racial Frontier,* Stanford, CA: Stanford University Press, 1999, p. 156; Katherine A. Karle, "Flamingos and Bison: Balance in Chinatown Family", *MELUS* 15, no. 2 (1988), pp. 93–99.

庭。[1] 方家男主人老汤姆在格雷西广场附近（林曾在那儿住过）开洗衣店，并于二十世纪三十年代中期设法将他的孩子小汤姆和伊娃从中国带了过来。Cheng Lok Chua 认为，此种描述表明了林对移民和劳工阶层的中国人的支持，但他补充道，在法律如此严苛的时期，方家的孩子们恐怕无法如此轻易地移民来美。林语堂本人就是美国种族歧视的受害者，这一事实让这部小说的和缓基调相当引人注目，甚至可能不够真诚。

贯穿于整部小说的食、性和语言，在此语境中是作为可以治愈美国的中国儒家价值观出现的。方家母亲这一角色，起着为林语堂代言的作用，与《京华烟云》中的祖母角色呼应。[2] 美国是一片"资源富足的土地"，如果知道怎么烹饪，美国人可以"吃得相当好"。她问道："美国怎么能浪费这么多东西还生存着？城市一角倒进垃圾桶的食物，就足以喂饱中国一整个村庄了。"[3] 一个名叫佛洛拉的意大利女孩嫁进了这个家庭。她喜爱中国菜，想要知道方家母亲是怎么准备一道叫作新丰鸡的神秘菜肴的，"这是烤鸡，但不仅仅是烤鸡"（在林家二十世纪五十年代的烹饪书中她是找不到这道菜的配方的）。方家的厨房于是变成了"一所学粤语的学校"，由一位身份毋庸置疑的本土教授用现代语言学中最先进的直接教学方法来教。佛洛拉现在被称为 daisow，意思是"大嫂"。[4] 方家人告诉她，"你就像一个中国女人"，因为你"从早到晚努力干活儿，也不跟你丈夫与公婆争吵"。佛洛拉回答说，在意大利，

---

[1] Lin Yutang, *Chinatown Family*, New York: The John Day Company, 1948; reprint, edited and with an introduction by C. Lok Chua, New Brunswick, NJ: Rutgers University Press, 2007, p. xiii.

[2] Lin Yutang, *Moment in peking*, pp. 178–179.

[3] Lin Yutang, *Chinatown Family*, p. 30.

[4] Lin Yutang, *Chinatown Family*, p. 33.

"父就是父"[1]。这话呼应着（无须林告诉我们）孔子的理论。现在美国价值观就是儒家价值观了："饮、食、男、女"，再加上"正名"。

小汤姆（Tom Jr.）——这个名字是否呼应着汤姆·索亚（Tom Sawyer）？——是林语堂眼中的"共和式中国人"，一种跨文化中国性的典范。这一典范放大并纠正了作为美国人的含义。小汤姆所在的东城区学校的学生既无纪律，也无教养。小汤姆去送洗好的衣物时，邻区的游手好闲之徒殴打了他，并把干净的衬衫扔进泥水里。语言又一次拯救了他。小汤姆在学英语上的勤奋让那些不能掌握母语的美国学生相形见绌。小汤姆还为他的美国教师将《独立宣言》改写为基础英语，帮她"重新发现英语"[2]。为了跟那位漂亮且有教养的女孩艾尔西谈恋爱，小汤姆必须学好普通话，因为艾尔西来自上海，不会说广东话。艾尔西也让小汤姆开始学习文学，既学像沃尔特·惠特曼这样的美国经典，也学老子这样的中国经典。[3] 当艾尔西在日本侵华期间努力为她的祖国筹款时，纽约市长拉瓜迪亚（La Guardia）来到唐人街，说："美国人对中国人说，'我们爱你'"，但是"孔子对美国人说，'（多谢你们的爱），但还请多给我们点枪吧'"[4]。

---

1 Lin Yutang, *Chinatown Family*, p. 83. Cf *Analects* 12.11.
2 Lin Yutang, *Chinatown Family*, pp. 76–77; So, "Collaboration and Translation", 1936, p. 54. 林语堂翻译了
H. L. 门肯 1921 年的《独立宣言》"现代化版"："The declaration of independence in American"，此文重印在 Dwight Macdonald, ed., *Parodies: An Anthology from Chaucer to Beerbohm-And After*, New York: Random House, 1969; (reprint) New York: Da Capo, 1985, pp. 442–446。门肯的版本并不是用基础英语写的，而是用粗俗白话，意在嘲笑那些无法理解原作的人。此翻译的"双语版"也收录在钱锁桥编《小评论：林语堂双语文集》，北京：九州出版社，2012 年，第 158—168 页。
3 Lin Yutang, *Chinatown Family*, pp. 132–133, p. 138.
4 Lin Yutang, *Chinatown Family*, p. 144.

第四章 在美国阐释中国和中国人

小说到此开始变得有些随心所欲，这或许揭示林语堂对华尔希事先的规划有点儿不耐烦了。老汤姆在过马路时被一辆汽车撞了——"死于一种典型的美国人的死法"[1]。肇事司机的母亲向方家提供了赔偿金，这些钱让小汤姆上了大学，也让方家开了一家餐馆。林语堂在此将食物与死亡作了颇有特色的并置，这一点也反映在艾尔西因过度劳累病倒而被送进医院时。方家母亲为她炖的一只"神仙鸡"，助她恢复元气，让她感受到一个"完美时刻"。她想起了袁枚——"广东话发音叫 Yun Moy"："方妈妈，这只鸡没有白死……我读到过，把肉或菜的特长引发出来是厨师的义务。如果他没做到，那么把一头牛或一只鸡杀了就纯粹是一种谋杀了。"[2] 看来老汤姆与鸡都没白死。

林所写的人物传记及随后几年的小说几乎没提到食物。写武则天时不提情有可原，但他在《苏东坡传》里——苏东坡可称得上是最早的一位著名美食家——既没提到食物也没有提到烹饪，甚至都没提到苏东坡其实与"东坡肉"没什么关系。[3]

食物在《美国的智慧》(1950)一书中富有深意地出现了，而且是再度针对西方人"跟感官品味展开的战争"。林感叹道，"到底是什么羞耻，哪种羞辱感，（应该是出于清教徒的良心）阻止了一些伟大的作家去写出对一顿美餐令人满意的描述……？"[4] 东方人则不同。当古代

---

[1] Lin Yutang, *Chinatown Family*, p. 167.
[2] Lin Yutang, *Chinatown Family*, p. 239.
[3] Lin Yutang, *Gay Genius: The Life and Times of Su Tungpo*, New York: The John Day Company, 1947.《中国烹饪美食学》中有一道配方，"猪肉之美味：东坡肉"，并指出"这一方肥肉是以诗人苏东坡的名字命名的，原因不明。也许只是因为他可能会很喜欢吃这道菜"。（第55页）
[4] Lin Yutang, *On the Wisdom of America*, p. 255.

诗人屈原写下《召魂》这一诗篇来说服自己的灵魂从自杀的边缘回归时，他回顾了尘世生活中许多美好的事物，诸如美女与音乐，但最有说服力的论点是博大而丰富多样的食物。对此美国是无以与之匹敌的。林语堂没有注意到，又或许并不知道《白鲸记》（Moby-Dick）中所呈现的那种热气腾腾的晚餐和鱼杂烩，他引用的是他最喜欢的作家之一亨利·大卫·梭罗（Henry David Thoreau），因为梭罗精辟的格言式声明体现了美国的清教徒精神："清水是智者的唯一饮料；葡萄酒并非那么高贵的液体；试想一杯热咖啡足以打碎清晨的气息，一盏热茶则可能搅坏一个宁静的夜晚！"在谈到胃及其他人体器官时，梭罗跟李渔一样无情："不是那种入口的食物玷污了一个人，而是那种吃食物的胃口。问题不在量，也不在质，而在我们对感官品味的贪欲；若吃进去的东西既不是用以维持我们的动物性生存，又不是用以激励我们的精神生活，而仅是为了那肚子里攫住我们的蛔虫……那我们就好奇了，他们、你，还有我，怎能这般糊里糊涂地过着禽兽般的生活，只是吃吃喝喝。"[1]

林语堂在美国文学中可以找到的少数有关美食的描述之一，是大卫·格雷森（David Grayson）的散文《南瓜饼》。对于一个如此钦佩伍德罗·威尔逊的人来说，这可是一个合宜的选择，因为林虽然没这么说（也许他并不知道），"大卫·格雷森"是雷·斯坦纳德·贝克（Ray

---

[1] Lin Yutang, *On the Wisdom of America*, pp. 255-256，引自 Henry David Thoreau, "Higher Laws", *Walden; or, Life in the Woods*, Boston: Ticknor and Fields, 1854, p. 235。林语堂的引语有所省略，也许是为了保护梭罗免受种族歧视之指责。略去的语句包括："然我绝不苛求；一只油炸老鼠，若迫不得已，我也会津津有味地吃掉。我很高兴我只喝白开水已那么久了，原因很简单，就跟我爱好大自然清新的天空远胜过鸦片吸食者所吞吐的云雾一样。"梭罗还曾引用《论语》："视而不见，听而不闻，食而不知其味。"林语堂也省略了，因其语气可能会削弱他关于中国缺乏清教徒态度的论点。

Stannard Bake）的笔名。贝克是1912年支持威尔逊并贴身采访他的进步记者，也是总统在凡尔赛签署条约时的新闻发布人，此后因给总统撰写传记而获得了普利策奖。该篇散文唤起了"我生命中见过的最完美的南瓜饼……就像一轮满月，周边的馅饼皮儿如片片云层卷起，而且是新鲜出炉的——我讨厌湿唧唧的冷馅饼！——它散发着神仙美食的扑鼻芳香"。格雷森说，除了新英格兰，地球上再无一处，能将南瓜饼做得如此完美："被拯救的灵魂，能享受如此恩赐，夫复何求！"林语堂算是找到了知音：格雷森是一位诗人。"如果有更多的格雷森让我们来注意到今生的美好事物，注意到我们已拥有的寻常物，并充满感恩，美国人的生活难道不会变得更充实吗？"他又问道："以屈原的风格写成的关于感恩节的杰作在哪里？"[1]

从鸡杂碎到中国美食：食物之绝对值

1950年的一个晚上，林语堂设家宴款待乔治·朗（George Lang）。他是匈牙利人，以餐馆老板身份来纽约开创新生活。"我妻子知道，朗是位美食家，她不能只做一顿美味的家常饭来应付，"林回忆道，"于是她做了一道美味梭子鱼，上面铺满了海菜与扇贝酱，这道美食我是平生第一回尝到。"晚餐后，他们谈论了书籍收藏，也谈论了费雪（M. F. K. Fisher）的新作。她刚刚翻译出版了布里亚·萨瓦兰（Brillat Savarin，1755—1826）的《吃味生理学》（*Physiologie du goût*，1825），此书奠定了法国大革命后资产阶级的经典美食与烹饪

---

[1] Lin Yutang, *On the Wisdom of America*, pp. 257–259.

学。这顿晚餐可谓圆满成功。[1]

林家在曼哈顿安逸的、波希米亚式的社交圈里用中国菜飨宴朋友。他们还有一位朋友是美国著名的作家与出版家卡尔·范·韦克滕（Carl Van Vechten），他吹嘘自己喜欢的"当然是西班牙海鲜饭或烤嫩鸡、法式慢炖菜、斯堪的纳维亚的鱼肉布丁、俄罗斯的罗宋汤，以及意大利的几乎所有菜肴"，中餐则是他的最爱。然而，林家的烹饪书并不是针对这位曼哈顿的美食家的，而是瞄准全美各地的家庭厨师这一更大的市场。他们的第一本书是《中国风味的烹饪》（1956），加上几章后又以《中国烹饪的秘密》（1960）之名再版。林为每版都写了散文式的序言，1956年版中题为《烹饪之艺术》，1960年版则增加了几页，题为《中国烹饪与饮食艺术》。[2]

这两本烹饪书宣称有两个目的。首先，廖翠凤和林相如宣布，他们将提供"能用唾手可得的食材在自己家中轻松烹饪的食谱"。其次，如林语堂在序言中提到的，在以工业化为主的现代化时代急速到来之时，中国烹饪能帮助提升美国文化与重建美国社会："壁炉已经消失——那原是家庭团圆的象征。那么让餐桌成为整个家庭聚会的地方吧，每天一次感受人性的温情与团圆之乐。现在就让它来作为家的象征吧。"[3] 林说，美国人需要认识到，对美食的喜爱，就像对好音乐的热爱，"绝对是一种有文化的标志"。为什么呢？"当人们努力上班，干了一整天的

1　Lin Yutang, *The Importance of Understanding*, Cleveland, OH: World Publishing Company, 1960, p. 13; George Lang, *Nobody Knows the Truffles I've Seen*, New York: Knopf, 1998.

2　Carl Van Vechten, "A Chat about Chinese Food and a Chinese Cook", *Cooking with the Chinese Flavor* (Englewood Cliffs, NJ: Prentice Hall, 1956)，重印后题为 *Secrets of Chinese Cooking* (Prentice hall, 1960)。重印版未收录韦克滕的文章。

3　Lins, *Secrets of Chinese Cooking*, p. xviii.

活儿，他有权期待在家里吃上一顿愉快的晚餐，心怀敬意地烹调与享用。"就像音乐或绘画一样，"晚餐的菜可以是一种艺术创作，一份杰作，家庭主妇完全有理由为之感到自豪"。[1]

当然，林语堂并不关心具体的烹饪制作。他的妻女们在"寄居国外的岁月里"已烹饪了二十年，而当朋友们问询准备某些菜肴的秘诀，或者如何制作这么多汁的鸭子时，他写道，"我经常得好好停顿一下"，等着翠凤来讲，"不，不，语堂，不是那样的"。尽管如此，他坚持认为他的贡献是扮演"一个苛刻挑剔的评论家"，[2] 或许类似于他在上海民国时代所扮演的"小评论家"角色。当她们在隔壁房间里讨论草稿时，林可以听到母女们"好像在切磋如何准备一个派对，要去北极狩猎或钓鱼"[3]，隐指那是男人们干的事儿。林则为文本提供哲学理念。烹饪是"将任何特定的肉或菜的先天特质发挥出来……以同样的方式，一位优秀的教育家会把一个学生的潜能诱发出来"。这绝对称得上是一项严肃的事业。这方面我们了解的是袁枚的思想，虽然在此林没这么说，但他提到，如果"一只鸡被宰了，又没好好烹调，那只鸡就白死了"。若反之，"它的先天特质能够自我表达出来并得以改善，那鸡也至少死得值了……这正如我们尊重战争中的殉难者一般"[4]。这些话当然呼应着亚伯拉罕·林肯在葛底斯堡演说中提到的"光荣的殉难者"之说，以及他下的"绝不会让他们白白殉难"的决心。

《中国烹饪美食学》与前两本书相比有很大的不同。它于 1969 年

---

1 Lins, *Secrets of Chinese Cooking*, p. xi.
2 Lins, *Secrets of Chinese Cooking*, p. ix.
3 Lins, *Secrets of Chinese Cooking*, p. x.
4 Lins, *Secrets of Chinese Cooking*, p. xii.

林语堂的跨文化遗产

出版时，简直称得上是袁枚以降任何语言中关于中国烹饪艺术和历史的最好的一本书。[1] 这是一项林家人共同合作的事业。尽管翠凤和相如负责做许多烹饪实验（相如试做了《随园食单》上的每道菜，其中一些还试了多次），但菜谱的定夺，一些特定的用语，都来自林语堂。此书的标题显示，该书把传统中国的"文人美食"，以及林之友人与晚宴嘉宾乔治·朗所代表的法国美食传统紧密相连。事实上，书中他们对朗审阅手稿及提供他"挑剔且知识渊博的建议"深表感谢。而朗为《不列颠百科全书》写过一篇《美食学》的文章，丰富有趣。他以辉格进步史观一路写来，认为欧洲饮食之历史呈现为从罗马人的"粗俗炫耀"，发展到中世纪的"粗糙奢华"，再到法国大革命后的人类解放，印证才华横溢的法国美食家布里亚·萨瓦兰在《吃味生理学》一书中所阐述的观点。林女士用海菜和扇贝酱所做的那道梭子鱼可能没有白花功夫，朗将中国菜排在第二，仅次于法国菜。[2]

在简洁明了的前言中，林解释道，"在英语世界里从未有过一位中国的布里亚·萨瓦兰"。他含蓄地向他的忠实读者们保证，自《吾国与吾民》首版以来，他的思想三十年来并未改变。发生改变的是"中国美食对西方烹饪的征服"，这让人想起他以前的说法，即除非中国炮艇强行驶入泰晤士河或密西西比河，把洋人揍一顿，才能让他们去虚心学习中国烹饪之"术"。现在，林语堂已经观察到，"普通西方人……已从鸡

---

[1] Lins, *Chinese Gastronomy*; Liang Yan, "Pieces of Food and Culture: Yuan Mei and his Recipe Book *Suiyuan Shidan*", unpublished paper (December 2012).

[2] George Lang, "Gastronomy", *Encyclopedia Britannica*, 15th ed. (Chicago, 1974; [reprint] 2010), vol. 19, pp. 689–694; Jean Anthelme Brillat-Savarin, *The Physiology of Taste; or, Meditations on Transcendental Gastronomy*, trans. M. F. K. Fisher, trans. (1949; [reprint] New York: Knopf, 1971).

第四章 在美国阐释中国和中国人

杂碎进步到北京烤鸭",开始有"一种探索新大陆的风气"[1]。林语堂这篇引言料很足,开篇就称"中国菜本身即是一个世界",提醒我们,那个在《京华烟云》中所展现的世界,其中"艺术家、农夫、挑食者和美食家都作出了贡献,一点一滴,积少成多,最后形成一座大山"[2]。

《中国烹饪美食学》整本书写得格调轻松,但又包罗万象,颇为系统化。章节包括"古代美食""风味""质地""各地烹饪""奇食""原味烹饪"和"美食日历"。这里没有提到二十世纪,更不用说革命了。此书菜谱的选择尽管有不少实用性和吸引力,但它并非为日常实际膳食计划准备,主要是用于演绎烹饪哲学及其在各历史时期所展现的特色。袁枚与李渔之间的审美与道德争论贯穿全书。李渔主张"烹饪中体现的乡村式优雅",喜欢"平淡且奇异的食物",并声称要避免吃大蒜、洋葱和韭菜,选择简单昂贵又难得的杜松子。李渔会把他的女仆遣去收集鲜花上的露水:"俟饭之初熟而浇之,浇过稍闭,拌匀而后入碗……露以蔷薇、香橼、桂花三种为上,勿用玫瑰,以玫瑰之香,食者易辨,(知非谷性所有)。"[3] 但在"原味烹饪"一章中,林家人还是更认同袁枚:"忘了李渔吧,他讨厌盐渍洋葱。他错了。"他们引用了袁枚更有说服力的话:"(……窑器太贵,颇愁损伤)不如竟用御窑,已觉雅丽。"[4]

《中国烹饪美食学》在很大程度上解决了本章开头提出的问题。多年以来,林始终把"味"看作是个人快乐的"审美理想",而把"吃"

---

[1] Lins, *Chinese Gastronomy*, p. 7.
[2] Lins, *Chinese Gastronomy*, p. 11. 如前所注,此书封面上提到林语堂写了引言,实际上他只在序言后署名。而引言是与书中其他章节相连的。
[3] Lins, *Chinese Gastronomy*, p. 43. 我依照史景迁的译法:"Ch'ing", in Chang, *Food in Chinese Culture*, pp. 271–275。
[4] Lins, *Chinese Gastronomy*, p. 154, p. 156.

335

看作政治性的。《中国烹饪美食学》一书是以"中国菜本身即是一个世界"这一观点开篇的,这让人联想到岳刚"食物之绝对值"的说法,把政治留于他人去谈论了。这并非隐士策略或避开红尘的一种退隐,也非斯威斯罗基所说的那种怀旧式"重建",因为它不是在中国,而是在美国和英国呈现中国烹饪,而在这些国家,烹饪是不可能建于一种新的政治秩序的基础上的。

烹饪美食学不会解决我们这个大世界的诸多问题。中国菜之"世界本身"(我们或许可以称之为大同世界,或一种乌托邦?)是个民主的社会,但不搞平均主义;有其社会结构,但并非精英式的;崇尚爱国,但不是庸俗狭义之爱国;拥抱普适化,但要避免同质化。就像方家母亲的厨房,它是通过互惠而非主宰来发挥作用;它尊重能力;它认可合理的权威而非高高在上的独裁。美食——"餐桌上的乐趣","胃之定规"——是人文主义的一种最高表达形式,无论好坏,"其本身就是一个世界"。此书的目标不再是让美国家庭主妇"用唾手可得的食材烹饪",也不再是让美国男人在"工作了一整天后应该吃上一顿像样的晚餐",而是为了最终赢得那些抱文化平等态度的拥有世界主义观的读者。